DIE STRIPPENZIEHER - THE THOUGHT PUSHERS

GEDANKENDIMENSIONEN: BUCH 2

DIMA ZALES

AUS DEM AMERIKANISCHEN VON
GRIT SCHELLENBERG

♠ MOZAIKA PUBLICATIONS ♠

Alle in diesem Roman vorkommenden Personen, Schauplätze, Ereignisse und Handlungen sind vom Autoren frei erfunden. Etwaige Ähnlichkeiten mit lebenden Personen oder Ereignissen sind rein zufällig.

Copyright © 2014 Dima Zales
http://www.dimazales.com/book-series/deutsch/

Alle Rechte vorbehalten

Kein Teil dieses Buches darf reproduziert, gescannt oder in gedruckter oder elektronischer Form ohne vorherige Erlaubnis verbreitet werden. Ausnahme ist die Benutzung von Auszügen in einer Buchbesprechung.

Veröffentlicht von Mozaika Publications, einer Druckmarke von Mozaika LLC.
www.mozaikallc.com

Cover by Najla Qamber Designs
www.najlaqamberdesigns.com

Lektorin: Kerstin Frashier

e-ISBN: 978-1-63142-085-6
Print ISBN: 978-1-63142-369-7

BESCHREIBUNG

Was bin ich?

Wer hat meine Familie umgebracht?

Warum?

Ich muss Antworten darauf bekommen, bevor die russische Mafia mich umbringt.

Falls meine eigenen Freunde mich nicht vorher umbringen.

1

Mein Telefon gibt höchst störende Geräusche von sich. Warum habe ich es nochmal neben mein Bett gelegt?

Schlecht gelaunt, versuche ich aufzuwachen. Dieser unangenehme Lärm hört einfach nicht auf, also schnappe ich mir das Telefon.

»Hallo?« Meine Stimme hört sich in meinen Ohren rau an. Wie lange habe ich geschlafen?

»Darren, ich bin's, Caleb. Ich warte unten. Komm raus.«

Der Adrenalinschub, der mich überkommt, befördert mich in die Stille. Ich liege neben meinem eingefrorenen Ich auf der linken Seite des Bettes. Es hat einen mitleiderregenden, extrem besorgten Gesichtsausdruck. *Mein Gesicht.*

Ich greife nach meiner Armbanduhr, die auf dem Nachttisch liegt. Es ist 6.13 Uhr.

Die Ereignisse der letzten Tage schießen mir mit

erschütternder Klarheit durch den Kopf. Der Trip nach Atlantic City, auf dem ich Mira zum ersten Mal gesehen habe. Mein Hacker-Freund, Bert, der sie für mich ausfindig gemacht hat. Das Treffen mit ihr und ihrem Bruder Eugene in ihrem Apartment in Brooklyn, und die Erkenntnis, dass ich ein Leser bin. Miras Entführung durch die russische Mafia und unser Aufsuchen der Lesergemeinschaft, um diese um Unterstützung zu bitten. Caleb und Julia, die uns helfen. Das alles fällt mir wieder ein, zusammen mit dem übelsten Teil.

Ich habe bei jemandem die Strippen gezogen.

Das ist etwas, was kein Leser tun können sollte. Das ist etwas, was nur Strippenzieher, die Menschen, die die Leser hassen, tun können.

Ich habe jemanden seines freien Willens beraubt.

Und jetzt ist Caleb hier, bei Sonnenaufgang.

Scheiße. Mein Herz rast. Hat Mira mich verraten? Weiß die gesamte Lesergemeinschaft etwa schon Bescheid? Und falls sie es getan hat, was bedeutet das für mich? Was machen Leser mit Strippenziehern? Ich erinnere mich daran, dass Mira gedroht hat, jeden Strippenzieher umzubringen, dem sie begegnen würde. Was passiert, wenn ich einer dieser Strippenzieher bin? Falls die anderen Leser herausfinden, dass ich diesen Kerl manipuliert habe, damit er sich zwischen Mira und die Kugel schmeißt, was würden sie tun? Nichts Gutes, so viel weiß ich mit Sicherheit. Aber warum sollte Mira verraten, was ich getan habe? Der einzige Grund, aus dem sie am Leben ist, ist, dass ich den Kerl dazu gebracht habe, die Kugel abzufangen, die für sie bestimmt war. Das muss sie auch wissen.

Oder könnte Caleb aus einem anderen Grund hier sein? Ich schulde ihm einen Ausflug in den Kopf einer anderen Person, so komisch sich das auch anhören mag. Könnte er hier sein, um seine Schulden einzusammeln? Das wäre besser, als wenn die anderen wüssten, dass ich ein Strippenzieher bin.

Falls ich überhaupt ein Strippenzieher bin. Gestern schien es so, als habe ich bewiesen, ein Leser zu sein. Zweimal sogar, bei zwei verschiedenen Personen. Sie waren ziemlich überzeugt von meinen Lesefähigkeiten. Bedeutet das, dass die Leser nicht wirklich verstehen, was die Strippenzieher tun bzw. nicht tun können, oder bedeutet es etwas völlig anderes ... vielleicht, dass ich weder ein Leser noch ein Strippenzieher bin? Gibt es eine dritte Möglichkeit? Ich bin davon überzeugt, dass es genauso gut andere Gruppen geben könnte, von denen wir noch nie etwas gehört haben.

Oder ich bin beides. Ein Hybrid. Ist es möglich, dass einer meiner Elternteile ein Leser und der andere ein Strippenzieher war? Sollte das der Fall gewesen sein, wäre ich das Produkt einer Vermischung der Blutlinien – etwas, was in Eugenes Augen ein Tabu zu sein schien. Und das, obwohl er und Mira Halbblute sind, und damit wahrscheinlich diesem Thema offener gegenüberstehen als reinblütige Leser. Bedeutet das, dass meine Existenz gegen einige dämliche Regeln verstößt? Das könnte natürlich auch erklären, warum meine biologischen Eltern so überzeugt davon waren, dass jemand sie umbringen wollte.

Es könnte erklären, warum sie ermordet wurden.

Ich könnte jetzt stundenlang hier in der Stille sitzen und nachdenken, aber auch alles Denken dieser Welt würde Caleb nicht zum Gehen veranlassen. Ich muss herausbekommen, warum er hier ist.

Ich stehe auf und gehe nackt zur Tür. In der Stille kann mich niemand sehen, also muss ich mir darüber keine Gedanken machen.

Ich gehe, nur mit Hausschuhen bekleidet, hinunter ins Erdgeschoss und trete durch die Eingangstür nach draußen. Erstaunlicherweise sind schon recht viele Menschen auf der Straße unterwegs – Motorradfahrer, Fußgänger, sogar Obdachlose –, die jetzt eingefroren sind. Sie müssen verrückt sein, so früh schon wach zu sein.

Ich brauche nur einen kurzen Augenblick, um Calebs Auto zu finden. Es steht genau an derselben Stelle, an der er mich gestern abgesetzt hat. Er scheint ein Gewohnheitsmensch zu sein.

Er hält sein Telefon in der Hand, und ich finde es lustig, dass ich gerade am anderen Ende der Leitung bin. Ich untersuche den Innenraum des Autos gründlich, weil ich versuche, Hinweise darauf zu finden, weshalb er hier sein könnte. Außer zwei Kaffeebechern in den Getränkehaltern finde ich aber nichts Außergewöhnliches. Ist einer davon für mich? Wie fürsorglich. Ich finde eine Waffe im Handschuhfach, aber das beunruhigt mich nicht wirklich. Caleb ist wahrscheinlich der Typ, der überall Waffen versteckt hat, nur für den Fall, dass ...

Ich vermeide es, Caleb zu nahe zu kommen – eine Berührung könnte ihn in meine Gedankendimension holen, wie er die Stille nennt, und er würde wissen, dass ich herumgeschnüffelt habe. Nicht zu vergessen die ganzen Witze, die er auf meine Kosten machen würde, weil ich gerade nackt bin.

Enttäuscht darüber, nichts Nützliches herausgefunden zu haben, gehe ich wieder in mein Apartment zurück. Ich berühre die Hand meines eingefrorenen Ichs, die das Telefon hält, und verlasse die Stille.

»Worum geht es, Caleb? Ich bin gerade erst aufgewacht.« Meine Stimme ist immer noch rau, also räuspere ich mich einige Male und bedecke dabei den Telefonhörer mit meiner linken Hand.

»Komm raus, und wir reden«, antwortet er.

Ich habe keine Lust auf lange Diskussionen. Da ich Calebs Fähigkeiten kenne, weiß ich, dass ich wahrscheinlich mit seiner Waffe in meinem Mund aufgewacht wäre, hätte er mir etwas antun wollen.

»Ich bin in zwanzig Minuten unten«, sage ich ihm.

»In zehn«, erwidert er und legt auf.

Manche Menschen haben wirklich keine Manieren.

Ich stehe auf, putze meine Zähne und ziehe mich an. Danach mache ich mir schnell einen grünen Smoothie – meine Antwort auf Frühstück to go. Drei gefrorene Bananen, eine Handvoll Cashewkerne, ein Becher Spinat und ein Becher Kohl wandern in den

Mixer. Einige laute Sekunden später sind ich und mein riesiger Becher auf dem Weg nach draußen. Ich mache diesen Smoothie, um an den Tagen, an denen ich ins Büro muss, Zeit zu sparen.

Da wir gerade von Arbeit sprechen, versteht Caleb nicht, dass normale Menschen Jobs haben, bei denen sie mittwochmorgens erscheinen müssen? Ich gehöre zwar nicht dazu, aber das ist nicht der Punkt. Jetzt bin ich noch verärgerter. Andererseits ist es noch sehr früh, und das Ganze könnte vorbei sein, bevor der Arbeitstag beginnt.

»Du solltest besser einen guten Grund dafür haben, mich so früh aus dem Bett zu holen«, meine ich zu ihm, während ich die Autotür öffne.

»Dir auch einen schönen guten Morgen, Darren.« Er ignoriert mein Nörgeln, lässt den Motor an und fährt los, sobald ich eingestiegen bin. »Schau, Kind. Ich wollte dich auch nicht in aller Herrgottsfrühe aus dem Bett zerren, aber Jacob hat den Nachtflug hierher genommen und verlangt, dich vor dem Beginn deines Arbeitstages zu sehen, damit du nicht so viele Umstände hast. Und hier bin ich.«

Jacob, das Oberhaupt der Lesergemeinschaft, möchte mich sehen? Scheiße. Vielleicht hat Mira doch allen von meinem Strippenziehen erzählt und es ist bis nach ganz oben durchgesickert. Andererseits sieht Caleb nicht besonders feindlich gestimmt aus, also könnte meine Befürchtung unbegründet sein.

Während wir die ersten Straßen hinter uns lassen, werden meine Sorgen um die möglichen Gründe für

Jacobs Wunsch durch die Angst verdrängt, die Calebs Fahrstil mir macht. Ich beschwere mich nicht darüber, dass er wie ein Irrer gefahren ist, als wir Mira retten mussten, aber jetzt gerade gibt es keine Rechtfertigung dafür.

»Ich muss nicht zur Arbeit gehen, also bitte bringe uns nicht um«, sage ich. Caleb ignoriert meine Bemerkung. Also frage ich: »Was will Jacob von mir?«

»Was er von dir möchte, ist eine Angelegenheit zwischen ihm und dir.« Caleb hupt ein anderes Auto an, dessen Fahrer an der roten Ampel stehen geblieben ist, so als sei das falsch. »Ich versuche, die Zeit wiedergutzumachen, die wir verloren haben, als du dich fertig gemacht hast. Wir haben noch etwas anderes vor, bevor ich dich zu Jacob bringe.« Die Ampel springt um, und wir rasen weiter.

»Was denn?« Als ich einen Schluck meines Getränks nehme, wird mir klar, dass das kein Witz war. Allerdings würden die meisten Menschen wenigstens vorher fragen. Aber meiner Erfahrung nach werden erbsengrüne Morgengetränke ja auch mit Verwunderung oder Belustigung betrachtet, was bei Caleb ebenfalls nicht der Fall ist.

»Wir werden uns ein wenig amüsieren gehen«, sagt er mit der offensichtlichen Absicht, mich aufzuheitern. »Ein Typ aus Brooklyn ist als Erster dran.«

»Als Erster dran?« Ich bin verwirrt. »Wovon redest du?«

»Unserem Deal«, sagt er und schaut mich vorwurfsvoll an. Ich würde mich wirklich freuen, wenn er die Straße im Auge behalten könnte. »Ich habe mich für jemanden entschieden.«

Unser Deal. Mist. Ich hatte gehofft, er würde das Versprechen, welches ich ihm gegeben habe, vergessen. Ich soll ihm helfen, tiefer in die Gedanken einiger Kämpfer einzudringen, als er allein es kann – etwas, was andere Leser nicht für ihn tun wollen. Ich hatte gehofft, etwas mehr darüber herauszufinden, warum sie es nicht wollten, auch wenn es mir nicht wirklich weiterhilft – ich habe ihm mein Versprechen ja schließlich schon gegeben, als er bei Miras Rettung helfen sollte.

»Was weißt du über das, was wir tun werden?«, frage ich. Plötzlich ist Calebs Fahrstil nicht mehr meine größte Sorge.

»Ehrlich gesagt, nicht viel«, meint er nachdenklich und schaut auf die Straße. »Das einzige Mal, an dem ich es getan habe, war der andere Leser nur ein klein wenig stärker als ich. Ich glaube, dass die Länge der Zeit, die beide Beteiligten theoretisch zusammen in der Gedankendimension verbringen könnten, bestimmt, wie eng das Bewusstsein verschmilzt. Die Frau, mit der ich es tat, konnte allerdings nur einen Tag in der Gedankendimension verbringen.«

»Glaubst du das?« Toll. Jedes kleinste bisschen Vertrauen, das ich bei dieser Sache in ihn gelegt hatte, löst sich in Rauch auf. Ich frage mich, ob er überhaupt mehr weiß als ich.

»Es ist schwer zu beschreiben, Darren. Alles, was

ich sagen kann, ist: Lass uns abmachen, nicht in den Kopf des anderen einzudringen.«

Und dann verstehe ich es auf einmal: Wir haben Zugang zum Kopf des jeweils anderen. Er wird Zugriff auf meine Gedanken haben, auch wenn ich noch nicht genau verstehe, wie. Falls es so ähnlich ist wie das Lesen, könnte er theoretisch herausfinden, was gestern passiert ist. Er könnte sehen, dass ich die Strippen bei jemandem gezogen habe. Ich habe das Gefühl, dass ich große Schwierigkeiten bekommen könnte, sollte er das erfahren. Ich möchte ihn am liebsten fragen, was er über die Strippenzieher denkt. Aber das könnte ihn nur dazu veranlassen, genau daran zu denken, wenn er sich in meinem Kopf befindet.

»Je mehr ich darüber weiß, desto weniger möchte ich es tun, Caleb.«

»Ja, ich habe auch meine Bedenken«, erwidert er, und ich beginne schon, mir Hoffnungen zu machen. Diese werden allerdings zerstört, als er hinzufügt: »Aber mir bietet sich nicht jeden Tag so eine Gelegenheit. Wer weiß, ob ich jemals eine weitere bekommen werde. Und was dich betrifft, ein Deal ist ein Deal.«

»Was meinst du damit, dass du vielleicht nie wieder so eine Gelegenheit bekommst? Ich würde es problemlos an jedem anderen Tag machen; du hast mich einfach unvorbereitet erwischt. Ich habe nicht erwartet, dass du heute kommst. Ich bin einfach psychisch noch nicht bereit. Ich würde mich gerne ein wenig darauf vorbereiten, anstatt mich kopfüber hineinzustürzen.« Für mich hört sich das vernünftig an, aber es scheint Caleb nicht zu überzeugen.

»Oh, ich mache mir keine Sorgen darum, deine Schulden einzutreiben.« Ich kann nicht genau sagen, ob er einen Witz macht oder mich bedrohen möchte. »Die Gelegenheit, über die ich rede, bist nicht du, sondern hat mehr mit dem Opfer zu tun.«

»Wer ist es? Und warum ist es so eine rare Beute?« Meine Neugier beginnt die Oberhand über meine Besorgnis zu gewinnen, aber nur um Haaresbreite.

»Sein Name ist Haim. Ich habe herausgefunden, dass er in der Stadt ist, weil ich meine Kontakte zu fähigen Kämpfern befragt habe, von denen ich noch etwas lernen kann. Haim könnte jeden Moment wieder abreisen, wenn man bedenkt, was seine Arbeit ist. Das ist der Grund dafür, weshalb ich jetzt sofort zu ihm möchte.«

Ich lasse diese Informationen einsickern, während wir den Highway in Brooklyn Heights verlassen. Dieser Teil der Stadt ist für den Blick auf die Skyline von Manhattan und alte Sandsteinhäuser bekannt.

Zufällig parken wir auch genau vor einem solchen dreistöckigen Haus in der zweiten Reihe. Es ist idyllisch, wenn man ältere Architektur mag, was bei mir allerdings nicht der Fall ist. Ich stelle mir vor, wie muffig es darin sein muss.

Die Straße sieht dafür viel sauberer aus als dort, wo Mira wohnt. Fast wie in Manhattan. Ich kann verstehen, warum einige meiner Kollegen hier leben.

»Hol uns rein«, fordert mich Caleb auf, ohne den Motor abzustellen.

Ich gehorche und gleite in die Stille. Die Angst der Fahrt, die mir immer noch in den Knochen steckt, macht es mir einfach; Angst hilft mir immer dabei. Sofort verstummt das Motorengeräusch, und ich finde mich auf der Rückbank wieder.

Ich hole Caleb zu mir in die Stille, und wir gehen schweigend zu dem Haus.

Als wir die verschlossene Tür erreichen, öffnet Caleb sie mit ein paar kräftigen Tritten. Seine Beine müssen unglaublich stark sein. Danach geht er hinein, als würde er hier wohnen, und ich folge ihm.

Zu meiner Überraschung ist es hier drinnen wirklich hübsch – richtig schön. Die Dekoration hat etwas Exotisches, aber ich kann nicht genau sagen, was.

Im Erdgeschoss ist eine Küche, in der ein Mann und eine Frau gerade frühstücken. Beide haben olivfarbene Haut und dunkle Haare. Der Mann ist ziemlich gut gebaut – was auch zu erwarten war, wenn er ein Kämpfer ist, wie Caleb gesagt hat.

»Er«, sagt Caleb und deutet auf den Typen.

»Wie funktioniert das jetzt?«, möchte ich wissen.

»Du machst einfach das Gleiche wie immer, wenn du jemanden lesen möchtest. Sobald ich mir sicher bin, dass du in seinem Kopf bist, versuche ich, ihn zur gleichen Zeit zu lesen. So kann man es am besten erklären. Du wirst ein eigenartiges Gefühl verspüren – dein Instinkt wird das, was passiert, abwehren wollen.

Du musst dagegen ankämpfen und mir stattdessen erlauben, dein Lesen zu teilen. Solltest du das nicht tun, werden wir ihn getrennt voneinander lesen, so als sei der andere nicht da.«

»Und dann? Was passiert, wenn es funktioniert?«

»Dieser Teil ist schwer zu beschreiben. Es ist leichter, es einfach zu erleben. Psychedelisch ist das beste Wort, das mir dazu einfällt.« Er grinst – kein hübscher Anblick.

Psychedelisch ist gut, glaube ich. Manche Menschen zahlen dafür, um diese Erfahrung zu machen. Aber ich war niemals einer von ihnen.

»In Ordnung, ich habe es verstanden. Und wir dringen nicht in die privaten Erinnerungen des anderen ein«, sage ich und versuche, dabei so unbeschwert wie möglich zu klingen.

»So gut wir können, aber das ist reine Glückssache. In einer Sekunde wirst du sehen, was ich meine. Viel Glück.«

»Warte, wie weit soll ich in seinen Erinnerungen zurückgehen?«, frage ich und versuche damit, das Unausweichliche hinauszuzögern.

»Nicht zu tief. Deine Zeit wird mindestens auf drei aufgeteilt, während wir das tun. Ich verspreche dir, dass ich deine Tiefe nicht aufbrauchen werde. Versuche einfach, zu dem ersten gewalttätigen Erlebnis zu gehen, das du findest. So etwas sollte bei Haim nicht schwer zu finden sein.« Der letzte Teil scheint Caleb zu amüsieren.

»In Ordnung. Alles klar. Lass uns beginnen«, sage

ich und lege meine Hand auf Haims Handgelenk. Ich komme in die Kohärenz – die Vorstufe des Lesens. Trotz des zusätzlichen Stresses befinde ich mich fast augenblicklich darin.

Und dann bin ich auch schon in Haims Kopf.

2

»Haim, es ist so schön, dich hier zu haben«, meint Orit auf Englisch zu uns. Wir nehmen einen Schluck des Tees, den sie zubereitet hat, und versuchen, uns nicht die Zunge zu verbrennen. Wir denken darüber nach, dass dieses Treffen mit unserer Schwester einer der Höhepunkte in diesem Jahr war.

»Jetzt bist du dran«, sagen wir. »Du musst mich und Großmutter in Israel besuchen kommen.«

Orit zögert, bevor sie nickt. Trotz ihrer Zustimmung wissen wir, dass sie wohl nicht kommen wird. Es stört uns nicht wirklich; normalerweise begeben wir uns in zu große Gefahr, um die kleine Orit bei uns haben zu wollen. Andererseits denken wir, sie sollte wirklich irgendwann einmal nach Israel reisen. Vielleicht würde sie dort einen Ehemann finden. Oder endlich einige Worte Hebräisch lernen.

Ich, Darren, trenne mich von Haims letzten Erinnerungen. Ich bin erneut über das Fehlen von

Sprachbarrieren beim Lesen erstaunt. Haims Muttersprache scheint Hebräisch zu sein, und trotzdem verstehe ich seine Gedanken genauso gut wie die des Russen neulich. Es scheint zu beweisen, dass Gedanken sprachunabhängig sind, außer es gibt eine andere Erklärung für dieses Phänomen, die mit unseren besonderen Fähigkeiten zu tun hat.

Ich denke auch darüber nach, wie die Gefühle des anderen während dieses Vorgangs zu meinen eigenen werden. Die Frau mit der olivfarbenen Haut an diesem Tisch sah vor einem Moment noch ganz gewöhnlich für mich aus, aber in Haims Kopf ist das anders. Ihre dunklen Augen sind die unserer Mutter – und das Gleiche gilt für ihren fürsorglichen Charakter.

Ich werde durch ein neues Gefühl aus meinen Grübeleien gerissen.

Es ist etwas, was ich nur schwer beschreiben kann. Es erinnert mich an das Schwindelgefühl, wenn man zu schnell aufsteht oder zu viel Alkohol trinkt, nur tausendmal intensiver.

Alle meine Instinkte sagen mir, dass ich meinen Kopf von diesem Gefühl befreien muss. Mich stabilisieren muss. Mich selbst festigen muss. Doch was ich jetzt versuchen sollte, ist, genau das Gegenteil tun – zumindest wenn ich Calebs Anweisungen Folge leiste.

Also konzentriere ich mich darauf, leicht zu bleiben. Es ist schwierig, aber meine Belohnung, falls man das so nennen kann, ist, dass sich dieses eigenartige Gefühl verändert. Jetzt fühlt es sich losgelöster an, und eher so, als würde man aus einem Flugzeug fallen – ein Gefühl, das ich kürzlich kennengelernt habe, als ich meine Freundin Amy während eines Fallschirmsprungs gelesen habe.

Und dann beginnt auf einmal etwas völlig anderes.

Ein Gefühl unvorstellbarer Intensität überkommt mich, eine Kombination aus überwältigendem Erstaunen und Bewunderung. Ich fühle mich eigenartig wohl dabei. Das, was danach folgt, ist das Gefühl, als würde ich etwas mehr werden, nicht mehr nur mein eigenes Ich sein. Es ist beängstigend und gleichzeitig wunderschön.

Dieses Gefühl kommt in Wellen, es sind Momente, in denen ich tiefes Verständnis für alles auf der Erde und im Universum – oder sogar mehreren Universen – verspüre, so als habe sich meine Intelligenz gerade vervielfacht. Diese kurzen Augenblicke der Allwissenheit werden von etwas abgelöst, was ich am besten mit der Verehrung von etwas Heiligem beschreiben kann. Es ist, als würde ich gerade andächtig neben einem Mahnmal für gefallene Soldaten stehen.

Und inmitten dieser ganzen Eindrücke dämmert mir: Ich bin nicht allein. Ich bin Teil von etwas Elementarerem als mir selbst. Und plötzlich verstehe ich es.

Ich bin nicht mehr einfach nur Darren. Ich bin Caleb. Und ich bin Darren. Beides gleichzeitig. Aber nicht auf die gleiche Art und Weise, wie ich es normalerweise während des Lesens erlebe. Es besteht eine viel tiefere Verbindung. Während des Lesens sehe ich die Welt einfach nur durch die Augen einer anderen Person. Diese gemeinsame Leseerfahrung ist viel mehr als nur das. Ich sehe die Welt durch Calebs Augen, aber genauso sieht er die Welt durch meine. Ich verliere fast den Verstand, als ich begreife, dass ich sogar durch seine Augen sehen kann, wie die Welt durch meine eigenen Augen aussieht, wenn sie durch seine Sichtweise und Wahrnehmung gefiltert wird.

Ich kann spüren, dass er versucht, nicht allzu tief in meine Gedanken einzudringen, und ich versuche, das Gleiche zu tun. Allerdings beginnen diese positiven Gefühle, die ich bis jetzt erlebt habe, sich zu verdüstern. Ich spüre etwas Angsteinflößendes in Calebs Kopf. Das ganze Universum scheint in unseren verbundenen Gedanken eine einzige Sache zu schreien: »*Wir bleiben aus dem Kopf des anderen. Wir bleiben aus dem Kopf des anderen ...*«

Aber bevor einer von uns diesem vernünftigen Mantra Folge leisten kann, wird plötzlich ein Schwall Erinnerungen ausgeschüttet.

Unerklärlicherweise bin ich mir auf einer bestimmten Ebene sicher, dass Caleb gerade meine peinlichsten und lebendigsten Erinnerungen sehen kann. Ich weiß allerdings nicht, warum das passiert; es könnte sein, dass sie einfach so leuchtend aus meinen Gedanken hervorstechen, oder dass er neugierig ist, was einige dieser Dinge betrifft. Warum auch immer, er erlebt den Zeitpunkt, an dem meine Mütter mit mir über Masturbation sprachen. Wenn ich jetzt rot werden könnte, würde ich bei dem Gedanken daran, genau diese Erinnerung zu teilen, ein Gesicht in der Farbe einer reifen Tomate haben. Er erlebt auch andere Dinge, wie zum Beispiel das erste Mal, an dem ich nach meinem Fahrradunfall in die Stille geglitten bin. Mein erstes Mal Sex. Den Tag, an dem ich Mira in der Stille gesehen habe und mir klar wurde, nicht allein zu sein.

Auf einem bestimmten Niveau erlebe ich diese Erlebnisse mit ihm. Alles auf einmal, wie in einem Traum.

Und plötzlich fällt mir auf, dass etwas anderes passiert. Voller Entsetzen sehe ich einen mentalen Tsunami auf mich zustürmen – Calebs Erinnerungen.

3
———

Caleb, der Apparat ist gefunden worden.

Wir lesen die Nachricht, und Erleichterung überkommt uns.

»Uns?«, sagt eine sarkastische Stimme in meinem Kopf. »Ich bin es, Kind, Caleb. Das ist meine Erinnerung.«

»Wir ist, wie ich es erlebe, Caleb«, fauche ich zurück und hoffe, dass er mich hören kann. »Denkst du, dass ich hier sein möchte?«

»Dann verzieh dich doch.«

»Das würde ich auch, wenn ich könnte.«

»*Versuch es*«, denkt Caleb in meine Richtung, aber es ist zu spät. Ich bin in Calebs Erinnerung zurückversetzt, die sich vor mir wie eine Lesung entfaltet.

Diese Nachricht verändert unsere Mission nicht, stellen wir fest.

Wir nähern uns dem Auto und versuchen, so nah

wie möglich heranzukommen, bevor wir splitten. Es ist kein einfaches Unterfangen, jemanden anzugreifen, der ebenfalls die Gedankendimension betreten kann. Diese schwierige Kunst versuchen wir gerade zu erlernen.

Es ist generell nicht leicht, jemanden unbemerkt zu fangen, der splitten kann. Von frühester Kindheit an lernen diejenigen von uns, die die Gedankendimension betreten können, sich in sie zu begeben, um sich nach möglichen Bedrohungen in der realen Welt umzusehen. Zumindest die Paranoiden unter uns.

Dieses Problem ist sehr einfach zu lösen, aber die Wenigsten hätten den Mut dazu. Die Antwort ist, jemanden in der Gedankendimension selbst anzugreifen.

Ich trenne mich einen Moment lang ab und denke zu Caleb: »Warum jemanden in der Stille angreifen? Nichts von dem, was du dort tust, hat eine Auswirkung auf die reale Welt.«

»Habe ich dir nicht gesagt, aus meinem Kopf zu gehen?« Er hört sich verärgert an, falls man sich verärgert anhören kann, während man denkt. »Höre wenigstens mit den verdammten Kommentaren auf. Zu deiner Information: Wenn einer von uns in der Gedankendimension stirbt, hat das Auswirkungen in der echten Welt – dauerhafte Auswirkungen. Vertrau mir.«

»Aber trotzdem, warum solltest du nicht in der wirklichen Welt angreifen?«, möchte ich wissen.

»Kind, ich bin nicht hier, um dir etwas beizubringen. Wir sind meinetwegen hier, erinnerst du dich? Aber wenn es dich zum Schweigen bringt, erkläre ich es dir. Ein Vorteil davon, jemanden in der Gedankendimension anzugreifen, ist der Überraschungseffekt. Die Person kann mich unmöglich sehen, bis ich sie zu mir hineinziehe. Noch Unvorhersehbarer geht es nicht, und das ist auch der Grund für die Entwicklung dieser Technik. Ein weiterer großer Pluspunkt ist, dass ein Strippenzieher in der Gedankendimension nicht einfach irgendwelche in der Nähe stehenden Personen zu Hilfe rufen kann – etwas, was diese Arschlöcher definitiv versuchen würden. Aber bevor du in die Gedankendimension eindringst und Menschen angreifst, solltest du wissen, dass diese Technik auch ihre Nachteile hat. In einem normalen Kampf kann ich mich in die Gedankendimension zurückziehen. Das ist eine große Sicherheit. Ich kann splitten und sehen, wohin mein Gegner als Nächstes schlagen möchte. Wenn der Gegner kein Leser oder Strippenzieher ist, kann ich ihn außerdem lesen, was mir wertvolle Informationen über den nächsten Schritt meines Kontrahenten liefert. Leider ist in diesem Fall mein Gegner ein Strippenzieher. Alles, auf was ich mich verlassen kann, ist meine Fähigkeit, zu kämpfen. Das ist für mich in Ordnung, da ich mir über meine Fähigkeiten auf diesem Gebiet keine Sorgen mache. Ich entwickle meine Strategie trotzdem immer unter der Annahme, dass mein Gegner genauso gut oder besser ist als ich – auch wenn das in der Praxis kaum so sein wird.«

»Beeindruckend, auch wenn das viel mehr ist, als

ich jemals über dieses Thema wissen wollte – und extrem arrogant, um ehrlich zu sein«, denke ich.

»Du hast gefragt, Arschloch.«

Ohne einen weiteren Kommentar von Caleb werde ich wieder in seine Erinnerungen gezogen.

Ein Autoalarm geht in einiger Entfernung los. Wir beschließen, dass der Ort, an dem wir uns gerade befinden, für unser Vorhaben gut geeignet ist: Wir sind weit genug entfernt, um von dem Strippenzieher nicht gesehen zu werden, wenn wir uns nähern, aber nicht zu weit weg, um kämpfen zu können, sollte es trotzdem passieren.

Wir splitten, und der Autolärm sowie alle anderen Umweltgeräusche verstummen.

Jetzt befinden wir uns im Kampfmodus, und der Drang, den Mann im Auto töten zu müssen, ist überwältigend. Er beherrscht unsere ganze Existenz. Wir bekommen selten eine solche Gelegenheit. Ein ganz und gar gerechtfertigter Mord. Auf gar keinen Fall werden wir deshalb Gewissensbisse bekommen. Es wird keinen verlorenen Schlaf oder auch nur die kleinste Reue geben. Wenn es jemals eine Person verdient hatte, zu sterben, ist es diese.

Der Strippenzieher hat jetzt seit Wochen versucht, unserer eingezäunten Gemeinschaft Schaden zuzufügen. Er ist verantwortlich für die Bombe, die unsere Männer in diesem Moment entschärfen.

Es hätten viele Leser sterben können. Während unserer Wache. Diese Möglichkeit ist so undenkbar, dass wir sie immer noch nicht ganz begreifen können.

Der Anschlag wurde durch pures Glück verhindert, durch eine zufällige Entdeckung. Wir sahen die Veränderungen im Kopf unseres Elektrikers. Wir denken nicht länger über das nach, was passiert wäre, wenn wir sie nicht gesehen hätten. Der einzige Trost ist, dass wir wegen des Ausgangspunktes der Explosion auch unter den Todesopfern gewesen wären. Wir hätten nicht mit der Schande leben müssen, der Leiter des Sicherheitspersonals zu sein und ein solches Ereignis zuzulassen.

Natürlich hat dieser feige Strippenzieher sich nicht selbst die Hände schmutzig gemacht. Nein. Stattdessen hat er die Angestellten der Gemeinschaft manipuliert.

Erneut steigt Wut in uns hoch, als wir uns darauf konzentrieren, wie die Gedanken dieser netten, normalen Menschen manipuliert werden, nur weil sie Angestellte, Handwerker oder Gärtner sind, die für die Gemeinschaft arbeiten. Wir schäumen vor Wut über die Ungerechtigkeit, dass sie zusammen mit den Lesern in die Luft gesprengt worden wären. Ein Kollateralschaden in den Augen der Strippenzieher. Auf solche Mittel würden wir niemals zurückgreifen. Der Gedanke an Kollateralschäden ist einer der Gründe dafür, dass wir die Spezialeinheit verlassen haben.

Unsere Wut wird extrem gesteigert, als wir uns an das erinnern, was Julia herausgefunden hat, als sie Stacy, unsere Barfrau, gelesen hat – daran, was dieser Abschaum ihr angetan hat. Diese metaphorische Vergewaltigung von Stacys Kopf, durch die Stacy versuchen sollte, die Menschen zu verletzen, für die sie arbeitet, war ihm noch nicht genug. Dieser Ficker ging noch einen Schritt weiter – und tat es im wahrsten Sinne des Wortes. Er entschied sich dazu, sein dreckiges Geschäft mit seiner abscheulichen und perversen Lust zu kombinieren. Er brachte sie dazu, die abartigsten Dinge zu tun ...

Wir atmen tief durch und versuchen, unsere Wut zu unterdrücken, die beginnt, außer Kontrolle zu geraten. Wut ist nicht sehr hilfreich beim Kämpfen. Zumindest nicht bei dem Kampfstil, den wir entwickelt haben. Wir müssen beobachten, analysieren und danach handeln. Wir wissen aus der Geschichte, dass Berserker immer auf dem Schlachtfeld sterben, wenn auch ruhmreich. Das haben wir nicht vor. Wir praktizieren etwas, was sogar als das Gegenteil von blinder Wut angesehen werden kann. Wir nennen unseren Stil »bedachter Kampf«. Er erfordert einen gewissen Grad an Ruhe. Wir atmen einige weitere Male tief ein. Heute haben wir vor, eine bestimmte Person umzubringen, und diese befindet sich in dem Auto, dem wir uns gerade nähern. Wir müssen weiterleben, um alle Personen jagen und töten zu können, die an diesem Verbrechen, dieser Verschwörung beteiligt waren.

Wir betrachten den Mann durch die Fensterscheibe seines Autos. Wir sind vorsichtig. Wir erkennen Menschen, die wie wir sind, ehemalige Angehörige des Militärs. Die Körpersprache dieses Kerls schreit geradezu, dass er bei den

Spezialeinheiten war. Die Art und Weise, wie er geparkt hat – an einem Ort, der keinen Hinterhalt zulässt –, und die alarmbereite Körperhaltung, in der er dasitzt. Diese Hinweise deuten auf eine Eliteausbildung hin. Allerdings ist er nicht von der Special Activities Division, der wir angehört haben. Dessen sind wir uns ziemlich sicher. Er könnte mit dem Recapture Tactics Team trainiert haben – auch wenn das Arschloch wahrscheinlich ein paar Strippen gezogen hat, um dort hineinzukommen, zumindest was das psychologische Profil betrifft.

Wir atmen ein letztes Mal tief durch, schlagen das Beifahrerfenster ein und gleichzeitig dem eingefrorenen Strippenzieher ins Gesicht. Uns ist klar, dass dieser physische Kontakt ihn in unsere Gedankendimension bringen wird. Unser Ziel ist es, ihn zu töten. Es langsam zu tun, wäre ein besonderes Extra.

Wir bereiten uns darauf vor, zu schießen, sobald er sich materialisiert – aber das geschieht nicht. Eine Sekunde lang sind wir irritiert. Er sollte auf der Rückbank aufgetaucht sein, denken wir einen Moment lang, bevor ein stechender Schmerz in unserer rechten Schulter unsere volle Aufmerksamkeit beansprucht.

Eigenartigerweise scheint der Strippenzieher sich außerhalb des Autos materialisiert zu haben. Wir erinnern uns nicht daran, dass so etwas schon einmal vorgekommen ist. Jetzt haben wir allerdings keine Zeit, uns darüber zu wundern oder uns zu fragen, wie er an das Messer gekommen ist, das jetzt in unserer Schulter steckt. Durch diese Verletzung konzentriert sich unser ganzes Wesen nur auf eine einzige Sache: Überleben.

Das Brennen in unserer Schulter ist kaum auszuhalten, und die Pistole in unserer rechten Hand zu halten ist eine Qual. Wir versuchen, den Schmerz zu ignorieren, drehen uns um und wollen auf den Angreifer schießen. Er erkennt, was wir vorhaben, und befreit sich mit einer gekonnten Drehung. Wären wir nicht verletzt, hätte er damit keinen Erfolg gehabt. Aber wir sind es, und einen Moment später hören wir deshalb, wie unsere Waffe mit einem klickenden Geräusch auf dem Boden aufkommt. Mit seiner anderen Hand greift mein Gegner in seine Manteltasche.

Es ist an der Zeit, zu einem verzweifelten Schlag auszuholen.

Wir geben ihm eine Kopfnuss – ein gefährliches Manöver, das normalerweise zu vermeiden ist.

Der Aufprall lässt uns Sterne sehen, und wir fühlen uns orientierungslos. Doch es sieht so aus, als habe es sich gelohnt, dieses Risiko einzugehen. Der Strippenzieher hält seine jetzt hoffentlich gebrochene Nase fest. Das ist unser Moment.

Mit unserer gesunden linken Hand schlagen wir ihm erneut auf die Nase – beziehungsweise die Hände, die sie bedecken –, und mit dem verletzten Arm fassen wir in seine Manteltasche.

Wir ergreifen seine Waffe, heben unsere Hand und schlagen zu. Die verletzte Hand mit der Waffe als Knüppelersatz zu schwingen ist weniger schmerzhaft, als gezielt mit ihr zuzuschlagen. Der schwere Pistolengriff landet wieder auf der gleichen schmerzenden Stelle im Gesicht des Strippenziehers.

Er löst seine Hände nicht von seiner Nase. Seine Verletzung muss ernsthaft sein.

Er versucht es mit einem flachen Tritt, wahrscheinlich in der Hoffnung, unsere Beine zu treffen. Wir weichen dem Angriff aus, nehmen die Waffe in unsere linke Hand und lösen die Sicherung.

Zuerst schießen wir in seinen linken Oberarm. Er gibt ein eigenartiges, gurgelndes Geräusch von sich.

Danach schießen wir in seinen rechten Oberarm. Dieses Mal schreit er.

Wir genießen die Tatsache, dass die Schmerzen nahezu unerträglich sein müssen.

Es folgen zwei weitere Schüsse, jeweils einer pro Bein. Er fällt auf den Boden und versucht, sich in eine Art Schutzposition zu begeben.

Jetzt ist der Teil des »bedachten Kampfes« vorbei, und wir können die Wut wieder zulassen.

Wir lassen allerdings nicht zu, dass wir dadurch schneller vorgehen. Wir treten und atmen ein. Dann treten wir immer wieder zu.

Wir bewegen uns wie in einem Nebel. Die Zeit scheint langsamer zu werden.

Als unsere Beine schon schmerzen, und wir eine befriedigende Anzahl von brechenden Knochen gehört haben, werden wir dieses ganzen Spiels endlich müde. Schließlich wird der Strippenzieher ja so gut wie neu sein, sollte er nicht an den Verletzungen sterben und in die reale Welt zurückkehren. Aber das wird nicht passieren. Wir zielen mit der Pistole auf den Kopf unseres Gegners.

Es ist an der Zeit, zum Punkt zu kommen. Es ist an der Zeit, diesen Strippenzieher umzubringen ...

Ich, Darren, muss mich daran erinnern, dass dieses ganze Erlebnis nur eine furchtbare Erinnerung von Caleb ist. Mir ist schlecht. Gleichzeitig fühle ich mich erstaunlich gut mit dem gerade Erlebten. Es ist eine sehr eigenartige, widersprüchliche Kombination.

»Natürlich«, unterbricht mich Calebs Stimme. »Wir sind gerade beide Teil derselben Gedanken, und für meine Hälfte ist alles in Ordnung. Wie sich deine Hälfte, die schwache Hälfte, fühlt, ist irrelevant. Du magst es nicht? Dann verzieh dich endlich von hier.«

Ich versuche es, aber ich kann es nicht kontrollieren. Ungebeten überkommt mich eine weitere Erinnerung von Caleb.

Wir hören Lärm und wachen auf. Der Wecker neben unserem Bett zeigt an, dass es drei Uhr morgens ist, also nur eine Stunde, nachdem wir ins Bett gegangen sind. Das ist eine einzige Stunde Schlaf nach den Hunderten von Kilometern, die wir innerhalb der letzten vier Tage gelaufen sind.

Wir werden irgendwohin geschleift. Die Schwäche dämpft die Panik ein wenig, aber wir wissen, uns steht etwas Schlimmes bevor. Und dann trifft uns der erste Schlag. Danach der zweite. Wir erhalten einen Stoß, rutschen auf dem Blut von jemandem aus und fallen zu Boden. Nach allem, was wir gerade durchgemacht haben, haben sie beschlossen, uns zusammenzuschlagen?

Wir versuchen, den Schmerz zu ignorieren, und zwingen uns mutig, nicht in die Gedankendimension zu splitten. So ein Rückzug wäre Betrug, und wir möchten uns fühlen, als hätten wir diesen Platz verdient.

»Willst du nicht aufgeben?«, wiederholt eine Stimme, und wir hören, wie eine andere daraufhin zustimmt. Diese Person wird jetzt zwar sofort in Ruhe gelassen, aber natürlich ist sie gleichzeitig aus dem Programm raus. Für uns ist das keine Option. Wir würden alles geben, um zu bleiben – alles verlieren, alles ertragen. Wir geben niemals auf. Niemals.

Stattdessen stehen wir langsam auf. Ein Tritt landet in unserer Niere, ein weiterer in unserem Kreuz. Doch anstatt uns unten zu halten, bewirken sie das Gegenteil: Wir beginnen, uns zu bewegen. Es fühlt sich an, als würde die Welt uns nach unten drücken. Wir kämpfen um jeden Zentimeter, um jede Mikrosekunde, die wir weiter vorankommen, bis wir schließlich stehen.

Die Schläge, die von allen Seiten auf uns niederhageln, hören plötzlich auf.

Ein großer Mann tritt nach vorne.

»Dieser hier überlebt nicht nur – dieser Bastard will kämpfen. Schaut euch seine Haltung an«, sagt er, und in seine Stimme mischen sich Überraschung und Anerkennung.

Wir haben keine Kraft, um ihm zu antworten. Stattdessen schlagen wir mit unserem rechten Arm zu und wehren gleichzeitig seinen Gegenschlag ab.

Die Augenbrauen des Mannes heben sich. So viel Widerstand hatte er nicht erwartet.

Einmal im Kampfmodus, übernimmt unser motorisches Gedächtnis, und wir beginnen den tödlichen Tanz unseres persönlichen Kampfstils. Trotz unserer Erschöpfung fühlen wir ein Aufflackern von Stolz, als ein niedriger, schneller Tritt die Abwehr des Mannes durchdringt. Sein rechtes Knie gibt nach, als wir aufkommen; er schwankt, wenn auch nur einen Moment lang.

Wir werden zu einem Orkan aus Fäusten, Kopf, Knien und Ellenbogen.

Der Kerl blutet schon, als jemand schreit: »Halt!«

Wir hören nicht auf. Weitere Personen schließen sich dem Kampf an. Der Stil, den wir entwickelt haben, erlaubt uns normalerweise, mit mehreren Gegnern gleichzeitig fertigzuwerden, allerdings nicht mit Kämpfern dieses Kalibers, und schon gar nicht, wenn wir am Rande unserer Erschöpfung stehen. Wir spielen mit dem Gedanken, zu splitten, tun es aber nicht.

Schicksalsergeben wehren wir die tödliche Flut ihrer Angriffe ab, bis jemandem ein perfekt ausgeführter Tritt auf die linke Seite unseres Kopfes gelingt. Die Welt wird schwarz.

Ich, Darren, komme wieder zu Bewusstsein.

»*Was zum Teufel war das?*«, versuche ich zu schreien. Natürlich habe ich keinen Körper, also existiert der Schrei nur in dem Äther unserer gemeinsamen Gedanken.

»Nur ein Training«, antwortet mir Caleb auf gleichem Weg. »Du musst dich wirklich stärker konzentrieren. Mit der Suche nach Gewalt bist du zwar auf der richtigen Spur, aber du bist immer noch im falschen Kopf, in meinem. Gehe zurück zu Haim. Erinnere dich an das, wofür wir hier sind.«

Ich versuche, mich daran zu erinnern. Es fühlt sich an wie vor einigen Jahren, als wir nach Brooklyn Heights fuhren, um diesen israelischen Kerl zu lesen. Und als ich mich daran erinnere, begreife ich, dass ich immer noch hier bin, mit Haim und Caleb, mich immer noch mit Haims/Calebs/meiner Schwester Orit unterhalte. Der Schock darüber, ein doppeltes – nein, dreifaches – Gedächtnis zu werden, ist noch da, aber zumindest kann ich wieder allein denken.

»Beeil dich«, drängt Caleb. »Wir sind gerade dabei, wieder in die Erinnerungen des jeweils anderen von uns beiden zu fallen.«

Das möchte ich auf keinen Fall, also versuche ich mit übermenschlicher Anstrengung, zurück in Haims

Kopf zu gelangen. Ich versuche es mit dem Trick, mich leicht zu fühlen. Ich sehe mich selbst als Dampf in einem Nebel, so gewichtslos wie eine Pusteblume, die in der leichten Morgenbrise schwebt, und es scheint zu funktionieren.

Sobald sich das mittlerweile vertraute Gefühl einstellt, tief in die Gedanken einer anderen Person einzudringen, versuche ich mich zu konzentrieren und erinnere mich an einen Bruchteil dessen, was ich in Calebs Kopf sah.

Das scheint zu funktionieren ...

4

Der Angreifer vor uns lässt seinen Rumpf einen Moment lang ungeschützt; das ist das Letzte, was er in diesem Kampf tun wird, denken wir, als wir zuschlagen.

»Du hast es geschafft, Kind«, dringt Caleb zu mir durch. »Endlich sind wir beide in Haims Kopf.«

»Das habe ich auch schon bemerkt. Oder denkst du etwa auf Hebräisch?«

»In Ordnung. Jetzt halt den Mund und lass mich zusehen.«

Wir nennen die schnelle Abfolge von Schlägen auf den Solarplexus in unserem Kopf »Ausbruch«. Wir gehen währenddessen immer näher an unseren Gegner heran, weil die Kraft der Schläge dadurch verstärkt wird. Wir zählen zwanzig Schläge, bevor er versucht, uns abzuwehren und gleichzeitig zu einem Gegenschlag auszuholen.

Wir sind einen Augenblick lang beeindruckt von

der Ökonomie seiner Bewegungen, dann nehmen wir seinen Arm und nutzen seinen eigenen Schwung, um ihn aus dem Gleichgewicht zu bringen. Er fällt hart zu Boden. Bevor er versuchen kann, uns zu sich nach unten zu ziehen, treten wir gegen sein Kinn – und spüren das Knacken von Knochen, als unser nackter Fuß auf seinen Kiefer trifft. Er hört auf, sich zu bewegen.

Wahrscheinlich wird er in Ordnung sein. Einige Rippenbrüche und ein gebrochener Kiefer sind ein kleiner Preis für die Gelegenheit, gegen uns kämpfen zu dürfen. Jeder, der das außerhalb unseres Trainingsmoduls tat, lernte nichts. Er starb stattdessen.

Das Trainingsmodul ist unsere Antwort auf den riesigen Druck unserer Freunde, der Shayetet, die möchten, dass wir ihren Kämpfern unseren Stil lehren. Sie wissen, dass wir Krav Maga, den Kampfstil Israels, schon weit hinter uns gelassen haben. Dass wir Krav Maga, genauso wie jeden andern Kampfstil, auf den wir jemals gestoßen sind, hinter uns gelassen haben.

In diesen Modulen zu kämpfen ist ein Kompromiss. Keine tödlichen Schläge, keine aggressiven Angriffe auf den Lendenbereich; niemand stirbt während dieses Trainings. Ein solcher Kompromiss widerspricht natürlich dem eigentlichen Sinn. Dieser Stil wurde mit einem einzigen Ziel vor Augen entwickelt: Unseren Gegner zu töten. Jetzt verschwenden wir eine Menge Energie darauf, diesen Stil auf eine Art zu verwenden, für den er nicht bestimmt war. Jetzt fühlt es sich unnatürlich an, unseren Gegner umzubringen, was dem widerspricht, wofür wir unser ganzes Leben gearbeitet haben. Eine leere Imitation dessen, was wir uns erträumt haben. Sehr zu unserem Missfallen scheint sich aber niemand außer uns um diese Feinheiten zu sorgen. Sie fordern eine Schule, in der Zivilisten das zu ihrem Spaß lernen können, und weigern sich zu verstehen, dass es unmöglich ist, dieses Training dahingehend zu verändern. Das ist kein Sport für Zivilisten; das ist Leben oder Tod. Alles, was abgeschwächter ist, entehrt unsere Arbeit, die Leben, die wir während der Entwicklung dieses einzigartigen Kampfstils genommen haben.

»Ha-mitnadev haba«, sagen wir auf Hebräisch, und ich, Darren, verstehe, dass es heißt: »Der nächste Freiwillige«.

Wir erkennen den Mann, der eintritt. Moni Levine. Er ist ein berühmter Krav-Maga-Lehrer. Sie wollen wahrscheinlich, dass er von uns lernt, damit er es danach anderen lehren kann. Wir hoffen, dass das irgendwie funktionieren wird. Wir würden jede Möglichkeit begrüßen, die Trainings nicht mehr durchführen zu müssen.

Ich, Darren, trenne mich von den Gedanken, so wie ich es während anderer Lesungen getan habe. Diesmal ist es natürlich anders, da ich immer noch Caleb spüren kann. Ich kann seine Aufregung fühlen. Offensichtlich weiß er Haims Kampfstil mehr zu schätzen als ich.

»Konzentriere dich«, erreicht mich Calebs

Gedanke, und ich lasse mich erneut von Haims Erinnerung absorbieren.

»Azor, esh li maspik«, sagt Moni nach fünf Minuten brutaler Angriffe. Es ist keine Überraschung, dass es »Halt, ich habe genug« bedeutet.

Wir lassen ihn freundlich wissen, dass er sich tapfer geschlagen hat und dass er gerne wiederkommen kann.

Der nächste Gegner tritt ein. Danach ein weiterer. Es müssen zehn oder mehr nacheinander sein. Keiner von ihnen ist eine Herausforderung. Das ist ein weiterer Teil dieses Trainings, den wir hassen. Wir kämpfen fast mechanisch, während unsere Gedanken bei unserer bevorstehenden Reise in die Vereinigten Staaten sind. Wir sind besorgt, durch dieses Trainingsmodul tödliche Angewohnheiten zu entwickeln, wie während des Kampfes an andere Dinge zu denken …

Ich, Darren, löse mich erneut, aber sofort überzeugt Caleb mich in Gedanken, eine weitere dieser frischeren Erinnerungen zu finden. Das tue ich auch. Sie ist fast identisch mit dem Kampf, den wir schon gesehen haben, aber Caleb möchte sie erleben. Und noch ein Kampf. Und ein weiterer.

Wir wiederholen das Ganze, erleben mindestens eine Woche – wenn nicht zwei oder drei – des pausenlosen Kämpfens. Alles beginnt zu verschwimmen.

»Ich kann nicht mehr«, denke ich schließlich Richtung Caleb. Die Müdigkeit, die ich fühle, ist nicht körperlich, sondern geistig. Das macht sie irgendwie stärker, unausweichlich. Die menschliche Psyche ist nicht auf so etwas vorbereitet, was wir gerade tun. Ich fühle mich, als hätte ich seit Jahren nicht geschlafen, und mich seit Jahrtausenden nicht ausgeruht. Ich beginne, die Zeit zu vergessen, in der ich nicht Haim war. Ich kann mich an keinen Moment erinnern, an dem ich nicht gekämpft habe.

»Gut«, bekomme ich als Antwort. Plötzlich fühle ich einen riesigen Verlust. So als würde das ganze Universum in sich zusammenfallen.

Nach einigen verwirrenden Augenblicken verstehe ich. Caleb hat uns verlassen. Ich bin allein hier – nicht mehr länger Teil verbundener Köpfe.

Da ich keine Sekunde länger als nötig in Haims Kopf verbringen möchte, ziehe ich mich sofort aus ihm zurück.

ICH BIN WIEDER IN DER STILLEN KÜCHE VON HAIM UND Orit. Ich blicke schockiert auf Haim, der immer noch eingefroren ist – mit einem wachsfigurenartigen Lächeln in Richtung seiner ebenfalls starren Schwester. Er sieht nicht ansatzweise so gefährlich aus, wie er ist. In diesem Punkt unterscheidet er sich von Caleb, der mit seinem knallharten Auftreten und diesem Leuchten in den Augen irgendwie immer gefährlich aussieht. Da ich jetzt einen Einblick in Calebs kaputtes Gehirn bekommen habe, weiß ich, dass er noch viel gefährlicher ist, als er aussieht.

Ich versuche, nicht zu intensiv über das nachzudenken, was ich gerade erlebt habe. Es ist allerdings zu spät; die gewalttätigen Bilder gehen mir durch den Kopf, und ich bin überwältigt. Es sind nicht Haims Erinnerungen an diese unendlichen Kämpfe, die mich beschäftigen. Es sind Calebs. Die Dinge, die er mit dem Strippenzieher getan hat, sind verstörend frisch und werden in meinem Kopf in einer Endlosschleife abgespielt. Ich setze mich auf den freien Stuhl neben Haims Schwester an den Frühstückstisch und versuche, beruhigend durchzuatmen. Würde ich mich nicht gerade in der Stille befinden, wäre mir jetzt schlecht.

»Bist du in Ordnung, Kind?«, fragt Caleb ruhig.

»Nein«, antworte ich ehrlich. »Überhaupt nicht.«

»Falls es dir hilft: Ich werde das nicht noch einmal machen«, sagt er zu meiner enormen Erleichterung. »Dein Kopf ist zu verdreht.«

»Was? *Meiner* ist zu verdreht?«, erwidere ich wütend und vergesse für einen Moment meine Müdigkeit. Frechheit, und das gerade von diesem Kerl. Ich bin nicht derjenige, der Menschen foltert und umbringt. Ich bin nicht derjenige, der einen komischen, masochistischen Gefallen an diesem brutalen Training empfand. Ich wollte keinen Mörder lesen, um selbst besser töten zu können.

»Du bist ein komischer Kauz.« Er grinst. »Aber das ist nicht alles. Ich habe das Gefühl am Anfang, als sich unsere Gedanken verbunden haben, gehasst.«

»Ich dachte, du hättest das schon einmal getan.«

Plötzlich sieht er ernst aus. »Dieses Mal war anders als das letzte. Zu eigenartig. Viel zu tief. Das letzte Mal haben wir unsere Erinnerungen nicht auf einem derartigen Niveau erlebt. Mit dir hat es sich fast …« Er schaut weg, als würde er sich schämen, diese Worte laut auszusprechen. »Ich weiß nicht, wie sich eine religiöse Erfahrung anfühlt. Es tut mir leid, Kind. Das Ganze war mir einfach zu tief.«

Hmm, religiös. Eine interessante Sichtweise. Ich selbst hätte es nicht so genannt, aber jetzt, da er es erwähnt, ergibt das Wort Sinn. Es ist nicht so, dass ich jemals selbst irgendwelche tiefreligiösen Erfahrungen gemacht habe, aber ich wuchs auch unter der Obhut von zwei sehr weltlichen Müttern auf. Ich hätte Worte wie übersinnlich oder berauscht benutzt, um das zu beschreiben, was passiert ist.

»Ich stimme dir hundertprozentig zu«, erwidere ich. »Ich möchte das auch nie wieder tun.« *Besonders nicht mit einem Kopf, der so kaputt ist wie deiner,* denke ich, behalte es aber für mich.

»Und wir werden nicht über das reden, was wir hier gesehen haben. Das ist eine Sache zwischen uns.« Er schaut mich eindringlich an.

»Natürlich. Das ist selbstverständlich«, sage ich, vielleicht ein wenig zu eilig. Ich weiß nicht, was er alles aus meiner Vergangenheit gesehen hat, aber ich bin mir sicher, dass es nicht nur einige wenige peinliche Bruchstücke waren. Zum Glück scheint er die Erinnerung, die ich am meisten verstecken wollte, nicht entdeckt zu haben – mein Erlebnis von gestern.

Ansonsten wäre mir wohl das gleiche Schicksal widerfahren wie dem Strippenzieher aus seiner Vergangenheit. Dieser Gedanke macht mir Angst.

»Du musst eine stärkere Tiefe haben, als ich gedacht habe«, bemerkt Caleb. »Die Tiefe bestimmt die Intensität, mit der sich unsere Gedanken während dieser Erfahrung verbinden. Das muss der Grund dafür sein, dass sie so stark war.«

Ich verdaue diese Information. Wenn das, was er sagt, stimmt, wäre diese Erfahrung mit fast jeder anderen Person überwältigender – Calebs Tiefe ist ja angeblich ziemlich schwach. Ich muss vorsichtig sein, falls ich das noch einmal tun sollte. Nicht, dass ich das vorhätte.

»Wollen wir zurückgehen?«, fragt er und unterbricht damit meine Überlegungen.

»Ich denke schon. Ich sehe keinen Sinn darin, noch länger hier sitzen zu bleiben«, antworte ich ihm. »Hast du wenigstens etwas über Haims Kampfstil gelernt? Ich würde es hassen, wenn wir das alles umsonst getan hätten.«

»In diesem Punkt war es ein riesiger Erfolg. Meine Erwartungen wurden um einiges übertroffen. Er ist wirklich brillant. Eines Tages werde ich ihn in der richtigen Welt aufsuchen und ihn irgendwie dazu bringen, gegen mich zu kämpfen, genauso wie er es mit den anderen Personen in seiner Erinnerung getan hat. Aber vorher muss ich natürlich erst ein paar Abwehrtechniken gegen seine besten Taktiken entwickeln«, antwortet Caleb lachend.

»Wie funktioniert das?«, frage ich mich laut. »Durch das Lesen zu lernen, meine ich. Habe ich überhaupt etwas gelernt?«

»Es wird mir mit Sicherheit mehr helfen als dir. Eine Grundlage zu haben spielt eine wichtige Rolle. Was mich betrifft, habe ich sehr gute Kenntnisse über Krav Maga, Aikido, Keysi, Kickboxen und viele andere Kampfsportarten, die ganz deutlich Haims Stil beeinflusst haben. Dank dieses Wissens kann ich eine Menge von dem profitieren, was wir beide auf diesem direkten, bewussten Niveau erlebt haben. Aber was dich betrifft, habe ich keine Ahnung. Ich denke, dass du etwas aufgenommen hast, aber ich weiß nicht, wie viel. Ich kann auch nicht sagen, ob du etwas von dem, was du gesehen und in deinem Kopf hast, praktisch anwenden könntest.«

Und noch bevor er seinen Satz zu Ende gesagt hat, steht er neben mir und schlägt mir mit der Faust ins Gesicht.

Wie ich darauf reagiere, überrascht mich zurückblickend. Ich springe von meinem Stuhl auf und schmeiße ihn auf Caleb. Ohne zu überlegen, blockt mein Ellenbogen seine rechte Hand mitten im Schlag. Mein Ellenbogen tut höllisch weh, aber die Alternative wäre gewesen, einen weiteren Schlag ins Gesicht zu bekommen. Was allerdings noch viel faszinierender ist, ist, dass meine linke Hand versucht, ihn in die Brustmitte zu boxen. Ich erinnere mich daran, das als Haim getan zu haben. Es ist seine spezielle Bewegung, denke ich – dieser Schlag auf den Solarplexus.

Caleb nimmt meine Faust auf seiner Brust hin, ohne auch nur mit der Wimper zu zucken. Das sollte eigentlich wehgetan haben, denke ich kurz. Andererseits kann seine Bauchmuskulatur die Wucht des Schlages abgedämpft haben. Dieses Wissen habe ich auch auf einmal. Ich habe nur keine Zeit, darüber nachzudenken, weil er erneut zuschlägt. Ich wehre auch diesen Angriff ab, als ich eine weitere Bewegung wahrnehme. Bevor ich verstehen kann, was passiert, fühlen sich meine Hoden an, als würden sie explodieren.

Meine Welt wird zu einem einzigen Schmerz. Ich kann nicht atmen.

Ich falle zu Boden und umklammere meine besten Stücke.

»Entschuldige bitte«, sagt Caleb. »Du hast so hervorragend reagiert, dass ich dachte, ich pusche dich noch ein wenig. Ich habe nicht damit gerechnet, dass du so einen einfachen, langsamen Tritt nicht abwehren würdest. Eine Bewegung, die eine der Säulen von Haims Stil ist. Du musst sie mindestens einige tausend Male ausgeführt haben, als du dich in seinem Kopf befunden hast.«

Er grinst, während er das sagt – dieser Bastard.

Wenn ich eine Waffe zur Hand hätte, würde ich ihm in sein hämisch grinsendes Gesicht schießen. Niemals zuvor hatte ich solche Schmerzen. Dieser Tritt mag »langsam« gewesen sein, aber das ändert nichts an seiner Wirkung – nicht an einer so empfindlichen Stelle. Ich versuche, meine Atmung zu kontrollieren.

»Du. Gehst. Mir. Ehrlich. Auf. Den. Sack«, kann ich mühsam herauspressen.

»Du wirst so gut wie neu sein, sobald wir wieder in unseren Körpern sind«, erwidert er und hört sich nicht wirklich bedauernd an.

»Arschloch.« Selbst in meinen eigenen Ohren höre ich mich wie der schlechte Verlierer nach einer Pausenhofprügelei an.

»Stütz dich auf mich auf, während wir hinausgehen«, sagt er und hält mir seine Hand hin. Ich lasse ihn einige Minuten in dieser eigenartigen Haltung mit seiner ausgestreckten Hand warten. Als der Schmerz ein wenig nachlässt, ergreife ich sie.

Ich kann kaum gehen, als ich das Haus von Haims Schwester verlasse. Sobald ich neben meinem eingefrorenen Ich stehe, verlasse ich die Stille.

5

Die Welt erwacht zum Leben, und meine Schmerzen sind augenblicklich verschwunden. Ihre plötzliche Abwesenheit macht mich einen Moment lang geradezu glücklich. Dieses Gefühl überkommt mich, als wir unsere verrückte Fahrt in das Herz Brooklyns wiederaufnehmen.

Während ich glückselig die Abwesenheit des Schmerzes genieße, bin ich erneut dankbar für diese spezielle Eigenschaft des Zurückkehrens aus der Stille: Die Tatsache, dass das Verlassen der Gedankendimension die körperlichen Schäden rückgängig macht, die man während des Aufenthaltes in ihr erhalten hat. Allerdings weiß ich jetzt, dass es eine Sache gibt, die irreparabel ist.

In ihr zu sterben.

Obwohl ich noch nicht so genau weiß, wie das funktioniert, weiß ich, dass Caleb versucht hat, den Strippenzieher in der Stille zu töten. Seine Gedanken diese Angelegenheit betreffend waren ganz eindeutig – der Strippenzieher sollte aufhören zu existieren. Davon war Caleb einhundertprozentig überzeugt.

Ich denke, ich habe auf irgendeine Art gewusst, dass der Tod in der Stille möglich sein könnte. Deshalb hatte ich auch nie ausprobiert, mich dort umzubringen. Ich habe mich mit Sicherheit ein wenig geschnitten, aber immer potentiell lebensgefährliche Sachen vermieden. Ich hatte immer das Gefühl, die Ahnung, dass mein Tod in der Stille Auswirkungen auf die Realität haben könnte.

»Werde ich jetzt den ganzen Rest des Weges mit Schweigen bestraft?«, will Caleb wissen und reißt mich damit aus meinen morbiden Überlegungen.

Mir fällt auf, dass wir schon eine ganze Weile fahren, ohne zu reden. Caleb nimmt wahrscheinlich an, dass ich wegen des Tritts in meine intimsten Teile immer noch wütend auf ihn bin. Und das bin ich auch, aber das ist gerade meine kleinste Sorge.

»Ich denke gerade über das nach, was passiert ist. Warum wir genau diese Erinnerungen sahen«, erwidere ich, und es ist auch nicht ganz gelogen.

»Jemand hat mir einmal erzählt, dass wir Erinnerungen finden, über die wir nachdenken – bewusst oder unbewusst«, erklärt er mir. Er zuckt mit den Schultern, so als sei er sich nicht sicher, ob das einen Sinn ergibt oder nicht. »Es schien mir eine ausreichende Erklärung zu sein.«

Sie ergibt Sinn. Caleb hatte mich gebeten, gewalttätige Erinnerungen an Kämpfe zu finden, und ich sah sein Training. Ich hatte mich gefragt, was Leser mit Strippenziehern machen, und habe die Erinnerung Calebs bekommen. Jetzt muss ich nur noch sicherstellen, dass meine Verbindung zu den Strippenziehern geheim bleibt. Caleb hat offensichtlich keinen Zugang zu dieser speziellen Erinnerung in meinem Kopf bekommen, und ich möchte, dass das auch so bleibt. Ich bin mir noch sicherer als zuvor, dass ich nicht möchte, dass die Leser irgendetwas über mein Geheimnis herausfinden.

»Deshalb habe ich also diese ganze Gewalt in deinem Kopf gesehen«, meine ich. Das ist eine wohlüberlegte Aussage. Ich versuche, meine Spuren zu verwischen, da mir gerade aufgefallen ist, mich selbst dadurch verraten zu können, seine Erinnerungen an Strippenzieher gelesen zu haben. Wenn ich ihn davon überzeugen kann, dass die Erinnerung an den Strippenzieher nur ein Zufall war, und dass der Gedanke an Gewalt sie hervorgerufen hat, wird er hoffentlich niemals andere Rückschlüsse daraus ziehen.

Caleb seufzt als Antwort darauf. »Das ist nicht der einzige Grund. Wenn du in meinen Kopf eindringst, wirst du immer Gewalt vorfinden, egal was du außerdem noch für Interessen haben könntest. Es gibt nicht viele andere Dinge dort. Du wirst keine zwei liebenden Mütter oder Hundewelpen oder Regenbögen finden.«

Obwohl er versucht, sarkastisch zu klingen, fühle ich doch Mitleid mit ihm. Er hört sich fast ein wenig wehmütig an. Wünscht sich dieser kaltblütige Mörder glücklichere Erinnerungen?

»Darren«, sagt er, als ich gerade darüber nachgrübele. Sein Ton ist jetzt anders, schwer einzuordnen. Ich bin mir nicht sicher, ihn zu mögen. »Es gibt da noch etwas anderes, über das wir reden müssen.«

Mein Magen zieht sich zusammen. Weiß er doch, dass ich Strippen ziehen kann?

»Falls Jacob dich zu Julia befragt – auch wenn ich nicht glaube, dass er das tun wird –, sag ihm bitte, dass du nichts weißt«, erklärt er mir, und ich atme erleichtert aus. Jetzt verstehe ich auch seinen Ton. Er ist besorgt, und das hört sich bei Caleb unnatürlich an. Das sind jetzt schon zwei unerwartete Gefühle hintereinander. Hat unser Aufenthalt im Kopf des jeweils anderen etwas damit zu tun?

»Na klar«, sage ich und versuche so zu klingen, als sei das eine Kleinigkeit. »Kein Problem. Aber warum?«

»Da sie sich immer noch erholt, sehe ich keinen Sinn darin, ihre Eltern zu beunruhigen. Außerdem würde sie nicht wollen, dass ihr Vater weiß, dass sie angeschossen wurde, als sie Mira geholfen hat«, erklärt er kurz.

Jetzt verstehe ich es. Julia ist nicht die Einzige, die das nicht möchte. Caleb hat zugelassen, dass die Tochter seines Chefs angeschossen wurde. Sollte Jacob das herausfinden, steckt Caleb in riesigen Schwierigkeiten.

»Dein Geheimnis ist sicher bei mir«, sage ich, wahrscheinlich ein wenig zu schnell.

Er antwortet nicht, und im Auto herrscht Schweigen, während wir unsere Fahrt fortsetzen.

Auf der wilden Fahrt zur Lesergemeinschaft, auf der wir alle Autos überholen, die sich auf unserer Spur befinden, denke ich weiter über das nach, was gerade passiert ist. Theoretisch besitze ich zum ersten Mal in meinem Leben beeindruckende kämpferische Fähigkeiten. Und damit meine ich nicht einen Tritt in den Arsch während einer Kneipenschlägerei – was Haim getan hat, ging weit über einen Tritt in den Arsch hinaus. Das ist ein aufregender Gedanke. Falls ich ungewollt in eine Auseinandersetzung geraten sollte, könnte ich mich verteidigen. Theoretisch zumindest.

Ich erkenne die Gebäude wieder, die gerade an uns vorbeiziehen, und mir fällt auf, dass wir gerade am Kanal vorbeifahren – der kleinen Wasseransammlung, die Eugene Sheepshead genannt hat. Wir befinden uns auf der Emmons Avenue, der Straße, auf der die Gangster gestern auf mich geschossen haben. Wir sind fast bei der Gemeinschaft angekommen, und ich frage mich erneut, was Jacob von mir möchte.

Als wir das Auto parken, treffen wir einen Kerl, an den ich mich vom Vortag erinnere. Denjenigen, der Eugene nicht zu mögen scheint. Calebs unfreundlicher Zwillingsbruder – und unfreundlicher als Caleb zu sein ist schwierig. Ich hasse den Blick, mit dem er mich betrachtet – so wie ein Wolf, der ein verloren gegangenes Schaf anschaut.

»Sam, führe Darren zu Jacob und bring ihn hierher zurück, wenn sie fertig sind«, sagt Caleb.

Sam dreht sich ohne ein Wort zu sagen um und geht schnellen Schrittes auf das beeindruckende Gebäude zu. Ich folge ihm. Den ganzen Weg über herrscht unangenehmes Schweigen.

Wer hätte gedacht, dass Caleb der freundlichere von beiden sein würde?

»Sam, du kannst jetzt gehen«, sagt Jacob und entlässt ihn damit, nachdem er mich in das schicke Büro gebracht hat.

»Darren, ich freue mich, dich persönlich kennenzulernen«, begrüßt mich Jacob, sobald Sam gegangen ist. Er schüttelt mir fest die Hand und lächelt mich aufmunternd an.

»Ich freue mich ebenfalls, Jacob.« Ich versuche, seine Freundlichkeit zu erwidern, und hoffe, dass ihm nicht auffällt, wie nervös ich bin.

Von Angesicht zu Angesicht sieht er anders aus als über Skype. Ich denke, die Anwesenheit Eugenes hat ihn wirklich gestört. Heute scheint Jacob ein netter Kerl zu sein.

»Ich wollte mich ordentlich vorstellen.« Er setzt sich hin und gibt mir zu verstehen, den Stuhl auf der anderen Seite zu nehmen. »Wir bekommen nicht jeden Tag neue Leser.«

»Ich verstehe. Dieser spezielle Termin hier schien

von besonderer Dringlichkeit zu sein.« Ich versuche, mich nicht zu feindselig anzuhören, und nehme Platz. Ich frage mich, ob ich in die Stille hinübergleiten und mir dieses Büro näher anschauen sollte. Würde Jacob überhaupt etwas herumliegen lassen, da er sich der Stille bewusst ist? Ich komme zu dem Entschluss, dass er das wahrscheinlich nicht tun würde.

»Keine wirkliche Eile, das kann ich dir versichern. Es ist eher, dass ich meine Neugier befriedigen und eine ordentliche Antwort auf einen ungewöhnlichen Fall bekommen möchte. Deine Situation ist sehr speziell. Du hast gesagt, dass du bis gestern nicht wusstest, ein Leser zu sein.«

»Das habe ich gesagt, weil es so ist«, antworte ich ein wenig zu verteidigend. Ich verändere meinen Ton, und fahre fort: »Ich wurde adoptiert.«

»Entschuldige bitte, wenn ich mich ungläubig angehört habe – ich wollte damit nicht sagen, dass du lügst. Es ist nur eine sehr ungewöhnliche Angelegenheit. Besonders die Tatsache, dass du alleine herausgefunden hast, dass du splitten kannst. Das ist doch richtig, oder?«

»Ja, das stimmt. Das erste Mal ist es passiert, als ich noch ein Kind war«, sage ich. Ich erzähle ihm von meinem Fahrradunfall, davon, dass ich dachte, ich müsse sterben, und der Welt, die um mich herum einfror.

Er befragt mich zu meiner Kindheit, und ich erzähle ihm einige Erlebnisse. Es ist die freundlichste Befragungstechnik, die ich jemals erlebt habe. Dieser

Kerl scheint sich wirklich für mich zu interessieren. Und ich habe eine Schwäche. Wie die meisten Menschen rede ich gerne über mich selbst. Als mir das auffällt, werde ich vorsichtiger. Ich möchte nichts sagen, was meine Erfahrungen als Strippenzieher verraten könnte.

»Mein Hauptanliegen heute ist, mit dir über Diskretion zu reden«, beginnt Jacob, nachdem ich den angebotenen Kaffee angenommen habe. Er hat ihn mir persönlich zubereitet.

»Diskretion?«, frage ich und puste vorsichtig auf mein heißes Getränk.

»Wir Leser halten unsere Existenz seit der Antike vor den anderen Menschen geheim«, sagt er mit predigender und monotoner Stimme. Ich habe den Eindruck, dass er diese Rede schon viele Male gehalten hat. »Wir haben immer fest daran geglaubt, dass die Öffentlichkeit uns etwas Schlimmes antun würde, wenn sie es herausbekäme.«

Ich erinnere mich daran, dass Mira und Eugene eine Verschwiegenheitserklärung der Lesergemeinschaft erwähnt haben, was die Fähigkeit, zu lesen, anbelangt. Da ich nicht vergessen habe, wie Jacob über Skype auf Eugenes Anwesenheit reagiert hat, sage ich ihm lieber nicht, dass ich das schon von Miras Bruder weiß. Stattdessen entscheide ich mich für: »Das hört sich düster an.«

»Ja«, stimmt mir Jacob zu. »Aber wie du weißt, können wir die Gedanken der Menschen lesen, und diese Fähigkeit ermöglicht uns den Zugang zur wahren menschlichen Natur. Vertraue mir, wenn ich dir sage, dass sie uns nicht mit freundlichen Armen empfangen würden. Ich wünschte mir, dass es anders wäre, aber leider ist das nicht der Fall.«

»Also, was denkst du würde passieren, wenn unsere Existenz bekannt werden würde?«, möchte ich von ihm wissen und lege meine plötzlich kühlen Hände um den warmen Becher.

»Wir könnten zu geheimen Sklaven des Nachrichtendienstes einer Regierung werden – und das wäre die beste Aussicht.« Mein Kiefer spannt sich an. »Die wahrscheinlichste wäre unsere komplette Ausrottung.«

Ausrottung? Er kämpft mit harten Bandagen. »Müssen unsere Aussichten so düster sein?«, frage ich nach und zwinge mich, einen Schluck meines Kaffees zu trinken. Ich kann meinem Hang dazu, den Advokat des Teufels zu spielen, einfach nicht widerstehen. Ich habe nie viel über diese Sache nachgedacht, die meine Freunde erwähnt haben, aber was Jacob sagt, hört sich plausibel an – was sein Infragestellen so schwierig macht. Meine Angewohnheit, einfach alles in Frage zu stellen, hat meine Mütter und meinen Onkel schon während ich aufwuchs verrückt gemacht. »Was ist mit Fortschritt?«, werfe ich ein. »In der modernen Zeit würden Menschen so etwas bestimmt nicht mehr tun. Wir sind ja nicht so anders als die anderen.«

»Wir sind eine andere Spezies.« Sein Ton wird schärfer.

»Na ja, genau genommen sind wir es nicht.« Auch

auf das Risiko hin, den positiven Unterton unserer Unterhaltung zunichte zu machen, kann ich mich einfach nicht beherrschen. »Diejenigen, die du Halbblute nennst, sind der lebende Beweis dafür.«

Und damit nimmt unser Gespräch eine böse Wendung. Jacobs Gesicht läuft rot an. »Du bist nicht für semantische Haarspaltereien hier.« Er schlägt mit der flachen Hand auf den Tisch. »Der sogenannte Fortschritt wird unsere Ausrottung nur schneller vonstattengehen lassen, als wir es jemals für möglich gehalten hätten.«

Ich blicke ihn schweigend an, da ich von seinem Ausbruch völlig schockiert bin. »Ich wollte dich nicht verärgern«, sage ich nach einem Augenblick mit besänftigender Stimme.

Er atmet tief ein und seufzt hörbar. »Es tut mir leid. Das ist ein heikles Thema für mich.«

»Ich verstehe«, erwidere ich vorsichtig. Ich frage mich, ob er so empfindlich ist, weil Eugene, ein Halbblut, eine Zeit lang mit seiner Tochter ausging. »Dir muss klar sein, dass ich mich sehr mit den normalen Menschen identifiziere ...« – ich benutze meine Finger, um in der Luft Anführungszeichen für das Wort *normal* zu setzen – »da ich ja bis gestern angenommen habe, selbst einer zu sein. Ich wusste nicht, dass Leser existieren.«

»Richtig, und das ist wahrscheinlich auch ein guter Grund dafür, mir zu vertrauen. Mein Volk hatte jahrhundertelang Zeit, die beste Strategie auszuarbeiten, um mit unserer Situation umzugehen –

und sie ist, niemanden etwas von unserer Existenz wissen zu lassen. Das ist der Grund dafür, warum ich es für so wichtig hielt, mit dir zu reden. Das ist alles neu für dich, und da du jung bist, bist du von Natur aus idealistischer, naiver als die anderen. Du bist nicht von Kind an als Leser großgezogen worden, wie es normalerweise der Fall ist. Du hast die Horrorgeschichten über unsere bewegte Vergangenheit nicht erfahren. Glaube mir, die Gefahr für unser Volk ist real.«

Jetzt wird mir klar, dass ich mich als Advokat des Teufels eventuell in Schwierigkeiten gebracht haben könnte. Was passiert, wenn er denkt, ich könne ihr Geheimnis nicht für mich behalten, und mich zum Wohle der Spezies für immer zum Schweigen bringt?

»Das ist ein gutes Argument, Jacob«, sage ich nachdenklich. Ich tue so, als würde ich mir einige Sekunden lang darüber Gedanken machen, und hoffe, dass ich damit durchkomme. »Je länger ich darüber nachdenke, desto mehr glaube ich, dass du damit recht haben könntest.«

Das beruhigt ihn offensichtlich, und er lächelt. »Fast jeder kommt zu dieser Einsicht.«

»Was ich dir allerdings noch sagen sollte«, schiebe ich vorsichtig nach, »ist, dass ich als Kind ungewollt die Regeln gebrochen habe, denen ich von nun an folgen werde. Ich habe versucht, meiner Familie zu erklären, dass ich in der Lage sei, in das einzudringen, was du die Gedankendimension nennst. Ich glaube allerdings nicht, dass ich damit den Lesern geschadet habe. Alle haben einfach nur gedacht, ich sei verrückt.« Ich nehme an, dass er das sowieso herausfinden kann, falls er das möchte – die Köpfe meiner Mütter und meiner Psychologin wären ein offenes Buch für jeden Leser. Wenn ich es ihm allerdings vorher sage, könnte ich potentiellem Herumschnüffeln eventuell vorbeugen. Und selbstverständlich zeige ich dadurch auch meinen guten Willen, die Regeln zu befolgen.

Wie ich gehofft hatte, zuckt Jacob mit den Schultern, ohne sonderlich besorgt auszusehen. »Was geschehen ist, ist geschehen. Wie du gerade gesagt hast, hat dir niemand geglaubt; das ist das Wichtigste. Es ist kein Verbrechen, wenn du die Regeln nicht kennst. Was zählt, ist, dass du von jetzt an verschwiegen bist. Wenn du einige deiner Ausrutscher der Vergangenheit entschärfen kannst, umso besser. Was wirklich verboten ist, ist, unsere Lesefähigkeiten vorzuführen, um unsere wahre Natur zu enthüllen.«

»Das habe ich niemals getan«, erwidere ich. »Was das Lesen betrifft, hatte ich auch gar keine Gelegenheit, mit dieser besonderen Fähigkeit anzugeben. Natürlich habe ich es vorher ausgenutzt, in die Stille zu gleiten. In beiden Fällen habe ich aber nie jemandem erzählt, wie das alles funktioniert – und es würde mir auch niemals einfallen, das zu tun. Ich habe definitiv nicht vor, ›unsere wahre Natur zu enthüllen‹.«

Ich frage mich, ob die Leser etwas dagegen haben, wie ich meine Kräfte benutze – zu meinem eigenen finanziellen Vorteil. Ich werde Jacob allerdings nicht fragen. Würde er sagen »Hör damit auf«, wäre ich arbeitslos. Sollte es verboten sein, werde ich damit aufhören, sobald er mich explizit darum bittet. Es ist besser, um Verzeihung zu bitten, als um Erlaubnis zu fragen, oder etwa nicht?

»Gut. Das habe ich mir gedacht«, meint Jacob und lächelt wieder. »Du scheinst ein intelligenter junger Mann zu sein.«

»Danke, Jacob. Du musst dir keine Sorgen machen. Ich arbeite auf einem Gebiet, in dem Verschwiegenheit wichtig ist. Außerdem bin ich generell eine sehr verschwiegene Person. Und mach dir auch keine Sorgen um die Menschen, die ich vorhin erwähnt habe – diejenigen, die mir nicht geglaubt haben. Wie du mich gebeten hast, werde ich ihren Blick trüben, sollte es nötig sein, aber das bezweifle ich stark«, sage ich und meine es auch fast so.

»Das ist schön. Vielen Dank für dein Verständnis.«

Eine Last fällt von meinen Schultern. Einen Moment lang habe ich Angst gehabt, meine Mütter könnten in Schwierigkeiten stecken. Zugegeben, sie haben nicht auch nur einen Moment lang an meine Geschichten geglaubt. Falls etwas verschleiert werden muss, dann müsste man bei meiner Therapeutin beginnen. Ihr habe ich ziemlich offen von der Stille erzählt. Nicht, dass sie es eher geglaubt hat als meine Mütter. Sie denkt, das sei nur eine Wahnvorstellung. Vielleicht sollte ich ihr jetzt, da ich ironischerweise weiß, dass sie stimmt, zeigen, dass mir Zweifel gekommen sind, was diese ganze Geschichte anbelangt.

Dieser Gedanke beantwortet eine Frage, über die

ich schon eine ganze Weile nachdenke – ob ich meinen Termin mit meiner Psychiaterin morgen einhalten sollte oder nicht. In der letzten Zeit habe ich zwar für meine Stunde gezahlt, damit ich meinen wöchentlichen Platz nicht verliere, aber bin nicht hingegangen. Heute habe ich allerdings den Drang verspürt, wirklich hinzugehen. Praktischerweise kann ich mir jetzt selber einreden, dass alles, was ich dort möchte, ist, meine Therapeutin anzulügen. Ich werde ihr erzählen, dass ich keine Visionen mehr darüber habe, dass die Welt anhält.

Ja, ich werde einfach nur hingehen, um den Schaden zu mindern, und nicht, weil ich über die Dinge sprechen möchte, die mich beschäftigen – wie zum Beispiel die verstörenden Szenen, die ich in Calebs Kopf gesehen habe. Oder über meine Schuldgefühle, weil ich diesen Kerl dazu gebracht habe, sich töten zu lassen. Oder darüber, dass ich adoptierter bin, als ich gedacht habe. Oder etwa darüber, dass ich ein Mädchen kennengelernt habe – etwas, womit meine Therapeutin mich seit Jahren nervt, so als sei sie meine dritte Mutter. Das ganze Gerede über meine Gefühle würde implizieren, dass ich sensibel bin – und das bin ich definitiv nicht. Nein, diese Therapiestunde wird sich nur um Diskretion drehen. Aber, da ich schon einmal dort bin, könnte ich mit meiner Psychiaterin auch gleich über das eine oder andere Thema sprechen – zumindest über die Dinge, die nach den Regeln der Leser nicht verboten sind. Ich bezahle sie ja schließlich dafür.

»Nachdem wir das Thema mit der Verschwiegenheit abgehandelt haben, gäbe es noch eine weitere Kleinigkeit, die ich dich gerne fragen würde«, sagt Jacob und reißt mich damit aus meinen Überlegungen über die kommende Therapiesitzung. »Sagt dir der Name *Mark Robinson* etwas?«

»Nein«, erwidere ich verwirrt. »Sollte er?«

»Nein. Mach dir keine Gedanken. Es ist nicht wichtig.« Er steht auf. »Sam wird dich jetzt zurückbegleiten. Ich freue mich, dass wir auf der gleichen Seite stehen, was die Bewahrung des Geheimnisses um die Existenz der Leser betrifft.«

Er schüttelt meine Hand und bringt mich zu Sam, der vor der Tür wartet. Sam führt mich genauso schweigsam wie vorher zu Caleb.

6

»Wohin?«, möchte Caleb wissen, als wir auf die Emmons Avenue einbiegen.

»Kannst du mich bitte zu Miras und Eugenes Apartment bringen?« Ich suche die Adresse in meinem Handy und gebe sie ihm.

Während wir durch die Straßen fliegen, wird mir plötzlich etwas klar. Ich kenne den Namen Mark. Das war der Name meines biologischen Vaters. Könnte Jacob diesen Mark gemeint haben?

Und sollte das der Fall sein, hat Jacob meinen Vater gekannt?

Als Jacob mich das erste Mal über Skype gesehen hat, sagte er, ich sähe vertraut aus. War der Grund dafür, dass ihm meine Ähnlichkeit zu Mark aufgefallen ist? Oder ist Mark Robinson jemand völlig anderes? Schließlich ist Mark ein ziemlich weit verbreiteter Name.

Mir fällt auf, dass ich meine Mütter fragen muss, wie mein biologischer Vater mit Nachnamen hieß.

»Wir sind da«, sagt Caleb. Er bremst so abrupt, dass ich fast durch die Windschutzscheibe fliege. Wir sind in der Nähe des Parks gegenüber von Miras Haus. »Möchtest du, dass ich auf dich warte?«

»Nein, danke. Ich werde mir danach einfach ein Auto mieten. Aber ich würde dich gerne etwas fragen«, erwidere ich und schnalle mich ab.

»Was kommt denn jetzt?«, will er wissen. »Du hattest die ganze Fahrt über Gelegenheit, dich mit mir zu unterhalten.«

Ich ignoriere seinen genervten Ton. »Was passiert mit den Menschen, die ihre Fähigkeiten der Welt zeigen? Jacob hat mich angehalten, diskret zu sein, aber ich habe vergessen, ihn zu fragen, was die Konsequenzen eines Regelbruchs sind. Was ist, wenn ich es ungewollt tue?«

»Es ist gut, dass du ihn das nicht gefragt hast.« Caleb zieht seine Augenbrauen zusammen. »Aber um deine Frage zu beantworten: Alles, was ich sagen kann, ist, dass nichts Gutes passieren würde. Das ist kein Spiel, Kind. Das ist tödlicher Ernst.«

»Geht das auch genauer?« Ich bin irritiert, dass er mich schon wieder Kind genannt hat.

»Sollte Jacob mir erzählen, dass jemand das getan hätte, und es gäbe einen Beweis dafür, würde ich diese Person wahrscheinlich erschießen. Ist das genau genug?«, erklärt mir Caleb und schaut mich fragend an. »Das passiert allerdings nie. Kein Leser war jemals so dumm, und ich denke, du wirst es auch nicht sein.«

»Aber irgendwann hat doch bestimmt jemand mal etwas gesagt«, beharre ich. »Ansonsten gäbe es diese Regeln ja nicht. Außerdem gibt es Gedanken in den Köpfen normaler Menschen, die ihren Ursprung in uns haben könnten. Woher käme sonst das Konzept des Mediums. Oder denke doch einfach an das Wort Gedankenlesen. Und wenn ich weiter darüber nachdenke, könnten die Reinkarnationsmythen ebenfalls daher kommen, oder sogar Astralprojektion und Fernwahrnehmung…«

»Nicht zu vergessen Bigfoot«, erwidert er und schaut auffordernd auf meine Tür. »Ich bin kein Historiker. Vielleicht haben die Menschen in der Vergangenheit geredet, aber das tun sie jetzt nicht mehr. Und ich bin mir sicher, dass diejenigen, die das damals taten, auf dem Scheiterhaufen verbrannt oder gefoltert wurden, oder ihnen etwas anderes ähnlich Unangenehmes von unseren Ahnen angetan wurde. Unsere Vorfahren haben hart durchgegriffen. Damals wurdest du zum Beispiel schon dafür umgebracht, Sex mit jemand anderem zu haben als mit deinem zugewiesenen Partner. Und sie würden nicht nur dich töten, sondern auch die Person, mit der du geschlafen hast. Ich denke, der Grund dafür, dass niemand jemals das tut, was du beschreibst, ist, dass wir alle diese brutale Vergangenheit kennen. Genau genommen hat keiner unserer Führer jemals gesagt, dass Verräter nicht mehr auf diese Weise bestraft werden. Ich sage dir die Wahrheit: Ich habe noch nie von Versprechern in der heutigen Zeit gehört. Wir haben uns einige Medien angeschaut, die behauptet haben, Gedanken lesen zu können, aber sie haben sich immer als zwielichtige Betrüger herausgestellt, und nicht als Leser, die verbotene Dinge tun.«

Seine Augen blitzen dunkel auf, als er die Medien erwähnt. Ich frage mich, was er mit ihnen angestellt hat, möchte ihn aber nicht fragen. Für heute habe ich genügend gewalttätige Dinge durch Caleb erfahren.

»In Ordnung, danke. Das erklärt es wahrscheinlich. Jetzt habe ich nur noch eine Sache, die ich dich gerne fragen möchte«, beginne ich vorsichtig, da ich nicht weiß, wie ich am besten vorgehen soll.

Er hebt seine Augenbrauen fragend in die Höhe.

»Kann ich eine Waffe haben?«, frage ich schnell, nachdem ich mir überlegt hatte, es sei das Beste, es einfach auszuspucken. Sobald diese Worte ausgesprochen sind, blicke ich auf sein Handschuhfach.

»Du meinst *diese* Waffe?«, erwidert er, als er meinem Blick folgt.

»Irgendeine Waffe.« Ich bin froh, dass er nicht zu verärgert darüber zu sein scheint, dass ich geschnüffelt habe. »Diese Waffe ist ein Revolver. Revolver haben einfache Mechanismen, die auch in der Stille funktionieren sollten – ich meine in der Gedankendimension.«

»Die meisten Pistolen funktionieren in der Gedankendimension«, entgegnet er. »Gut. Nimm die Waffe – schnell, bevor ich meine Meinung ändere.«

Ich schnappe mir die Pistole und steige aus dem Auto. Ich stecke die Waffe hinten in meinen Hosenbund und fühle mich plötzlich ganz schön verwegen.

»Nimm auch den Kaffee«, sagt er und reicht mir den Becher. »Der war für dich. Viel Glück da drin.«

Bevor ich die Gelegenheit bekomme, etwas zu antworten, beugt er sich herüber und knallt mir die Beifahrertür von innen vor der Nase zu. Dann fährt das Auto davon und hinterlässt einen leichten Geruch nach verbranntem Gummi.

Während Caleb verschwindet, erinnere ich mich an eine andere Frage, die damit zu tun hat, das Geheimnis der Leser auszuplaudern. Was passiert mit den Menschen, denen der Verräter von der Existenz der Leser erzählt? Ich nehme an, dass Caleb das nicht wissen wird, da er noch nie mit so etwas zu tun hatte. Zumindest sagt er das. Ich kann mir nicht vorstellen, dass es etwas Gutes wäre. Das ist ein weiterer Grund dafür, meine Therapeutin davon zu überzeugen, dass meine Geschichten erfunden waren. Ich möchte nicht, dass sie verletzt wird – sie hat sich mir gegenüber immer anständig verhalten, auch wenn ich denke, dass sie meistens Mist erzählt.

Ich gehe zum Park hinüber, setze mich auf eine Bank und denke nach, während ich meinen lauwarmen Kaffee trinke.

Es ist 7.28 Uhr. Mira und Eugene schlafen wie die meisten normalen Menschen wahrscheinlich noch. Wenn ich das mache, was ich vorhabe, wird Mira wohl nicht nur wegen des gestrigen Strippenziehens wütend auf mich sein. Andererseits bezweifle ich, dass sich meine Lage noch verschlimmern kann – und ich habe das Gefühl, dass ich das Überraschungsmoment zu meinem Vorteil nutzen kann.

Nachdem ich davon überzeugt bin, setze ich mich gerade hin und benutze die überdurchschnittliche Aufregung, die ich gerade fühle, um in die Stille hinüberzugleiten. Als der Straßenlärm verstummt, gehe ich zum Gebäude hinüber.

Meine neue Waffe hilft mir nicht nur dabei, die Eingangstür des Hauses zu öffnen, sie funktioniert auch hervorragend bei dem Schloss der Tür zu ihrem Apartment. Meine Ohren klingen immer noch wegen des Schusses, den nur ich hören konnte. Als ich vorsichtig das Apartment betrete, denke ich, dass es gut ist, dass die Tür automatisch wieder intakt sein wird, sobald ich in die normale Welt zurückkehre.

Als ich in das Zimmer gehe, das Miras sein muss, beginne ich erneut, an meinem kranken Plan zu zweifeln.

Mira schläft auf einem grauen Futonbett. Ihr Raum ist ordentlicher als das restliche Apartment. Das Durcheinander, das mir das letzte Mal aufgefallen ist, scheint also eher Eugenes Schuld zu sein.

Ich nehme einen Spitzen-BH und einen Tanga wahr, die auf einem Stuhl neben ihrem Bett liegen. An den Teil des Ganzen hatte ich nicht gedacht. Ich habe allerdings Glück. Offensichtlich schläft sie nicht nackt

– die Schulter, die aus der Decke hervorschaut, ist mit einem Schlafanzugoberteil bedeckt.

Während ich in dem Zimmer stehe, frage ich mich, was passieren wird, wenn ich Mira zu mir in die Stille hole, während sie schläft. Ich konnte niemals in der Stille einschlafen, weshalb ich denke, dass Mira aufwachen wird, sobald sie bei mir ist. Ich werde es gleich herausfinden.

Ich strecke meinen Arm aus, streiche einige Strähnen von Miras dunklem weichem Haar beiseite und berühre sanft ihre Schläfe. Danach atme ich tief durch und warte auf das, was passieren wird.

Eine zweite Mira erscheint in der Stille auf dem gleichen Bett, aber näher bei mir. Diese Mira hat ihre Augen geöffnet und blickt einen Moment lang an die Decke. Danach dreht sie ihren Kopf und schaut sich ihre schlafende Doppelgängerin an.

»Ganz ruhig, bitte«, flüstere ich leise.

Als Mira mich hört, setzt sie sich ruckartig auf. Sie nimmt ihre Füße vom Bett und schaut mich offensichtlich überrascht an.

Mit ihrem gepunkteten Schlafanzug, ohne das Make-up und die Femme-Fatale-Kleidung, sieht sie zugänglicher aus als das letzte Mal, an dem wir uns gesehen haben. Wie das sprichwörtliche Mädchen von nebenan. Vielleicht sogar ein wenig verletzlich. Diese Illusion dauert aber nur einen kurzen Moment, bis sie mir den wütendsten Blick zuwirft, den ich jemals von ihr bekommen habe.

»Was. Zum. Teufel«, sagt sie ein wenig

zusammenhangslos, und zum ersten Mal höre ich einen leichten russischen Akzent bei ihr heraus.

»Es tut mir leid, dich einfach so zu überfallen«, sage ich schnell. »Aber ich muss wirklich mit dir reden. Würdest du mir bitte zuhören?«

Sie springt auf und schaut auf ihre Tasche, die hinter mir liegt.

Mein Mut sinkt, als ich verstehe, dass sie nach der Waffe sucht, die sich darin befindet, wie ich mich erinnere.

Bevor ich diesen Gedanken zu Ende führen kann, ist sie auch schon neben mir und holt mit ihrem Arm aus. Ganz automatisch fange ich ihre kleine Faust mit meiner Hand ab, eine Millisekunde, bevor sie auf meinem Gesicht aufkommt. Ich halte sie einen Augenblick fest und schaue Mira in die Augen. Sie sieht mehr als überrascht aus, dass ich so schnell reagiert habe. Sobald sie sich wieder gefasst hat, beginnt sie allerdings, sich zu wehren, und ich gebe ihre Hand frei.

Als Nächstes versucht sie, mir gegen das Schienbein zu treten, und ich gehe, ohne darüber nachzudenken, einen Schritt zurück.

Als ihr Bein nicht auf dem geplanten Ziel aufkommt, verliert sie fast das Gleichgewicht. Aus ihrem Ärger wird Wut, wie ich eindeutig auf ihrem Gesicht erkennen kann, und sie rennt zur Tür. Einen Moment lang bereue ich meine neuentdeckten Kampfreflexe. Vielleicht hätte sie sich ein wenig beruhigt, wenn sie mich getroffen hätte. Vielleicht wäre sie danach bereit gewesen, mir zuzuhören. Außerdem kann ich mir nicht vorstellen, dass ihre Schläge sehr schmerzhaft gewesen wären – wenn man ihren zierlichen Körperbau betrachtet. Und das ist nicht sexistisch gemeint. Nicht direkt. Wenn mein schmächtiger Freund Bert mich geschlagen hätte, der wahrscheinlich nicht viel mehr wiegt als Mira, hätte ich wohl auch nichts gespürt.

Ich folge ihr und bemerke, dass sie auf ein Zimmer zugeht, bei dem es sich um Eugenes Schlafzimmer handeln muss. Wahrscheinlich will sie ihn zu uns in die Stille holen. Oder seine Waffe. Oder beide.

Ich warte und lasse sie gewähren. Ich fühle mich ziemlich sicher, weil ich mir denke, dass, wenn sie mich gestern nicht umgebracht hat, sie es wohl auch heute nicht tun wird – nachdem sie eine Nacht darüber schlafen konnte. Hoffentlich.

Eugene kommt nur mit zerknitterten weißen Unterhosen bekleidet aus dem Raum und sieht verwirrt aus. Ich bekomme keine Gelegenheit, über seinen Aufzug zu grinsen, da Mira ihm folgt – mit seiner Waffe in der Hand.

Das Beunruhigendste an diesem Anblick ist, dass ihre Hand dabei sehr ruhig ist. Das hatte ich nicht erwartet. Sie sieht viel ruhiger aus als gestern – viel entschlossener, mich zu erschießen. Wie hatte ich diese Situation nur so erschreckend falsch einschätzen können?

Ich höre, wie die Waffe entsichert wird.

Kann man in der Stille einen Herzinfarkt

bekommen? Falls das möglich sein sollte, scheine ich mit dieser Möglichkeit zu liebäugeln, so schnell wie mein Herz gerade schlägt.

Sie zielt genau auf meinen Kopf.

Ich erwarte, wenigstens den Hauch von Unsicherheit auf ihrem Gesicht zu sehen, aber da ist nichts. Sie sieht völlig ruhig aus. Gnadenlos. Ihre Unterarme spannen sich an, so als würde sie jeden Moment abdrücken.

Ich lege meine Hand vor mein Gesicht, so als könne sie mich schützen.

»Mira, hör auf.« Eugene stellt sich zwischen mich und die Pistole. »Überleg dir gut, was du tust. Er kann *Monate* in der Gedankendimension verbringen.«

Sie zögert, entweder, weil ihr Bruder im Weg steht, oder wegen seiner Worte.

Ich bin sprachlos. Sie wollte mich wirklich gerade umbringen, und offensichtlich dachte Eugene das auch. Während ich tief durchatme, versuche ich, nicht weiter darüber nachzudenken. Zu wissen, was sie gerade vorhatte, schmerzt. Mehr, als ich jemals gedacht hätte. Bei näherer Betrachtung fällt mir auf, dass ich einfach an das geglaubt habe, was ich mir gewünscht hätte. Ich war mir so sicher gewesen, dass sie mir nichts antun würde. Jetzt, mit der harten Realität vor Augen und dem Wissen, dass sie mich umbringen würde, fühle ich mich hintergangen – auch wenn ich das nicht tun sollte.

Und wo wir gerade bei diesem Thema sind, Eugenes Grund dafür, dass sie nicht abdrücken sollte, tut mir fast genauso weh. Es hat sich so angehört, als wolle er mich nur meiner Kräfte wegen verschonen. Nicht wegen unserer Freundschaft. »Bring ihn nicht um, sonst können wir seine Fähigkeiten in der Stille nicht nutzen«, scheint er gemeint zu haben.

»Es ist egal, wie lange er sich darin aufhalten kann«, entgegnet Mira. »Was haben wir denn davon?« Ihre Stimme hört sich jetzt aber ein wenig unsicherer an, und ihre Hand scheint nicht mehr ganz so ruhig zu sein.

»Du weißt, dass es viel sein kann«, sagt Eugene. »Wir haben gerade einen Schlag gegen unsere Feinde ausgeführt. Sie werden sich rächen.«

»Woher willst du wissen, dass er nicht auf ihrer Seite ist. Und falls er uns seine Hilfe anbieten würde, wie könnten wir ihm trauen?« Mira lässt ihre Waffe sinken, so als würde ihr erst jetzt auffallen, dass sie sie auf die Brust ihres Bruders gerichtet hat.

»Denk doch mal nach, Miroschka. Du warst immer diejenige, die gesagt hat, man solle Menschen nach ihren Handlungen beurteilen, und nicht nach ihren Worten.« Eugene schaut seine Schwester ernst an. »Er hat zuerst mir das Leben gerettet und danach dir – und um das zu tun, hat er sein eigenes aufs Spiel gesetzt. Warum beurteilst du Darren nicht nach dem, was er getan hat?«

Der Teil ihres Gesichts, der hinter seinem Rücken hervorschaut, sieht nachdenklich aus. Eugenes Argumentation ist stichhaltig. Ich selbst hätte keine bessere finden können. Sie denkt offensichtlich darüber nach. Ich wünschte, dass es nicht so eine schwierige Entscheidung wäre.

»Aber er ist einer von ihnen«, sagt sie schließlich. Ich sehe, wie sie gegen den Drang ankämpft, die Waffe wieder zu heben. Sie bleibt nach unten gerichtet. »Wir wissen nicht, ob er sich nicht einfach unser Vertrauen erschleichen möchte.«

»Das ist nicht besonders wahrscheinlich, Mira, und das weißt du auch. Er hätte seine Strippenziehernatur nicht enthüllt, um dich zu retten, wenn das der Fall wäre«, meint Eugene.

»Vielleicht ist ihm ein Fehler unterlaufen«, entgegnet sie und hört sich immer weniger überzeugt an.

»Das ergibt keinen Sinn«, sagt Eugene. »Er hat es absichtlich getan; du hast ihn gesehen. Wenn wir vom schlimmsten Fall ausgehen – dass er bis gestern einen Plan gehabt hätte –, hat er sich trotzdem dazu entschieden, dich zu retten. Und das würde zählen, wenn wir ehrlich sind. Aber ich denke nicht, dass es jemals so kompliziert war. Ich denke, dass es wahrscheinlicher ist, dass er wirklich nicht wusste, was er war ... was er ist.«

»Ganz genau«, melde ich mich endlich auch zu Wort. »Das habe ich nicht.«

»Halt den Mund«, unterbricht mich Mira wütend. »Was solltest du denn auch anderes sagen?«

»Vielleicht gibt es einen Weg, um herauszufinden, ob er die Wahrheit sagt«, meint Eugene nachdenklich.

»Ach?« Mira spricht damit laut aus, was ich denke.

»Ja. Ich habe die ganze letzte Nacht darüber nachgedacht, und ich glaube, mir ist etwas eingefallen.« Eugene klingt immer aufgeregter.

»Und was?«, will Mira wissen, und die Tatsache, dass ich aus ihrer Stimme so etwas wie Hoffnung heraushöre, macht mir selbst Hoffnung.

»Einen Test«, erwidert ihr Bruder.

Mira zuckt enttäuscht mit den Schultern. »Du hast ihn erst gestern getestet. Danach warst du dir sicher, dass er ein Leser ist.«

»Und das ist er auch«, verteidigt sich Eugene. »Mein Test hat funktioniert.«

»Toll, vielleicht können Strippenzieher genauso gut lesen, wie sie die Gehirne der Menschen manipulieren«, meint Mira stur.

»Sie können nicht lesen«, widerspricht Eugene. »Dessen war sich Vater sicher. Ich erinnere mich daran, dass er es mir gesagt hat, und ich bin seine Aufzeichnungen durchgegangen. Außerdem hast du gesehen, dass Julia von den gleichen Dingen ausgeht wie ich und das auch vor einer Menge anderer Gemeindemitglieder gesagt hat. Wenn irgendjemand wüsste, dass die Strippenzieher lesen können, hätten sie es Julia gesagt, aber das haben sie nicht. Nein, Mira. Er ist ein Leser. Normalerweise würde das bedeuten, dass er kein Strippenzieher ist. Aber in diesem Fall ist er es. Warum auch immer, er ist ein eigenartiger Fall – er wuchs auf, ohne etwas über das Lesen oder das Strippenziehen zu wissen, und jetzt kann er beides.«

»Dann ist er eben ein eigenartiger Fall«, gibt Mira

zu. »Das bedeutet aber nicht, dass er immer die Wahrheit sagt.«

»Deshalb würde ich ihn ja auch gerne einem weiteren Test unterziehen. Er wird nicht alle unsere Fragen beantworten, aber zumindest werden wir sehen, ob Darren uns die Wahrheit gesagt hat. Mit meiner Ausstattung kann ich einen ziemlich guten Polygraphentest aufsetzen.« Eugene hört sich bei der Erwähnung seiner Ausstattung ganz aufgeregt an.

»Einen Lügendetektortest?« Mira runzelt ihre Stirn.

»Genau.« Eugene strahlt sie an. »Den, der normalerweise durchgeführt wird, nur besser, weil ich meine Nachforschungen und meine Ausstattung habe. Seit ich weiß, dass ein Leser niemand anderen unserer Spezies lesen kann, habe ich versucht, herauszufinden, wie es uns gelingen kann, sicherzustellen, dass wir uns nicht gegenseitig anlügen. Das ist die beste Idee, die ich bis jetzt hatte. Ich kann dazu einige der Apparate für das Neuro- und andere Biofeedbacks benutzen, die …«

»Aber können Menschen solche Dinge nicht überlisten?«, unterbricht Mira ihn. Ich fange an, mich zu fühlen, als sei ich gar nicht anwesend. »Wird es zu hundert Prozent genau sein?«

»Nichts ist so genau. Und ich vermute, er könnte ihn austricksen, aber das ist unwahrscheinlich. Menschen können lernen, die Standardtests zu bestehen, aber dann müssten sie die ganzen Methoden erforschen, die angewendet werden, und dann darauf trainieren, ihre natürlichen Antworten zu verändern.

Darren hatte für nichts dergleichen Zeit – besonders deshalb nicht, weil er die Methode, die ich anwenden werde, nicht kennt. Er hat gerade erst erfahren, dass er getestet werden wird, also hatte er keine Möglichkeit, sich vorzubereiten.«

»Alles klar, Darren – falls das überhaupt dein richtiger Name ist.« Mira steht auf ihren Zehenspitzen, um mich über Eugenes Schulter hinweg anzuschauen. »Falls du zustimmst, dich dem Test meines Bruders zu unterziehen, werde ich mir das anhören, was du mir sagen wolltest. Und vielleicht werde ich dich danach auch nicht erschießen.«

»Klar«, sage ich bereitwillig. »Ich werde mich dem Test unterziehen; ich habe nichts zu verbergen.«

Und das ist auch fast die Wahrheit. Außer einer kleinen Einschränkung, die ich nicht erwähne. Eugene hat in einigen Punkten seinen Plan betreffend Unrecht. Ich weiß zum Beispiel einiges über diese Tests. Ich bin einer dieser Menschen, die Nachforschungen darüber angestellt haben, wie man sie manipulieren kann. Die Theorie dazu ist nicht testspezifisch, da alle Tests mit dem Biorhythmus arbeiten. Unabhängig davon, was Eugene für seinen Test geändert hat, bin ich mir sicher, dass er auf den gleichen Grundlagen basiert. Grundlagen, die ich zu meinem Vorteil nutzen kann – sollte ich das wollen.

»Hervorragend«, meint Eugene. »Ich werde alles vorbereiten. Du verlässt die Gedankendimension und kommst in unser Apartment zurück.« Er geht in sein Schlafzimmer – ich nehme an, um seinen eingefrorenen Körper zu berühren und die Stille zu verlassen. Und hoffentlich, um sich Hosen anzuziehen.

Mira bleibt noch eine Weile stehen und schaut mich mit einem undurchsichtigen Blick an. »Es wäre besser für dich, wenn du bestehen würdest«, sagt sie, und ohne mir die Gelegenheit zu geben, ihr zu antworten, geht sie in ihr Zimmer.

7

Eigenartig benommen kehre ich zu meinem Körper auf der Bank zurück und verlasse die Stille.

Die Welt erwacht zum Leben, und ich beschließe, lieber zurückzurennen als zu gehen. Sollte Eugene sein Experiment vermasseln, könnte ich in echte Schwierigkeiten kommen. Außerdem sind Lügendetektortests, nach dem, was ich weiß, auch keine exakte wissenschaftliche Testmethode. Eigentlich sind sie teilweise eine Masche, um schuldigen Menschen Angst einzujagen, damit sie Dinge zugeben, die sie versuchen zu verbergen. Das ist das größte Geheimnis, das ich während meiner Nachforschungen herausgefunden habe.

Ein Polygraphentest ist mit Sicherheit nichts, von dem ich mein Leben abhängig machen würde.

Ich würde ihm entfliehen, aber ich möchte, dass Mira aufhört, mich weiterhin so anzusehen, als sei ich ein Monster. So als hätte ich etwas mit dem Tod ihrer Eltern zu tun. Außerdem hat es einen praktischen Grund – den Grund, aus dem ich eigentlich hierhergekommen bin. Dieses zweite Argument ist ausschlaggebend für mich.

Ich überquere erneut die Straße, aber diesmal in der richtigen Welt.

Eugene drückt den Türsummer und lässt mich ein. Jetzt hat er Jeans und T-Shirt an und lässt mich wissen, dass er seine Geräte aufgebaut hat.

Ich versuche, es mir so bequem wie möglich zu machen, während er mich mit seinem Laptop verbindet. Ich muss noch lächerlicher aussehen als während des letzten Tests, als er herausfinden wollte, ob ich ein Leser bin. Überall an meinem Kopf sind Elektroden befestigt, die angeblich meine Gehirnströme messen sollen. Ich habe einen Herzschlagmonitor an meinem Finger und ein Gerät, welches wie ein Gummiband aussieht, um meiner Brust. Ich nehme an, dass Letzteres dazu gedacht ist, beschleunigte Atmung zu erkennen. Ein weiterer Apparat scheint meine elektrodermale Aktivität zu messen – also den Hautschweiß. Außerdem gibt es einige Kabel, deren Sinn ich nicht verstehe. Das macht mich nervös. Ich hoffe, dass sie nicht dazu gedacht sind, Elektroschocks oder Ähnliches abzugeben; aber genau das kommt mir in den Sinn, wenn ich sie betrachte.

Während des ganzen Aufbaus ist Eugene so aufgeregt wie ein Kind auf seiner Geburtstagsparty.

Nachdem er gefühlte tausend Einstellungen vorgenommen hat, scheint er endlich zufrieden zu sein. »Ich bin fertig«, ruft er und schaut zur Tür.

Mira betritt den Raum – natürlich mit ihrer Waffe in der Hand. Sie hat ihren Schlafanzug gegen eine enge Jeans und ein tief ausgeschnittenes Tanktop getauscht, ein Freizeitoutfit für sie. Ich kann es gar nicht glauben, dass ich darüber nachdenke, wie *heiß* jemand aussieht, der mich erschießen will. Aber genau das denke ich, wenn ich Mira anschaue.

Als sie mich sieht, verändert sich ihr ernster Gesichtsausdruck, und ich kann einige Fältchen erkennen, die sich in ihren Augenwinkeln bilden. Toll. Sie amüsiert sich über meinen lächerlichen Anblick. Das würde ich wahrscheinlich auch tun, wenn ich an ihrer Stelle wäre. Es macht mir in diesem Fall allerdings nichts aus, dass sie sich über mich lustig macht; besser sie lacht, als dass sie ihre Waffe auf mich richtet. Vielleicht sollte ich mir einen dieser Gauklerhüte besorgen, damit sie nicht ständig den Drang verspürt, mich zu erschießen.

Sie legt die Waffe weg und setzt sich mit gekreuzten Beinen auf den Boden, mitten auf einen Stapel Papiere, Kabel und anderes Zeug, das in Eugenes Zimmer herumliegt. Ich stelle sicher, nicht auf ihr tief ausgeschnittenes Tanktop zu schauen – auch wenn das problemlos möglich wäre. Ich habe gelesen, dass Erregung während dieser Tests als Lügen missinterpretiert werden kann.

»Also, Darren, wie viel ist zwei plus zwei?«, fragt Eugene.

Fragt mich jetzt nicht, warum ich mir die Mühe gegeben habe, zu lernen, wie man einen Lügendetektor schlägt. Sagen wir einfach, dass ich vorbereitet sein wollte, sollten meine investigativen Aktivitäten jemals dazu führen, dass ich einen absolvieren müsste. Wie dem auch sei, ich weiß, wozu diese lächerliche Frage dient. Eugene erstellt eine Baseline. Die Ausschläge auf meine offensichtlich wahrheitsgemäßen Antworten werden später mit denen der wichtigeren Antworten verglichen. Wenn ich also betrügen wollte, könnte ich mich vor dem Antworten in einen nervösen Zustand versetzen. Das wäre nicht sehr schwierig für jemanden wie mich, der den Großteil seines Lebens damit verbracht hat, sich zum Hinübergleiten in die Stille genau in diesen Zustand zu versetzen.

Aber ich entscheide mich dagegen, zu betrügen oder sogenannte *Gegenmaßnahmen* zu ergreifen. Erstens, weil ich nicht wirklich etwas zu verbergen habe, also warum sollte ich es tun? Zweitens, so unwahrscheinlich es sich auch anhört, weil Eugene recht haben könnte. Die Tatsache, dass er seine eigene Version des Tests benutzt, könnte bedeuten, dass er eine physische Reaktion überwacht, die ich vielleicht nicht kontrollieren kann – ein neues Prinzip, über das ich noch nichts gelesen habe. Sollte dies der Fall sein, könnte er denken, dass ich versuche, den Test zu manipulieren. Und diese Tests manipulieren zu wollen, ist ein guter Hinweis darauf, dass man etwas verbergen möchte. In diesem Fall ist es aber genau das, was Mira nicht denken soll. Der Sinn des Ganzen ist ja schließlich, ihr Vertrauen zu gewinnen.

»Bitte antworte schnell«, sagt Eugene und reißt mich damit aus meinen Überlegungen. Sein Gesichtsausdruck verdunkelt sich, und ich bemerke, dass ich meinen Test schlecht begonnen habe.

»Es tut mir leid«, erwidere ich. »Ich bin ein wenig nervös. Ich möchte wirklich, dass ihr mir glaubt.«

»Gut. Atme tief durch«, sagt er und schaut auf den Monitor.

Ich gehorche und atme einige Male tief durch.

»Gut. Und jetzt beantworte mir bitte zügig die Fragen, die ich dir stelle«, fährt er fort. »Wie viel ist zwei plus sechs?«

»Acht«, antworte ich schnell, damit er eine saubere Baseline bekommt.

»Und wie heißt du?« Eugenes Blick trennt sich nicht von seinem Laptop.

»Darren«, sage ich nur.

»Wusstest du, dass Mira oder ich existieren, bevor du sie in Atlantic City getroffen hast?«

»Nein.«

»Hast du Mira gestern gerettet?«

»Ja.«

»Bist du ein Leser?«

»Ich bin mir nicht sicher. Ich hoffe es.«

»Bist du ein Strippenzieher?«

»Ich bin mir nicht sicher. Ich hoffe nicht.«

»Wusstest du vor gestern, dass du ein Strippenzieher sein könntest?«

»Nein.«

»Spielst du ein falsches Spiel mit uns?«

»Nein.«

»Stehst du auf meine Schwester?«

»Was?«, frage ich völlig überrumpelt von dieser Frage. Als mir auffällt, dass ich es gerade versaue, gebe ich unwillig zu: »Vielleicht. Also, ja. Vielleicht nicht auf sie stehen, aber ...«

»Danke«, sagt Eugene grinsend und wendet seine Augen zum ersten Mal seit dem Beginn der Befragung vom Bildschirm ab. Danach dreht er sich zu seiner Schwester um. »Er sagt die Wahrheit.«

Ich schaue kurz zu Mira und sehe einen eigenartigen Ausdruck auf ihrem Gesicht. Ist sie gerade errötet? Das ist ziemlich unwahrscheinlich. Ich muss es mir einbilden, weil es mir so unangenehm ist, auf diese Weise vorgeführt zu werden. Aber ich weiß, warum Eugene es getan hat. Er wollte mich etwas fragen, auf was ich emotional reagieren würde, damit er sicher sein kann, dass sein Gerät Lügen erkennen würde. Diese letzte Frage war perfekt dafür geeignet. Er ist cleverer, als ich dachte. *Arschloch.*

»Das ist toll. Er lügt nicht.« Mira wendet sich von mir ab, um ihren Bruder anzuschauen. »Das erklärt uns aber immer noch nicht, was zum Teufel er ist.«

»Du weißt zumindest, dass er dir nicht schaden möchte«, erwidert Eugene ungewöhnlich streng. »Sollte dir das nicht reichen?«

Das ist das erste Mal, dass ich diesen Ton bei ihm höre. Mira sieht überrascht aus, also muss es nicht häufig vorkommen.

Ich melde mich zu Wort. »Mira, ich selbst möchte noch viel dringender als du wissen, was ich bin. Eugene hat recht – ich möchte dir nicht schaden. Eigentlich möchte ich das Gegenteil.«

»Ach, halt den Mund«, winkt sie ab. »Das Gegenteil. Genau. Du bist so selbstlos. Bitte. Ich kenne Typen wie dich. Alles, was euch interessiert, seid ihr selbst.«

Ich schaue Eugene hilfesuchend an. Eugene blickt weg. Ich bin auf mich allein gestellt.

Sie spitzt ihre Lippen. »Du weißt, dass ich recht habe. Solange du immer noch die Wahrheit sagen musst, erzähl uns doch schnell noch, warum du hierhergekommen bist. Wolltest du uns helfen? Oder wolltest du deine eigene Haut retten?«

»Unter den gegebenen Umständen kann ich es schlecht abstreiten«, sage ich widerstrebend. »Ich bin hierhergekommen, um dich zu bitten, den anderen Lesern nichts über das zu erzählen, was ich getan habe.«

»Richtig«, sagt sie mit verächtlicher Stimme.

»Du weißt nicht, was ich weiß. Du weißt nicht, wie brutal die Leser Strippenzieher töten«, sage ich und verliere langsam meine Geduld. »Es ist nicht egoistisch, wenn ich nicht von Caleb oder einer anderen Person wie ihm umgebracht werden möchte.«

»Und woher weißt du überhaupt etwas darüber,

wie Leser Strippenzieher töten?« Sie schaut mich skeptisch an, und mir fällt auf, dass ich gerade einen Fehler gemacht habe.

»Ich habe es in Calebs Kopf gesehen, zufrieden? Heute Morgen haben wir dieses gemeinsame Lesen getan, und ich habe durch seine Augen gesehen, wie er einen von ihnen umgebracht hat.« Ich weiß, dass ich mein Versprechen breche, nichts über das zu erzählen, was wir im Kopf des anderen gesehen haben. Ich habe Caleb zwar mein Wort gegeben, aber ich kann es unmöglich halten. Ich will Mira unbedingt überzeugen.

Sie erwidert nichts. Sie schaut einfach entsetzt zu Eugene.

»Er sagt die Wahrheit«, bemerkt dieser. »Können wir jetzt mit diesen Dummheiten aufhören? Darren ist offensichtlich nicht gegen uns, also werde ich ihn vom Detektor befreien. Und während ich das tue, Darren, möchte ich jedes Detail dieses gemeinsamen Lesens erfahren.«

Er nimmt mir nach und nach alle Kabel ab, und ich erzähle ihm von meinem Erlebnis mit Caleb, allerdings ohne die Dinge, die Caleb und ich als zu persönlich einstufen würden. Ich lasse Mira und Eugene schwören, niemandem etwas darüber zu erzählen, und hoffe, Caleb wird niemals herausfinden, dass ich überhaupt mit jemandem darüber gesprochen habe.

»Unglaublich«, meint Eugene, als ich fertig bin. »Ich würde meinen linken kleinen Finger dafür geben, das zu versuchen. Ich habe es nur ein einziges Mal mit Julia getan, aber es war nicht wie das, was du beschrieben hast. Vater hatte recht. Dieses Experiment ist abhängig von der Stärke der jeweiligen Leser ...«

Während er spricht, beginnt Mira, ihn finster anzublicken. »Vergiss es«, unterbricht sie ihn. »Ich weiß, worauf du hinauswillst, und meine Antwort ist *Nein*. Ich werde ihn erschießen, bevor ich es zulasse, dass ihr eure Gedanken verbindet.«

»Was? Warum?«, fragt Eugene ganz klar enttäuscht.

»Weil selbst wenn er vorher nicht gewusst hat, dass er ein Strippenzieher ist, weiß er es jetzt. Sobald er in deinem Kopf ist, hat er dich in seiner Gewalt.« Sie dreht sich herum, um mich böse anzublicken.

»Stimmt das?«, fragt Eugene mich. Er sieht dabei allerdings nicht verängstigt aus; wenn überhaupt, aufgeregt. Ich denke, der Wissenschaftler in ihm genießt das alles.

»Ich habe keine Ahnung«, sage ich ehrlich. »Ich habe gar nicht daran gedacht, bis Mira es gerade erwähnt hat. Das Verbundensein war so verwirrend, dass ich nicht sicher bin, ob ich es hinbekommen würde, jemanden zu kontrollieren, selbst wenn ich es wollte. Unsere Köpfe waren eins. Wenn ich versucht hätte, ihn zu manipulieren, hätte es genauso gut mich erwischen können. Und natürlich würde ich es auch gar nicht versuchen wollen, ganz besonders nicht mit Caleb oder dir, Eugene. Er würde mich umbringen oder schlimmere Dinge mit mir anstellen, sollte ich keinen Erfolg haben. Und du ... ich würde es einfach nicht tun.«

»Siehst du, Mira? Er würde mich nicht

manipulieren«, sagt Eugene. »Und wenn ich mich mit ihm verbinde, wäre das besser als jeder Lügendetektortest, um die Wahrheit herauszufinden.«

»Hörst du dir überhaupt selbst zu?« Sie schaut ihn verzweifelt an. »Natürlich sagt er, dass er dich niemals manipulieren würde. Und warum benutzt du überhaupt das Herausfinden der Wahrheit als Entschuldigung? Hat dein Test nicht bestätigt, dass er nicht gelogen hat?«

»Ja, schon ...«, gibt Eugene zu.

Ich werde dieses ganzen Hickhacks langsam müde. »Entschuldige bitte, dass ich dich unterbreche, Eugene«, sage ich, »aber das ist unnötig. Ich möchte kein gemeinsames Lesen mit dir machen. Dieses eine Mal mit Caleb war mehr als genug.«

Mira wirft mir einen dankbaren Blick zu. Ich nehme an, weil ich in diesem Punkt auf ihrer Seite stehe. Eugene kann seine Enttäuschung nicht verbergen. Ich kann gar nicht glauben, dass er das nach dem, was Mira ihm gerade erzählt hat, immer noch tun möchte. Wenn ich denken würde, jemand könnte mich unter gewissen Umständen manipulieren, würde ich die betreffenden Umstände definitiv vermeiden.

»Es wäre nicht das Gleiche, wenn du es mit mir tust«, sagt er bittend. »Es wäre nicht das Gleiche wie das, was du mit Caleb erlebt hast. Diese Sache hängt von der Tiefe und der Intelligenz der betreffenden Leser ab. Je stärker beide Dinge sind, desto intensiver ist die Verbindung. Außerdem könnte das Gehirn der zu lesenden Person einen Unterschied machen. Und wahrscheinlich ...«

»Das vergrößert deine Aussichten auch nicht«, sage ich. »Es war dieses Mal schon tief genug für mich. Ich würde es nicht noch tiefer haben wollen.«

»Denk wenigstens darüber nach«, beharrt Eugene. »Ich bin mir sicher, dass du es nicht bereuen würdest. Wenn du eine schlechte Erfahrung hattest, ist es normal, dass du jetzt vorsichtig bist. Das wäre ich wahrscheinlich auch, wenn ich in etwas so Angsteinflößendes blicken würde wie Calebs Gedanken.«

»Das ist nicht fair. Caleb hat mich gerettet«, erinnert ihn Mira. »Jetzt komm aber mal von deinem hohen Ross herunter.«

»Also ist Caleb der Gute, aber mich würdest du erschießen, obwohl ich dich auch gerettet habe«, sage ich bitter. »Hat Eugene dir auch gesagt, warum ich diese verrückte Sache getan habe? Dass es die Bezahlung dafür war, dass dein heiß geliebter Caleb überhaupt gekommen ist, um dich zu retten?«

»Stimmt das?«, fragt sie Eugene und wirft mir einen eigenartigen Blick zu.

»Ja. Ich hatte noch keine Gelegenheit dazu, es dir zu erzählen.« Eugene sieht aus, als sei ihm das unangenehm.

»Ich verstehe«, sagt sie langsam. »In Ordnung, Darren. Vielleicht werde ich dich nicht in der nächsten Zeit erschießen. Und ich bin auch keine Ratte, dein Geheimnis ist sicher bei mir aufgehoben. Auch wenn wir immer noch nicht wissen, wobei es sich bei dem Geheimnis genau handelt. Bist du jetzt glücklich?«

»Ja, danke«, antworte ich erleichtert. Für den Moment reicht mir das. Es ist besser als erschossen oder als potentieller Strippenzieher enthüllt zu werden.

»Hervorragend. Da wir das jetzt geklärt haben, können wir endlich frühstücken gehen?« Eugene schenkt uns ein breites Lächeln. »Ich bin am Verhungern.«

Mira rollt mit den Augen. »Wie kommt es eigentlich, dass du nicht um einiges dicker bist?«, fragt sie sich laut, bevor sie erwidert: »Sicher. Lasst uns etwas essen gehen. Ich habe noch einige Fragen an Darren, und so können wir gleich zwei Fliegen mit einer Klappe schlagen.«

»Ich bin dabei«, sage ich, auch wenn ich mir nicht sicher bin, Fragen von Mira beantworten zu wollen. Der grüne Smoothie nach dem Aufstehen war eher ein Snack gewesen, weshalb sich Frühstück für mich nach einer hervorragenden Idee anhört.

Sie brauchen einige Minuten, um sich Schuhe anzuziehen, bevor wir den Fahrstuhl nehmen, die unterste Treppe hinuntergehen und in der Lobby ankommen.

Schließlich sind wir an der Eingangstür. Aus irgendeinem Grund möchte ich meine besten Kavaliersmanieren zeigen und halte die Glastür auf, die aus dem Gebäude führt. Natürlich mache ich das für Mira, aber Eugene profitiert ebenfalls davon.

»Danke«, sagt Mira, die nach Eugene hinausgeht. »Wo wollen wir frühstücken?«

»Im Diner?«, schlägt Eugene hoffnungsvoll vor.

Als ich ihnen folge, habe ich so eine Ahnung, dass ich ein Déjà-vu haben werde. Sie wird gleich wieder ihre Geschichte mit der Lebensmittelvergiftung erzählen. Sie werden sich streiten. Dann wird sie ihren Willen durchsetzen und den Ort aussuchen, an dem sie frühstücken möchte. Ich nehme an, das ist bei Geschwistern normal; sie streiten sich immer wieder über die gleichen Dinge, immer wieder mit dem gleichen Ergebnis. Das muss irgendwie nett sein.

Plötzlich höre ich ein lautes Geräusch – ein eigenartiges Geräusch, das in meinen Ohren kratzt.

Ich erschrecke mich. Instinktiv gleite ich in die Stille hinüber.

Der Streit zwischen Mira und Eugene hört auf, ihre Gesichter sind eingefroren. Das Geräusch ist verschwunden.

Ich drehe mich herum.

Es ist die Glastür. Sie zerspringt in einem seltsamen Muster. Von einem Punkt in der Mitte ausgehend springt das Glas in kleinen Stücken heraus. Weiter am Rand in größeren Stücken.

Irgendetwas hat das Glas schnell und mit großer Kraft durchschlagen.

Mir wird kalt, als ich in das Gebäude renne, um das zu suchen, was ich zu finden befürchte. In weniger als einer Minute habe ich den Schuldigen gefunden.

Es ist eine Kugel.

Eine Kugel, die auf dem Boden im Eingangsbereich liegt.

Ich renne nach draußen und über die Straße. Dabei schaue ich mich hektisch um. Ich sehe nichts, also gehe ich durch den Park und schirme meine Augen ab, während ich die Umgebung mit meinem Blick abfahre. Schließlich entdecke ich etwas in einiger Entfernung. Ich renne dorthin. Als ich näher komme, hoffe ich entgegen aller Vermutungen, dass es sich dabei nur um eine große Fliege handelt.

Doch ich habe umsonst gehofft, muss ich erkennen, als ich daneben stehen bleibe. Das Ding, das eingefroren in der Luft hängt, ist genau das, was ich befürchtet hatte.

Eine weitere Kugel – die genau auf uns zufliegt.

8

Ich drehe meinen Kopf von einer Seite zur anderen und versuche dabei, hektisch herauszufinden, wo sich der Schütze befinden könnte.

Mein Gehirn scheint sich unbewusst um dieses Problem zu kümmern, denn meine Beine tragen mich automatisch zu dem Ort, zu dem ich gehen muss.

Ich renne durch den kleinen Park und stolpere dabei fast über eingefrorene Eltern, die ihren eingefrorenen Kindern auf dem stillen Spielplatz zuschauen.

Der Schütze sitzt in einem großen Transporter und zielt mit dem Gewehr in unsere Richtung.

Die Wut, die ich spüre, ist schwer zu beschreiben. Ich war noch niemals in meinem ganzen Leben so wütend.

Dieses Arschloch hat gerade auf mich und meine Freunde geschossen – er schießt auf uns quer durch einen Park, in dem kleine Kinder spielen.

Bis zu diesem Moment hatte ich geglaubt, nie wieder Strippen ziehen zu wollen. Das, was ich dem Kerl gestern ungewollt angetan habe, schreckt mich immer noch ab.

Jetzt allerdings fühle ich mich erneut bereit dazu, ein Gehirn zu manipulieren – diesmal voller Absicht. Es ist die einzige Möglichkeit.

Ich nähere mich dem Kerl und umfasse so fest ich kann seinen Hals. Einen Augenblick lang vergesse ich, weshalb ich hier bin. Ich genieße es einfach, ihn zu würgen.

Dann schüttele ich mich in Gedanken. Ich weiß nicht, ob das Strippenziehen bei Leichen funktioniert, also sollte ich besser damit aufhören. Ich lockere meinen Griff und beginne mit meiner Aufgabe.

Es fällt mir extrem schwer, mich in den richtigen Gemütszustand zu begeben, während so viele Gefühle in mir toben. Aber ich muss, also konzentriere ich mich.

Ich kontrolliere eine Weile meine Atmung und spüre langsam, wie ich in die Kohärenz gelange. Und plötzlich befinde ich mich in dem niederträchtigen Kopf des Schützen...

WIR SCHIEßEN ZUM ZWEITEN MAL AUF UNSER ZIEL UND verfluchen dabei in Gedanken auf Russisch unseren Boss. Warum hat das Arschloch diesen Befehl so kurzfristig erteilt?

Der erste Schuss, der danebengegangen ist, ist seine Schuld. Er hat uns keine Zeit gelassen, unser Lieblingsgewehr zu holen. Das mit der Zielvorrichtung, die perfekt kalibriert ist. Stattdessen haben wir dieses Scheißding bekommen.

Wir sind es nicht gewohnt, so zu arbeiten. Nicht hundertprozentig sicher zu sein, das Ziel zu treffen. Das ist unprofessionell. Der einzige Silberstreifen am Horizont ist, dass wir wegen der Eile allein hierhergekommen sind und niemand diesen peinlichen Fehlschuss gesehen hat. Unser Ruf als Meisterschütze hat keinen Kratzer bekommen.

Ich, Darren, höre auf zu lesen. Das hier ist ein weiterer russischer Gangster. Er hat den Befehl erhalten, zu töten, und es ist eindeutig, dass er nicht aufhören wird, bevor er seine düstere Aufgabe ausgeführt hat. Ansonsten hat er keine nützlichen Informationen für mich.

Ich beginne mit meiner widerlichen Aufgabe. Ich versuche, das Strippenziehen – diese Sache von gestern – zu wiederholen.

Ich bin mir immer noch nicht sicher, was genau ich getan habe, also verlasse ich mich auf meinen Instinkt und meine Intuition.

Ich stelle mir vor, wie dieses Arschloch sein Gewehr wegpackt, die Tür des Transporters schließt und sich hinter das Steuerrad setzt. Ich versuche mir vorzustellen, dass ich höre, wie sich die Tür des Fahrzeugs schließt, und ich fühle den Zündschlüssel zwischen meinen Fingern. Ich verspüre den großen

Drang, von hier wegzukommen. Fort zu sein. Ich sehe, wie der Gang eingelegt wird und sich Hände mit weißen Knöcheln hektisch am Lenkrad festkrallen, bevor das Gaspedal durchgetreten wird. Ich fülle seinen Kopf mit meiner Angst vor der Kugel. Ich werde zu Angst. Ich kanalisiere sie. Es gibt nur eine Möglichkeit, dieser Angst zu entkommen: diesen Ort sofort zu verlassen und schnell zu fahren. So schnell, wie es Menschen möglich ist. Kein Anhalten, kein Langsamerwerden, nur ein verrücktes Rasen in die Sicherheit. Eine Sicherheit, die sich viele Kilometer von hier entfernt befindet.

Ich mache das eine gefühlte halbe Stunde lang und muss dabei gegen das wachsende Gefühl von mentaler Erschöpfung, vermischt mit Ekel, ankämpfen. Als ich es schließlich nicht mehr aushalten kann, verlasse ich den Kopf dieses Kerls.

ICH RENNE DURCH DEN PARK ZURÜCK UND erschaudere, als ich wieder an der Kugel vorbeikomme.

Ich will sie in die Hand nehmen, sie auf den Boden werfen und auf ihr herumtrampeln, aber ich widerstehe meinem Drang. Es wäre sinnlos – nichts, was ich in der Stille mit der Kugel mache, wird die Tatsache ändern, dass sie ihren potentiell tödlichen Flug wiederaufnimmt, sobald ich die Stille verlasse.

Wahllose Gedanken kommen in meinem Kopf hoch. War es gut, ihn manipuliert zu haben? Werde ich gerade zu einem dieser Monster, vor denen die Lesergemeinschaft Angst hat? Das Monster, vor dem ich mich fürchte?

Ja, ich musste es machen, versuche ich mich selbst zu überzeugen. Es war notwendig. Hätte ich nichts unternommen, wären auf die Kugel in der Luft weitere gefolgt, so lange, bis der Auftrag des Schützen ausgeführt gewesen wäre. Bis er sein Ziel – einen von uns – getötet hätte. Das Strippenziehen war der einzige Weg, der mir eingefallen ist, um ihn zu stoppen. Ich hatte keine andere Wahl.

Außerdem werde ich dieses Mal, im Gegensatz zum letzten Strippenziehen, nicht seinen Tod herbeiführen. Genau genommen war es auch gestern nicht meine Schuld gewesen – der zweite Wachmann hatte abgedrückt. In diesem Fall hier habe ich den Schützen einfach nur dazu veranlasst, wegzufahren. Zugegeben, er wird schnell fahren, und das birgt Risiken, aber ich habe ihn nicht zu einem zwingend tödlichen Ausgang geführt.

Ich höre auf, mir über das, was ich gerade getan habe, Sorgen zu machen, sobald ich mich wieder neben unseren eingefrorenen Körpern befinde.

Ich schaue uns an.

Das Gesicht meines bewegungslosen Ichs sieht verängstigt aus. Mit dem Wissen, das ich jetzt habe, ist dieser Gesichtsausdruck allerdings nicht verängstigt genug.

Eugene sieht einfach nur irritiert aus, die Angst ist noch nicht da.

Mira ist die Einzige von uns, bei der ich erkenne, dass sie die Situation verstanden hat. Sie sieht konzentriert und alarmiert aus. Sie ist bereit zu reagieren und hat schon begonnen, ihren Kopf zu mir zu drehen.

Egal, wie lange ich uns drei anstarre, ich fasse nicht mehr Vertrauen zu dem Plan, den ich mir ausgedacht habe.

Er ist lächerlich einfach. Ich werde mich auf Mira fallen lassen, damit sie auch fällt. Sie wird auf Eugene landen, der dann ebenfalls das Gleichgewicht verlieren wird. Wir sollten alle wie Dominosteine zu Boden gehen – theoretisch zumindest. Und das schnell, was lebenswichtig ist.

Wenn ich es richtig anstelle, wird die Kugel uns alle verfehlen. Diese Kettenreaktion funktioniert beim Geheimdienst in den Filmen immer, also habe ich mir gedacht, dass sie im richtigen Leben auch so abläuft. Es muss einfach klappen.

Ich lasse nicht zu, dass mein Gehirn die Gegenargumente dieses Planes formuliert, sondern konzentriere mich auf seine Durchführung.

Ich strecke meinen Arm aus und berühre mein Gesicht. Zur gleichen Zeit, noch bevor ich mich wieder in meinem Körper befinde, bereite ich meine Muskeln darauf vor, die Bewegung zu beginnen, die mich in die richtige Richtung fallen lassen wird.

Meine ganze Welt besteht nur noch aus dem Befehl, den ich an mein Gehirn sende – dem Befehl an meine

Beinmuskeln, zu handeln, damit ich meinen Plan schnell umsetzen kann.

Mein Körper scheint sich schon zu bewegen, als ich noch nicht einmal begriffen habe, aus der Stille zurückgekehrt zu sein. Ich spüre, wie sich meine Arme um Mira schließen, bevor sie es wirklich tun.

Erst als ich Miras überraschten Aufschrei höre, weil mein Körper auf sie fällt, bin ich mir völlig bewusst, wieder in der Realität angekommen zu sein.

Ich weiß es, weil der Straßenlärm wieder da ist. Und dann spüre ich auch schon ein unangenehmes Schürfen in meinem Kopf. Es fühlt sich an wie ein Zahnbohrer, nur hundertmal stärker. Kurz darauf folgt ein intensiver Schmerz. Es ist, als hätte mir jemand einen Baseballschläger auf den Kopf gehauen – einen Baseballschläger aus heißem Eisen.

Alles geschieht wie in Zeitlupe. Ich fühle mich, als würde ich in die Stille hinübergleiten, aber kann diese Illusion beiseiteschieben.

Im nächsten Moment liege ich auf Mira, die auf Eugene liegt.

Dieser Teil meines Planes hat funktioniert.

Da sie beide fluchen, gehe ich davon aus, dass sie leben. In meinem Kopf explodiert eine erneute Schmerzwelle, als ich mich von unseren aufeinandergestapelten Körpern rolle.

Ich kann nicht aufstehen. Mein Kopf ist ein einziger pulsierender Schmerz. Er brennt. Er sticht. Es ist furchtbar.

Ich lege meine Hand auf den Ausgangspunkt der Schmerzen und spüre eine warme Flüssigkeit.

In einem klaren Moment verstehe ich, dass ich angeschossen worden bin. Am Kopf.

»Darren, was zum Teufel …«, beginnt Mira, bevor sie mitten im Satz abbricht. »Oh, Darren, es tut mir so leid. Warum blutest du? Hast du dich beim Fallen am Kopf verletzt? Was ist passiert?«

Ich fühle ihre Hände auf meiner Schulter. Sie dreht mich herum.

»Eugene, bitte rufe einen Krankenwagen«, versuche ich zu sagen. »Ich glaube, ich bin angeschossen worden.«

»Zhenya, zvoni 911, bistrey!«, brüllt sie in Eugenes Richtung, und ich weiß nicht genau, ob sie Russisch gesprochen hat oder ob ich einfach kein Englisch mehr verstehe.

»Darren, schau mich an«, sagt sie sanft. »Alles wird gut werden. Ich werde versuchen, deine Blutung zu stoppen.«

Ich hatte recht; die Flüssigkeit bedeutet, dass ich blute. Dieser Gedanke kommt wie aus weiter Entfernung in meinen Kopf.

Ich höre das Geräusch von Kleidung, die reißt, und im nächsten Moment wird der Schmerz stärker. Sie muss einen Behelfsverband auf meine Wunde gedrückt haben. Ein Teil von mir versteht, dass das ein Versuch sein muss, die Blutung zu stoppen.

Ich versuche erneut, meinen Kopf zu berühren, aber sie legt ihre Hand auf meine und verhindert meine

Bewegung. Ihre Hand fühlt sich angenehm und beruhigend an, also lasse ich es geschehen.

»Atme tief durch«, sagt Mira mit sanfter Stimme. »Ja, genau so, langsam und gleichmäßig, das sollte gegen den Schock helfen. Tut es sehr weh?«

Ich versuche ihr zu sagen, dass es nicht so schlimm ist, aber die Worte kommen alle vermischt heraus.

»Das macht nichts, Darren, rede einfach weiter mit mir«, sagt sie in einem verzweifelten, hektischen Ton. »Jetzt öffne deine Augen.«

Ich gehorche ihr und öffne meine Augen. Gleichzeitig hebe ich die Hand, die vorher meinen Kopf berührt hat und schaue sie mir an. Sie ist voller Blut, und ich kann spüren, wie es außerdem meinen Nacken herunterläuft.

Die Welt beginnt sich zu drehen, und alles wird schwarz.

9
———

Ich wache auf.
 Wie viel habe ich letzte Nacht getrunken?
Mein Kopf fühlt sich an, als würde er gleich platzen.
Ich versuche, mich daran zu erinnern, was passiert ist. Ich befinde mich nicht in meinem Bett, sondern liege auf einer Art Pritsche in einem fahrenden Fahrzeug. Krankenwagen?
Ich versuche, meine Augen zu öffnen, aber das Licht ruft einen so starken Schmerz hervor, dass ich sie wieder schließe.
»Darren, ich bin hier«, sagt eine vertraute und beruhigende Stimme.
Es ist Miras Stimme – und mir fällt der Grund dafür wieder ein, weshalb ich hier bin.
Ich bin angeschossen worden.
Am Kopf.
Das würde auch den unerträglichen Schmerz

erklären. Ich versuche, meine Augen zu öffnen, und blinzele vorsichtig.

»Er ist bei Bewusstsein«, höre ich Eugene sagen.

»Das ist gut«, erwidert eine unbekannte männliche Stimme.

»Sie sind kein Arzt, der erklären kann, was gut oder schlecht ist.« Miras Ton ist scharf. »Ich will, dass ihn sich sofort ein Arzt anschaut.«

»Wir sind auf dem Weg ins Krankenhaus«, sagt die unbekannte Stimme verteidigend. Er muss ein Sanitäter sein, und dementsprechend handelt es sich bei dem Objekt, in dem ich mich befinde, um einen Krankenwagen.

»Mein Kopf schmerzt unglaublich«, beschwere ich mich. Durch das Sprechen werden die Schmerzen allerdings schlimmer, und das Gefühl, welches ich jetzt verspüre, ist wie Reiseübelkeit, nur schlimmer.

»Du bist angeschossen worden«, sagt Mira ruhig. »Soll ich jemanden für dich anrufen? Freunde oder Familie?«

Ihre Stimme hört sich besorgt und fürsorglich an. So, als würde sie sich wirklich Sorgen machen und mir helfen wollen. Sie hört sich nicht wie das Mädchen an, das mich vor nicht allzu langer Zeit noch erschießen wollte. Meine Kopfschmerzen werden durch das Nachdenken nur noch schlimmer, also höre ich damit auf. Der Vorschlag, jemanden anzurufen, hört sich allerdings sehr sinnvoll an.

»In meinem Telefon. Sara und Lucy sind meine Familie. Bert ist mein Freund«, sage ich und versuche, in meine Tasche zu greifen. Diese Bewegung führt zu Übelkeitswellen, die durch meinen ganzen Körper wandern. Werde ich sterben? Ich frage mich, ob die Schmerzen dann aufhören würden.

»Ich mache das«, sagt sie und legt eine Hand auf meine, während sie mit der anderen in meine Tasche fasst.

Normalerweise würde ich in einer solchen Situation – Mira, die ihre Hände in meinen Hosentaschen hat – anzügliche Gedanken haben, aber ich nehme an, der Schuss fordert seinen Tribut. Ich fühle mich, als würde ich mich gleich übergeben müssen, sollte der Krankenwagen sich weiterhin so bewegen, und mir wäre es lieb, wenn sich Mira in diesem Moment so weit weg wie nur möglich von mir befindet.

Ich atme tief durch und denke, dass ich vielleicht einfach zu früh aufgewacht bin. Ich glaube, ich sollte mich noch ein paar Minuten lang ausruhen.

»In welches Krankenhaus wird er gebracht?«, fragt Mira den Sanitäter, während meine Gedanken immer weiter verschwimmen.

»Coney Island«, höre ich ihn wie in einem Traum antworten, bevor mir wieder schwarz vor Augen wird.

Ich wache wieder auf. Diesmal weiss ich, dass ich mich nicht in meinem eigenen Bett befinde. Ich erinnere mich daran, angeschossen worden zu sein. Ich erinnere mich außerdem daran, dass mir im Krankenwagen schlecht war, und ich bin froh, dass ich mich jetzt besser fühle. Mir fällt sogar wieder ein, dass ich mich mit jemandem unterhalten habe. Der Grund dafür, dass ich mich besser fühle, liegt mir auf der Zunge, aber ich komme nicht darauf.

»Wann wird der Arzt wieder nach ihm sehen?« Es ist Miras Stimme. »Alles, was er getan hat, war, ihm etwas gegen die Schmerzen zu geben.«

Ah, das erklärt es. Ich erinnere mich daran, jemandem gesagt zu haben, dass ich fürchterliche Schmerzen hätte. Oder habe ich etwas anderes gesagt? Es ist immer noch alles ein wenig verschwommen, und dieses schwerelose Gefühl, das sich in meinem Körper ausbreitet, hilft mir auch nicht dabei, mich zu erinnern.

Es gibt da einen Trick, den ich beim Zahnarzt gelernt habe. Wenn ein Zahnarzt mich fragt, ob ich während der Behandlung etwas spüre, sage ich so lange ja, bis ich durch das ganze Novocain mein Gesicht nicht mehr spüren kann. Ich muss automatisch die gleiche Taktik angewendet haben, als ich in meinem benebelten Zustand mit dem Arzt hier gesprochen habe. Er scheint mir auch geglaubt zu haben, denn ich habe ziemlich starke Schmerzmittel bekommen.

»Der Arzt wird nach dem Röntgen wieder zu ihm kommen«, sagt eine zweite weibliche Stimme. Eine Krankenschwester, nehme ich an.

»Und wann wird er geröntgt?« Miras Stimme wird lauter. »Warum dauert das so lange?«

»Bitte beruhigen Sie sich. Wir machen alle, was wir

können«, erwidert die Krankenschwester in einem einstudierten monotonen Tonfall. »Wir haben heute eine Menge Patienten und sind sehr unterbesetzt.«

Es folgt ein Wortwechsel, den ich allerdings ignoriere. Stattdessen versuche ich, dieses Gefühl zu analysieren, das ich von dem Zeug bekomme, was mich besser fühlen lässt. Es ist wie eine warme Welle in meinem ganzen Körper. So als würde ich in einer warmen Badewanne gleichzeitig schweben und treiben.

Was auch immer sie mir gegen die Schmerzen gegeben haben – es muss jetzt gerade anfangen, richtig zu wirken.

»Die Kugel war für mich bestimmt«, sagt Eugene, nachdem die Person, bei der sich Mira über meine Pflege beschwert hat, gegangen ist.

»Ja. Ich hasse es, das auszusprechen, aber das habe ich dir ja gesagt.« Mira hört sich verärgert an. »Wann wirst du endlich einen Selbsterhaltungstrieb entwickeln?«

»Natürlich hast du recht«, sagt Eugene missmutig. »Wir hätten in einem Hotel schlafen sollen. Ich habe nicht damit gerechnet, dass sie es wieder versuchen würden. Nicht so schnell zumindest. Ich hätte auch nicht gedacht, dass diejenigen, die dich entführt haben, unsere Adresse weitergeben würden ...«

»Erspare mir diesen Mist«, unterbricht ihn Mira beißend. »Das habe ich gestern schon gehört, und jetzt ist Darren verletzt, weil ich auf dich gehört habe. Du wolltest wie immer einfach in der Nähe deiner Apparate sein. Sie sind alles, an was du denkst.«

Mit den schönen Gefühlen, die durch meinen Körper ziehen, habe ich Schwierigkeiten, der Unterhaltung zu folgen. Aber eine Sache verstehe ich: Mira macht sich Sorgen um mich. Zumindest ist sie wütend, weil Eugene ihre Befürchtungen nicht ernst genommen hat und ich jetzt deshalb verletzt bin. Als ich das denke, verstärkt sich das warme Gefühl in meinem Körper. Was für ein Medikament haben sie mir verabreicht? Vielleicht sollte ich es mir verschreiben lassen.

»Es tut mir wirklich leid, Miroschka.« Eugene hört sich so an, als würde er es wirklich bereuen. »In Zukunft werde ich auf dich hören, wenn es um Paranoia geht.«

Sie wird wütend, als sie das Wort Paranoia hört, und sie streiten sich noch eine Weile, zum Teil auf Russisch. Ich fühle, wie ich langsam wieder von der Wolke herunterkomme, auf die mich die Medikamente schweben lassen hatten. Dieser Streit unter Geschwistern ruiniert meinen Rausch.

»Ich kann gar nicht glauben, dass Darren die Kugel für mich abgefangen hat«, sagt Eugene irgendwann. Dieser Kommentar weckt mein Interesse.

Um ehrlich zu sein, kann ich es selbst nicht glauben. Und, um genau zu sein, war das auch gar nicht meine Absicht. Ich hatte gehofft, uns alle zu retten. Aber trotzdem. Ich fühle mich durch diese

Bemerkung gut, auch wenn das teilweise immer noch die Medikamente sein könnten.

»Das hat er«, erwidert Mira nachdenklich.

Sie sitzen eine Weile schweigend da, und ich fühle, wie der Rausch zurückkehrt, stärker als vorher. Als er meinen Körper wieder fest im Griff hat, werde ich müde und kämpfe nicht dagegen an. Mein Bewusstsein schwindet, und ich schlafe ein.

10

»Bist du Bert?«, höre ich Miras Stimme, als ich aufwache.

»Ja«, antwortet dieser. »Danke, dass du mich angerufen hast, Mira. Schön, dich kennenzulernen. Wie wurde Darren denn verletzt?«

Ich öffne meine Augen.

»Er ...«

»Moment, ich glaube, er hat gerade die Augen geöffnet«, unterbricht Bert Miras Erklärung.

»Darren«, sagt sie und schaut mich besorgt an. »Wie fühlst du dich?«

Ich betrachte mich.

Ich hänge an einem Monitor und habe eine Infusion in meinem Arm, aber der Effekt des Medikaments muss nachgelassen haben. Mein Kopf schmerzt wieder. Allerdings scheint es nicht so schlimm wie vorher zu sein, was entweder an den Resten des Mittels oder daran liegen könnte, dass ich gesunde. Ich bin mir nicht sicher, welche der beiden Möglichkeiten zutrifft. Das alles fühlt sich immer noch wie ein Kater an, aber wenigstens ist mir nicht mehr ganz so übel. Außerdem kann ich meine Augen öffnen, ohne dass ich mich fühle, als würde jemand einen Eispickel in meine Schläfen bohren.

»Okay.« Ich versuche mich tapfer anzuhören, aber meine Stimme klingt rau und pathetisch. »Besser.«

»Hier.« Mira reicht mir einen Becher mit Wasser von einem kleinen Tisch neben meinem Bett. Ich trinke vorsichtig.

»Wo ist Eugene?«, frage ich und schaue mich verwirrt um.

»Er ist Julia besuchen gegangen«, erklärt mir Mira, und ich höre ein leichtes Missfallen in ihrer Stimme. Ist sie böse auf ihn, weil er gegangen ist, bevor ich mich erholt habe, oder gefällt es ihr einfach nicht, dass er Julia besucht?

»Wie geht es ihr?«, möchte ich wissen.

»Machst du dir gerade Sorgen um Julia? Ihr geht es besser als *dir*, das kann ich dir versichern.« Mira lächelt. »Sie wurde ja auch nicht am Kopf angeschossen.«

»Stimmt«, erwidere ich. »Wie geht es *mir*?«

»Ich weiß es nicht«, sagt sie frustriert. »Sie haben deinen Kopf geröntgt. Erinnerst du dich nicht daran?«

»Nein, da war ich weg«, sage ich.

»Ja, das muss das Zeug gewesen sein, das sie dir gegen deine Schmerzen gegeben haben. Du sahst ziemlich durch den Wind aus, hast gesabbert und wirres Zeug gestammelt. Auf jeden Fall ist das schon eine ganze Weile her, und seitdem haben wir weder einen Arzt mit dem Ergebnis des Röntgens noch eine Schwester gesehen.«

»Hmm«, meine ich besorgt. »Das ist übel.«

»Wem sagst du das.« Mira runzelt die Stirn. »Ich überlege, ob ich dir etwas zu essen holen gehen sollte und danach versuche, mit denen hier zu reden und sie zur Vernunft zu bringen. Natürlich nur, falls sie sich bis dahin immer noch nicht um dich gekümmert haben.«

Die Art und Weise, wie sie das – »mit ihnen reden« – sagt, hört sich eher bedrohlich an. Mir wäre es lieber, wenn sie meinen Arzt zu diesem Zeitpunkt noch nicht vergrault. Allerdings möchte ich wirklich endlich die Ergebnisse des Röntgens bekommen, damit ich erfahre, was mit mir los ist. Ein Schädelhirntrauma ist nichts, was man auf die leichte Schulter nehmen sollte. Besonders dann nicht, wenn man seinen Kopf so viel benutzt wie ich. Mir fällt außerdem auf, dass Mira vorhat, dem Klinikpersonal meinetwegen auf die Nerven zu gehen. Eine eigenartige Vorstellung.

»Bert, wirst du ihm Gesellschaft leisten, während ich ihm etwas zu essen hole?«, fragt Mira und unterbricht damit meine Überlegungen.

»Natürlich«, erwidert dieser mit dem schüchternen Gesichtsausdruck, den er immer in der Gegenwart von Mädchen bekommt.

»Möchtest du irgendetwas?«, will Mira von ihm wissen.

»Nein, danke.« Er errötet.

»Und du, Darren?«, wendet sie sich an mich. »Wir sind ja schließlich nicht zum Frühstücken gekommen.«

Ich überlege. Auch wenn meine Übelkeit sich etwas gelegt hat, habe ich keinen Appetit. Oder Lust, aufzustehen. Oder überhaupt etwas anderes zu machen als zu reden. Die Infusion, die in meinen Arm läuft, kribbelt ein wenig, und ich frage mich, was passieren wird, wenn ich die Toilette aufsuchen muss. Ich frage wohl am besten einen der Pfleger, sollte ich einen sehen. Das Positive ist, dass ich keinen dieser albernen Krankenhauskittel trage. Wahrscheinlich, weil sie nur Zugang zu meinem Kopf haben müssen. Natürlich heißt das nicht, dass ich nicht trotzdem lächerlich aussehe. Ich kann spüren, dass mein Kopf wie der einer Mumie bandagiert ist und ich wahrscheinlich aussehe, als wäre gerade Halloween.

»Nein, ich denke, ich verzichte erst einmal auf das Frühstück«, antworte ich ihr. »Ich wette, dass sie mir gleich einen Wackelpudding bringen werden, das typische Krankenhausessen.«

»Ich werde dir einen davon und irgendeinen anderen Pudding bringen«, sagt sie entschieden. »Wenn sie dir noch nicht einmal die Ergebnisse des Röntgens gegeben haben, wieso denkst du dann, dich wegen des Essens auf sie verlassen zu können?«

»In Ordnung, Mira, danke. Ich werde Pudding nehmen, falls sie welchen haben«, erwidere ich und schaue sie irritiert an. Diese fürsorgliche Seite Miras ist neu, und ich werde wohl eine Weile brauchen, bis ich mich an sie gewöhnt haben werde. »Ansonsten vielleicht so etwas wie Apfelmus, falls es keinen Pudding gibt?«

»Alles klar. Mach dir keine Gedanken, ich werde etwas für dich finden«, meint sie und macht sich auf den Weg.

Als Mira weggeht, bemerke ich, dass Bert sie von oben bis unten betrachtet. Aus irgendeinem Grund nervt mich das. Dann gebe ich mir in Gedanken eine Ohrfeige. Ich bin eifersüchtig und beschützend, wenn es um Mira geht.

»Mann«, sagt Bert, sobald Mira außer Hörweite ist. »Ist das die Mira, über die ich für dich Nachforschungen anstellen sollte? Wow, die ist ja genau dein Typ. Warum hast du mir nicht erzählt, dass du sie gefunden hast? Und wie bist du angeschossen worden? Und wer ist Eugene? Und Julia? Was zum Teufel geht hier vor sich?«

Ich seufze und stelle eine Geschichte für Bert zusammen. Ich kann ihm nichts über die Leser oder Strippenzieher erzählen, also muss ich mich auf andere Dinge konzentrieren. Ich erzähle ihm, dass ich zu Mira gefahren bin und dass ihr Bruder und ich uns angefreundet haben. Das ist auch so ähnlich passiert. Dann erzähle ich Bert davon, dass ich erfahren habe, dass Miras und Eugenes Eltern von einigen unangenehmen Russen umgebracht worden sind. Ich erkläre die Morde damit, dass ihr Vater mit jemandem in seinem Heimatland Probleme hatte – was ja auch stimmen könnte. Ich berichte ihm auch davon, wie

Miras Rachefeldzug nach hinten losging, und sie stattdessen entführt wurde – was nicht stimmt, aber eine viel einfachere Erklärung ist als die Wahrheit.

»Warst du bei ihrer Rettung dabei? Bist du deshalb angeschossen worden?«, fragt Bert ungläubig. »Bist du verrückt?«

»Eigentlich nicht«, antworte ich ihm. »Die Rettungsaktion habe ich unverletzt überstanden. Sie war gestern. Der Schuss ist heute passiert. Ich bin mir ziemlich sicher, dass die Gangster die gleichen waren wie die bei der Entführung. Sie haben versucht, sie oder ihren Bruder umzubringen, dabei allerdings danebengeschossen und stattdessen mich erwischt. Ich könnte deine Hilfe bei dieser Sache gebrauchen. Es gibt da jemanden, den ich gerne mit Hilfe deiner speziellen Fähigkeiten aufspüren würde. Jemanden, der in dieser Organisation die Fäden ziehen könnte.«

»Kein Problem. Ich meine, sie haben dich angeschossen, da ist das wohl das Mindeste, was ich für dich tun kann«, sagt Bert. »Aber erwähne diesen Menschen gegenüber bloß nie meinen Namen.«

Ich versichere ihm, dass ich seinen Namen nicht fallen lassen werde, sollten die Verbrecher und ich unwahrscheinlicherweise ein freundliches Gespräch unter vier Augen haben. Danach gebe ich ihm den Namen, Arkady, und die Telefonnummer, die ich gestern herausgefunden habe. Ich nehme an, es gibt auch positive Aspekte daran, angeschossen zu werden. Eigentlich hatte ich die Gefallen, die er mir seine dunklen Hackeraktivitäten betreffend noch schuldete, schon aufgebraucht. Aber im Moment scheint er nicht daran zu denken.

Als ich sehe, wie hilfsbereit er gerade ist, beschließe ich, ihn noch ein wenig mehr zu melken.

»Es gibt da noch zwei Menschen, über die ich gerne mehr erfahren würde. Diese beiden sind keine Russen«, füge ich hinzu.

»Wer sind sie dann?«, will er zu meinem Leidwesen wissen. Ich hatte wirklich gehofft, ich könne meine Angeschossen-worden-sein-Karte noch einmal ausspielen und Bert würde das ohne weitere Nachfragen erledigen. Es sieht allerdings ganz danach aus, als müsse ich ihn tiefer in dieses eigenwillige Thema einführen.

»Sie könnten meine Eltern sein«, erkläre ich Bert und sehe, dass seine Augen ganz groß werden. »Meine biologischen Eltern.«

Ich erzähle ihm die Geschichte, wie ich zufällig herausgefunden habe, dass auch Sara nicht meine biologische Mutter ist. Ich erkläre ihm, dass es eine Frau namens Margret ist, über die ich sehr wenig weiß, und dass mein Vater auch einen Namen hat – Mark. Ich weihe Bert außerdem in meinen Plan ein, den Nachnamen meiner biologischen Eltern von meinen Müttern zu erfahren, sobald diese im Krankenhaus eintreffen.

»Alles klar«, meint er, als ich fertig bin. »Schicke mir ihre Namen, sobald du sie weißt. Und auch den Namen und die Telefonnummer dieses Verbrechers. Wer A sagt, muss auch B sagen. Aber du musst mir einen Gefallen tun, sobald es dir wieder besser geht.«

»Ich kann dir versprechen, es zu versuchen«, erwidere ich vorsichtig. »Was brauchst du denn?«

Als ich Berts Gesicht betrachte, verfluche ich mich innerlich dafür, so gierig gewesen zu sein. Als ich ihn nur wegen des Russen gefragt hatte, wollte er keine Gegenleistung haben. Was auch immer er mich gerade fragen möchte – offensichtlich sucht er nach dem besten Weg, es zu formulieren – und wenn man Bert kennt, weiß man, dass es etwas Wichtiges sein wird.

»Könntest du Mira fragen, ob sie eine Freundin hat, der sie mich vorstellen könnte?«, platzt er schließlich mit knallrotem Gesicht heraus.

Ich atme erleichtert aus. Ich dachte schon, er wollte eine meiner Nieren haben.

»Ich bezweifle, dass sie eine hat, aber ich werde es für dich herausfinden«, antworte ich lächelnd. »Und falls nicht, werde ich generell meine Augen aufhalten.«

»Danke«, sagt er und verlagert sein Gewicht nervös.

Ich bin eigentlich ganz glücklich mit dieser Entwicklung. Endlich hat Bert eine Form gefunden, sich mit Frauen zu treffen – indem er mich um Hilfe bittet. Es könnte funktionieren. Ich habe schon immer gedacht, dass Berts größtes Problem mit Frauen sei, dass er es nicht versucht.

»Ich habe dir etwas mitgebracht«, meint er, offensichtlich, um das Thema zu wechseln, und fasst in seine handtaschenähnliche Schultertasche für Männer.

Er nimmt zuerst einen blauen und danach einen goldfarbenen Gameboy 3DS heraus.

Das ist unser kleines Laster. Wenn wir den ganzen Tag im Büro verbringen und es langweilig wird – was häufig der Fall ist –, schleichen wir uns in einen Meetingraum, setzen uns mit den Rücken zur Glaswand und spielen Videospiele. Für unsere Kollegen sieht es dann so aus, als würden wir eifrig Berichte durchgehen oder Bilanzen prüfen.

Diese Liebe zu Videospielen war der Beginn unserer Freundschaft in Harvard. Das und die Tatsache, dass wir beide die einzigen Teenager inmitten der Erwachsenen waren.

Ich ziehe meine Hände unter meiner Bettdecke hervor und stelle mein Krankenhausbett mit der Fernbedienung auf Sitzposition. Einige Sekunden später habe ich mich aufgerichtet und halte einen Gameboy in der Hand. Mit dem Tropf im Handrücken fühlt es sich ein wenig eigenartig an, aber es ist machbar.

Wir laden unsere Geräte und beginnen, ein albernes Kampfspiel zu spielen, das Bert extra zu diesem Anlass mitgebracht hat.

»Du bist nur ein kleines bisschen besser als die künstliche Intelligenz des Spiels«, meint Bert nach der ersten halben Runde. Das ist seine Version von Lästern.

Ich lasse es diesmal durchgehen. Es gibt so viele Dinge, die ich sagen könnte. Zum Beispiel könnte ich anmerken, dass Pikachu der Pokémon, der Charakter, den er gewählt hat, um gegen mich zu kämpfen, eine gelbe, alberne Kreatur ist, die Bert selbst verdächtig ähnlich sieht. Oder ich könnte ihn darauf hinweisen, dass er eigentlich besser spielen sollte, wenn man die Zeit bedenkt, die er generell mit Videospielen verbringt. Allerdings wäre das genauso wie ihm zu sagen, dass er kein Leben hat, und das kommt für Bert zu nahe an die Wahrheit heran. Ich wäre nicht so gemein, ihn auch noch darauf hinzuweisen, außerdem will ich ihn nicht verärgern, bis ich die Informationen von ihm bekommen habe, die ich brauche.

Also hole ich, anstatt etwas zu sagen, mit dem Schwert meiner eigenen Lieblingsfigur aus. Sie ist Link, der stille Held meiner Lieblingsspielserie *The Legend of Zelda*. Der Schlag landet, und Bert verstummt, offensichtlich, um sich auf sein Comeback zu konzentrieren.

Kurz darauf weiche ich Blitzen aus, als ich Bert durch mein berühmtes Herumwirbeln mit dem Schwert erwische. Die 3D-Darstellung des Bildschirms bringt meine Übelkeit zurück, aber ich versuche, sie zu ignorieren, da ich fest entschlossen bin, zu gewinnen.

»Habe ich dir überhaupt schon erzählt, dass Jerry Buchmacker tot ist?«, fragt mich Bert in dem offensichtlichen Versuch, mich abzulenken. Bert weiß, wie sehr ich es hasse, zu verlieren. Auf der Uni habe ich ihm einmal einen Controller an den Kopf geschmissen.

»Was ist passiert?«, möchte ich wissen und bin mir im Klaren darüber, dass jetzt Berts Verschwörungstheorien folgen werden. Auch wenn wir gerade spielen, muss ich auf ihn eingehen, um ihn bei Laune zu halten. »Und sag mir auch gleich, wer Jerry Buchmacker überhaupt war.«

»Er hat an neuen Applikationen basierend auf künstlicher Intelligenz gearbeitet. Wie an eigenständig fahrenden Autos, nur in der Medizin.«

»Ach ja, ich erinnere mich daran, dass du mir von ihm erzählt hast, als du wegen des Unternehmens zu mir gekommen bist, dessen technischer Direktor er war. Ich habe dir damals gesagt, dass es eine gute Investition für Pierces Portfolio wäre«, bemerke ich und beginne ein neues Spiel, wieder als dieselbe Figur.

»Genau der, und jetzt ist er tot. Noch ein Selbstmord.« Bert versucht, trotz des Gameboys in seiner Hand, das letzte Wort mit Anführungsstrichen in der Luft zu begleiten. »Ich habe davon erfahren, als Herr Pierce mich gebeten hat, herauszufinden, ob Jerrys Tod bedeutet, dass wir das Portfolio abstoßen sollten.«

»Und warum ist der Typ *wirklich* tot?«, frage ich und mache ebenfalls Anführungszeichen in der Luft. Ich weiß sehr genau, worauf das Ganze hinauslaufen wird. Ich glaube, ich habe die gleiche Verschwörungstheorie schon einmal gehört, und sie ist nicht so verrückt wie anderes Zeug, das sich Bert ausgedacht hat.

»Es ist wieder die geheime Neo-Luddite-Gruppe«, flüstert er und sieht sich dabei um, als könnten sie hier im Krankenhaus mithören.

Wie ich vor einiger Zeit erfahren habe, ist ein

Luddite, wie Bert es definiert, jemand, der gegen jeglichen Fortschritt ist. Die Neo-Variante scheint besonders gegen technologischen Fortschritt zu sein. Nach dem, was ich durch die zugegebenermaßen voreingenommene Beschreibung meines Freundes über sie erfahren habe, ist sie eine Gruppe von verrückten Menschen, die es gerne sehen würde, dass die Menschen wieder in Höhlen leben. Der Unabomber war ganz nach dem Geschmack dieser Gruppe, meint Bert.

Diese spezielle Verschwörungstheorie behauptet, dass es eine geheime Gruppe gibt, die talentierte Wissenschaftler in kritischen Bereichen sowie Robotertechnik, Genetik, Informatik und Nanotechnologie tötet. Ihr Motiv ist, die transformativen Veränderungen zu verhindern, die aus diesen Feldern resultieren können.

Ich glaube natürlich nicht daran, aber ich weiß, dass es diese Menschen gibt, die Fortschritt und Veränderungen fürchten. Ihnen sage ich immer: »Geht in den Wald und versucht, ohne sanitäre Einrichtungen, ohne euer iPhone, ohne ein Gewehr zum Erschießen der Wölfe und potenzieller Nahrungsmittel zu überleben. Und natürlich auch ohne Antibiotika zur Behandlung des Wundbrandes, den ihr von einem einfachen Schnitt bekommen könntet. Danach kommt wieder hierher und sagt mir, ob ihr immer noch in das Zeitalter der Höhlenmenschen zurückkehren wollt.«

Ich möchte das mit Sicherheit nicht.

»Warum denkst du, dass es kein Selbstmord war?«, frage ich, auch wenn ich weiß, dass ich damit Berts verrückte Ideen nur unterstütze.

»Es ist ihr Modus Operandi«, sagt er, während er mir im Spiel einen besonders hinterhältigen Schlag versetzt.

»Natürlich«, erwidere ich sarkastisch, wehre den nächsten Tritt ab und hole mit meinem Schwert zu einem Gegenschlag aus.

Bert ist offensichtlich nicht glücklich mit meiner Skepsis seiner Theorie gegenüber, und um seinen Unwillen zu zeigen, schmeißt die gelbe Kreatur meinen Helden von der Spielplattform.

So geht es immer weiter. Ich bin wieder der Anwalt des Teufels, was die Verschwörung betrifft, und Bert tritt mich im Spiel in den Hintern, während er weitere Gründe dafür aufzählt, weshalb der Kerl keinen Selbstmord begangen haben kann. Eine Menge davon hört sich zugegebenermaßen überzeugend an. In keiner der Akten, die Bert in seine Finger bekommen hat, wurden Depressionen erwähnt. Es gab langfristige Pläne für Ferien und Konferenzen. Und schließlich kommt der ausschlaggebendste Grund für Bert: der Typ hatte eine hinreißende Freundin, der er gerade einen Heiratsantrag gemacht hatte.

»Was macht ihr beiden da?«, höre ich Miras Stimme auf meiner linken Seite. Sie ertönt genau in dem Moment, als ich meine Theorie loswerden möchte, dass sich der Kerl vielleicht umgebracht haben könnte, weil er kalte Füße bekommen hat. Hochzeit kann eine angsteinflößende Angelegenheit sein – zumindest, was mich betrifft.

»Wir spielen«, sage ich verteidigend zu Mira. Ich fühle mich, als habe sie uns gerade bei etwas Unanständigem erwischt.

»Hat der Arzt dir seine Erlaubnis dafür gegeben, dieses Zeug zu spielen?«, will sie mit gerunzelter Stirn wissen.

»Nicht direkt; der Arzt war noch nicht hier«, sage ich. »Aber ich bezweifle, dass Computerspiele schlecht für mich sind.«

»Ich, eine Person ohne Kopfverletzung, bekomme von dem 3D-Display dieses Dings Kopfschmerzen«, widerspricht sie.

Ich kann sehen, was Bert denkt, ohne ihn lesen zu müssen. *Heiß und spielt Videospiele?*

Ich bin selbst beeindruckt.

»Also hast du auch schon mal gespielt?«, will ich von ihr wissen.

»Natürlich.« Sie verengt ihre Augen. »Warum ist das so eine große Überraschung?«

»Nur so«, sage ich schnell.

»Weißt du was? Bevor ich den Arzt suchen gehe, spiele ich gegen denjenigen von euch, der gewinnt«, verkündet sie und verschränkt die Arme. Unsere Augen fallen fast aus ihren Höhlen, als diese Bewegung ihre Rundungen anhebt.

Ich weiß, dass Bert und ich genau den gleichen Gedanken haben.

Ich muss gewinnen.

11

Ich führe einen Kombiangriff mit meinen besten Strategien durch. Bomben, Bumerangs, Schwerthiebe – alles zielt verzweifelt auf die kleine japanische Kreatur auf dem Display vor mir.

Ich muss dieses Spiel einfach gewinnen, und ich frage mich, ob ein primitiver Teil meines Gehirns der Gewinner vor einer Frau sein will.

Wie dem auch sei, ich gebe bei meinem nächsten Angriff alles, was ich habe.

Es ist aber umsonst. Es scheint, als sei die Aussicht darauf, mit einem echten Mädchen zu spielen, eine stärkere Motivation für Bert als für mich. Außerdem ist er der bessere Spieler.

Er wehrt meinen Überfall ab und schafft es danach, in wenigen Augenblicken den Boden der Spielfläche mit meinem armen Charakter zu wischen.

Er ignoriert meinen sauren Gesichtsausdruck, als ich ihm den Gameboy überlasse.

Mira und Bert beginnen zu spielen, und Bert glüht geradezu vor Aufregung.

Ich versuche, nicht zu schmollen, während ich den Pudding und den Wackelpudding esse, die Mira mir gebracht hat.

»Kommt Eugene zurück?«, frage ich sie, als ich aufgegessen habe.

»Ja, eigentlich sollte er bald hier sein«, erwidert Mira abwesend, ohne die Augen vom Bildschirm abzuwenden. »Ich habe ihm ein Auto gemietet, falls sie mein Kennzeichen haben. Ich möchte, dass wir dich nach Hause fahren, wenn du entlassen wirst.«

Ihr Spiel dauert eine unglaublich lange Zeit – weshalb ich erschrocken denke, dass sie wirklich besser darin sein könnte als ich. Ich hätte wahrscheinlich schon lange gegen Bert verloren. Außer natürlich, mein Freund spielt rücksichtsvoller mit ihr, weil er das Spiel verlängern möchte.

Ich sehe mich nach einem Arzt oder zumindest einer Schwester um. Es ist niemand in Sicht. Mein Bett ist eines von einem Dutzend Betten, die kreisförmig in diesem großen Raum aufgestellt sind. Das alles sieht sehr trostlos aus, und ich möchte, so schnell ich dazu körperlich in der Lage bin, von hier verschwinden. Ich hoffe, die Kugel hat meinem Kopf keinen ernsthaften Schaden zugefügt.

Die meisten anderen, die sich in diesem Raum befinden, scheinen schlimmer dran zu sein als ich. Im Nachbarbett befindet sich ein Mann, der wie eine Mumie einbandagiert ist. Weiter unten liegt eine ältere

Person mit einem Tropf und einer Beatmungsmaschine. Nach einigen Sekunden höre ich damit auf, mich umzusehen. In einem Krankenhaus kann man leicht etwas sehen, was man später bereut. Allerdings zieht dann etwas in einiger Entfernung meine Aufmerksamkeit auf sich.

Es ist Sara, meine panischere Mutter.

»Leute, ihr müsst mir einen Gefallen tun«, sage ich. »Eine meiner Mütter nähert sich gerade, und ich hätte gerne eine ungestörte Unterhaltung mit ihr, sobald sie hier ist. Warum geht ihr nicht zusammen einen Arzt suchen? Oder vertretet euch die Beine?«

Bert lacht auf. Er kennt meine wahren Beweggründe. Er weiß, dass Sara einen Hang dazu hat, peinliche Dinge zu sagen. Ich kann mir lebhaft vorstellen, welche Tirade sie über ihr »Baby« im Krankenhaus loslassen wird, oder noch viel schlimmer, dass sie einen hysterischen Anfall bekommt.

Fluchend knallt Mira ihren Gameboy zu, was ich als ihre Niederlage deute. Danach schaut sie in die Richtung, aus der meine Mutter kommt.

»Hallo Frau Goldberg«, begrüßt Bert sie und macht sich zum Gehen bereit.

»Hallo Bert«, erwidert meine Mutter. »Und du musst Mira sein.«

»Hallo Frau Goldberg«, sagt Mira verlegen.

»Bitte nenne mich Sara«, antwortet diese. »Und du auch, Bert, wie oft muss ich dir das denn noch sagen?«

»Entschuldige, Sara«, sagt Bert kleinlaut.

»Schön, dich kennenzulernen, Sara.« Mira

versucht, meine Mutter anzulächeln. »Bert und ich waren gerade auf dem Weg, einen Arzt suchen zu gehen, um herauszufinden, wann Darren die Ergebnisse des Röntgens bekommen wird.«

»Danke.« Sara schaut Mira erfreut an. »Das ist sehr lieb von euch. Gebt mir Bescheid, falls sie euch etwas wissen lassen.«

Toll. Ich stelle mir ein Szenario vor, in dem sich Mira mit meinem Arzt streitet und danach, wenn sie ihn ausreichend fertiggemacht hat, meine Mutter auf den armen Kerl losgelassen wird. Wenn genervte Restaurantmitarbeiter ins Essen spucken, was macht dann wohl ein wütender Arzt?

»Wenn sie sich querstellen, werde ich ihre Server zum Absturz bringen«, meint Bert.

»Albert, das wirst du nicht tun«, erwidert meine Mutter streng. »Menschen könnten sterben.«

»Ich bin mir sicher, dass Bert nur einen Scherz gemacht hat«, sage ich und blicke meinen Freund warnend an. Wahrscheinlich stimmt das nicht.

»Ich werde ihn im Auge behalten, mach dir keine Sorgen, Sara«, mischt sich Mira lächelnd ein.

»Gut, danke«, meint Sara, offensichtlich zufrieden.

Als meine Freunde mir die Gameboys geben und weggehen, fällt mir erstaunt auf, wie ruhig meine Mutter geblieben ist. Hatte Mira so eine entspannende Wirkung auf sie?

»Was ist denn passiert, Spatz? Du bist angeschossen worden? Hast du Schmerzen?« Diese Fragen prasseln auf mich ein, sobald Mira und Bert den Raum verlassen haben, und ich verfluche mich dafür, so dumm gewesen zu sein. Meine Freude über ihren ruhigen Zustand war offensichtlich verfrüht gewesen.

Ich beginne mit einer neuen Version der Geschichte. Diesmal ist Mira eine neue Freundin, die in einem üblen Viertel lebt. Der Schuss war ein Versehen, das Ergebnis davon, zur falschen Zeit am falschen Ort gewesen zu sein.

»Ich mag Mira. Sie ist clever und sehr hübsch«, sagt meine Mutter, als ihr verbales Hyperventilieren aufgehört hat. »Und sie macht sich eindeutig Sorgen um dich. Allerdings sollte sie dich lieber in der Stadt besuchen kommen als andersherum. Das wäre sicherer.«

Jetzt verstehe ich, warum sie sich nicht so stark aufregt, wie ich eigentlich erwartet hatte. Ich denke, dass die Tatsache, dass sie ein Mädchen bei mir angetroffen hat – etwas, womit sie mich seit einer Ewigkeit nervt –, sie mehr beschäftigt als die Tatsache, dass ich angeschossen worden bin.

»Natürlich, Mama. Mira und ihr Bruder werden auch demnächst umziehen«, beruhige ich sie.

»Gut.« Sie streichelt mein Knie. »Sag Bescheid, falls du Ratschläge für eine ungefährliche Nachbarschaft brauchst.«

»In Ordnung, Mama. Wo ist Lucy?«, frage ich, um das Thema zu wechseln.

»Deine Mutter wird bald hier sein. Sie hat mir gerade eine Nachricht geschickt. Kyle hat sie am Eingang des Krankenhauses abgesetzt und sucht einen

Parkplatz. Sie müsste jeden Augenblick hereinkommen.«

Ich bin ein wenig besorgt, dass Lucy hierherkommt. Ich hoffe, sie hat nicht vor, mich einer Befragung zu unterziehen. Manchmal kann sie einfach nichts dagegen tun.

Ich behalte meine Bedenken allerdings für mich und erwidere stattdessen: »Okay. Bis dahin gibt es etwas, was ich dich gerne fragen möchte ...« Ich mache eine Pause, um darüber nachzudenken, beschließe dann aber, es einfach auszuspucken. »Wie hießen meine biologischen Eltern mit Familiennamen?«

Sara sieht einen Moment lang überrascht aus, hat sich aber schnell wieder im Griff. »Sie hießen Robinson, und der Mädchenname deiner Mutter war Taylor«, antwortet sie bereitwillig.

Die Robinsons. Also hat mich Jacob wirklich nach meinem Vater, Mark Robinson, gefragt. Bedeutet das, dass mein Vater ein Leser war? Vielleicht sogar Teil genau dieser Gemeinschaft? Ich behalte im Hinterkopf, mehr darüber herauszufinden. Vielleicht kann ich einen Grund finden, um noch einmal mit Jacob zu reden, oder einfach seine Tochter zu fragen, sobald sie sich erholt hat. Oder ich könnte mich an Caleb wenden, so angsteinflößend diese Möglichkeit auch klingen mag. Mark hat ja auch mit meiner Mutter Lucy und Onkel Kyle gearbeitet. Von ihnen könnte ich ebenfalls Informationen bekommen – auch wenn die beiden natürlich nichts über Leser und Strippenzieher wissen.

Ich sehe, wie Sara jemandem zuwinkt, und das reißt mich aus meinen Gedanken.

Ich folge ihrem Blick und sehe, dass Lucy gekommen ist.

»Wie geht's dir, mein Junge?«, fragt sie, als sie an meinem Bett stehenbleibt. »Was ist passiert?«

Ich erzähle ihr die gleiche Geschichte, die ich Sara erzählt habe. Ich erkläre ihr, dass ich noch nichts Genaueres weiß, aber dass meine Freunde versuchen, einen Arzt oder irgendjemanden zu finden, der Zeit für uns hat. Ich kann nicht genau sagen, ob sie mir die Geschichte abnimmt. So ist Lucy; man kann nicht erkennen, was in ihrem Kopf vorgeht, wenn sie es nicht zeigen will. Das muss so ein Polizistending sein. Allerdings habe ich eines im Laufe der Jahre gelernt: Allein die Tatsache, dass sie einen neutralen Ausdruck behält, bedeutet Ärger.

»Ihr beiden unterhaltet euch mal weiter, und ich versuche, Mira und Bert zu finden«, meint Sara und verlässt das Zimmer, bevor ich die Gelegenheit habe, etwas zu antworten. Ist ihr auch Lucys leerer Gesichtsausdruck aufgefallen? Die Vorstellung davon, dass sie sich ebenfalls der Suche nach einem Arzt anschließt, ist einfach zu viel des Guten. Ich wäre extrem überrascht, wenn es so käme. Bilder von Löwinnen, die Gazellen töten und die blutigen Karkassen zu ihren kuscheligen Jungen bringen, schießen mir aus irgendeinem Grund in den Kopf.

»Und jetzt erzähle mir, was wirklich passiert ist«, sagt Lucy, sobald Sara aus der Hörweite ist.

Meine Mutter, die Fahnderin. Sie ist der Grund dafür, weshalb ich normalerweise so ein hervorragender Lügner bin. Als Kind musste ich meine Lügen auf ein astronomisches Niveau bringen, um damit auch bei Lucy durchzukommen. Normalerweise habe ich mittlerweile kaum noch Probleme damit, aber ich habe auch nicht jeden Tag mit Kopfverletzungen und geheimen Gruppen zu tun, über die ich nicht sprechen darf.

»Ich wollte Sara nicht beunruhigen«, sage ich. »Also habe ich die Dinge ein wenig vereinfacht, das ist alles.«

»Das habe ich mir schon gedacht.« Ein leichtes Lächeln erscheint auf Lucys Gesicht. »Raus damit.«

»Die Kurzversion ist, dass einige russische Gangster meine Freunde umbringen wollen. Und bevor du fragst: ich habe wirklich keine Ahnung, warum. Das, was ich dir sagen kann, ist, dass wahrscheinlich die gleichen Personen schon ihre Eltern umgebracht haben.«

»Wie heißen deine Freunde?«, möchte Lucy ruhig wissen. Sie benimmt sich, als würde ich andauernd mit ihr über Mordversuche sprechen.

Ich gebe ihr Miras und Eugenes Nachnamen und erzähle ihr alles das, an was ich mich über ihre Eltern erinnere.

»Ich werde es mir ansehen«, meint sie, während sie sich Notizen in einem kleinen Büchlein macht.

Sie könnte wirklich eine Menge herausfinden. Sie kennt immer noch einige Leute der Abteilung für organisiertes Verbrechen, einschließlich meinen Onkel

Kyle, der wahrscheinlich schon auf dem Weg hierher ist. Ich habe allerdings meine Zweifel daran, dass sie eine große Hilfe sein wird. Der Strippenzieher, der nach Meinung meiner neuen Freunde hinter allem steckt, wäre wahrscheinlich zu viel für die normalen Fähigkeiten der Ermittler.

»Nur Informationen, Mama. Bitte stelle keine weiteren Nachforschungen an«, sage ich, und endlich bekomme ich ein richtiges Lächeln.

»Du hörst dich an wie deine Mutter«, erwidert sie. »Du musst dir keine Sorgen machen. Aus diesem Grund bin ich in der Abteilung für Wirtschaftskriminalität.«

»Jemand hat eine Schussverletzung gemeldet?«, höre ich eine unbekannte männliche Stimme fragen. Als Lucy und ich aufschauen, steht vor uns ein untersetzter Polizist. Toll. Die Angestellten dieses Krankenhauses können nicht damit belästigt werden, mir die Ergebnisse meiner Röntgenaufnahmen mitzuteilen, aber sie hatten die Zeit, meine Verletzung zu melden.

»Das ist richtig, Officer«, antwortet Lucy und zückt ihre eigene Marke, um sie ihm zu zeigen. »Ich kümmere mich bereits darum.«

Der Polizist dreht sich unverzüglich um und geht, während er etwas über die inkompetenten Krankenschwestern von Coney Island vor sich hin murmelt. Ich unterdrücke ein Lachen. Es hat auch seine Vorteile, eine Polizistin zur Mutter zu haben.

»Hier seid ihr.« Mein Onkel Kyle betritt gerade den Raum. »Wie geht's dem verletzten Soldaten?«

Onkel Kyle ist natürlich nicht mein biologischer Onkel. Nicht einmal mein Adoptivonkel. Er ist Lucys Kollege. Da er allerdings seit meiner frühesten Kindheit die Rolle meines Onkels übernommen hat, sehe ich ihn auch als solchen an.

»Hallo Kyle«, begrüße ich ihn und setze mich hin, um seine Hand schütteln zu können. So machen wir das immer. Wir umarmen uns nicht, wir geben uns nur die Hand.

»Schön, dass du hier bist, Kyle. Ich möchte mal schauen, wo der Arzt bleibt«, sagt Lucy. »Bitte bleib bei ihm.«

»Natürlich«, erwidert Kyle. »Mach ihnen Feuer unterm Arsch.«

Und damit schließt Lucy sich der Jagd nach einem Arzt an, was ich urkomisch finden würde, wäre Mira nicht ebenfalls daran beteiligt. Lucy mit von der Partie zu haben, ist, wie zu stärkeren Waffen zu greifen – auch wenn ich daran zweifle, dass sie das Pflegepersonal mit ihrer Waffe bedrohen wird. Zumindest nicht, wenn sie sie nicht wirklich verärgern.

»Ich habe gehört, dass ein Mädchen in diese Schießerei verwickelt ist«, meint Kyle und zwinkert mich an. Wenn es eine Sache gibt, die ich immer an Kyle gemocht habe, ist es sein Fehlen von erstickender Fürsorge. Er fragt nicht, wie ich angeschossen wurde. Wahrscheinlich macht er sich auch gar nicht allzu große Sorgen um mich. Das hat etwas Erfrischendes.

Seine Einstellung war mir jahrelang sehr nützlich. Es gibt tonnenweise ziemlich gefährliche Dinge, die ein Junge tun möchte, für die er aber einen Erwachsenen benötigt, der ihm den Rücken stärkt. Zum Beispiel ist Kyle der Grund dafür, dass ich weiß, wie man eine Pistole hält. Es ist das Ergebnis eines geheimen Ausflugs zu einem Schießübungsplatz. Bis heute denken meine Mütter immer noch, dass wir ins New York Aquarium gegangen sind. Sollten sie herausfinden, was wir wirklich getan haben, würden sie ihn wahrscheinlich heute noch dafür verprügeln.

»Ja, es gibt da ein Mädchen. Wenn du noch ein wenig hierbleibst, wirst du sie vielleicht treffen.« Irgendwie hoffe ich, dass er das tun wird. Seit wann interessiert es mich, was Kyle denkt?

»Ich werde es versuchen«, entgegnet er lächelnd.

»Ich habe hier etwas, was dich interessieren könnte«, meine ich zu ihm und greife nach den Gameboys.

Als ich klein war, habe ich immer gegen Kyle gespielt. Trotz aller seiner Fehler bin ich ihm sehr dankbar für die Stunden, die er Mortal Kombat mit mir gespielt hat. Ihm seinen Kopf abzureißen – oder eben zumindest den seiner Spielfigur – ist eine meiner schönsten Kindheitserinnerungen.

»Ich habe diese noch nie gesehen«, erwidert er. »Kann man sie auch weniger verschwommen einstellen?«

Kyle und sein Mangel an technischem Wissen. Ich sehe mich gezwungen, ihm zu erklären, wie man den eingebauten, brillenlosen 3D-Effekt des Displays ausstellt. Das ist nämlich die sogenannte Unschärfe. Es ist ein Sakrileg, dieses Spiel nicht in 3D zu spielen, aber ich habe nicht vor, mich auf eine verbale Auseinandersetzung mit ihm einzulassen. Ein virtueller Kampf in einem Spiel muss ausreichen. Als ich den 3D-Effekt ausgestellt habe, wählt er seinen Charakter – Donkey Kong, der riesige Gorilla mit der Krawatte. Ich entscheide mich für die Zeichentrickversion von Link, meinem Lieblingscharakter, der die Prinzessinnen rettet.

Kyle spielt simpel, genauso wie er es getan hat, als ich noch ein Kind war. Er entscheidet sich für eine Taktik, die funktioniert, und wendet sie dann immer wieder an. In diesem Fall ist das Resultat ein lustig tanzender Gorilla.

Als ich gerade einen raffiniert ausgeklügelten Plan in die Tat umsetzen möchte, klingelt Kyles Telefon.

»Ich muss antworten«, sagt er und pausiert das Spiel.

Er nimmt das Gespräch an. Sobald derjenige am anderen Ende der Leitung zu reden beginnt, verdüstert sich Kyles Gesichtsausdruck, und er entfernt sich von meinem Bett. Es muss jemand von seiner Arbeit sein.

Ich mache mich nützlich, indem ich mich aus dem Spiel auslogge und überprüfe, ob ich hier Wi-Fi-Empfang habe. Das würde mir ermöglichen, weitere Spiele zu kaufen, falls mir langweilig wird, was wahrscheinlich der Fall sein wird, sobald alle weg sind. Vorausgesetzt, ich muss hierbleiben, was ich nicht hoffe.

»Ich muss los«, sagt Kyle, als er zurückkommt. Er sieht besorgt aus. »Ein Notfall.«

»Ist Lucy nicht auch mit deinem Auto gekommen?«, wundere ich mich.

»Ja, aber sie wird sich ein Taxi nehmen müssen. Diese Angelegenheit kann nicht warten.«

»Bis dann. Danke fürs Vorbeikommen«, verabschiede ich mich von ihm und versuche, meine Enttäuschung zu verbergen.

Als er das Zimmer verlässt, wird mir klar, dass die Langeweile schneller kommen könnte, als ich geplant hatte. Es gibt kein Wi-Fi, aber nach meinen Erfahrungen mit diesem Krankenhaus ist das zu diesem Zeitpunkt auch keine Überraschung mehr.

Zum Glück hat das Kampfspiel einen Modus, in dem man gegen den Computer antreten kann, also beginne ich ein neues Spiel.

ICH BIN MITTEN IN EINEM BESONDERS GEMEINEN KAMPF, als ich bemerke, dass sich mein Bett bewegt.

Ich schaue auf und sehe, dass es von einer Frau in einem weißen Kittel geschoben wird.

»Wohin gehen wir?«, möchte ich wissen. »Und wer sind Sie?«

»Der Arzt möchte eine private Unterhaltung mit

Ihnen führen«, erklärt mir die Frau in einem monotonen Tonfall, während sie mein Bett weiterschiebt. »Ich bin Ihre Schwester.«

Ich versuche, diese Information zu verarbeiten. Warum würde ein Arzt mich in einem privaten Zimmer für ein Gespräch treffen wollen? Wie schlimm sind denn die Nachrichten, die er mir mitteilen möchte? Oder haben meine Mütter und meine Freunde so viel Unruhe gestiftet, dass ich jetzt abgemahnt werde?

Wir gehen nicht weit. Auf der einen Seite des Korridors gibt es ein kleines Büro. Die Schwester schließt die Tür hinter uns und beginnt, eine Medikation vorzubereiten.

»Was machen Sie da?«, frage ich und versuche, mich ruhig anzuhören. Ich habe Angst vor Nadeln, und das Zeug, das sie vorbereitet, sieht nach einer Spritze aus.

»Nur etwas gegen die Schmerzen«, antwortet sie.

»Ich brauche nichts«, sage ich. »Ich ziehe die Schmerzen einer Spritze vor.«

Sie kommt zu mir, lächelt und ergreift den Schlauch, der von meinem Tropf zu meiner Hand führt. Sie öffnet ihn und verbindet ihn mit der Spritze, die sie in ihrer Hand hält.

»Kein Einstich«, erklärt sie mir.

»Ich möchte das Medikament nicht, solange Sie mir nicht erklärt haben, worum es sich dabei handelt …«

Ich werde durch das Entleeren der Spritze abgeschnitten.

Meine Herzfrequenz erhöht sich.

Hat sie mir gerade das Medikament verabreicht, obwohl ich ihr ausdrücklich gesagt hatte, dass ich es nicht möchte? Warum würde sie das tun?

Plötzlich breitet sich in meinem Körper eine warme Welle aus, und ein Teil meiner Bedenken verschwindet.

Nein, hier stimmt etwas nicht. Ich zwinge mich trotz der glücklichen, wohligen Gefühle, die mich erfüllen, darüber nachzudenken. Es wird langsam schwierig, sich Sorgen zu machen, aber mit übermenschlicher Anstrengung kann ich mich erneut dazu bringen.

Vielleicht möchte sie deine Organe stehlen, rede ich mir ein, um mir das erschreckendste Szenarium vorzustellen.

Die Zeit scheint sich zu verlangsamen, und die Geräusche des Krankenhauses verschwinden.

Ich finde mich im Bett neben meinem anderen Ich wieder und bin kurz erleichtert.

Ich habe es geschafft. Ich bin in die Stille hinübergeglitten.

Mein Kopf ist jetzt völlig frei von dem, was sie mir verabreicht hat, und ich bin entschlossen, herauszufinden, was zum Teufel gerade passiert ist.

12

Ich stehe auf und sehe mich selbst an. Die Pupillen meines eingefrorenen Ichs sind so klein wie Stecknadelköpfe. Das muss von dem Medikament kommen, das ich bekommen habe, denn die Pupillen der Schwester sind die normalen schwarzen Kreise, die man in einem gut beleuchteten Raum erwarten würde.

Einen kurzen Moment lang bleibt mein Blick an meiner Kopfbandage hängen; sie sieht genauso lächerlich aus, wie ich dachte. Aber das ist im Moment meine geringste Sorge. Ich wäre bereit, wie eine Mumie einbandagiert um den Times Square zu laufen, wenn mir das dabei helfen würde, dieser Situation zu entkommen.

Mir fällt auf, dass ich nicht nur den Einfluss der Medikamente nicht mehr spüre, sondern auch die Schmerzen der Wunde verschwunden sind, wie immer in der Stille.

Ich gehe zu der Frau und schaue in ihre Taschen.

Ich finde einen Krankenhausausweis, der echt aussieht, was ein gutes Zeichen ist. Sie ist eine staatlich geprüfte Krankenschwester und heißt Betty March. Das ist bis zu einem gewissen Punkt beruhigend – sie kennt sich mit Medikamenten aus und weiß auch, wie sie zu verabreichen sind. Aber mit Sicherheit darf sie auf diese Weise nichts in die Venen eines Patienten zwingen.

Ich beschließe, dass es Zeit für eine kleine Lesung ist, und berühre ihre Schläfen.

»Es wird gleich jemand nach deinem Freund sehen. Bitte geh zurück und warte«, sagen wir zu dem Mädchen, das die Angestellten genervt hat.

Mir, Darren, fällt auf, dass es eine Erinnerung ist, in der wir gerade mit Mira gesprochen haben. Sie ist allein, weder Bert noch meine Mutter sind bei ihr, was bedeutet, dass sich das Erlebnis schon davor abgespielt haben muss. Was auch immer ich in Bettys Erinnerungen suche – und ich bin mir noch nicht sicher, was es ist – passiert später. Ich entschließe mich dazu, mir ab hier alles anzuschauen, um sicherzugehen, dass ich verstehe, warum sie das mit mir getan hat.

Während die Erinnerungen abgespielt werden, entwickle ich einen gesunden Respekt für den Beruf der Krankenschwester. Er ist hart. Schließlich komme ich zu dem, was ich suchen könnte. Zu diesem Zeitpunkt sind wir gerade auf der Toilette.

Wir haben uns hingesetzt, und die Zeit hält an. Jetzt sind mehr von uns in Bettys Kopf.

Das Gefühl, das mich überkommt, ist das gleiche, das ich im Kopf des russischen Kriminellen hatte, der von dem mysteriösen Strippenzieher kontrolliert wird. Ich spüre die Gegenwart eines anderen Gehirns – eine gruselige Erscheinung, die weder ein Geschlecht noch eine Identität hat. Es ist einfach nur so, als sei noch jemand anderes hier.

So wie beim letzten Mal beginnt der Strippenzieher, Anweisungen zu geben. Dieses Mal allerdings läuft mir ein Schauer über mein körperloses Ich, als ich dem zuhöre, was er Betty aufträgt.

»Geh zu Darren Wang Goldberg« wird von Bildern begleitet, auf denen zu sehen ist, wo mein Bett steht und wie ich aussehe. Außerdem bekommt sie das Gefühl vermittelt, einer Person helfen zu wollen, die diese Hilfe dringend braucht.

»Bring den Patienten in einen privaten Raum« ist untermalt mit Bildern und Anweisungen, dass der Arzt ein Gespräch mit dem Patienten führen möchte. Ein Gespräch, das wahrscheinlich alle anderen im Raum anwesenden Personen verstören würde.

Bei »Verabreiche ihm eine Injektion von 10 mg Morphium« laufen Bilder eines leidenden Patienten, Anweisungen eines Arztes und eine Warnung ab, dass der Patient verwirrt ist und sich der Spritze widersetzen könnte.

»Vergiss die Injektion« ist die nächste Anweisung, und sie wird von einem Gefühl der Leere begleitet.

Gähnende Leere. Einem zenähnlichen Zustand, in dem man an nichts denkt, sondern einfach nur im Frieden mit sich selbst ist.

»Nimm das Kissen, lege es auf das Gesicht des Patienten und halte es an dieser Stelle fest.« Diese makabere Anweisung wird von einer ganzen Geschichte begleitet. In dieser Geschichte hat Bettys Opfer sie seit Jahren darum gebeten, das zu tun. Es leidet an furchtbaren Schmerzen, und selbst Medikamente lindern sie nicht. Zusammenhangslose Hassgefühle dem Patienten gegenüber werden ebenfalls eingepflanzt. Die Anweisungen des Strippenziehers scheinen zu implizieren, dass das die Person ist, von der Betty krankenhausreif geprügelt wurde, das Monster, das Bettys kleinen Jungen umgebracht hat.

Obwohl ich schockiert bin, denke ich, wie interessant es ist zu sehen, wie das Strippenziehen eigentlich funktionieren sollte. Ich meine, als ich es versucht habe, tat ich es intuitiv, habe nur den grundsätzlichen Ansatz dieses Strippenziehers benutzt. Das hier ist viel subtiler. Viel kranker. Sollte Betty das tun, was ihr befohlen wurde – und ich habe keinen Zweifel daran, dass sie es genauso ausführen wird –, wäre das der Beweis dafür, dass die Strippenzieher wirklich Personen dazu bringen können, alles das zu tun, was sie möchten. Die Rechtfertigungen, die gegeben werden, ergeben noch nicht einmal wirklich Sinn. Es scheint, als müsse nur ein Anhaltspunkt in den Kopf der Person projiziert werden. Wenn ein

Grundprinzip vorliegt, scheint das Opfer all das zu tun, zu dem es mental gezwungen wird.

Morbide fasziniert, lasse ich die Erinnerung ablaufen. Betty führt präzise jede Anweisung aus, die sie von dem Strippenzieher bekommen hat. Während sie sich jeder einzelnen Aufgabe widmet, scheint sie wirklich an die Anweisungen und die Hintergrundgeschichte zu glauben. Als ich sie gefragt habe, wohin sie mich bringt, war sie überzeugt davon, dass ich mit dem Arzt sprechen würde. Sie war keinesfalls hinterhältig. Was ich persönlich am beängstigendsten finde, ist, dass sie bei jedem Schritt des Weges nur eine vage Idee von dem hat, was vorher passiert ist. Es erinnert mich stark an einen Traum, in dem Dinge Sinn zu ergeben scheinen, aber nur so lange, bis man aufwacht.

Wahrscheinlich wird sie sich zu dem Zeitpunkt, an dem sie beginnen wird, mich in meinem betäubten, bewusstlosen Zustand umzubringen, schon gar nicht mehr an die Morphiumdosis erinnern können, die sie mir gegeben hat.

Das volle Ausmaß meiner Situation beginnt mir zu dämmern, als ich Bettys Kopf verlasse.

Ich bin zurück in der Stille mit dem Wissen, dass der Strippenzieher versucht, mich zu töten – dass er mich vielleicht schon getötet hat.

Falls die Dosis des Morphiums zu hoch war, könnte

ich an einer Überdosis sterben, bevor die Krankenschwester überhaupt mit dem Kissen bei mir ist. Und falls die Injektion mich nicht umbringt, dann mit Sicherheit das Ersticken. Ich habe weder Zweifel daran, dass der Strippenzieher genau weiß, was er tut, noch daran, dass Betty genau das durchführen wird, was er ihr aufgetragen hat.

Warum versucht er, mich umzubringen? Weil ich Eugene und Mira gestern geholfen habe? Das ergibt aber auch nicht wirklich Sinn. Wenn jemand eine überragende Leistung erbracht hat, um Mira zu retten, dann war das Caleb. Oder dachte der Strippenzieher, dass ich der Kopf der Aktion sei? Das ist schmeichelhaft, aber in diesem Fall liegt er völlig daneben.

Ich kann allerdings auch nicht allzu lange darüber nachdenken. Nicht, solange ich nicht weiß, ob ich mich noch retten kann.

Ein Dutzend Möglichkeiten schießen mir durch den Kopf. Kann ich selbst die Schwester manipulieren und die Befehle überschreiben, die mein Feind ihr gegeben hat? Aber was ist, wenn sie mich trotzdem umbringt? Oder ihre Taktik ändert? Oder es noch schneller tut? Ich kann mein Leben nicht von so etwas abhängig machen. Nicht, bis ich mich nicht zuerst ein wenig abgesichert habe.

Ich gehe aus dem Zimmer und sehe mich um.

Jackpot.

Genau vor dem Zimmer steht ein riesiger Mann.

Ein wütender Riese namens Frank, zumindest seinem Namensschild nach.

Ich berühre seinen Arm und konzentriere mich.

Dieses beschissene Krankenhaus ist wie ein Zoo, denken wir verärgert. Seit Stunden hat sich niemand um Lidia gekümmert. Wir müssen einen Verantwortlichen finden und ihm ein paar klare Worte sagen.

Ich trenne mich von Franks Gedanken. Sein Problem kommt mir sehr bekannt vor. Dieser Ort ist definitiv eine Bruchbude. Von dem, was ich in seinem Kopf gesehen habe, hat seine Frau Hilfe um einiges nötiger als ich.

Ich fühle ein Aufflackern von Schuld, darüber, was ich gleich mit ihm tun werde. Frank könnte Ärger bekommen. Außerdem werde ich seine Gedanken manipulieren – und er hat nichts Falsches getan.

Allerdings ist mein Selbsterhaltungstrieb stärker als meine Skrupel, und ich versuche, das nachzuahmen, was ich eben gesehen habe.

»In dem anderen Zimmer ist eine Frau, die Hilfe braucht. Sie hat einen Anfall und benötigt ein Paar starker Hände, die sie festhalten, bis die Ärzte kommen, damit sie sich nicht verletzt. Wenn wir ihr helfen, können wir vielleicht jemanden dazu bringen, sich aus Dankbarkeit schneller um Lidia zu kümmern. Es ist ganz einfach: Wir müssen nur hineingehen, die

Frau fest umarmen und sie nicht mehr loslassen. Sollte sie sich zu sehr wehren, werden wir uns mit ihr zu Boden fallen lassen. Wir werden dort so lange liegen bleiben, bis die Ärzte kommen, um sie zu retten.«

Ich erarbeite verschiedene Versionen des gleichen Szenarios in Franks Kopf. Verglichen mit dem, was ich im Kopf der Krankenschwester, Betty, gesehen habe, sind meine Anweisungen wahrscheinlich überflüssig. Aber das hier ist nicht der richtige Zeitpunkt, um meine Technik im Strippenziehen zu perfektionieren. Ich muss alle grundlegenden Punkte abdecken.

In der Hoffnung, den ganzen Mit-einem-Kopfkissen-ersticken-Teil abgewendet zu haben, verlasse ich Franks Kopf.

Als Nächstes mache ich mich auf die Suche nach einem Arzt.

Falls die Morphiumdosis, die mir die Schwester verabreicht hat, zu hoch war, könnte mich ein Arzt vielleicht noch retten. Das machen sie mit den Drogenabhängigen im Fernsehen auch immer. Vielleicht brauche ich eine Adrenalinspritze ins Herz, so wie in Pulp Fiction.

Ich habe gelesen, dass es generell eher schwierig ist, in einem Krankenhaus in der Gegenwart von Ärzten zu sterben. Das ist auch der Grund dafür, weshalb Menschen diese Dokumente unterschreiben, dass sie nicht wiederbelebt werden wollen. Sie möchten unter bestimmten Bedingungen einfach nicht mehr gerettet werden.

Aber zuerst muss ich einen Arzt *finden*. Ich renne in der Stille den Flur entlang und versuche dabei, mich nicht allzu weit von dem Raum zu entfernen, in dem mein bewusstloses Ich liegt.

Ich finde zwar keinen Arzt, aber eine junge Frau, auf deren Namensschild steht, dass sie eine Assistenzärztin ist. Ich berühre ihr Ohrläppchen und konzentriere mich.

Zweiundzwanzig Stunden im Dienst. Wir trinken Milchkaffee, aber er hat jetzt den gleichen Effekt wie ein Kamillentee, was die wachhaltende Wirkung betrifft.

Ich, Darren, trenne mich von Janes Gedanken. Ich zögere, sie mit der Aufgabe zu betrauen, die mir vorschwebt, da sie so müde ist. Die Tatsache, dass sie in ihrem Zustand Patienten behandeln muss, grenzt an strafbare Fahrlässigkeit. Allerdings habe ich keine andere Wahl. Sie ist die einzige Person, die sich in der Nähe des Raumes befindet, in dem mein physischer Körper liegt.

Zuerst muss ich ihren Kopf nach einer Lösung durchsuchen, eine Erinnerung an ein spezifisches Thema finden. Ich habe so etwas schon einmal getan, als ich Saras Kopf nach Erinnerungen an meine biologischen Eltern durchwühlt habe.

Ich versuche, die gleiche Methode auch hier anzuwenden, nur gezielter. Das Thema ist eine Überdosis Morphium. Ich versuche, mich leicht zu fühlen, so als würde ich tiefer in die Erinnerungen einer Person eindringen wollen. Gleichzeitig denke ich an Patienten mit einer Überdosis.

»Jane, das wirst du dir anschauen wollen«, sagt Dr. Mickler, während wir ihm halb im Laufschritt folgen.

»Was hat er?«, fragen wir und schauen auf den dünnen, blassen Kerl auf dem Tisch.

»Heroin«, erklärt Dr. Mickler.

Ich lasse die Szene ablaufen. Es gibt keine Spritze ins Herz, so wie im Film. Stattdessen benutzen sie ein Medikament namens Narcan, dessen aktiver Wirkstoff ein Naloxon-Hydro-Nochwas ist. Das hört sich vielversprechend an, da es diesen Kerl mit der Überdosis Heroin gerettet hat, dessen Lebenszeichen richtig schlecht waren.

Ich durchsuche Janes Erinnerungen und versuche, Informationen über dieses Medikament zu finden. Ich erfahre, dass es bei Morphinen genauso gut wirkt wie bei Heroin.

Ich beginne mit dem Strippenziehen.

»Hol Narcan. Geh zu einem Zimmer.« Ich füge ein mentales Bild des Wegs zu dem Raum hinzu.

»Lass dich nicht ablenken, falls du dort etwas Eigenartiges siehst. Die Krankenschwester wird von der Polizei festgehalten. Das Wichtigste ist, dem Patienten zu helfen, dem die Krankenschwester unbeabsichtigt geschadet hat. Sie hat ihm 10 mg Morphium gegeben.«

Ich lasse verschiedene Wege vor ihrem inneren Auge ablaufen, wie die Dinge sich entwickeln könnten. Als ich denke, dass Jane mich auf jeden Fall retten muss, verlasse ich widerwillig ihren Kopf.

Jetzt fühle ich mich ein wenig besser, da ich etwas getan habe, um die Situation in den Griff zu bekommen. Ich beschließe, in meinen Körper zurückzukehren, die Stille zu verlassen, gegen den Schlaf anzukämpfen, einige Momente zu warten und erneut in die Stille hinüberzugleiten, um zu sehen, ob meine unfreiwilligen Helfer beginnen, die ihnen zugeteilten Aufgaben auszuführen.

Ich gehe in den Raum zurück, berühre die Hand meines eingefrorenen Ichs und höre, wie die Geräusche zurückkommen.

13

Ich fühle mich großartig. Ich mache mir nicht einmal mehr Sorgen, dass Betty gerade dabei ist, mich umzubringen. Das Einzige, was mir durch den Kopf geht, ist, dass es kein Wunder ist, dass Menschen sich mit diesem Zeug ihr Leben ruinieren. Es ist fantastisch.

Ich höre, wie sich irgendwo eine Tür öffnet. Es interessiert mich kaum.

Ich sehe Betty mit einem Kissen in den Händen. Das erinnert mich daran, dass ich an etwas denken sollte, aber ich werde durch dieses eigenartige Jucken an meinem Arm abgelenkt. Als ich mich dort kratze, fühlt es sich fantastisch an.

Danach lässt Betty das Kissen auf mein Gesicht sinken.

Meine Atmung ist durch das Morphium langsamer als sonst; eine Erinnerung dringt an die Oberfläche, und durch meinen opiatischen Nebel verstehe ich, dass mir dieses Kissen das Atmen auch nicht gerade erleichtern wird.

In die Stille gleiten, das sollte ich tun. Aber dazu müsste ich mich in einen Angstzustand versetzen, was selbst mit dem Wissen, gerade erstickt zu werden, mehr als schwer ist.

Plötzlich verschwindet das Kissen aus meinem Gesicht.

Ich höre einen dumpfen Schlag, der mir eigentlich etwas sagen sollte.

Ich gebe mein Bestes, um in die Stille zu gleiten, aber stattdessen fühle ich mich, als würde ich schweben.

Meine Augenlider sind schwer. Sehr schwer.

Ich schließe meine Augen und hoffe, dass mir das dabei helfen wird, mich zu konzentrieren.

Vielleicht sollte ich ein kurzes Nickerchen machen …

Ich bin hellwach und ausgenüchtert.

Jeder Hauch des schönen Gefühls durch das Morphium ist nur noch eine weit entfernte Erinnerung.

Mir ist schlecht.

Etwas steckt in meinem Arm, etwas, was wehtut, weshalb ich versuche, es zu entfernen. Auf einen kurzen Schmerz folgt Erleichterung.

Ich öffne die Augen und sehe, dass ich den intravenösen Zugang in der Hand halte.

Vor mir steht Jane, die Assistenzärztin, die erstaunt zu sein scheint, dass sie hier ist.

Sie hält das andere Ende des Schlauchs in der Hand, dessen Zugang ich mir gerade aus dem Arm gerissen habe. An ihrem Ende hängt eine Spritze. Ich nehme an, dass sich darin Narcan befindet und mein Strippenziehen somit erfolgreich war.

Auf dem Boden liegt Frank, der Mann, den ich dazu benutzt habe, Betty zu überwältigen, die Krankenschwester, die mich gerade umbringen sollte. Sie flucht und versucht, Frank zu entkommen, der sie allerdings nicht freigibt.

Ich werde von einer starken Übelkeitswelle überrollt und übergebe mich aufs Bett.

Nachdem der Pudding und mein Morgensmoothie meinen Körper verlassen haben, fühle ich mich ein kleines bisschen besser. Gut genug zumindest, um mich von den Überwachungsgeräten zu befreien, das Bett zu verlassen und aus diesem Chaos zu verschwinden.

»Vielleicht könntest du ihnen helfen«, sage ich zu Jane und verlasse schnell den Raum, um dorthin zurückzugehen, wo sich das Bett vorher befunden hatte.

Die ganze Gruppe – Mira, meine Mütter und Bert – steht dort. Ihre Unterhaltung wird von Sara unterbrochen, der ersten, die mich sieht. Sie winkt.

Ich atme tief ein, lächle und winke zurück, während ich auf sie zugehe.

»Hallo«, sage ich und bemühe mich übermenschlich, eine weitere Übelkeitswelle zu unterdrücken. Meine Intention ist es, den Eindruck zu erwecken, als ginge es mir viel besser, also, um es mit anderen Worten zu sagen, zu lügen.

»Was machst du denn außerhalb des Bettes?«, will Sara zur Begrüßung wissen. Ich nehme an, dass sie im Gegensatz zu mir nicht das Gefühl hat, dass wir uns seit Tagen nicht gesehen haben.

»Ich musste aufs Klo«, lüge ich. »Ich fühle mich auch gleich viel besser, nachdem ich mir die Beine vertreten habe.«

»Das ist gut. Bewegung ist Leben«, erwidert Sara. Sie mag es, von Zeit zu Zeit solche Weisheiten von sich zu geben. Normalerweise würde ich sie damit aufziehen, aber ich bin gerade nicht in der richtigen Stimmung dafür.

»Wo ist dein Bett?«, fragt Mira, und ihre Augen verengen sich.

Sie ist clever. Wahrscheinlich hätte ich erst einmal in der Stille mit ihr reden sollen. Sie ist nicht diejenige, der ich gerade etwas vormachen will.

»Ich denke, sie wechseln die Laken«, sage ich und habe keine Ahnung, ob diese Aussage glaubwürdig ist.

»Dafür haben wir mit den Ärzten gesprochen«, sagt Sara. »Die Kugel hat deinen Kopf nur gestreift. Auf den Röntgenaufnahmen sind weder Fragmente der Kugel noch eine Verletzung des Schädels zu erkennen. Die paar Stiche, die du bekommen hast, sind der ganze Schaden. Als du damals vom Klettergerüst gefallen bist, hattest du schwerere Verletzungen.«

»Oder als du bei Key Food aus dem Einkaufswagen gefallen bist«, fügt Lucy hinzu.

»Hervorragend«, unterbreche ich diesen Schwall peinlicher Vorfälle. »Das bedeutet, dass ich das Krankenhaus verlassen kann, wenn ich möchte, stimmt's?«

»Der Arzt hat versprochen, dass er nach dem Mittagessen vorbeikommen wird, um nach dir zu sehen. Er hat gesagt, dass er dich dann entlassen kann, wenn du gehen möchtest«, antwortet Lucy. »Du solltest aber sichergehen, dass du dich hundertprozentig in Ordnung fühlst, bevor du das tust.«

Bert räuspert sich. »Also, ich habe nur darauf gewartet, mich von dir zu verabschieden. Ich muss los. Arbeit, du weißt schon.«

»Natürlich, danke fürs Vorbeikommen.« Ich klopfe ihm auf die Schulter.

»Wir müssen auch gehen«, meint Sara und schaut zu Lucy. »Jetzt wissen wir ja, dass mit dir alles in Ordnung ist. Aber du solltest etwas essen. Nach dem, was deine Freundin gesagt hat …«, sie macht mit ihrem Kopf ein Zeichen in Richtung Mira, »… hattest du nur Pudding und ein wenig Wackelpudding.«

Ich kann mein Glück gar nicht fassen. Ich war gerade dabei, mir etwas zu überlegen, um sie loszuwerden, aber sie gehen schon von allein.

»Natürlich, Mama, ich werde in die Cafeteria gehen, sobald ihr gegangen seid«, sage ich. »Mira, hast du Lust, mitzukommen?«

»Natürlich«, antwortet Mira. »Aber es gibt noch eine bessere Option. Mein Bruder ist gleich hier, und wir könnten mit dir in ein Restaurant gehen, damit du etwas Ordentliches bekommst. Danach können wir für die Visite zurückkommen.«

»Genial«, sage ich. »Das wäre sogar noch besser.«

Um ehrlich zu sein, ist essen gerade das Letzte, was ich möchte. Mir ist immer noch schlecht. Was ich wirklich will, ist, aus diesem Höllenloch zu entkommen.

»Na dann«, meint Sara und umarmt mich. »Albert, lass uns zusammen gehen. Mira und Darren können dann schon einmal entscheiden, was sie essen möchten.«

Ich meine, ich hätte gesehen, dass sie Bert dabei zugezwinkert hat.

»Ach, Lucy, Kyle musste dringend weg, also kann er dich nicht fahren«, erkläre ich ihr, als ich mich an Kyles schnelles Verschwinden erinnere.

»Ich weiß. Er hat mir eine Nachricht geschickt. Deshalb muss ich jetzt auch los. Ich werde mir ein Taxi mit deiner Mutter teilen.« Sie lächelt und gibt mir einen Kuss auf die Wange.

»Es war schön, euch zu sehen, Lucy ... Sara ... Bert ...« Mira umarmt meine beiden Mütter und gibt Bert einen Kuss auf die Wange. Das muss ein russisches Ding sein.

»Also, wo wollen wir etwas essen?«, möchte Mira von mir wissen, sobald alle anderen aus unserer Hörweite verschwunden sind.

»Eigentlich habe ich keinen Hunger. Ich möchte aber trotzdem so schnell wie möglich von hier verschwinden«, sage ich und setze mich Richtung Ausgang in Bewegung.

»Was ist los?«, fragt Mira und holt mich ein.

»Mir geht es ziemlich schlecht – ich wollte einfach nicht, dass sich meine Mütter Sorgen machen«, erwidere ich. »Ich brauche dringend frische Luft.«

»Wenn es dir nicht gut geht, solltest du im Krankenhaus bleiben«, entgegnet sie, während ich immer schneller werde.

»Irgendwas ist hier faul«, sagt sie, als ich den Fahrstuhl vermeide. »Du nimmst absichtlich die Stufen. Möchtest du auf dem Weg nach draußen deiner Familie ausweichen?«

»Du hast recht damit, dass etwas nicht stimmt, aber kann ich dir das bitte alles draußen erklären? Ich möchte nicht, dass wir vom Sicherheitspersonal des Krankenhauses oder etwas Schlimmerem aufgehalten werden«, erwidere ich. »Ich hatte ein paar Schwierigkeiten und würde dir und Eugene gerne zusammen erzählen, was passiert ist. Er wird es sicher auch wissen wollen.«

»In Ordnung«, sagt sie. »Ich schaue mal, wo er bleibt.«

Den Rest der Stufen gehen wir, ohne ein Wort zu sagen, da Mira mit ihrem Telefon beschäftigt ist.

»Er hat in der Nähe des Südausgangs geparkt«, meint sie. »Hier entlang.«

Ich folge ihr.

»Weißt du eigentlich, dass du sehr viel Glück hast?«, fragt sie unvermittelt.

»Habe ich das? Warum?« Als ich Eugenes Auto erblicke, halte ich zielstrebig darauf zu.

»Deine Familie«, erklärt sie. »Es muss schön sein, Menschen zu haben, die sich derart um einen sorgen.«

»Ich denke schon«, sage ich schulterzuckend. »Auch wenn es manchmal ganz schön anstrengend sein kann.«

»Menschen wissen einfach nie zu schätzen, was sie haben.« Ich höre einen bitteren Unterton aus ihrer Stimme heraus und erinnere mich daran, dass ihre Eltern tot sind. Scheiße. Ich wollte nicht unsensibel sein. Ich zerbreche mir den Kopf darüber, was ich sagen könnte, als wir bei Eugenes Auto, einem Camry, ankommen.

»Wie geht's dir?«, fragt Eugene und schaut mich besorgt an.

»Mir geht's gut. Ich habe nur einen Kratzer abbekommen. Bitte fahr los – ich will weg von hier. Ich muss euch etwas erzählen.«

In den nächsten Minuten beschreibe ich ihnen, wie ich fast umgebracht worden wäre. Als ich zu dem Teil mit dem Strippenzieher komme, befiehlt Mira Eugene, das Auto anzuhalten. Er folgt ihrer Anweisung und fährt an den Straßenrand, während ich weitererzähle.

Ich beschönige mein eigenes Strippenziehen nicht,

auch wenn ich weiß, dass ich Miras mitleidiges Wohlwollen mir gegenüber verlieren könnte. Ich hoffe einfach, dass sie meine Ehrlichkeit zu schätzen weiß. Ich hoffe, dass sie erkennen kann, dass ich in dieser Sache wirklich keine andere Wahl hatte.

»Das ist ziemlich krank«, sagt Eugene, als ich fertig bin. Seine Augen sind vor Entsetzen weit aufgerissen.

Mira sagt gar nichts. Stattdessen sieht sie so aus, als würde sie sich konzentrieren.

»Darren hat recht mit dem Strippenzieher«, sagt sie einem Moment später. »Das Arschloch, das unsere Eltern getötet hat, war im Krankenhaus.«

14

»Was? Woher weißt du das?« Eugene sieht sie überrascht an.

»Natürlich weil ich gerade in der Gedankendimension war«, erwidert Mira. »Ich bin ins Krankenhaus zurückgegangen und habe die Menschen dort gelesen. Ich musste sehen, ob ich noch mehr als Darren über unseren Feind herausfinden konnte.«

»Und?«, meint Eugene ungeduldig.

»Und ich habe keine Spur dieses Bastards gefunden. Nur diese verräterischen Zeichen seiner Anwesenheit, die Darren im Kopf der Frau beschrieben hat.« Sie sieht verärgert aus, als sie spricht.

»Aber woher weißt du, dass es der gleiche Strippenzieher war?«, will Eugene wissen.

»Ich spüre es einfach. Ich kann es nicht erklären«, antwortet sie kurz, und ich weiß ganz genau, was sie meint. Die Anweisungen des Strippenziehers im Kopf der Krankenschwester hatten für mich eine Art persönlichen Tonfall – den gleichen, den ich auch im Kopf des russischen Kriminellen entdeckt hatte.

»Was haben die Menschen, die ich manipuliert habe, über diese ganze Quälerei gedacht?«, frage ich besorgt. »Werden sie die Polizei rufen? Denkst du, ich muss zu einer Befragung?«

»Nein. Die Assistenzärztin und der Besucher leiden unter Gedächtnisverlust, genauso wie die Schwester«, erwidert Mira, und ich kann ihren Gesichtsausdruck nur schwer lesen.

»Gedächtnisverlust ist einer der Nebeneffekte des Strippenziehens«, erklärt mir Eugene. »Wenn du jemanden etwas eher Unbedeutendes machen lässt, etwas, was derjenige vor sich selbst rechtfertigen kann, wird er die Geschichte, die er erhalten hat, verinnerlichen. Oder er wird seine eigenen Gründe erfinden und eine Art Illusion eines freien Willens kreieren. Wenn es sich allerdings um schwerwiegende Dinge handelt, kann keine Illusion des freien Willens aufgebaut werden, und das Gehirn wird den ganzen Vorfall komplett verdrängen. Ich nehme an, dass es sich dabei um einen Schutzmechanismus handelt. Die betreffende Person wird sich entweder gar nicht an das erinnern, was passiert ist, oder nur eine vage Erinnerung an das Geschehene haben. Mein Vater hatte den Eindruck, es sei so ähnlich wie eine alkoholbedingte Amnesie.«

Das verstehe ich einigermaßen. Ich hatte auch schon einmal eine alkoholbedingte Gedächtnislücke. Damals bin ich neben Jen aufgewacht, einer Frau, von der ich mir nicht vorstellen konnte, sie überhaupt ansprechend finden zu können, nicht einmal unter Alkoholeinfluss. Aber offensichtlich haben wir trotzdem die Nacht miteinander verbracht, und sie hat mir eine Geschichte erzählt, die sich anhörte, als sei sie jemand anderem passiert.

»Du bist also außen vor«, sagt Mira zu mir. »Ich denke nicht, dass dich irgendjemand dazu befragen wird.«

»Gut«, erwidere ich und fühle mich langsam etwas besser. »Lasst uns weiterfahren. Eugene, lass den Motor an.«

»Was, wenn er immer noch da ist?«, fragt Mira stirnrunzelnd. »Vielleicht sollten wir doch zurückgehen?«

»Das ist eine ganz schlechte Idee«, sagt Eugene bestimmt.

»Das stimmt«, unterstütze ich ihn. »Mir reicht es, an einem Tag fast zweimal umgebracht worden zu sein.«

»Ihr seid solche Weicheier«, meint Mira verächtlich.

»Das bin ich nicht«, widerspricht Eugene. »Wir befinden uns nur einige Straßen von Brighton Beach entfernt, und dort befindet sich die russische Mafia, die der Strippenzieher in der Vergangenheit benutzt hat. Er kann splitten, zu ihnen gehen und sie beauftragen, uns zu töten. Das Krankenhaus ist so nahe, dass er wahrscheinlich anrufen könnte. Außerdem befinden sie sich unseres Wissens nach ja sogar schon darin. Ich bin definitiv dafür, Rache zu nehmen, aber das ist unmöglich, sollten wir getötet werden.«

»Genau«, sage ich. »Mir ist zu schlecht von den Medikamenten, und ich habe diese Kopfverletzung. Ich muss mich ausruhen, bevor ich die nächste große Tat vollbringen kann.«

»Gut«, schnaubt Mira wütend. »Vielleicht hast du recht. Und was jetzt?«

»Ich werde in einem Hotel übernachten«, erkläre ich. »Sie kennen meinen Namen, und das bedeutet, dass sie wissen könnten, wo ich wohne. Ich habe nicht vor, ein Risiko einzugehen. In eurem Fall ist das sogar noch leichter. Sie wissen, wo ihr lebt, also schlage ich vor, dass ihr meinem Beispiel folgt.«

»Das ist eine gute Idee«, meint Eugene. »Sie sind wirklich hinter uns her, also lohnt es sich, vorsichtig zu sein. Ich muss dir wohl nicht sagen, einen anderen Namen anzugeben, wenn du dein Zimmer buchst.«

»In Ordnung. Und gehe nicht ins Apartment, um irgendwelchen Mist herauszuholen, Eugene«, sagt Mira. Ich höre, wie sie noch etwas von »verängstigten Mädchen« vor sich hin murmelt.

»Wartet, mir ist gerade aufgefallen, dass ich etwas im Krankenhaus vergessen habe«, werfe ich ein, während ich meine Taschen abtaste.

»Suchst du das hier?«, fragt Eugene und holt eine Pistole aus dem Handschuhfach.

»Ich habe eigentlich gerade an die Gameboys gedacht, die ich in dem Raum liegen gelassen habe, aber diese hier ist auch meine«, erwidere ich. »Woher habt ihr sie?«

»Mira hat sie aus deiner Hose entfernt, bevor der Krankenwagen kam«, erklärt er. »Ich habe sie weggepackt.«

»Danke«, sage ich und versuche, mich nicht auf die Vorstellung zu konzentrieren, dass Mira etwas aus meiner Hose genommen hat.

Auf dem Weg in die Stadt sagen wir kaum etwas, aber ich bitte Eugene, bei einer Saftbar anzuhalten. Ein Becher Rote-Bete-Karotten-Saft ist alles, was ich heute möchte. Ich denke nicht, dass ich etwas Gehaltvolleres bei mir behalten kann.

Während ich den Saft trinke, machen wir sehr einfache Pläne. Wir werden uns einige Tage lang ruhig verhalten und uns dann neu gruppieren. Mira schlägt vor, im Moment keine Kreditkarten zu benutzen, weshalb wir Bargeld von der Bank holen.

Ich empfehle ein Hotel, das ich kenne und von dem ich weiß, dass es halbwegs in Ordnung ist. Mira und Eugene lehnen ab, weil sie in Brooklyn bleiben möchten. Ich beschließe, trotzdem in dieses Hotel zu gehen, weil ich einfach gerade genug von Brooklyn habe, und wir einigen uns darauf, uns zu trennen.

Danach schlafe ich wegen des Zuckerhochs durch meinen Saft ein, bis ich durch das plötzliche Anhalten des Autos geweckt werde.

»Wir sind da«, sagt Eugene.

Ich schaue aus dem Fenster auf das Tribeca Grand Hotel – mein Ziel.

»Danke«, sage ich. »Danke, dass du mich hierhergebracht hast. Und dir vielen Dank dafür, dass du dich im Krankenhaus um mich gekümmert hast, Mira. Ich weiß das wirklich zu schätzen.«

Sie lehnt sich zu mir und gibt mir einen flüchtigen Kuss auf die Lippen.

Ich steige aus. Mein Kopf ist zu voll mit Nahtoderfahrungen, um die Bedeutung von Miras Küsschen analysieren zu können.

Wie ferngesteuert betrete ich das Hotel. Es ist nett, aber ich nehme gerade gar nicht wahr, wie großartig es eigentlich ist. Ich kaufe Tylenol und Wasser im Hotelkiosk, nehme vier Tabletten und hoffe, dass meine Leber nicht versagen wird. Danach verlange ich nach dem größten Zimmer, das sie haben.

Während sie alles vorbereiten, schicke ich Bert die Namen meiner biologischen Eltern und Arkadys Telefonnummer.

Danach kann ich auf mein Zimmer gehen und nehme auf dem Weg dorthin gleich noch Eis für meinen Kopf mit. Ich lasse mich aufs Bett fallen, schalte den Fernseher ein und lasse mich, ohne nachzudenken, berieseln.

Dank Tylenol und Eis werden meine Kopfschmerzen ein wenig besser, und meine Erschöpfung macht sich bemerkbar. Es ist noch früh, aber ich werde trotzdem schon schlafen gehen. Wenn ich so weitermache, werde ich noch einer dieser Frühaufsteher werden.

Vor dem Einschlafen stelle ich mir allerdings noch

den Wecker. Ich weiß, dass ich übervorsichtig bin, wenn man bedenkt, wie spät es gerade ist, aber ich muss sicher sein, rechtzeitig aufzuwachen. Meine Verabredung mit meiner Therapeutin ist während meiner Mittagspause, und ich bin entschlossen, sie auch wahrzunehmen.

15

Ich werde wach, weil ich ein unangenehmes Geräusch höre. Es ist mein Wecker. *Warum habe ich ihn gestellt?* Ich öffne ein Augenlid, während ich darüber nachdenke.

Dann erinnere ich mich. Ich wollte zu meinem Termin gehen. Allerdings erscheint es mir jetzt völlig unwichtig, und ich versuche, wieder einzuschlafen. Ich gehe kaum zu den Verabredungen mit meiner Psychiaterin, wieso sollte ich das heute ändern? Ich will ja schließlich nicht über meine Gefühle reden und mir meiner Empfindungen bewusst werden. Wieso bin ich überhaupt auf die Idee gekommen, zu ihr zu gehen?

Als mir nach und nach immer mehr Gründe einfallen, wieso ich sie sehen sollte, kann ich nicht mehr schlafen. Ich bleibe noch ein paar Minuten lang liegen, bevor ich übellaunig aufstehe.

Ich bestelle den Zimmerservice und schaue auf

mein Telefon. Ich habe fünf verpasste Anrufe von Sara und einen von Lucy. Ich rufe beide zurück.

Ja, mir geht's besser. Nein, es tut nicht mehr weh – zumindest nicht so sehr. Ja, Mira ist ein nettes Mädchen.

Als ich die Telefonate beendet habe, sehe ich, dass ich eine E-Mail von Bert habe.

Ich benutze eine App, die mir Bert persönlich auf mein Telefon gespielt hat. Angeblich ist die E-Mail, die durch diese App verschickt wird, so verschlüsselt, dass nicht einmal die NSA Berts Nachricht lesen könnte. So paranoid ist er. Ich denke, wenn man zu viel verheimlichen will, wird die NSA erst recht neugierig. Aber ich kann Bert einfach nicht davon überzeugen. Wie dem auch sei, als ich diese E-Mail lese, wird mir klar, dass sie definitiv zu denjenigen gehört, die geheim bleiben sollten.

Mann, der Typ, dessen Telefonnummer du mir gegeben hast, heißt Arkady Bogomolov. Er ist extrem gefährlich. Mit ihm sollte man sich auf keinen Fall anlegen, nicht einmal für jemanden, der so heiß ist wie Mira.

Was deine Eltern anbelangt, bin ich überrascht. Ich kann kaum etwas über sie finden. Lucy hat eine Akte über den Mord, aber sage ihr nicht, dass ich das weiß. Ich habe sie überflogen und muss sagen, dass die Umstände ihres Todes ziemlich mysteriös sind. Es gibt keine Hinweise darauf, wer sie umgebracht haben könnte. Lucy hat sich unglaublich viele Stunden mit diesem Fall beschäftigt, aber nichts herausgefunden. Wahrscheinlich weißt du das schon. Wenn du mir schwörst, nie mit ihr darüber zu sprechen, kann ich dir die Akte zukommen lassen. Es gibt einen Gynäkologen, Dr. Greenspan, zu dem deine Mutter gegangen ist, aber seine digitalen Aufzeichnungen gehen nicht so weit zurück. Ich habe deshalb unter falschem Vorwand in der Praxis angerufen, um mehr herauszufinden. Aber es sieht so aus, als seien die Aufzeichnungen über dich gerade gestohlen worden. Eigenartiger Zufall. Ich werde am Ball bleiben, aber du solltest nicht zu viel von mir erwarten. Es tut mir leid.

Bert.

Ich schreibe meine Antwort:

Kannst du mehr über diesen Arkady herausfinden? Ich würde gerne wissen, wo man ihn in der nächsten Zeit finden kann. Ich möchte ihn mir nur aus der Ferne anschauen, also mach dir nicht in die Hosen.

Und ja, bitte schicke mir die Akte, wenn du kannst. Ich möchte Lucy nicht darum bitten. Und natürlich werde ich ihr auch nichts darüber erzählen, weil mir klar ist, dass du viel zu hübsch bist, um ins Gefängnis zu gehen.

Als der Zimmerservice mir mein Frühstück bringt, bestelle ich mir ein Taxi. Das Frühstück reicht nicht. Ich schlinge alles hinunter und habe immer noch Hunger. Ich nehme an, dass es den Appetit anregt, wenn man nicht viel isst, sich aber übergibt, so wie ich gestern. Es würde mich nicht überraschen, einige Pfunde verloren zu haben. Allerdings habe ich jetzt keine Zeit, mir mehr Essen zu bestellen, also muss es wohl reichen. Zum Glück hat die Therapeutin immer Donuts in ihrer Praxis.

Während ich mich anziehe, bemerke ich, was das größte Problem an einem Hotelaufenthalt ist. Die einzige Kleidung, die ich habe, ist die von gestern, und die hat schon einiges mitgemacht. Zum Glück ist sie dunkel, und man kann weder Blut noch Dreck erkennen. Ich werde mir wohl neue Sachen kaufen müssen, aber das kann bis nach meinem Termin warten.

Ich verlasse mein Zimmer, nehme mir ein Taxi und begebe mich auf meinen Weg nach Midtown.

»Darren«, sagt meine Psychiaterin, als ich mich in ihren bequemen Sessel setze. »Ich freue mich, dich endlich mal wieder hier zu sehen.«

»Ich freue mich auch, Liz«, erwidere ich lächelnd. »Entschuldige bitte, dass ich so lange nicht hier war. Es war ein wenig hektisch in letzter Zeit.«

Sie zieht ihre perfekt gezupften Augenbrauen in die Höhe, und ich kann ihr keinen Vorwurf daraus machen. Normalerweise entschuldige ich mich nicht für ausgefallene Sitzungen – oder nenne sie Liz. Sie hat mich schon vor geraumer Zeit gebeten, sie so zu nennen. Einfach nur Liz. Nicht Dr. Jackson oder Frau Jackson. Nicht einfach Frau Doktor. Nicht einmal Elizabeth. In der Vergangenheit habe ich allerdings selten auf sie gehört, also kann ich gut verstehen, dass es sie überrascht, dass ich mich heute anders verhalte – nicht wie sonst eine neue Anrede suche, die sie höchstwahrscheinlich nicht mögen wird. Wie Frau J. zum Beispiel.

Jetzt weiß sie, dass die Dinge heute anders sind. Ernsthafter.

»Es ist in Ordnung, Darren. Ich wusste, dass du zu mir kommen würdest, sobald du bereit wärst – sobald du es brauchen würdest. Und wie immer ist das hier ein sicherer Ort, also zögere nicht, mir alles zu erzählen, was dir im Kopf herumgeht – weshalb du hierhergekommen bist.«

»Danke«, sage ich. »Eigentlich weiß ich gar nicht, wo ich anfangen soll.«

»Du bist verletzt«, bemerkt sie, während sie auf meine Kopfbandage schaut. »Das könnte ein guter Ausgangspunkt sein.«

»Ich bin angeschossen worden. Habe meiner Sterblichkeit ins Auge geschaut. Das war übel, aber darüber wollte ich heute gar nicht reden. Zumindest nicht als Erstes«, sage ich und verlagere meine Position. »Falls es dir nichts ausmacht.«

Dafür bekomme ich wieder eine kaum sichtbare Reaktion in ihrem Gesicht. Sie ist schwer zu lesen. Ich nehme an, dass sie etwas machen lassen hat, was es ihr nicht erlaubt, Gefühle zu zeigen. Botox oder so. Oder sie hat diesen unlesbaren Ausdruck als Teil ihres Jobs entwickelt. Es ist schwierig, das mit Sicherheit zu sagen.

»Natürlich, Darren. Wir können über alles reden, was du möchtest.« Sie schlägt ihre langen, in eine schwarze Strumpfhose gehüllten Beine übereinander. »Beginne dort, wo du möchtest.«

Ich lasse meinen Blick über sie schweifen, während ich darüber nachdenke, was ich als Nächstes tun sollte. Sie sieht aus wie der Inbegriff einer sexy Mutter mit einem Hauch von sexy Bibliothekarin. Letzteres wegen der schicken Brille, die sie trägt. Sie ist schlank, aber mit wohldefinierten Armmuskeln, besonders im Schulterbereich. Sie muss regelmäßig in ein Fitnessstudio gehen. Ihr langes Haar sieht aus, als gehöre es zu einer Frau in ihren Zwanzigern oder jünger. Sie trägt immer ziemlich heiße Kleidung, die trotzdem noch als professionell durchgeht. Ich weiß nicht, wie alt sie ist; es wäre unhöflich, sie zu fragen. Alles was ich weiß, ist, dass sie schon bei unseren ersten Treffen vor etwa einer Dekade genauso aussah – umwerfend und mittleren Alters. Seitdem hat sie sich nicht sichtbar verändert.

In meinen frühen Teenagerjahren hatte ich selbstverständlich unangemessene Gedanken ihr gegenüber, aber das war nur eine Phase. Jetzt habe ich manchmal eher den Eindruck, als habe sich das Blatt gewendet, und nicht nur wegen des raubkatzenartigen vibrierenden Geräusches, das sie ab und an verlauten lässt. Es geht tiefer. Mir sind kleine Dinge aufgefallen.

Wenn ich zum Beispiel rede, scheint sie ernsthaft daran interessiert zu sein. Natürlich könnte sie auch einfach nur ihren Job machen. Ein guter Therapeut sollte sich genau so verhalten. Aber es fällt mir schwer, zu glauben, dass die große Aufmerksamkeit und ihre Ratschläge, die immer von Herzen zu kommen scheinen, einfach nur Arbeit für sie sind. Ihre Aufmerksamkeit hat sich verändert, als ich älter wurde – oder es ist mir einfach erst zu diesem Zeitpunkt aufgefallen. Natürlich könnte es auch nur ein Wunschgedanke oder ein falscher Eindruck meinerseits sein; es ist mehr als schmeichelhaft, zu glauben, dass eine Person ihres Kalibers mich möchte.

Neben der Art und Weise, wie sie mir zuhört, gibt es da auch noch die Tatsache, dass ich denke, dass sie nicht vergeben ist. Zumindest hat sie mir gegenüber noch nie eine Familie erwähnt, und auf ihrem Schreibtisch stehen weder Fotos von Kindern noch von einem Ehemann. Allerdings muss ich zugeben, dass wir in den Sitzungen über mich reden, und ich deshalb nichts über ihr Privatleben weiß.

»Hast du in der letzten Zeit wieder die Zeit angehalten?«, möchte sie wissen und reißt mich aus meinen Überlegungen. »Du hast lange nicht mehr darüber geredet, das ist ein gutes Zeichen.«

»Es wundert mich, dass du das erwähnst«, erwidere ich und wäge meine nächsten Worte vorsichtig ab. Sie hat mir gerade die perfekte Vorlage für meine Ausrede dafür geliefert, weshalb ich angeblich immer über die Stille geredet habe. »Ich denke, ich habe, was dieses

Thema betrifft, einen großen Durchbruch gemacht. Es tut mir leid, dass wir in unseren vergangenen Sitzungen nicht darauf zu sprechen gekommen sind, aber du hast recht. Ich glaube nicht mehr an dieses Zeug.«

»Interessant«, sagt sie, aber ihr Gesichtsausdruck ist alles andere als interessiert. Sie sieht fast wütend aus. Oder, um genauer zu sein, sieht sie enttäuscht und vielleicht ein bisschen besorgt aus. Das ist mit Botox schlecht zu erkennen. »Wie ist es denn so plötzlich dazu gekommen?«, fragt sie und schaut mich dabei eindringlich an.

»Das kam nicht plötzlich. Es ist schon eine ganze Weile so. Ich nehme an, es hat sich einfach verwachsen. Funktionieren diese Dinge nicht so? Kommen deine anderen Patienten nicht über solche Dinge hinweg? Werden gesund? Solltest du dir dafür nicht selber auf die Schulter klopfen?«

Ich finde ihre Reaktion eigenartig. Sie benimmt sich, als würde sie mir nicht glauben. Oder als würde sie mir nicht glauben wollen. Oder hat sie Angst davor, ich könne nicht wiederkommen? Schließlich bin ich ja genau deshalb in die Therapie gekommen, als ich heranwuchs – wegen meiner sogenannten Einbildungen. Aber ist ihr denn nicht klar, dass ich wegen anderer Dinge zu ihr gekommen bin, seit ich aus dem Haus meiner Mütter ausgezogen bin? Andererseits, woher sollte sie das wissen? Nicht einmal ich weiß, weshalb ich sie immer noch besuchen komme oder weshalb ich diesen regelmäßigen Termin mit ihr habe, für den ich zwar bezahle, den ich aber so gut wie nie wahrnehme. Meine Psychiatersteuer, denke ich manchmal belustigt.

Sie blickt mich eindringlich an. »Ich denke, es geht etwas anderes in dir vor. Vielleicht so etwas wie Verleugnung? Vielleicht hast du eine junge Dame getroffen, auf die du gesund wirken möchtest? Was auch immer der Grund dafür ist, ich bin sehr neugierig, mehr über ihn zu erfahren. Manche Menschen denken, eine psychische Krankheit ist wie eine Infektion: Wenn du das richtige Antibiotikum nimmst, kannst du geheilt werden. Erstens, in Wahrheit gibt es so etwas wie eine psychische Krankheit nicht. Nur verschiedene Personen mit Eigenheiten und Verhaltensmustern, manche von ihnen fehlangepasst. Wenn eine Psyche solche problematischen Merkmale aufweist, müssen diese in der Regel dauerhaft behandelt werden. In meinem Beruf gibt es nur wenige Silberstreifen. Katharsis ist ein Mythos. Allerdings war dein Fall schon immer sehr speziell. Meine größte Frage ist: Wenn du geheilt bist, was machst du dann hier?«

»Das ist erstaunlich zutreffend«, sage ich beeindruckt. »Fast unheimlich. Ich *habe* eine Frau getroffen, die mich interessiert, aber sie ist nicht der Grund dafür, weshalb ich meine, ich sei geheilt. Und zu deiner letzten Frage: Ich weiß selbst nicht so genau, weshalb ich hier bin. Ich denke, ich habe ein paar neue Dinge in meinem Kopf und würde mich gerne mit dir darüber unterhalten.«

Während ich ihr das erkläre, fällt mir auf, dass es die Wahrheit ist. Diese Ironie entgeht mir nicht. Ich bin jemand, der der Psychologie als Behandlungsmethode immer sehr skeptisch gegenübergestanden hat. Tatsächlich habe ich immer auf einem tiefergehenden Niveau daran gezweifelt. Ich wäre sogar so weit gegangen, es als Pseudowissenschaft zu bezeichnen, wenn auch nie in Liz' Gegenwart. Natürlich bedeutet die Tatsache, dass ich heute für eine Therapiestunde gekommen bin, nicht, dass ich vorher falsch lag. Ich denke, dass ich hier bin, weil ich mit jemandem reden möchte, der mich seit einer langen Zeit kennt und der sich so verhalten hat, als würde er sich um mich sorgen. Hier kann ich über Dinge reden, bei denen meine Familie und meine Freunde mir einfach nicht weiterhelfen können.

»Ich freue mich darüber, dass du das Gefühl hast, Dinge mit mir besprechen zu können. Vielleicht hat sich ja doch einiges in dir verändert. Ich bin neugierig, mehr über deine Beziehung zu erfahren«, sagt sie und hört sich ehrlich an. Falls die Tatsache, dass ich ein Mädchen getroffen habe, sie irgendwie eifersüchtig macht, verbirgt sie es hervorragend und tut so, als würde sie sich wirklich für mich freuen. So gut, dass ich zugeben muss, dass ich wahrscheinlich vorhin Unrecht hatte, als ich sie verdächtigt habe, mit mir schlafen zu wollen. Andererseits, nur weil man mit jemandem schlafen will, heißt das ja nicht, dass man ihm kein glückliches Liebesleben wünschen kann. Es gibt eine Menge Victoria's-Secret-Models, mit denen ich gerne schlafen würde, aber wenn ich wüsste, dass es einen großartigen Mann in ihrem Leben gibt, würde ich ihnen trotzdem Glück wünschen. Zumindest denke ich, dass ich das tun würde.

»Ja, das mit dem Mädchen ist interessant, aber darüber möchte ich gerade auch nicht reden«, erwidere ich. »Zumindest nicht sofort. Es geht um etwas anderes. Ich habe etwas mit einem Mann angestellt, um dieses Mädchen aus einer sehr problematischen Situation zu befreien. Moralisch gesehen kann ich meine Handlung rechtfertigen, aber das, was dadurch mit dem Mann geschehen ist, war wirklich schlimm, und jetzt fühle ich mich schuldig.«

Therapie hat diesen Effekt auf mich. Ich sage dort Dinge, die mich magisch zu meinen wahren Gefühlen führen, sobald ich sie ausspreche, auch wenn ich sie bis zu diesem Moment nicht wirklich wahrgenommen habe. Mein skeptischer Teil ist natürlich der Meinung, dass das eine solche Einrichtung wie Psychotherapie nicht rechtfertigt. Er würde darauf hinweisen, dass ich auch mit einem Papagei anstatt mit Liz sprechen könnte, um meine Worte loszuwerden. Trotzdem fühlt es sich gut an, mit ihr zu reden.

»In Ordnung. Wenn es das ist, worüber du reden möchtest.« Ich bemerke, dass sie aufhört, sich Notizen in ihrem Buch zu machen, und mich ungewöhnlich intensiv anschaut. Es kommt nicht häufig vor, dass ich meine Gefühle auf diese Weise ausdrücke. Irgendetwas an dem, was ich ihr gesagt habe, scheint sie berührt zu haben.

»Ich weiß es nicht«, erwidere ich. »Es sind noch mehr Dinge passiert. Ich habe etwas Furchtbares gesehen, und mein Leben war einige Male in Gefahr. Es ist schwierig, mit alledem umzugehen, besonders, weil ich nicht mit meiner Familie darüber reden kann.«

»Ich verstehe.« Sie wirft mir einen aufmunternden Blick zu. »Es sieht so aus, als würden dich viele Dinge beschäftigen. Beginne einfach am Anfang und erzähle mir all das, worüber du mit mir reden möchtest. Beginne mit dem Mann, den du erwähnt hast. Was genau hast du mit ihm gemacht?«

»Ich habe ihn sozusagen davon *überzeugt*, etwas zu tun, was ihm letztendlich großen Schaden zugefügt hat«, sage ich. Das ist die Version, die am ehesten der Wahrheit entspricht. Und als ich es ausgesprochen habe, bereue ich es auch schon. Es ist riskant. Was passiert, wenn die Leser aus irgendeinem Grund beschließen, meine Familie oder meine Therapeutin zu lesen? Sie könnten verstehen, über welche Art der Überzeugung ich rede.

»Du hast ihn dazu *gebracht,* sich selbst zu verletzen?«, fragt Liz in einem eigenartigen Ton. Sie hört sich fast freudig erregt an. Das ist überhaupt nicht die Reaktion, die ich erwartet hätte. »Das ist sehr wichtig, Darren. Kannst du mir so viel wie möglich über dieses Ereignis erzählen?«

Irgendetwas stimmt hier nicht. Mein Herz beginnt zu rasen und ich gleite in die Stille, um einen Moment lang nachzudenken. Liz' Reaktion ist wirklich eigenartig. Ich sehe, dass ihre Augen in ihrem eingefrorenen Zustand vor Aufregung leuchten – sehr untypisch für einen Therapeuten. Ich habe sie noch nie so gesehen.

Ist das etwas Eigenartiges für sie? Erregen sie solche Geschichten ihrer Patienten, in denen sie düstere Dinge tun? Das ergibt überhaupt keinen Sinn. Das sieht ihr gar nicht ähnlich. Es gibt da allerdings etwas, was ich tun kann, um das herauszufinden. Ich habe eine Weile nicht mehr gelesen, aber jetzt ist kein schlechterer Zeitpunkt dafür als jeder andere.

Eigentlich ist es sogar eine Art ausgleichende Gerechtigkeit, in den Kopf seiner Therapeutin zu schauen. Es könnte eine Menge Spaß machen, sie Dinge über sie wissen zu lassen, die ich in ihrem Kopf gesehen habe. Am Wichtigsten ist es aber, herauszufinden, was hinter ihrer eigenartigen Reaktion steckt – und vielleicht auch, ob etwas Wahres an meinen ganzen Sie-will-mich-Überlegungen dran ist.

Ich nähere mich Liz und suche eine Stelle freiliegender Haut, um sie dort zu berühren. Auch wenn ich in ihrer Gegenwart schon viele Male in die Stille hinübergeglitten bin, habe ich diese Situation nie für unangemessene Dinge ausgenutzt, wie ihren einladenden Brustbereich zu berühren – und ja, er ist sehr einladend. Ich habe niemals analysiert, warum ich diese Zurückhaltung geübt habe. Es fühlte sich einfach nicht richtig an, so etwas zu tun. Nicht bei einer Person, der ich davon erzählt habe, das Gleiche damals mit den Mädchen in meiner Schule getan zu haben – Dinge, deretwegen ich mir ihrer Meinung nach keine Sorgen machen müsse, da es nur leichte Einbildungen seien. Eine leicht übertriebene Version der Fantasien normaler pubertierender Jungen.

Ich beschließe, mit den Fingerkuppen meines Zeige- und Mittelfingers leicht ihren Nacken zu berühren. Das ist eine Geste, die ich bei Ärzten gesehen habe, wenn sie bei jemandem den Puls messen wollten.

Als meine Finger ihre Haut berühren, ziehe ich meine Hand sofort wieder weg, und mein Herzschlag beschleunigt sich.

Eine zweite Version von Liz steht im Raum und sieht mir dabei zu, wie ich meine Hand von ihrer eingefrorenen Doppelgängerin ziehe. Als die Lawine von verwirrenden Gedanken mich überrollt, ist ein Teil von mir glücklich, dass ich mich für ihren Nacken entschieden hatte. Ansonsten wäre das nicht nur die größte Überraschung meines Lebens, sondern auch unglaublich peinlich gewesen.

»Danke«, sagt Liz lächelnd. »Ich wollte das gerade selbst mit dir tun. Jetzt habe ich kaum einen Zweifel daran, dass du gesund ... und wahrscheinlich einer von uns bist.«

16

Ich bin so schockiert, dass ich mich in einer sehr seltenen Situation befinde: Ich kann nichts sagen. Ich starre sie einfach nur an – die Frau, von der ich die ganze Zeit dachte, ich würde sie kennen.

Allerdings muss ich jetzt zugeben, dass ich keine Ahnung hatte.

In den nächsten Momenten beginne ich langsam, die Schwere dieser Täuschung zu verstehen. Ich erinnere mich an die ganzen Unterhaltungen, in denen ich die Stille beschrieben habe, und sie genauso reagiert hat wie ein Psychiater bei einem Patienten, der sich Dinge einbildet. Diese ganze Therapie sollte mir dabei helfen, meine Vorstellungen über etwas aus der Welt zu schaffen, von dem sie ganz genau wusste, dass es wahr war. Die Wut, die in mir aufsteigt, fühlt sich auf gewisse Weise genauso an wie mein Ärger, als ich dachte, Sara sei ein Leser, aber habe es mir niemals erzählt – sondern mich obendrein zu einem Psychiater geschickt. Das hier ist der Therapeut, bei dem ich zufällig gelandet bin, und dass Liz mich derart getäuscht hat, ist für mich schlimmer, als wenn meine Mutter ein Leser gewesen wäre. Liz hat so getan, als würde sie ein Problem lösen, von dem sie genau wusste, dass ich es nicht habe.

»Ich weiß, dass du jetzt verwirrt und aufgebracht sein musst«, meint sie, meinen Gesichtsausdruck richtig deutend. »Bevor du allerdings ein endgültiges Urteil triffst, lass es mich bitte erklären.«

Ich versuche, meine Gefühle zu kontrollieren. Es ist schwierig. Ich hatte die ganze Zeit über einen Leser in meinem Leben, und sie hat es zugelassen, dass ich dachte, ich sei verrückt. Als ich denke, dass ich ihr keine hässlichen Dinge an den Kopf werfen werde, frage ich: »Warum hast du jahrelang damit gewartet, mir zu zeigen, dass ich nicht der Einzige bin?«

Sie zuckt kurz zusammen. Ich nehme an, dass sie es nicht gewohnt ist, dass ich so eine eisige Stimme habe.

»Ich hatte viele Gründe für diese Täuschung, und meine Möglichkeiten waren sehr beschränkt«, erwidert sie und schaut mich an. »Am Anfang gab es die Möglichkeit, dass du einer der seltenen echten Fälle von Fantasiewelten bist. Das ist schon vorgekommen. Außerdem warst du noch so jung, als wir uns kennengelernt haben, dass du Dinge erfunden haben könntest, um Aufmerksamkeit auf dich zu ziehen. Als du mir dadurch, dass du Dinge aus meinen Büchern wusstest, bewiesen hast, dass deine Fähigkeiten echt sind, wurde mir klar, dass du gesund bist und nicht lügst. Aber du hättest immer noch ein Schnüffler sein können – was ein großes Problem gewesen wäre. Das könntest du zwar immer noch sein, aber ich bezweifle es. Ich wusste einfach nicht, was ich tun sollte, also habe ich gewartet. Als du mir erzählt hast, wie du deine neue Freundin beschützt hast, war ich bereit, die Dinge auf eine neue Ebene zu führen ...«

»Ein Schnüffler? Worüber sprichst du?« Ich starre sie an, und mein Kopf dreht sich.

»Bevor ich dir mehr erklären kann, muss ich dich testen, um etwas sicherzustellen. Ich weiß, dass du grundsätzlich zugegeben hast, jemanden geführt zu haben, aber ich muss das überprüfen.«

»Ich habe was getan?« Ich schaue sie verständnislos an.

»Zuerst musst du den Test durchführen. Ich werde bis nach dem Test kein weiteres Wort mit dir reden. Folge mir«, sagt sie und geht aus dem Raum.

Ich folge ihr. Was habe ich schon für eine Wahl? Zumindest wird mir diesmal nicht die ganze Zeit über eine Waffe an den Kopf gehalten.

»Sie«, meint sie und zeigt auf die Vorzimmerdame des Wartezimmers. »Bringe sie dazu, in mein Büro zu kommen, und zu sagen: ›Es tut mir leid, wir haben keine Donuts mehr.‹«

Haben Sie jemals einen Autounfall gehabt? Kennen Sie dieses Gefühl kurz vor dem Unfall, wenn man mit aller Kraft auf die Bremse tritt? Diesen Moment, in dem man einfach nur noch auf »Pause« drücken möchte? Genauso fühle ich mich gerade.

Ich war davon überzeugt gewesen, dass sie ein weiterer Leser war, was auch eigenartig gewesen wäre. Aber jetzt beginnt mir das riesige Ausmaß dieser Situation zu dämmern.

»Was meinst du?«, frage ich, weil ich es aus ihrem Mund hören möchte.

»Jetzt komm schon, Darren. Du bist cleverer als das. Ich denke, dass du weißt, was du tun musst«, erwidert sie lächelnd. »Und du weißt auch, wovon ich rede, selbst wenn du die Begriffe nicht kennst.«

»Da es sich hierbei um einen Test handelt, möchte ich gerne auf Nummer sicher gehen«, sage ich. »Was genau soll ich mit ihr machen?«

»In Ordnung. Mache das Gleiche, was du mit dem Mann getan hast, von dem du mir erzählt hast. Derjenige, den du zur Verteidigung deiner neuen Freundin dazu geführt hast, etwas zu tun, was ihm Schaden zugefügt hat. Du hast ihn berührt, nachdem du die Zeit angehalten hast, richtig? Du hast gewollt, dass er etwas macht, und hast dann gesehen, wie er es wirklich tat? Deshalb fühlst du dich schuldig, nicht wahr? Tue genau das Gleiche noch einmal – nur, dass diesmal keiner dabei verletzt werden wird. Camilla wird einfach ins Büro kommen und diesen dummen Satz sagen. Das ist alles. Dann bin ich mir sicher, dass du einer von uns bist.« Liz' Stimme hat den gleichen freundlichen Tonfall wie sonst auch, wenn sie mir weltliche Ratschläge gibt.

Nur, dass sie diesmal über das Strippenziehen spricht, und nicht darüber, wie ich am besten mit

Stress umgehe. Das kann nur bedeuten, dass ich mit meinen Vermutungen richtigliege.

Liz ist ein Strippenzieher, also bezieht sich das »uns«, von dem sie gerade gesprochen hat, auf die anderen Strippenzieher. Liz möchte, dass ich ihr beweise, ebenfalls einer von ihnen zu sein, indem ich ihre Sprechstundenhilfe manipuliere.

Mein Kopf fühlt sich an, als würde er gleich explodieren, während ich zum Empfang hinübergehe.

Die Frau, die dort sitzt, ist in einer unnatürlichen Position eingefroren, da sie gerade ein Telefonat führen wollte. Vorsichtig lege ich meinen Finger auf ihre rechte Hand, die gleiche Hand, die gerade die Telefonnummer eintippt.

»In Ordnung, Herr Davenport, ich werde Ihren Termin auf 14.00 Uhr nächste Woche Montag verschieben. Vielen Dank, dass sie uns Bescheid gesagt haben«, sagen wir und beenden das Gespräch.

Ich, Darren, trenne meine Gedanken von Camillas. Ich bin aus einem bestimmten Grund hier und muss das machen, wofür ich gekommen bin.

Ich stelle mir vor, aufzustehen, die Tür zu öffnen und zu sagen: »Es tut mir leid, wir haben keine Donuts mehr«.

Um sicherzustellen, dass das Ganze auch Sinn ergibt, denke ich mir eine Hintergrundgeschichte aus:

»Der Patient, Darren, hat nach einem Donut

gefragt. Er hat uns erklärt, dass er sehr hungrig sei und wie schwierig es für ihn ist, ohne etwas Süßes die Sitzung durchzustehen. Da er allerdings Diabetiker ist, können wir nicht zulassen, dass er sich einen Donut aus der Schachtel nimmt, die auf dem Schalter steht. Also sollten wir hineingehen und sagen: ›Es tut mir leid, wir haben keine Donuts mehr.‹ Wenn er herauskommt, werden wir die Schachtel einfach verstecken. Es ist in Ordnung, eine Sitzung aus diesem Grund zu unterbrechen. Schließlich muss der Patient einen freien Kopf haben, damit er sich auf den Rest der Therapiestunde konzentrieren kann«.

Ich hoffe, dass mein Strippenziehen den gewünschten Erfolg haben wird, und verlasse Camillas Kopf.

17
———

»In Ordnung«, sage ich. »Verlassen wir die Stille.«
Ohne Liz' Antwort abzuwarten, gehe ich in ihr Büro und berühre meine Stirn.

Die Umweltgeräusche ihres Zimmers sind zurück. Liz sitzt vor mir und hat ihre Arme erwartungsvoll vor sich verschränkt.

Ich höre, wie vorsichtig an die Tür geklopft wird.

Liz antwortet nicht. Ich auch nicht.

Langsam öffnet sich die Tür, und Camilla kommt mit einem extrem unsicheren Gesichtsausdruck herein. Ich finde es faszinierend, das Ganze zu beobachten. Auf einer bestimmten Ebene weiß diese Frau, dass es falsch ist, den Arzt zu unterbrechen, wenn er mit dem Patienten beschäftigt ist, obwohl ich eine Erklärung geliefert habe. Sie ist allerdings ganz eindeutig nicht in der Lage, sich meinen Anweisungen zu widersetzen.

»Es tut mir leid, wir haben keine Donuts mehr«,

sagt sie und schaut mich dabei an. Danach errötet sie und eilt aus dem Behandlungszimmer.

»Das ist sehr gut«, meint Liz und legt ihre Hände auf die Armlehnen ihres Stuhls. Sie war die letzten Momente eindeutig angespannt gewesen.

»Werde ich jetzt Antworten bekommen?«, möchte ich wissen, da ich denke, dass ich genau das jetzt sagen sollte. »Bin ich einer von euch?«

Ich bin in einem Dilemma. Ich weiß mehr, als ich eigentlich wissen sollte. Ich entscheide mich dazu, mir das nicht anmerken zu lassen. Wenn sie ein Strippenzieher ist, der annimmt, dass ich auch ein Strippenzieher bin, würde sie wahrscheinlich recht negativ darauf reagieren, zu erfahren, dass ich außerdem ein Leser bin. Offensichtlich ist sie nicht der Strippenzieher, der versucht hat, mich umzubringen – wer auch immer das ist, muss wissen, wie ich aussehe. Natürlich ergibt es Sinn, dass der erste Strippenzieher, dem ich von Angesicht zu Angesicht begegne, nicht unbedingt derjenige ist, der mich umbringen möchte. Wahrscheinlich gibt es genauso viele von ihnen, wie es Leser gibt – nicht, dass ich wüsste, wie viele Leser auf der ganzen Welt existieren. Trotzdem muss ich vorsichtig sein: Liz könnte diesen Strippenzieher kennen.

»Ja, du bist einer von uns«, antwortet sie. »Wir nennen uns selbst Gedankenführer, der Grund dafür ist ja offensichtlich.«

Gedankenführer. Das hört sich um einiges besser an

als Strippenzieher. »Weil wir Menschen dazu zwingen, das zu tun, was wir möchten?«

»Zwingen ist ein hartes Wort dafür, aber ja – auch wenn ich es nicht mag, so darüber zu denken. Wir führen sie eher dahin, das tun zu wollen, was wir möchten. Es ist kein großer Unterschied dazu, eine überzeugende Argumentationstechnik zu haben.«

Ja sicher, denke ich, aber spreche es nicht laut aus. Mit welchem Argument hätte ich jemanden dazu bringen können, eine Kugel für Mira abzufangen? Dann allerdings fällt mir auf, dass man argumentieren könnte, dass Agenten des Geheimdienstes genau das für den Präsidenten tun würden.

»Was sind die anderen Dinge, über die du gesprochen hast?«, nehme ich meine Befragung wieder auf. »Was sind Schnüffler? Warum sind sie so gefährlich? Warum hast du gedacht, dass ich einer von ihnen sein könnte?«

»Lass uns das Gespräch in einem privateren Umfeld führen«, antwortet sie und sieht einen Moment lang sehr konzentriert aus. Im nächsten Augenblick stehe ich zwischen unseren Stühlen und sehe, wie sie mein eingefrorenes Ich an der Stirn berührt. War ihre Berührung ein wenig zu sanft, fast zärtlich, oder ist das nur Einbildung?

Der Raum ist wieder still, weshalb ich verstehe, dass die Strippenzieher auch in die Stille hineingleiten und andere zu sich holen können. Keine große Überraschung, aber ich kann einfach nichts als gegeben hinnehmen.

»In Ordnung«, sagt sie, nachdem sie ihre Uhr aufgezogen hat. Ich frage mich, ob sie besorgt ist, zu viel Zeit ihrer Tiefe aufzubrauchen, oder wie Strippenzieher die Zeit in der Stille auch immer nennen mögen. »Schnüffler sind eine Gruppe von Menschen, die ebenfalls die Zeit anhalten können, was wir *Splitten* nennen. Allerdings führen sie die Menschen nicht, sondern tun etwas verstörend Unnatürliches. Sie schnüffeln im Kopf der Menschen nach Informationen – was die ultimative Verletzung der Privatsphäre ist. Mach nicht den Fehler, zu denken, dass das so eine harmlose Telepathie ist, wie du sie vielleicht schon einmal in Filmen gesehen hast. Dort hat ein Gedankenleser nur Zugriff auf einige oberflächliche Gedanken. Nein, Schnüffler gehen viel tiefer. Sie können jedes Geheimnis herausfinden, jeden Wunsch und jede verborgene Fantasie aufdecken. Keine Erinnerung kann vor ihnen versteckt werden, und keine Interaktion ist ihnen heilig – sie haben auf alles Zugriff.« Sie rümpft ihre Nase und fügt mit kaum unterdrücktem Ekel hinzu: »Und ja, sie sind sehr gefährlich.«

Wenn man bedenkt, wie ausdruckslos ihr Gesicht normalerweise bleibt, ist ihr Ekel umso beeindruckender.

Also sind Schnüffler die Leser, genauso wie ich es schon vermutet hatte. Schnüffler werden von den Gedankenführern als eine Abscheulichkeit angesehen, genauso wie sie selbst – die Strippenzieher – von den Lesern als ein Verbrechen gegen die Natur betrachtet werden. Das ist nicht wirklich eine Überraschung. Zwei Gruppen, die sich gegenseitig hassen, werden immer den anderen verteufeln.

Bis jetzt hatte ich immer den Blickwinkel der Leser, und ich habe angenommen, dass die Strippenzieher das teuflische Böse waren. Immerhin hat einer von ihnen ja schließlich Miras Eltern umgebracht, während ein anderer, in Calebs Erinnerungen, die Lesergemeinschaft in die Luft jagen wollte. Ein Strippenzieher hat außerdem versucht, mich im Krankenhaus umzubringen. Oder mich umbringen zu lassen. Dieser Strippenzieher beziehungsweise Gedankenführer war wahrscheinlich der gleiche, der auch Miras Eltern getötet hat. In den wenigen Erfahrungen, die ich mit ihnen gemacht habe, haben die Strippenzieher keinen guten Eindruck hinterlassen. Aber *ich* kann das Gleiche machen wie sie und bin mit Sicherheit kein verlorener Fall. Auch die Tatsache, dass Liz eine von ihnen ist, verkompliziert das Ganze. Sie ist eine gute Person. Zumindest habe ich das von ihr gedacht, bevor ich erfahren habe, dass die Liz, die ich kannte, nicht die echte Liz ist.

Mir wird noch etwas klar. Offensichtlich können Strippenzieher, Gedankenführer, im Gegensatz zu mir nicht schnüffeln beziehungsweise lesen – sie verurteilen diese Fähigkeit sogar. Sie hat auch nicht erwartet, dass ein Leser den Test mit ihrer Sprechstundenhilfe bestehen könnte. Das lässt mich zu dem Schluss kommen, den ich schon eine Weile in meinem Hinterkopf habe: Ich *bin* etwas anderes.

Ich beschließe, die Strippenzieher ab jetzt in meinem Kopf *Gedankenführer* zu nennen, da es die nettere Bezeichnung ist. Das gilt natürlich nicht für das Arschloch, das mich umbringen will. Er wird ein Strippenzieher bleiben.

»Warum sind die Schnüffler so gefährlich?«, frage ich, als mir auffällt, dass ich zu lange nichts gesagt habe.

»Das ist schwieriger zu erklären, ohne weiter in der Geschichte zurückzugehen. Ich muss dich allerdings warnen, es gibt keine Aufzeichnungen aus der Zeit, von der ich dir jetzt erzählen werde. Eine Menge davon ist mündliche Überlieferung, kombiniert mit Hörensagen und Mutmaßungen«, erklärt sie mir und fährt mit der Geschichte fort, die ich schon teilweise von Eugene gehört habe. Sie spricht nicht darüber, wie das Hineingleiten in die Stille funktioniert oder über Eugenes Quantenmechanik-Theorien. Stattdessen erklärt sie mir etwas, was sich wie ein echter Mythos anhört.

Ihrer Beschreibung nach stammen die Gedankenführer und die Schnüffler von der gleichen selektiven Fortpflanzungslinie der Menschheit ab. Alles begann, wie es solche Dinge manchmal tun, mit einer verrückten Sekte. Es gab einige Menschen, die mit einem besonderen Eugenikprogramm begannen. Es konzentrierte sich darauf, Menschen zu züchten, die eine gemeinsame Eigenschaft hatten: Sie beschrieben, wie die Welt sich verlangsamt, wenn sie extrem gestresst sind, und wie sie außerkörperliche

Erlebnisse in lebensbedrohlichen Situationen haben. Dieses Züchten über viele Generationen arrangierter Partnerschaften führte zu einer Linie von Menschen, die bewusst so etwas wie eine Nahtoderfahrung für eine individuell unterschiedliche Zeit machen konnten – nur, dass man damals dachte, dass der Geist den Körper verlässt. Von diesem Zeitpunkt an konzentrierte sich die Zucht darauf, die Zeit in der Geisterwelt – die ich die Stille nenne – zu verlängern.

Fast ein Jahrhundert später bildeten sich neue Eigenschaften unter den Menschen heraus, die damals schon mehrere Minuten in der Geisterwelt verbringen konnten. Einige konnten lesen, oder schnüffeln, wie Liz es nennt, und andere lernten zu führen oder Strippen zu ziehen, wie die Leser es beschreiben würden. Der Kult zerbrach in zwei Gruppen. Zuerst lebten sie nur getrennt, aber kurz darauf begannen beide Gruppen, die jeweils andere als Ketzer anzusehen. Auf beiden Seiten gab es einen Anführer, und in Liz' Version ist der Anführer der Schnüffler besonders bösartig und hat außerdem diesen Krieg zwischen beiden Gruppen begonnen, der jahrhundertelang anhalten würde.

Später in der Geschichte war, laut einiger Quellen, der Berater Alexanders des Großen ein Schnüffler, laut anderer war er es selbst. Wie dem auch sei, während der Eroberung Thebens hat er neben sechstausend normalen Menschen auch fast die gesamte damalige Gedankenführergemeinschaft zerstört. Das war aber nur der erste der Völkermordanschläge, den die

Schnüffler gegen die Gedankenführer ausgeführt haben, Liz zufolge.

»Siehst du jetzt, warum ich sicherstellen musste, dass du kein Schnüffler bist – so unwahrscheinlich diese Möglichkeit auch war?«, fragt sie mich, als sie zu Ende erzählt hat.

»Nein, nicht wirklich«, antworte ich ehrlich. »Ich meine, das, was in der Vergangenheit passiert ist, hört sich abscheulich an. Aber sind die modernen Schnüffler heutzutage genauso schlimm? Viele Länder und ethnische Gruppen haben eine dunkle Vergangenheit, sind aber heute zivilisiert. Zum Beispiel Europa. Warum, denkst du, wollen die Schnüffler uns ausrotten?«

»Weil sie das erst im Zweiten Weltkrieg machen wollten, und der ist noch nicht allzu lange her«, erwidert sie harsch. Dann bekommt sie ihren Ton wieder in den Griff und fügt hinzu: »Zugegeben, das ist jetzt auch Geschichte. Ich persönlich traue ihnen einfach nicht. Sie sehen alles als Unrecht an, was ihnen widerfahren ist, und werden niemals vergessen und vergeben. Mit ihrer verschobenen Perspektive werden sie immer auf Rache aus sein. Natürlich gibt es viele unter uns, die dieses Thema viel schwärzer sehen als ich – und viele andere, die eine liberalere Einstellung haben und denken, dass die Vergangenheit Vergangenheit ist. Du wirst wahrscheinlich auf Vertreter beider Gruppen treffen, auch wenn die meisten meiner Freunde liberalere Sichtweisen vertreten. Das hier ist ja schließlich Manhattan.« Sie lächelt bei dem letzten Teil.

»In Ordnung«, sage ich, auch wenn die Vorstellung, weitere Gedankenführer zu treffen, mir nicht gerade als eine der sichersten Aussichten erscheint. »Warum hast du gedacht, dass es unwahrscheinlich ist, dass ich einer von ihnen bin? Wenn jemand splitten kann, gibt es dann nicht eine fünfzigprozentige Möglichkeit, dass diese Person ein Schnüffler ist?«

»Um genau zu sein, ist die Wahrscheinlichkeit, ein Schnüffler zu sein, höher als fünfzig Prozent. Es gibt mehr von ihnen als von uns – weshalb wir besonders vorsichtig sein müssen. Um darauf zurückzukommen, weshalb ich dachte, du seist einer von uns, na ja … du *siehst* wie ein Gedankenführer aus. Viele von uns haben dieses Aussehen, von dem ich gerade spreche. Eine bestimmte Struktur der Gesichtsknochen, eine prominente Nase – das Aussehen eines geborenen Führers, wenn du so möchtest. Natürlich sind allein diese Dinge keine sehr verlässlichen Merkmale. Ein viel ausschlaggebenderer Faktor ist die Tatsache, dass du adoptiert wurdest.«

»Ach? Wie kann das ein Hinweis sein?«

»Schnüffler haben sehr strikte Verbote, sich außerhalb ihrer kleinen Gemeinschaft fortzupflanzen. Sie meiden alle diejenigen, die Halbblute sind, wie sie sie nennen. Wir gehen mit diesem Thema viel offener um. In der Vergangenheit, als unsere Anzahl besonders niedrig war, wurde es sogar bis zu einem gewissen Grad gewünscht.«

»Wirklich?« Von dem, was mir Eugene erzählt hat, ist die Macht eines Lesers von der Länge der Zeit, die er in der Stille verbringen kann, abhängig. Kinder mit Nicht-Lesern zu haben schwächt diese Fähigkeit allerdings. Ich frage mich, ob das bei den Gedankenführern das Gleiche ist, traue mich aber nicht, das Thema anzusprechen. Ich möchte ja schließlich nicht zeigen, wie viel ich über diese ganzen Dinge schon weiß.

Liz nickt. »Ja, nach einem der schlimmsten Anschläge gab es nur noch etwa ein Dutzend von uns. Wären wir nicht offener geworden, hätten wir ein ernsthaftes Problem gehabt, uns fortzupflanzen. Selbst heutzutage ist unsere genetische Vielfalt sehr gering. Wir hatten einst natürlich die gleiche Einstellung wie die Schnüffler, was die Fortpflanzung außerhalb der Gemeinschaft anbelangt. Bis zum heutigen Tage gibt es einige Menschen – wir nennen sie *die Traditionalisten* – die möchten, dass wir zugewiesene Partner haben. Zum Glück sind sie eine kleine Minderheit und werden normalerweise ignoriert. Der einzige Nachteil der Fortpflanzung außerhalb der Gemeinschaft ist, dass diese Kinder, die von gemischten Eltern geboren werden, eine kleinere Reichweite haben – eine Tatsache, die den Traditionalisten Angst macht. Wenn wir unseren Genpool also weiterhin erweitern, könnten wir genau das verlieren, was uns andersartig macht.«

»Was ist Reichweite?«, frage ich, weil ich annehme, dass das ein Einstieg ist, mich mehr über die

Unterschiede der Macht wissen zu lassen, die so wertvoll für die Leser ist.

»Sie hat damit zu tun, wie lange man die Zeit anhalten kann, was wiederum bestimmt, wie tief und für welchen Zeitraum man jemanden führen kann«, sagt sie und bestätigt meine Vermutung.

»Interessant. Wie lange kannst du Zeit anhalten und welchen Einfluss hat das auf deine Kontrolle über Menschen?«, frage ich und bin neugierig, ob die Gedankenführer die gleichen Tabus haben wie die Leser, wenn es um dieses Thema geht.

»Das ist nichts für eine leichte Unterhaltung«, erwidert sie und bestätigt erneut meine Erwartungen. »Wenn du mir versprichst, es für dich zu behalten, würde ich es dir allerdings sagen. Du hast ja immerhin diese ganzen Jahre lang dein Leben mit mir geteilt.«

»Natürlich würde ich es für mich behalten«, verspreche ich ihr. »Und dieses Geheimnis ist erst der Anfang, wenn es darum geht, diese ganzen Jahre ›Therapie‹ wiedergutzumachen.«

»Einverstanden«, sagt sie mit einem schiefen Lächeln. »Ich kann fast eine Stunde in der Gedankendimension verbringen, wie wir diesen Ort nennen, an dem wir uns gerade aufhalten. Wenn ich meine Macht dazu benutze, meinen Patienten bei der Therapie zu helfen, kann ich ihr ungewolltes Verhalten für etwa eine Woche lang verändern – aber meine Reichweite ist viel weniger als das. Ich bin einfach nur gut darin, Menschen mit meinen Vorschlägen auf den richtigen Weg zu bringen, weshalb sie eine Zeit lang das tun, was ich von ihnen möchte. Das funktioniert recht gut, da ich meine Patienten in der Regel einmal pro Woche sehe.«

»Du wendest das Führen in der Therapie an?« Ich weiß nicht genau, warum mich das überrascht, aber das tut es definitiv.

»Natürlich kann diese Fähigkeit dazu benutzt werden, um Menschen zu helfen – und das wurde sie auch immer. Ich bin eine der wenigen Psychologinnen, die wirklich das Verhalten ihrer Patienten verändern können. Deshalb wissen die Menschen meine Arbeit auch so sehr zu schätzen und zahlen meine hohen Preise. Andere Ärzte behaupten das zwar von sich, aber es entspricht nicht der Wahrheit. Meine Führungsqualitäten sind unbezahlbar, was Zwangsneurosen und andere Funktionsstörungen betrifft.«

»In meinem Fall konntest du es nicht anwenden, weil du gedacht hast, dass die Möglichkeit besteht, dass du mich in die Gedankendimension holen würdest?«

»Genau. Wenn ich mir sicher gewesen wäre, dass du nur ein Patient mit Wahnvorstellungen bist, hätte ich dir ab einem bestimmten Alter helfen können.«

»Ab einem bestimmten Alter?«

»Wir führen keine jungen Kinder. Das ist eines der alten Verbote, denen wir auch in der modernen Zeit noch folgen. Und das ist auch gut so. Von dem, was wir aus der Entwicklungspsychologie wissen, kann das Führen eines Kindes nachteilige Langzeiteffekte zur Folge haben«, erklärt sie.

»Und wie ist das bei Erwachsenen? Gibt es bei ihnen Nebenwirkungen?«, möchte ich wissen.

»Das kommt auf die Situation an. Die Art und Weise, mit der ich meine Patienten führe, ist völlig harmlos und verbessert ihre Lebensqualität.«

Ich denke darüber nach. Das Verbot ergibt Sinn. Ich kann eine große Anzahl an gruseligen Gründen dafür finden, weshalb niemand Kinder anfassen sollte, nicht einmal in der Stille. Und ganz besonders nicht, um ihren Kopf zu kontrollieren. Die Therapie, die sie durchführt, ist aber trotzdem interessant. Ich stelle mir vor, wie man durch das Führen jemanden vom obsessiven Händewaschen abbringt. Das wäre nicht schwer. Die Person würde einfach denken, die Neurose sei verschwunden, und nicht, dass ihr Verhalten von ihrem Therapeuten kontrolliert wird. Ist es wirklich falsch, solche Dinge zu tun? Wahrscheinlich nicht.

»Weißt du«, sage ich und schaue sie dabei an, »ich hätte gedacht, dass die Fähigkeit eines Schnüfflers für einen Therapeuten hilfreicher ist.«

»Vielleicht ist sie das, aber das kann ich nicht beurteilen«, erwidert Liz schulterzuckend. »Für mich liegt ein Teil des Sinns der Gesprächstherapie im Sprechen als solches. Ein Schnüffler würde nicht so viel mit seinen Patienten reden müssen.«

»Ich muss zugeben, dass ich mich jetzt besser damit fühle, diese Macht zu haben. Als ich zuerst davon gehört habe, dachte ich, dass es sich ein wenig gruselig anhört«, meine ich und betrachte ihr Gesicht, um zu sehen, ob sie beleidigt ist.

Das ist sie nicht. Ihre Mundwinkel gehen sogar nach oben, als sie anfängt zu lächeln. »Ja, ich kann verstehen, wie es dazu kommen kann. Mit Sicherheit rechtfertigen die Schnüffler ihren Hass auf uns auch genau damit. Unsere Fähigkeit scheint ein wenig unnatürlich zu sein, wenn du nicht tiefergehend darüber nachdenkst. Das liegt aber zu einem großen Teil an der falschen Auffassung, die wir den freien Willen betreffend haben. Um genau zu sein, daran zu denken, dass wir ihn überhaupt besitzen.«

»Denken die Gedankenführer, dass der freie Wille eine Illusion ist?« Sobald ich die Frage stelle, fällt mir auf, dass ich einen Fehler gemacht habe. Das ist eine philosophische Diskussion – und diese haben meiner Meinung nach nichts in leichten Konversationen zu suchen, genauso wenig wie Geld, Politik, Sex und Religion.

»Ich bin mir nicht sicher, dass das eine gruppenabdeckende Sichtweise ist«, antwortet Liz. »Ich persönlich glaube nicht an den freien Willen. Ich habe Studien zu diesem Thema gelesen, die mich davon überzeugt haben. Menschen legen sich Gründe für Verhaltensweisen zurecht, die sie nicht kontrollieren können. Ein klassisches Beispiel dafür ist, wie das Gehirn einer Person dem Arm signalisiert, sich zu bewegen, noch bevor die betreffende Person bewusst diese Entscheidung getroffen hat.«

»Das leuchtet mir nicht ganz ein«, gebe ich zu. »Ich denke gerne, dass wir uns aussuchen können, was mit uns passiert. Wenn alles außerhalb unserer Kontrolle läge, könnten die Menschen fatalistisch werden.«

Sie lacht und beendet damit unsere Debatte. »Ich denke, du wirst dich wie zu Hause fühlen, wenn ich dir meine Freunde vorstelle«, sagt sie, immer noch lächelnd. »Du wirst dich mit einigen von ihnen sehr gut verstehen.«

Sie will mich ihren Freunden vorstellen? Das könnte ein Problem sein.

»Also eigentlich weiß ich gar nicht, ob ich so scharf darauf bin, andere Gedankenführer außer dir kennenzulernen, Liz«, sage ich langsam. Ich mache eine Pause, schaue sie an und beschließe, es einfach auszuspucken. »Ich denke, ein Gedankenführer versucht, mich umzubringen.«

18
———

»Was?« Liz' Gesichtsausdruck verändert sich schlagartig. »Wovon sprichst du?«

Ich erzähle ihr eine vorsichtig abgewandelte Version dessen, was mir im Krankenhaus widerfahren ist. Ich beschreibe den Anschlag auf mein Leben und lüge, als ich sage, dass meine Mutter – die Polizistin – mit der Krankenschwester gesprochen hat, die versucht hat, mich zu töten. Ich erkläre ihr, dass die Krankenschwester ständig Erinnerungslücken gehabt habe, und meine Mutter, die eine erfahrene Kriminalbeamtin ist, ihr zu glauben schien. Näher traue ich mich nicht an die Wahrheit heran – nämlich dass meine Freundin, eine der »bösen Schnüffler«, die Gedanken der Krankenschwester gelesen und herausgefunden hat, dass die arme Frau an Amnesie leidet.

»Das ist ziemlich eigenartig«, meint Liz, als ich fertig bin. »Es stimmt, dass die Krankenschwester dieses Ereignis vollkommen vergessen hätte, wenn sie dazu geführt worden wäre, etwas so Schwerwiegendes zu tun. Aber woher weißt du, dass sie nicht ein Spion der Schnüffler ist, die es so aussehen lässt, als sei einer von uns hinter dir her? Oder dass es nicht einfach ein eigenartiger Zufall war?«

»Selbst wenn sie eine Schnüfflerin wäre, könnte sie meine Mutter nicht besser anlügen als eine normale Person, nehme ich an«, erkläre ich Liz. »Und Zufall hört sich für mich zu weit hergeholt an. Ich meine, wie oft vergessen Menschen schon, was sie getan haben, außer unter Beeinflussung oder Drogen?«

»Das ist verdächtig«, gibt sie zu. »Aber wie dem auch sei, falls du recht hast, wäre das Beste, was du tun könntest, die Gemeinschaft der Gedankenführer kennenzulernen. Jemanden von uns zu töten wird nicht toleriert. Wenn ein Gedankenführer versuchen würde, dir zu schaden, hätte das ernsthafte Konsequenzen für sie oder ihn.«

»Ach? Was genau würde mit ihm passieren?«, frage ich neugierig.

»Ich bin mir nicht sicher. Es gibt kaum Verbrechen untereinander. Damals wäre man dafür sterilisiert oder umgebracht worden. Wie die Bestrafung heutzutage aussähe, weiß ich nicht. Ich weiß nur, dass wir es nicht zulassen würden, dass diese Person nach dem gültigen Rechtssystem verurteilt wird. Nicht, wenn man bedenkt, was wir tun können. Ich nehme an, dass dieser betreffende Gedankenführer den Ältesten vorgeführt oder von unserer Gemeinschaft verurteilt werden würde.«

Die Ältesten? Ich nehme diesen Begriff am Rande wahr, bin aber gerade zu sehr an dem derzeitigen Gesprächsthema interessiert, um sie um eine Erklärung zu bitten. »Also bist du dir sicher, dass mir nichts passieren würde?«, frage ich sie stattdessen.

Sie nickt. »Selbst wenn dich jemand umbringen wollen würde, könnte ich mir keinen sichereren Ort für dich vorstellen als den, zu dem ich dich mitnehmen möchte«, erwidert sie. »Es werden nicht alle dort sein, nur die offeneren Mitglieder, die gleichzeitig meine Freunde sind. Ich werde dir auch Thomas vorstellen. Er war beim Geheimdienst, und wenn dich jemand beschützen könnte, dann er.«

Geheimdienst? Es ist ein lustiger Zufall, dass ich über diese Einrichtung erst vor wenigen Minuten nachgedacht habe. »Außer natürlich, dieser Thomas ist die Person, die versucht, mich umzubringen«, sage ich halb im Scherz. »Dann präsentiere ich mich ihm auf einem Silbertablett.«

»Das ist unmöglich«, meint Liz. »Er war einer meiner Patienten, und ich weiß, wozu er fähig ist. Außerdem hätte er keinen Grund dafür, dich umzubringen. Wenn überhaupt, würde er in dir eine verwandte Seele finden. Ihr seid beide adoptiert worden, sagt sie ... und hält plötzlich inne. »Es tut mir leid. Das hätte ich nicht sagen sollen. Schweigepflicht und das alles.«

Ich denke einen Moment lang darüber nach. Es ist

weniger ihre Überzeugung, ich sei dort in Sicherheit, als vielmehr meine Neugier, die mir hilft, eine Entscheidung zu treffen. Wenn ich Liz' Einladung annehme, kann ich mehr Gedankenführer kennenlernen. Mehr Menschen, die das tun können, was ich kann. Ich kann Dinge lernen, die ich sonst nicht lernen könnte.

»In Ordnung, ich werde deine Freunde treffen«, sage ich. »Wie wollen wir das machen?«

Liz lächelt. »Heute Abend findet eine Party statt, und jetzt bist du eingeladen. Sie werden alle kommen.« Dann schaut sie auf ihre Uhr und meint: »Am besten gehen wir jetzt in unsere Körper zurück. Wir haben uns jetzt eine ganze Weile unterhalten, und ich möchte meine Zeit nicht aufbrauchen.«

Ohne mir Gelegenheit zum Antworten zu geben, geht sie zu ihrem Körper, um ihr eingefrorenes Gesicht zu berühren und uns aus der Stille zurückzuholen.

Ich finde mich in meinem Sessel wieder und schaue Liz an, ohne zu wissen, was ich sagen soll.

»Würdest du gerne den Rest der Stunde nutzen? Und hast du vor, mit deiner Therapie fortzufahren?«, fragt sie mich und trägt dabei wieder ihre Therapeutenmaske.

»Ich glaube, ich möchte jetzt gehen«, sage ich nach einem Moment des Nachdenkens. »Was die Langzeittherapie betrifft, kann ich dich das später wissen lassen?«

»Natürlich«, erwidert sie. »Das ist allein deine

Entscheidung. Ich habe deine Kontaktdaten und melde mich nachher wegen der Party bei dir.«

Ich verlasse Liz' Büro und muss lachen, als ich die Donutsschachtel im Müll sehe. Ich wette, Camilla hat das gute Essen ihrer Lüge wegen weggeschmissen.

Mein Kopf juckt durch die Bandagen, und ich erschaudere bei dem Gedanken, neue Leute kennenzulernen, während ich so aussehe. Spontan entscheide ich mich dazu, Doktor Searle einen Besuch abzustatten, der seine Praxis auf der gegenüberliegenden Seite von Liz hat.

»Sie müssen einen Termin machen«, sagt die gelangweilte Arzthelferin und schaut kaum von ihrem Computer hoch. »Wir sind den ganzen Monat lang ausgebucht.«

Die Unterhaltung mit Liz hat einige meiner Ansichten verändert. Ich zögere nicht mehr so lange, Menschen zu führen, um das zu bekommen, was ich möchte. Irgendwie ist es besser, als ihre Strippen zu ziehen. Es ändert sich einzig die Bezeichnung, aber das scheint bei mir auszureichen. Ohne Schuldgefühle begebe ich mich in die Stille, und die Arzthelferin erkennt mit meiner Hilfe, dass mich der Arzt sofort sehen möchte.

Der Arzt verlangt nach der gleichen Behandlung. Ohne sie hat er nicht verstanden, weshalb ein Hautarzt sich mit einer Schusswunde auseinandersetzen sollte. Nachdem ich ihn angemessen geführt habe, nimmt er erfreut meine Bandagen ab und erweitert sein Fachgebiet. Ich erfahre sogar, dass mein Faden sich mit der Zeit auflösen und verschwinden wird, so dass ich kein weiteres Mal einen Arzt aufsuchen muss, sollten keine unerwarteten Komplikationen auftreten. Die Heilung scheint den Umständen entsprechend gut zu verlaufen. Ich soll nur vorsichtig sein, wenn ich mir das nächste Mal die Haare schneiden lasse.

Ein Blick in den Spiegel des Badezimmers der Praxis verbessert meine Stimmung noch ein wenig mehr. Um die Naht herum ist ein wenig Haar wegrasiert, aber ansonsten gibt es nichts Auffälliges. Ich kämme mein Haar darüber, bis man kaum noch etwas sieht.

Als ich das erledigt habe, verlasse ich das Gebäude Richtung Saks Fifth Avenue.

Wenn ich zu einer Party gehe, brauche ich auch neue Klamotten.

19

Mit meinem neuen Outfit kehre ich ins Hotel zurück. Die Lederjacke, die ich mir für diesen Anlass gekauft habe, ist ein wenig zu warm, aber ich wollte einen guten Eindruck auf die Gedankenführer machen, die ich treffen werde.

Mein Telefon klingelt, und ich sehe Miras Nummer auf dem Display.

»Hallo«, sage ich, als ich drangehe.

»Hallo, Darren.« Sie hört sich unsicher an. »Wie fühlst du dich?«

»Heute schon viel besser«, erwidere ich und versuche, mich heiter, aber gleichzeitig krank anzuhören. »Danke für die Nachfrage.«

»Das ist gut«, sagt sie und hört sich schon selbstsicherer an. »Es freut mich, das zu hören.«

Mira erkundigt sich nach meinem Wohlbefinden? Es ist fantastisch, aber gleichzeitig auch schwer zu glauben.

»Also, was hast du vor?«, fragt sie.

Und plötzlich verstehe ich es. Sie möchte mich sehen. Sie traut sich nur nicht, mich zu fragen. Aber ich habe schon Pläne und kann sie auch nicht mitnehmen. Nicht auf diese Party, nicht bei ihrer Einstellung zu den Strippenziehern.

»Ich werde es heute Nacht ruhig angehen lassen.« Ich fühle mich wie ein Arschloch, weil ich sie anlüge, aber ich sehe keinen anderen Ausweg. »Ich werde ein wenig Kamillentee trinken und früh schlafen gehen.«

»Mach dir ein wenig Honig und Zitrone in den Tee«, schlägt sie vor. »Damit hat meine Oma fast jede Krankheit geheilt. Das und fettige Hühnerbrühe, aber die kann ich nicht weiterempfehlen.«

»Ich denke, ich werde Honig und Zitrone ausprobieren, danke. Ich würde dich gerne sehen, sobald es mir besser geht – was nach einer erholsamen Nacht der Fall sein sollte. Hättest du Lust, morgen Mittag mit mir essen zu gehen?«

»Ja, ich denke schon«, sagt sie leise und hört sich irgendwie atemlos an. Ihre Stimme klingt fast sinnlich. »Lass uns morgen früh nochmal telefonieren. Ist das für dich in Ordnung?«

»Okay, ich rufe dich an. Danke, Mira«, sage ich und versuche, mich selbstbewusster anzuhören, als ich mich fühle. »Grüße Eugene von mir. Tschüs.«

»Tschüs«, erwidert sie und legt auf.

Das war interessant. Plötzlich interessiere ich mich viel weniger für die Party. Wenn ich nicht zugesagt hätte, hätte ich heute Nacht mit Mira ausgehen können. Ich wette, sie in ihrer eigenartig mitleidigen „Lass uns Darren nicht heute Nacht umbringen"-Stimmung zu treffen, wäre vorteilhaft gewesen. Morgen könnte sie sich schon wieder daran erinnern, was sie wirklich für mich empfindet.

Die Aufregung über die Party kommt langsam zurück, während ich das vom Zimmerservice gebrachte Essen verspeise und über die verschiedenen Richtungen nachdenke, in die sich das Ganze entwickeln könnte. Ich bin bereit und gedanklich vorbereitet, als ich die Nachricht von Liz bekomme.

Wo bist du?

Ich schicke ihr die Adresse meines Hotels. Ich nehme an, dass ich Liz gerade mein Leben anvertraue. Andererseits kann ich immer noch das Hotel wechseln, sollte irgendetwas schiefgehen.

Die Limousine wird dich in zehn Minuten abholen.

Jetzt bin ich beeindruckt. Meine Therapeutin weiß definitiv, wie sie meine Aufmerksamkeit auf sich ziehen kann. In einer Limousine zu einer Party zu fahren ist definitiv stilvoll.

Ich bin schon unten, als ich das Fahrzeug vorfahren sehe. Es ist eine schwarze Luxuslimousine, keine dieser neuen im Hummerstil. Sie ist voll ausgestattet, bis hin zu einem Chauffeur mit Kopfbedeckung, der mich »mein Herr« nennt und die Tür für mich öffnet.

Während der Fahrt spricht der Fahrer kaum, und ich erwidere diesen Gefallen. Ich habe mein Glas Champagner erst zur Hälfte geleert, als wir irgendwo im Meatpacking District ankommen. Ich war hier noch nie, aber ich sehe Liz, die vor einer Tür steht. Sie sieht umwerfend aus. Ihr Arbeitsoutfit ist ja schon sexy, aber es verblasst im Vergleich zu dem, was sie jetzt trägt. Ich muss mich anstrengen, meine Augen auf ihrem Gesicht zu lassen.

»Ich freue mich, dass du gekommen bist«, sagt sie. »Lass uns reingehen.«

Wir gehen an der langen Schlange und an den Rausschmeißern vorbei, als seien wir unsichtbar. Ich habe keine Ahnung, ob Liz ihre Überzeugungskraft genutzt hat oder ob Gedankenführer die Besitzer dieses Klubs sind und Liz so oft hierherkommt, dass sie schon vom Personal erkannt wird. Die Kasse ignorieren wir ebenfalls, obwohl man an solchen Orten normalerweise Eintritt oder Verzehrgutscheine bezahlen muss, um eingelassen zu werden.

Wir gehen einige Stufen hinunter und kommen in den abgefahrensten Klub, in dem ich jemals gewesen bin. Ich bin kein großer Freund von Klubs, aber als ein Mann, der Unterhaltungen mit Mädchen Anfang zwanzig führen muss, weiß ich zumindest die Namen der angesagtesten Etablissements. Von diesem hier habe ich allerdings noch nie etwas gehört, was ziemlich verdächtig ist. Können die Gedankenführer etwa auch ihre New Yorker Stammgäste dazu bringen, die Existenz dieses Klubs geheim zu halten?

Wir betreten eine riesige Tanzfläche, und ich folge Liz, die sich durch die Menschenmenge hindurchbewegt und auf eine weitere Treppe zusteuert. Während wir uns unseren Weg bahnen, sehe ich einige Hollywoodstars, eine Erbin, die schon in allen Boulevardblättern vertreten war, und auch mindestens ein Victoria's-Secret-Model. Sie könnte zugegebenermaßen auch im Playboy gewesen sein – es ist schwer, die einen von den anderen zu unterscheiden. Die Erbin könnte auch gut im Playboy gewesen sein, wenn ich darüber nachdenke. Ja, und ich weiß so viel über den Playboy, weil ich ein Abonnement habe. Natürlich nur wegen der Artikel.

Wir erreichen die Treppe, gehen eine Etage nach unten und befinden uns in einer weiteren großen Halle. Allerdings ist hier alles viel ruhiger. Es ist eine Cocktailparty mit Menschen, die Anzüge und hübsche Kleider tragen. Sie gehen entspannt umher, halten Champagnergläser in ihren Händen und scheinen die Anarchie in der Etage über ihnen nicht wahrzunehmen. Ich sehe den Oberbürgermeister New York Citys, der sich mit dem Gouverneur unterhält, und mindestens ein Dutzend weitere Aufsichtsratsvorsitzende der Fortune-500-Unternehmen. Was ist das hier für ein Ort?

Nicht unser Ziel, scheint es, da Liz mich auch durch diesen Raum hindurchführt. Auf unserem Weg sehe ich weitere prominente Regierungsmitglieder und Geschäftsleute, deren Gesichter ich wiedererkenne.

Wir steigen eine weitere Treppe hinab. Wie tief geht es hier hinunter? Ich hätte nicht gedacht, dass die Bauvorschriften in New York so viele Etagen im Untergeschoss zulassen. Andererseits, wenn man bedenkt, welche Persönlichkeiten ich gerade gesehen habe, kennt derjenige, der dieses Etablissement führt, offensichtlich die richtigen Personen, um Regeln gegebenenfalls zu umgehen.

Das Geschehen auf der nächsten Etage ist einfach angsteinflößend. Es ist ein Maskenball mit Personen in Cocktailkleidern und Anzügen, die eine Auswahl an Mittelaltermasken tragen. Ich erwarte unterschwellig, eine Orgie oder eine andere Art heidnisches Ritual zu sehen. Haben diese Menschen zu häufig *Eyes Wide Shut* gesehen? Zu meiner großen Enttäuschung sind wir immer noch nicht an unserem Ziel. Liz schiebt sich ohne Umschweife durch die maskierten Personen.

Und dabei fällt mir etwas auf. Niemand scheint uns wahrzunehmen. Sie benehmen sich, als seien wir gar nicht da. Hat jemand sie zu diesem eigenartigen Benehmen geführt? Davon muss ich wohl ausgehen.

Auf dieser neuen Ebene gibt es einen Raum, der um einiges kleiner ist als alle vorhergegangenen. Eine Gruppe mir unbekannter Menschen steht in der Mitte des Raumes und hört jemandem zu, der singt. Weitere Personen sitzen auf komfortablen Stühlen und Sofas, die in den Randbereichen des Raumes aufgestellt sind. Dieser Ort sieht aus wie eine Mischung aus Lounge und Country Club.

Zu meiner Überraschung erkenne ich den Mann, der in der Mitte des Raumes singt. Er ist ein berühmter blinder Opernsänger, dessen Name mir gerade nicht einfällt. Er hat dunkles Haar, mit einigen weißen Strähnen rund um sein Gesicht, und einen weißen

Bart. Ich bemerke, dass er ein wenig fetter ist, als ich mich erinnere.

»Wir sind da«, flüstert mir Liz ins Ohr. »Lass uns das Ende des Konzerts abwarten.«

Der Opernsänger ist ein Genie. Ich bin nicht gerade ein Experte, aber ich finde das Konzert unglaublich bewegend. Vielleicht ist auch mein derzeitiger Zustand – wachsame Aufregung – eine gute Voraussetzung für diese Art von Musik.

Als der Gesang beendet ist, und meine Hände wegen meines enthusiastischen Klatschens schmerzen, schaue ich mich im Raum um. Und das ist der Moment, in dem ich meinen ersten Schock bekomme. Ein Mann starrt mich an – ein Mann, den ich kenne.

Es ist mein Boss, William Pierce – oder Bill, wie ich ihn in meinem Kopf und hinter seinem Rücken nenne.

Er winkt mir zu. Als das Klatschen verstummt, bahne ich mir meinen Weg zu ihm. Während ich zu ihm gehe, sehe ich, wie er zuerst auf sein Handy schaut und mich danach lächelnd anblickt.

»Ich weiß gar nicht, was ich sagen soll«, erkläre ich ihm, als ich vor ihm stehe. Instinktiv halte ich ihm zur Begrüßung meine Hand hin. Das ist nichts, was ich täglich im Büro mache; eigentlich kann ich mich nur an zwei Ereignisse erinnern, bei denen ich ihm jemals die Hand gereicht habe – am Anfang und am Ende meines Vorstellungsgesprächs –, aber irgendwie scheint es hier das Richtige zu sein. Es ist gerade so, als würden wir uns zum ersten Mal treffen.

Er schüttelt meine Hand mit einem amüsierten

Gesichtsausdruck. »Darren, was für eine schöne Überraschung. Es ist ein interessanter Zufall, dass du hier bist, wenn man bedenkt, dass ich gerade eine höchst interessante E-Mail von dir über deine Nachforschungen zu den Aktien bekommen habe, um die ich dich gebeten hatte. Die Ausführungen sind wie immer überragend, was besonders beeindruckend ist, wenn man bedenkt, dass du die E-Mail versandt hast, während du hier mit mir der Oper gelauscht hast. Tolles Multitasking. Außergewöhnlich bewundernswert, besonders, da Bert mich erst kürzlich darüber informiert hat, dass du angeschossen wurdest. Höchst gewissenhaft, sogar für dich.«

Ich bin so was von bloßgestellt.

»In Ordnung Bill, ich gebe alles zu. Es könnte sein, dass ich die E-Mail so eingestellt habe, dass sie zu einem passenden Zeitpunkt versendet wird«, erwidere ich und hoffe, dass die Tatsache, dass mein Chef und ich beide Gedankenführer sind, unsere professionelle Beziehung sowieso ändern wird. Und das scheint auch der Fall zu sein – er blinzelt nur kurz, als ich die sehr freundschaftliche Form seines Vornamens benutze.

»Das habe ich mir schon gedacht. Um ehrlich zu sein, ist mir deine Vorgehensweise schon seit einiger Zeit aufgefallen. Aber damit du es weißt, ich weiß sie wirklich zu schätzen – die Personen, die du ins CC dieser E-Mails setzt, glauben ernsthaft, dass du dir den Arsch abarbeitest, und es ist ein gutes Beispiel für sie. Außerdem widerspricht es ihrem generellen Eindruck, du seist ein Faulpelz. Aber ich denke, dass es unter den gegebenen Umständen gerade wichtigere Dinge zu besprechen gibt.«

»Ja, ich denke, da hast du recht«, erwidere ich. »Hast du etwas in der Art bei mir vermutet?«

»Nein. Hätte ich gedacht, dass du einer von uns bist, hätte ich dich schon vor langer Zeit in unsere Gemeinschaft eingeführt. Um ehrlich zu sein, habe ich immer gedacht, du seist einer der anderen. Du bist so gut darin, Dinge herauszufinden, dass ich dachte, du würdest die Informationen aus den Vorstandsmitgliedern und den anderen Personen, mit denen du reden solltest, heraussaugen. Es sieht so aus, als habe ich damit falsch gelegen. Es scheint, dass du einfach nur einen brillanten Weg gefunden hast, die Gedankendimension für deine Zwecke zu nutzen.«

»Du dachtest, ich sei ein Schnüffler, und hast mich trotzdem beschäftigt?«, frage ich überrascht. »Ich dachte, die seien der Staatsfeind Nummer eins in der Gesellschaft der Gedankenführer?«

»Ich weiß nicht, was Liz dir erzählt hat, aber in dieser Gruppe sind wir nicht besonders dogmatisch.«

»Stimmt. Sie hat mir erzählt, ihr seid sehr offen. Aber es gibt ja einen Unterschied zwischen offen und den Feind einzustellen«, entgegne ich.

»Schnüffler einzustellen, um etwas über andere Unternehmen herauszufinden, scheint mir etwas sehr Natürliches zu sein. Sie können den ganzen Mist überspringen und einfach die Gedanken der wichtigen Personen lesen. Direkt und effektiv. Ein gutes Geschäft für mich«, sagt er, und um seine Augen bilden sich

Lachfältchen. »Wenn ich jemanden nach dieser Fähigkeit in einem Bewerbungsgespräch fragen könnte, würde ich es tun.«

Aus dem Augenwinkel sehe ich, wie ein Mädchen auf uns zusteuert. Sie scheint das Letzte, was Bill gesagt hat, gehört zu haben, aber anstatt schockiert zu sein, nickt sie zustimmend. Das Ganze hier ist ein starker Kontrast zu Miras Hass auf Strippenzieher.

»Du bist also der Neue?«, begrüßt mich das Mädchen und hält mir ihre kleine Hand hin. Sie ist extrem klein und zierlich. Ich schätze, dass sie trotz ihrer High Heels nicht auf 1,50 Meter kommt.

Bill stellt uns wohlwollend vor. »Hillary, es hat sich herausgestellt, dass ich Darren seit Jahren kenne. Er war genau vor meiner Nase, um es so zu formulieren.«

»Das passt«, sagt Hillary und zieht die Augenbrauen in ihrem kleinen Gesicht zusammen. »Einer von uns arbeitet für deinen Hedgefonds, und dir fällt das nicht einmal auf. Menschen sind einfach nur die Zahnräder in deiner Finanzmaschine, stimmt's?«

Bill seufzt. »Bitte, Hillary, können wir auch einmal eine Unterhaltung ohne deine Besetzt-Wall-Street-Phrasen führen?«

»Es freut mich sehr, dich kennenzulernen, Hillary«, sage ich, um das Thema zu wechseln. »Was machst du beruflich?«

»Ich bin eine Anthropologin. Außerdem bin ich für einige Wohltätigkeitsorganisationen tätig«, sagt sie und wendet ihren Blick von Bill ab, um mich anzuschauen … Ihre großen, blauen Augen funkeln, und mit ihrem gelben Cocktailkleid sieht sie ein wenig wie eine Puppe aus.

»Genau, und sie hat nichts mit der Verbreitung von veganer Ernährung in New York zu tun«, sagt Bill. »Oder mit dem Verbot der Forschungen mit Affen.«

Höre ich das gerade wirklich? Macht Bill Scherze? Ich hätte niemals gedacht, so etwas zu erleben.

»Ich möchte die Welt ein wenig besser machen«, erwidert Hillary. »Es tut mir leid, dass jemand wie du nicht verstehen kann, was ich tue. Natürlich ist Tierschutz nicht profitabel. Das ist doch dein Lieblingswort, nicht wahr? *Profit*. Oder ist es *reiner Gewinn*?«

»Reiner Gewinn sind zwei Worte«, korrigiert Bill sie und lacht, als er ihren wütenden Gesichtsausdruck sieht.

Er reizt sie offensichtlich mit voller Absicht, und sie geht darauf ein. Das ist ein eigenartiger Wortwechsel. Wenn ich nicht wüsste, dass Bill glücklich verheiratet ist, würde ich denken, dass er mit Hillary flirtet. Und das auf eine junge, das Mädchen am Pferdeschwanz ziehende Art und Weise. Ich habe früh gelernt, dass Mädchen das nicht mögen. Und da wir gerade von seiner Frau sprechen, ist sie eine von uns? Ich bin zwar neugierig, traue mich aber gerade nicht, ihn danach zu fragen.

Bills Handy klingelt. Er schaut auf das Display und sagt: »Es tut mir leid, aber ich muss den Anruf annehmen.« Und damit geht er in eine Ecke des Raumes, um ungestört zu sein.

»Also, kommt ihr beiden gut zurecht?«, frage ich Hillary, als Bill weg ist.

»So weit würde ich nicht gehen.« Hillary zuckt mit den Schultern. »William ist einfach William, die personifizierte Bourgeoisie.«

Höflichkeit würde es vorschreiben, dass ich etwas Zustimmendes über Bills Unzulänglichkeiten sage, aber das möchte ich nicht. Ich bewundere ihn auf viele Arten. Er steht auf meiner kurzen Liste von Personen, zu denen ich immer aufgeschaut und die ich respektiert habe. Außerdem zerstreut die Tatsache, ihn hier auf der Party getroffen zu haben, meine letzten Zweifel an den Gedankenführern. Wenn er einer von ihnen ist, dann sagt mir das noch mehr als alle Beteuerungen von Liz, dass sie nicht alle Mitglieder einer bösen Sekte sind. Sie sind einfach eine Gruppe wie jede andere, mit guten und schlechten Mitgliedern in der gewöhnlichen Aufteilung – ganz unten mit einem Strippenzieher, der hinter mir her ist. Ich wende meine Aufmerksamkeit wieder Hillary zu und sage: »Ich arbeite für ihn an den Hedgefonds. Was du über ihn sagst, trifft wohl genauso gut auf mich zu.«

»Das bezweifle ich. Du siehst nicht wie der Typ dazu aus. Außerdem wusstest du nichts über deine Natur. Jetzt, da du Bescheid weißt, könntest du deinen Beruf wechseln und etwas Bedeutenderes tun.« Sie lächelt mich hoffnungsvoll an.

Ich denke, dass sie es als ein Kompliment meint, und widerspreche ihr deshalb auch nicht. Ich frage mich außerdem, was ich machen würde, wenn Geld nicht wichtig wäre. Ich habe angefangen, für Bill zu arbeiten, weil ich mit möglichst wenig Arbeit möglichst viel Geld machen wollte, und nicht, weil ich eine brennende Leidenschaft für Anlagemöglichkeiten habe. Sollte ich ein Kriminalbeamter werden, so wie meine Mutter? Ich denke, das könnte in Frage kommen, wäre der Job nicht so gefährlich.

»Also, Darren, erzähl mir ein wenig mehr von dir«, meint Hillary und reißt mich damit aus meinen Überlegungen. Ihr Lächeln breitet sich bis zu ihren Augen aus, und die letzten Spuren von Ärger sind verschwunden.

Ich erzähle ihr ein wenig von meinem Leben. Ich nehme an, dass es sie interessieren könnte, dass ich adoptiert wurde, und deshalb das Hinübergleiten in die Stille allein entdeckt habe. Also konzentriere ich mich auf genau diese Dinge.

Als ich ihr meine Geschichte erzähle, sieht Hillarys Gesicht weiterhin hochinteressiert aus. Obwohl kleinwüchsige Mädchen nicht mein Typ sind – zumindest nicht, wenn man Bert Glauben schenken darf – denke ich, sie haben etwas einzigartig Niedliches an sich. Wenn ich eine solche Freundin hätte, würde ich sie in Gedanken Nano nennen, wie den iPod Nano, den ich als Kind hatte. Damals wurde auch schon alles mehr und mehr tragbar, und eine hosentaschengroße Freundin wie diese ist der nächste logische Schritt.

Abgesehen von ihrer Größe kommt mir etwas an Hillarys Aussehen bekannt vor. Ich komme aber einfach nicht darauf, was es ist. Ich frage mich, wie alt sie wohl ist. Vierundzwanzig? Fünfundzwanzig? Es wäre nicht wirklich höflich von mir, sie danach zu fragen. Sie könnte problemlos älter sein, als sie aussieht; das ist einer der Vorteile, wenn man ihre Größe hat. Als ich mich auf ihre Gesichtszüge konzentriere, bin ich mir sicher, dass ich sie gerade zum ersten Mal sehe. Und trotzdem kann ich nicht aufhören, über diese Bekanntheit nachzudenken.

»Also, auf was hat sich Bill vorhin bezogen? Das Veganer-Ding?«, frage ich, als ich das Gefühl habe, genug Einzelheiten meines Lebens preisgegeben zu haben. Außerdem wäre es unhöflich, sie nichts zu fragen.

Sie grinst. »Oh, er beschuldigt mich, für den Anstieg der Vegetarier und Veganer in New York verantwortlich zu sein. Er denkt, nur weil ich Veganerin bin, nerve ich alle Menschen, denen ich begegne, meinem Beispiel zu folgen.«

»Beeindruckend. Ich kann immer noch nicht so denken. Könntest du das wirklich tun? Einen Fleischesser dahin führen, Veganer zu werden?«, möchte ich beeindruckt wissen.

»Ich könnte, und vielleicht habe ich das gelegentlich aus strategischen Gründen bei den einflussreichsten Trendsettern getan«, gibt sie zu. »Aber meine bescheidenen Anstrengungen sind nicht der einzige Grund dafür, dass sich die Dinge in New York – und anderen Orten, um genau zu sein – in jene Richtung bewegen. Die Menschen werden sich einfach bewusster darüber, welchen Einfluss ihre Ernährung auf die Umwelt und die Tiere, die dafür leiden müssen, hat. Und natürlich auch über das, was für sie am wichtigsten ist: Ihre eigene Gesundheit. Durch die Verbreitung solcher Bücher wie The China Study ...«

»Hillary, wir versuchen hier einen guten Eindruck zu machen, und deine Propaganda ist dabei nicht sehr hilfreich. Ich muss mir Darren mal kurz borgen, wenn das für dich in Ordnung ist«, sagt Liz, und ich erschrecke mich darüber, dass sie wie aus dem Nichts aufgetaucht zu sein scheint.

Hillary öffnet den Mund und sieht aus, als würde sie Einwände hervorbringen wollen. Allerdings packt mich Liz am Ellenbogen und zieht mich auf die andere Seite des Raums, noch bevor sie etwas sagen kann.

20

»Ich musste nicht gerettet werden. Ich habe Hillarys Gesellschaft wirklich sehr genossen«, meine ich zu Liz, während wir weggehen.

»Das ist gut«, erwidert diese erleichtert. »Dieses Mädchen kann unerträglich sein. Aber ich möchte trotzdem, dass du jetzt Thomas kennenlernst. Danach kannst du auch wieder zurückgehen und eure Unterhaltung fortführen.«

Wir nähern uns einem hervorragend angezogenen Mann, der ungefähr so groß ist wie ich. Er hat breitere Schultern als ich, ein Anblick, der sich mir nicht häufig bietet. Außerdem ist er sehr muskulös. Nicht so steroidriesig wie Caleb, aber offensichtlich trainiert er regelmäßig, so wie ich es auch versuche.

»Thomas, ich möchte dir gerne Darren vorstellen«, sagt Liz und küsst den Kerl innig auf die Lippen. Dieser Teil ist eigenartig. Hatte sie mir nicht gesagt, genau wie ich sei er einer ihrer Patienten? Ich zwinge mich, nicht weiter darüber nachzudenken. Ich bin ja schließlich nicht eifersüchtig. Na gut, ein kleines bisschen schon. Der Gedanke, dass eine Frau wie Liz an mir interessiert sein könnte, war eine schöne Fantasie gewesen – und sehr gut für mein Selbstvertrauen.

»Es ist toll, dich kennenzulernen, Darren.« Thomas schüttelt meine Hand mit einem dieser überfesten Händedrücke, die ich von Männern kenne, die in der Finanzindustrie arbeiten.

Während dieser Begrüßung fällt mir auf, dass er teilweise asiatische Vorfahren haben muss. Diese Tatsache hebt ihn von allen anderen Menschen in diesem Raum ab, die ausnahmslos eine rein weiße Gesichtsfarbe haben. Und als ich darüber nachdenke, fällt mir auf, dass alle Leser, die ich getroffen habe, ebenfalls weiß waren. Wenn man die Geschichte beider Gruppen bedenkt, ergibt das Sinn. Sie – oder wir – haben unseren Ausgangspunkt schließlich in einer Sekte, die diese ganze selektive Fortpflanzung irgendwo in Europa durchgeführt hat, zumindest nach dem, was ich von Liz weiß. Thomas' Herkunft muss ein wenig anders sein. Es beweist eines der Dinge, die mir Liz erzählt hat: Diese Gruppe der Gedankenführer wird dich ungeachtet deiner Abstammung aufnehmen, solange du irgendwie einer von ihnen bist. Ich frage mich, ob das bedeutet, dass das, was ich bin, auch akzeptabel für sie ist. Ich werde natürlich nicht das Risiko eingehen, das herausfinden zu wollen, aber ihre generelle Einstellung macht mir Hoffnungen.

»Ich freue mich auch, dich kennenzulernen, Thomas«, erwidere ich, als mir auffällt, dass ich ihn anstarre.

Ihn scheint das allerdings überhaupt nicht zu stören. Er steht einfach nur da, schaut mich an und fühlt sich mit dem Schweigen offensichtlich wohl.

»Liz hat mir erzählt, dass dich jemand umbringen möchte«, sagt er wie nebenbei nach einigen Momenten. »Sie meint, derjenige sei ein Gedankenführer, einer von uns.«

»Ja, das stimmt leider«, sage ich schon fast rechtfertigend. Die Weise, auf die er das Wort Gedankenführer betont hat, klang, als sei er skeptisch.

»Kannst du mir genau sagen, was du ihr erzählt hast?«, fragt er ruhig. »Liz hat mir wegen der ärztlichen Schweigepflicht keine Einzelheiten verraten.«

»Ich werde euch dann mal allein lassen«, erschreckt mich Liz und geht weg. Ich war so tief in meinen Gedanken gewesen, dass ich fast vergessen hatte, dass sie noch bei uns stand. Ich bemerke, dass Thomas' Blick dem Schwung ihrer Hüften auf eine nicht sehr patientenhafte Weise folgt, und behalte es als eigenartig, aber momentan nicht wichtig im Hinterkopf.

Als er seine Aufmerksamkeit zurück zu mir wendet, wiederhole ich die Geschichte, die ich Liz erzählt habe.

Während ich erzähle, stellt mir Thomas eine Menge cleverer Fragen. Ganz offensichtlich kennt er sich mit Befragungen aus, vielleicht aus seinen Zeiten beim

Geheimdienst. Wäre ich nicht damit aufgewachsen, meine Mutter Lucy, die Polizistin, anzulügen, wäre ich jetzt in Schwierigkeiten geraten. Ich bin mir trotzdem nicht sicher, dass er mir hundertprozentig glaubt. Meine Mutter würde es wahrscheinlich nicht. Im Gegensatz zu ihr durchschaut er mich nicht so gut. Hoffe ich.

»Ich kann nur schwer glauben, dass jemand von uns so etwas tun würde«, meint er, als ich den ganzen Mordversuch beschrieben habe. »Aber auf jeden Fall war es richtig, ein Hotelzimmer zu nehmen. Ich würde dir auch vorschlagen, dein Telefon zu entsorgen und dir ein neues zuzulegen. Vielleicht sogar die Stadt für eine Weile zu verlassen, solange ich mich ein wenig umschaue.«

»Das mit dem Telefon ist eine gute Idee, Thomas«, sage ich. »Daran hätte ich denken sollen. Was das Verlassen der Stadt betrifft, bin ich mir nicht so sicher. Meine Familie und meine Arbeit sind hier. Wohin sollte ich gehen?«

Er zuckt mit den Schultern. »Nimm dir Urlaub. Besuche Freunde oder Verwandte, die du lange nicht gesehen hast. Auch wenn du nahe Verwandte im Moment meiden solltest, wenn du dich in Sicherheit befinden möchtest.«

»Ich glaube, ich mag diesen Plan nicht«, sage ich stirnrunzelnd. »Ich möchte mich nicht für immer verstecken.«

»Wenn du mehr Informationen hättest …«

»Die kann ich eventuell bekommen«, erwidere ich

und beginne, mir langsam Hoffnungen zu machen. »Ich kann dir nichts versprechen, aber falls ich mehr herausfinden sollte, denkst du, du könntest mir dabei helfen, mit dieser Person fertigzuwerden?« Ich weiß, dass das eine große Bitte ist, aber ich könnte auf meiner Seite wirklich jemanden wie Thomas gebrauchen.

»Natürlich.« Er reicht mir eine Visitenkarte. »Hier ist meine Nummer. Wenn du herausfindest, wer dieser geheimnisvolle Gedankenführer ist, sag mir bitte umgehend Bescheid.«

»Das mache ich, danke«, sage ich und speichere seine Kontaktinformationen in meinem Telefon. Aus reiner Gewohnheit rufe ich seine Nummer an, damit er meine bekommt. Als es klingelt, schaut er auf sein Telefon und nickt erfreut.

»Du weißt aber«, sagt er und schaut mich wieder an, »wenn das alles stimmt und du herausfindest, wer dieser Kerl ist, wird er oder sie dich noch entschiedener loswerden wollen.«

»Ich glaube nicht, dass diese Person noch entschlossener sein könnte«, erwidere ich im Scherz, aber Thomas' Gesichtsausdruck bleibt wie versteinert.

»Dieser Mordanschlag war sehr subtil«, meint er. »Unsere Fähigkeit kann, wenn sie missbraucht wird, sehr schädlich sein. Wenn jemand versuchen würde, dich ohne Umschweife umzubringen, wären dir alle Angestellten des Krankenhauses an die Gurgel gegangen. Das wäre nicht schön gewesen.«

Ich stelle mir das vor und erschaudere.

Wahrscheinlich hat er recht. Der Strippenzieher war so dezent, weil er wusste, dass sich Leser im Krankenhaus befanden, und er seine Identität vor ihnen verstecken wollte. Wäre ihm die Geheimhaltung nicht wichtig, hätten sich die Dinge wirklich hässlich entwickeln können. Andererseits kann ich das tun, was Strippenzieher machen – und ich bin mir ziemlich sicher, dass der Strippenzieher das nicht weiß.

»Denkst du, dass die Möglichkeit besteht, dass sich dieser Gedankenführer in diesem Raum befindet?«, möchte ich von ihm wissen, weil ich diese Frage zumindest stellen muss. Ich denke nicht, dass es Thomas ist, da Liz ihm vertraut, aber die anderen Menschen in diesem Raum sind, mit Ausnahme von Bill, alles Unbekannte für mich.

»Nein, das bezweifle ich«, sagt Thomas. »Ich kenne alle Anwesenden und denke nicht, dass einer von ihnen zu so etwas in der Lage wäre. Davon mal ganz abgesehen hätten sie keinen Grund, hinter dir her zu sein.«

»Kannst du dir vorstellen, wer einen Grund haben könnte, mich umbringen zu wollen?«

Ich hatte erwartet, dass Thomas Nein sagen würde, aber stattdessen sieht er nachdenklich aus.

»Sind deine beiden Elternteile Gedankenführer?«, fragt er.

»Ich weiß es nicht. Ich bin gerade erst dabei, mehr über sie herauszufinden, aber wahrscheinlich nicht.« Das kommt der Wahrheit recht nahe. »Warum?«

»Na ja«, sagt er langsam, »als ich mich der Gruppe

anschloss, wurde ich vor den Traditionalisten gewarnt. Mir wurde gesagt, sie könnten hinter mir her sein – was nicht eingetreten ist. Falls du also kein reiner Gedankenführer bist, könnte das ein Grund für sie sein. Allerdings bin ich mir in deinem Fall nicht sicher, woher sie etwas über deine Abstammung wissen könnten.«

»Die Traditionalisten?«, frage ich verwirrt. »Liz hat sie mir gegenüber erwähnt, aber nichts weiter dazu gesagt. Warum sollten sie hinter dir her sein?«

»Sie sind Extremisten, die sehr archaische Ansichten über die Reinheit des Blutes haben, und unter anderem dagegen sind, dass man Menschen außerhalb der Gemeinschaft heiratet«, erklärt er angewidert. »Auf gewisse Weise sind sie wie die inzestuösen Schnüffler. Deshalb könnte ich eines ihrer Opfer sein. Allein durch einen Blick auf mein Gesicht kannst du erkennen, dass ich nicht ›rein‹ bin.«

»Ich verstehe.« Ich habe den wachsenden Eindruck, dass ich kein Freund dieser Traditionalisten werde, auch wenn sie nicht hinter den Mordversuchen auf mich stecken sollten.

»Ich wünschte, ich könnte dir mehr über sie und darüber erzählen, weshalb sie es auf dich abgesehen haben könnten, aber ich weiß selbst nur sehr wenig. Genau wie du bin ich nicht mit diesen Dingen aufgewachsen«, fügt Thomas hinzu, und ich erinnere mich daran, dass Liz erwähnt hat, dass er ebenfalls adoptiert wurde. Auch wenn ich ihm nichts anmerke, muss er uns als Seelenverwandte sehen, da unser Hintergrund sehr ähnlich ist.

Ich möchte mehr über ihn erfahren, aber zuerst muss ich mehr über diese Traditionalisten herausfinden. »Gibt es jemanden, mit dem ich über sie reden könnte?«, möchte ich wissen, und Thomas nickt.

»Du kannst versuchen, mit Hillary zu reden«, meint er. »Sie weiß mehr darüber als die meisten von uns.«

»Alles klar, das werde ich tun, danke.« Ich frage mich, warum das winzige Mädchen so viel darüber weiß, aber das ist ein Thema, das ich bei ihr ansprechen werde.

Thomas schaut mich wieder schweigend an, weshalb ich ihn frage: »Was hast du gemeint, als du gesagt hast, du seist mit diesen Dingen nicht aufgewachsen?« Da ich mir nicht sicher bin, dass Liz vorhatte, mir von seiner Adoption zu erzählen, nehme ich an, dass es das Beste ist, wenn ich so tue, als wüsste ich von nichts. Ich möchte nicht, dass sie Ärger bekommt.

Er zögert einen Moment, bevor er schließlich antwortet: »Ich bin genau wie du adoptiert worden. Meine Eltern haben mir bis zu meinem sechsten Lebensjahr nichts davon gesagt.« Während er mir das erzählt, flackern Emotionen hinter seiner ausdruckslosen Maske auf.

»Das ist unglaublich«, sage ich. »Genau wie bei mir. Na ja, fast. Ich nehme an, der Unterschied besteht darin, dass ich immer dachte, einen biologischen Elternteil zu haben, Sara. Ich nehme an, dass du wusstest, dass beide Elternteile Adoptiveltern waren?«

»Ja«, antwortet er. »Sie haben mir erzählt, eine Frau habe mich zu ihnen gegeben. Eine Frau, die sie weder vor noch nach der Adoption jemals gesehen haben. Jemand, dessen Identität ich niemals herausfinden konnte.«

Dieser Teil der Geschichte scheint ihn stark zu belasten. Offensichtlich sehnt er sich danach, mehr über seine Herkunft zu erfahren. Das kann ich verstehen, aber ich möchte ihm meine Version der Geschichte nicht mitteilen. Nicht, wenn ich die Namen meiner Eltern dafür preisgeben muss. Stattdessen frage ich: »Und was ist mit deinen Fähigkeiten? Hast du das, was du kannst, genau wie ich alleine herausgefunden?«

»Ja. Während eines Autounfalls habe ich herausgefunden, dass ich die Zeit anhalten kann – was jeder hier ›in die Gedankendimension splitten‹ nennt.«

»Bei mir war es ein Fahrradunfall«, sage ich lächelnd. »Und ich nenne es ›die Stille‹.«

Thomas erwidert mein Lächeln. »Hast du auch alleine geführt?«, fragt er. »Das habe ich ›hypnotisieren‹ genannt.«

»Nein, das erste Mal, dass ich es vorsätzlich getan habe, war heute, als Liz mich testen wollte, um herauszufinden, ob ich ein Gedankenführer bin«, erkläre ich ihm. »Du hast es alleine herausgefunden?«

»Ja, es passierte während eines Streits. Als Kind war ich in jede Menge davon verwickelt«, erklärt er und bekommt einen abwesenden, nostalgischen

Gesichtsausdruck. »Ich habe die Zeit angehalten, um zu üben, den anderen Jungen zu schlagen, mit dem ich mich prügelte. Während meiner Übungsschläge in der Gedankendimension wollte ich wirklich, dass er stolpert. Er war viel stärker als ich, und ihn am Boden zu haben war meine einzige Chance, ohne größeren Schaden aus der ganzen Sache herauszukommen. Zurück in der richtigen Welt stolperte er dann wirklich. Daraufhin habe ich mich als Kind gefragt, ob das vielleicht passiert ist, weil ich es unbedingt wollte. Als ich das nächste Mal in eine Schlägerei verwickelt wurde, habe ich versucht, den Trick zu wiederholen. Nach weiteren Versuchen habe ich eines Tages verstanden, dass ich noch mehr tun konnte, als Menschen zum Stolpern zu bringen.«

»Ich bin so neidisch«, sage ich ehrlich. »Wie viel Spaß ich gehabt hätte, wenn ich das schon als Kind herausgefunden hätte.«

»Eigentlich hört es sich nur in der Theorie nach Spaß an«, erwidert er ernst. »Ich dachte, es sei völlig krank.«

»Und ich wollte dich gerade fragen, wie du Liz kennengelernt hast.«

»Na ja, bevor ich die Menschen führen konnte, habe ich versucht, meinen Eltern zu erzählen, dass ich die Zeit anhalten kann …«

»Das habe ich auch getan«, unterbreche ich ihn aufgeregt.

»Genau. Und das Ergebnis bei dir war

wahrscheinlich das Gleiche wie bei mir. Ich wurde zu einem Psychiater geschickt«, sagt er.

»Ja«, sage ich und nicke.

»Hat Liz dir erklärt, dass in solchen Fällen wie unseren alle Wege zu ihr führen?«, fragt er und schaut kurz in ihre Richtung.

»Nein, das hat sie nicht. Willst du mir sagen, dass es kein Zufall war, dass ich zu Liz gekommen bin?«

Thomas lächelt wieder. »Genau das«, bestätigt er meine Frage. »Sie hat sich einen Namen als Expertin für genau die Art von Wahnvorstellungen gemacht, von denen jemand wie wir berichten könnte. Sie hat einige Artikel über die Wahnvorstellung, aus der Welt hinauszutreten, geschrieben und hat sich für dieses Phänomen eine pseudopsychologische Erklärung ausgedacht. Irgendetwas darüber, dass es für einige intelligente und leicht introvertierte Kinder ein Weg sei, mit der schnelllebigen Welt um sie herum zurechtzukommen. Nachdem einige Ärzte nicht gewusst hatten, was sie mit mir anstellen sollten, haben sie mich zu ihr überwiesen, der Expertin. Das Gleiche ist dir auch passiert, wette ich.«

»Genau so war es.«

»Ich denke, das widerfährt jedem, der sich in unserer Situation in New York City befindet – nicht, dass das allzu häufig vorkommen würde. Als ich Liz endlich kennengelernt und ihr von meinen Erfahrungen mit dem Führen berichtet habe, hat sie mich in diese Welt eingeführt«, sagt er und macht eine Handbewegung, die den ganzen Raum einschließt.

»Jetzt bin ich noch viel neidischer. Ich hätte nicht nur die Schlägereien vermeiden können, sondern hätte auch das Führen und diese Gemeinschaft viel eher in meinem Leben entdecken können«, erkläre ich ihm.

»Du hättest nicht gerne meine Kindheit gehabt.« Thomas' Gesicht verdunkelt sich. »Vertraue mir, wenn ich dir sage, dass du nicht diesen Preis hättest zahlen wollen, nur um dich den Gedankenführern anzuschließen.«

»Es tut mir leid. Ich wollte nicht so oberflächlich sein. Ich wollte nur zum Ausdruck bringen, dass es toll gewesen sein muss, zu wissen, was du warst, und dich nicht für verrückt zu halten. Außerdem wette ich, dass die Schlägertypen sich nicht mehr mit dir angelegt haben.«

»Das haben sie nicht«, antwortet er kurz. Ich habe das Gefühl, dass einige von Thomas' Tyrannen mehr bekommen haben, als sie erwartet hatten. Gut für ihn. Zum Teufel, sollte ich einige Tage haben, an denen niemand versucht, mich umzubringen, könnte ich mir die Zeit nehmen, John zu finden, meinen Feind aus Kindheitstagen. Als Gedankenführer könnte ich ihn dazu bringen, sich wortwörtlich selbst einen ordentlichen Arschtritt zu verpassen.

»Es war schön, herauszufinden, dass ich nicht verrückt war«, sagt Thomas in einem leichteren Ton, als ich stumm bleibe. »Ich nehme an, dass du es auf deine Art und Weise auch schwer hattest. Aber was soll's, Ende gut, alles gut.«

»Genau«, sage ich und bin froh, dass das Gespräch

etwas leichter wird. Ich will gerade noch etwas hinzufügen, als ich Liz auf uns zukommen sehe.

»Könnt ihr beiden das später fortsetzen?«, fragt sie und nimmt einen Schluck ihres pinkfarbenen Getränks. »Ich will Darren immer noch dem Rest vorstellen, und da ich heute zeitig von hier verschwinden muss, würde ich diese Aufgabe gerne hinter mich bringen.«

»Natürlich. Ich muss sowieso los«, erwidert Thomas.

»In Ordnung, ich rufe dich an, und dann können wir in ein paar Tagen vielleicht einen Kaffee trinken gehen?«, schlage ich vor.

»Das hört sich nach einem guten Plan an«, stimmt er mir lächelnd zu.

»Da du jetzt dein Herrendate hast, können wir ja los«, sagt Liz neckend. Meine Psychiaterin zu sehen, die leicht angetrunken ist und Witze macht, ist eigenartig, um es milde auszudrücken.

Als wir weggehen, hakt sie sich bei mir ein und führt mich herum, um mich den Menschen im Raum vorzustellen.

Ich habe ein unglaublich schlechtes Namensgedächtnis und hoffe, dass es später kein Quiz geben wird, weil ich völlig versagen würde. Allerdings fällt mir eine Regelmäßigkeit auf. Wir haben alle einige gemeinsame Gesichtszüge, genau wie Liz es mir beschrieben hatte. Und was auch immer es ist, bei den Lesern habe ich nichts dergleichen bemerkt. Alle diese Menschen scheinen auf ihre Art und Weise irgendwie interessant zu sein, und ich hoffe, sie mit der Zeit alle kennenzulernen.

Was mir außerdem auffällt, ist, dass niemand auch nur das kleinste bisschen unfreundlich zu mir ist. Also ist mein Feind entweder ein hervorragender Schauspieler – oder der Strippenzieher aus dem Krankenhaus ist nicht hier.

Das Ganze ist mehr als ermüdend. Vielleicht ist mein Biorhythmus durcheinander, weil ich die letzten zwei Tage so früh ins Bett gegangen bin, oder ich habe mich von meiner Verletzung noch nicht vollständig erholt. Was auch immer meine Müdigkeit hervorruft, ich beginne, mich ernsthaft nach meinem Hotelbett zu sehnen.

Hillary ist die Letzte auf dieser Einführungsrunde. »Siehst du, wie versprochen bekommst du ihn wieder«, meint Liz lächelnd zu Hillary. »Er steht dir für eine Gehirnwäsche zur Verfügung. Wenn ihr mich jetzt bitte entschuldigen würdet, ich habe noch etwas zu erledigen.«

»Ich habe gehört, dass du dich gut mit etwas auskennst, was mich interessiert«, sage ich zu Hillary, sobald Liz gegangen ist.

»Natürlich, was ist es denn?«, fragt sie und grinst mich an.

»Ich hatte gehofft, dass du mir etwas über die Traditionalisten erzählen könntest«, sage ich.

Ihr Grinsen verschwindet spurlos. »Du bist neu Darren, also weißt du nicht, dass das für mich ein empfindliches Thema ist. Aber genau das ist es, und so leid es mir auch tut, ich möchte nicht darüber reden«, sagt sie mit einer ungewöhnlich harschen Stimme.

»Das tut mir leid. Das wusste ich nicht. Lass uns über etwas anderes reden.« Ich fühle mich wie ein Idiot. Ihr Gesicht ist so ausdrucksstark, dass es sich einfach falsch anfühlt, sie wütend zu machen. Genauso, wie gemein zu einem kleinen Mädchen zu sein. Ihr zierlicher Körperbau muss Einfluss auf mein Gehirn haben.

»Möchtest du hier raus?«, fragt sie versöhnlich.
»Ich bin am Verhungern, und hier gibt es nie etwas Essbares.«

Ich weise sie nicht auf das riesige Büffet hin, das unter der Last der auf ihm stehenden Auswahl an Finger Food fast zusammenbricht, und denke einen Augenblick darüber nach. Ich bin müde, aber Hillary hat etwas an sich, was mich reizt, sie näher kennenzulernen. Ich bin mir nicht sicher, was es ist. Es ist fast so, als gäbe es eine Art Verbindung zwischen uns.

»Ich bin dabei, aber unterwegs muss ich noch etwas erledigen. Macht es dir etwas aus, wenn ich kurz in den Apple Store gehe? Er ist lange geöffnet, und ich brauche dringend noch ein neues Handy.«

»Kein Problem.« Sie grinst mich an. »Lass uns gehen.«

21

Als wir aus dem Taxi aussteigen, bin ich gerade damit fertig geworden, allen meine neue Telefonnummer zu senden.

Der Ort, an dem wir enden, ist laut Hillarys Beschreibung ein Restaurant mit veganer Rohkost. Sie schwört, es wird die beste Mahlzeit sein, die ich in den letzten Jahren zu mir genommen habe. Als ich auf die Karte schaue, bin ich eher skeptisch. Wie erwartet, haben sie jede Menge Salate, aber zu meiner Überraschung gibt es auch andere Möglichkeiten.

»Ich nehme erst einmal ein Kokosnusswasser«, lasse ich den Kellner mit den Dreadlocks wissen, der verdächtig nach Gras riecht.

»Das ist eine exzellente Wahl, reich an Elektrolyten. Das ist sehr gut für dich«, sagt Hillary lächelnd. »Ich nehme das Gleiche.«

»Außerdem hätte ich gerne die Spiralnudeln aus Zucchini mit Cashewkern-Alfredo-Sauce«, schiebe ich zögernd hinterher. Das ist das Gericht, was sich von allen am vielversprechendsten anhört, aber das hat ja nicht viel zu sagen.

»Du solltest noch ein wenig Platz für ein Dessert lassen. Hier gibt es eine fantastische Auswahl«, meint Hillary, bevor sie sagt, was sie gerne hätte: Einen Grünkohlsalat mit honigglasierten Pekannüssen und Guacamole mit ›lebenden Chips‹ – was auch immer das sein mag.

»Also, was denkst du über unsere kleine Gemeinschaft?«, möchte sie von mir wissen, sobald der Kellner gegangen ist.

»Sie scheinen nette Menschen zu sein«, antworte ich ihr ehrlich. »Ich kann es kaum abwarten, alle besser kennenzulernen.«

»Sie sind nette Menschen. Ich wünschte, der Rest der Gedankenführer wäre mehr wie sie«, sagt sie fast wehmütig.

Ich nehme an, dass sie über die Traditionalisten spricht, aber dränge sie wegen ihrer vorangegangenen Reaktion nicht. Stattdessen erwidere ich: »Ja, ich weiß, was du meinst. Irgendein Gedankenführer versucht gerade, mich umzubringen.«

»Dich umzubringen?« Sie sieht fassungslos aus. »Warum? Woher weiß er überhaupt, dass du existierst?«

Zum x-ten Mal erkläre ich es heute, so gut ich kann, und erzähle ihr die gleiche Geschichte, die ich auch schon Liz und Thomas aufgetischt habe. »Wie du siehst, gibt es jemanden, der mich umbringen möchte, aber ich habe keine Ahnung, woher er weiß, dass ich existiere.«

»Und deshalb hast du mich wegen der Traditionalisten gefragt?«

»Ja, Thomas meinte, es höre sich wie etwas an, was sie tun könnten, und er hat außerdem gesagt, dass du am meisten darüber weißt«, antworte ich vorsichtig.

»In diesem Fall denke ich, dass du einen guten Grund dafür hattest, mich vorhin danach zu fragen. Aber ich verstehe nicht, warum er dich verletzen will. Ich meine, bei Thomas kann ich es sehen, aber bei dir …« Sie kneift die Augen zusammen und betrachtet mich eingehend.

»Ich weiß nicht, warum Thomas das vermutet«, sage ich, da ich das Thema meiner Abstammung nicht ansprechen möchte. »Vielleicht hat er Unrecht.«

»Vielleicht«, sagt sie. »Ich denke, ich werde dir erzählen, was ich weiß, vielleicht hilft es ja.«

»Das wäre großartig.«

Sie zieht ihre Schultern nach hinten. »Um einen Eindruck über die Traditionalisten zu bekommen, versuche dieses Gedankenexperiment. Nimm die Engstirnigkeit eines extremen Fundamentalisten, füge Eugenik, Dogma, Angst vor Unbekanntem und eine Mischung aus unglaublich blindem und engstirnigem Hass auf die Schnüffler hinzu.«

»Verstanden. Ich stelle es mir vor – und mag das Ergebnis nicht.«

»Das ist allerdings nur der erste Schritt. Zweiter

Schritt: Jetzt stelle dir vor, du wächst mit solchen Menschen in Form deiner Eltern auf«, sagt sie düster.

Ich blinzele. »Oh, ist das der Grund dafür, dass du …?«

»Ja, deshalb war ich ein wenig empfindlich vorhin. Aber mache dir keine Sorgen. Das konntest du ja nicht wissen.«

»Es tut mir trotzdem leid, dich aufgebracht zu haben.«

»Das ist schon in Ordnung. Meine Leute sind wahrscheinlich nicht einmal die schlimmsten, die draußen rumlaufen. Ja, sie sind besessen von der Angst, vor den normalen Menschen bloßgestellt zu werden. Und ja, sie haben Angst vor den neuen Technologien, oder – zutreffender – jeder Art von Fortschritt. Und wenn es nach ihnen ginge, wäre das Leben heutzutage genau so wie in der guten alten Zeit, von der ich vermute, dass es sie niemals wirklich gab. Alle diese Dinge sind wahr, aber nicht einmal vor diesem Hintergrund denke ich, dass meine Eltern so weit gehen würden, jemanden dahin zu führen, eine Person umzubringen.«

Sie hört auf zu reden und sieht nachdenklich aus. Fragt sie sich gerade, ob das, was sie gesagt hat, stimmt? Ob ihre Eltern jemanden im Namen ihres Glaubens umbringen könnten? Ich nehme an, das Thema ist damit beendet.

Das Essen und die Getränke werden genau in diesem schweigsamen Moment gebracht. Sie beginnt damit, ihre Chips mit Guacamole zu verschlingen, und bietet mir an, sie zu probieren.

»Sie sind erstaunlich gut«, sage ich nach einem Bissen. Offensichtlich wird ihnen das Wasser entzogen, was sie langsam austrocknen lässt, ohne sie zu kochen. Für mich hört sich das nicht sehr nach »Rohkost« an, aber da sie stark wie Maischips schmecken, werde ich mich nicht beschweren. Mein eigenes Gericht, die Pseudo-Spaghetti aus Zucchini, sind auch ziemlich gut, obwohl sie genauso viel mit der eigentlichen Variante gemeinsam haben wie ein Hot Dog mit einem echten Hund. Ich probiere das Getränk und muss zugeben, es auch zu mögen: »Dieses Kokosnusswasser ist anders als das Zeug, was ich sonst immer bekommen habe.«

»Natürlich, vorher hast du wahrscheinlich die Version aus der Dose bekommen«, meint sie und beginnt damit, ihren Salat zu essen. Ihre Hände sind so klein, dass die Gabel darin riesig aussieht.

Ich frage mich, wie Hillary und ihre Freunde reagieren würden, wenn sie die Wahrheit über mich wüssten. Um vorsichtig vorzufühlen, frage ich: »Als du die Traditionalisten beschrieben hast, meintest du, dass sie die Schnüffler hassen. Mag der Rest der Gemeinschaft sie denn?«

»Verglichen mit den Traditionalisten lieben wir sie geradezu«, antwortet sie und spießt mehr Salat auf ihre Gabel.

»Aber ich dachte, ich hätte bei Liz herausgehört, dass die Schnüffler zu vermeiden sind«, entgegne ich, um meine Ermittlungen voranzutreiben. Ich hoffe, sie findet das nicht verdächtig. Ich möchte wirklich herausbekommen, in welcher Gefahr ich mich befinde, sollten die Gedankenführer herausfinden, dass ich lesen kann.

»Ich kann nichts zu Liz sagen, aber ich hasse die Schnüffler nicht. Nicht einmal ein kleines bisschen«, sagt sie und schaut mich unschuldig an. »Eigentlich bin ich sogar eher neugierig, was sie betrifft.«"

»Oh. Ist das eine weitverbreitete Ansicht?«

»Nein, wahrscheinlich ist meine Einstellung eher sehr selten. Der Rest der Gruppe würde mich komisch finden, auch wenn sie schon recht liberal ist. Selbst außerhalb der Traditionalisten werden die Schnüffler von den meisten Gedankenführern leidenschaftlich gehasst.«

»Wegen der Völkermorde?«, frage ich, da ich mich an Liz' Geschichtsstunde erinnere.

»Ja, teilweise. Das bringt eine schlechte Vergangenheit so mit sich. Aber es steckt noch mehr dahinter. Es ist bis heute ein weit verbreiteter Glaube, dass die Schnüffler uns aktiv hassen – also ist es eine natürliche Reaktion, dass wir sie ›zurückhassen‹«, antwortet sie.

»Aber du nicht«, erwidere ich.

»Ich würde trotzdem nicht so weit gehen, sie aufzusuchen. Ich denke, dass es besser ist, die Schnüffler zu meiden. Nicht, weil ich glaube, dass sie bösartig sind, sondern weil ich denke, dass einige von ihnen die gleiche Wir-gegen-sie-Mentalität haben, wie viele Gedankenführer selbst außerhalb der Traditionalisten.«

»Also mögen wir sie nicht, weil sie uns hassen, und deshalb meiden wir sie auch. Wenn sie die gleiche Logik anwenden, ist es dann nicht ein Teufelskreis?«

»Du bist ein Mann nach meinem Geschmack«, erwidert Hillary mit einem Lächeln. »Genau das ist es, was mich so ärgert, und ich denke, du hast es genau auf den Punkt gebracht. Die gesamte menschliche Rasse hat diese Tendenz, sich an ihrer eigenen Gruppe festzuklammern. Unsere Besessenheit, darin unterzutauchen, ist für fast alles Böse in der Welt verantwortlich. Niemand sieht, dass der Hass zwischen unseren Gruppen nur ein weiteres Beispiel einer Serie unnötiger Feindschaften ist. Sie alle beginnen mit Menschen, die sich extrem ähnlich sind. Auf einmal taucht ein kleiner Unterschied auf, die Menschen trennen sich deshalb, und schon beginnt der Irrsinn. Früher oder später kommt die ›Wir hassen euch, weil ihr uns hasst‹-Sackgasse oder Schlimmeres.«

»Wow, du hast dir wirklich Gedanken darüber gemacht«, sage ich beeindruckt.

»Wieso auch nicht? Es ist doch offensichtlich. Nimm irgendetwas Willkürliches wie Hautfarbe, Einkommen, Politik, Religion, Nationalität oder in diesem Fall verschiedene Arten von Macht. Egal, was du wählst, an einem bestimmten Punkt werden die Menschen einen Weg finden, sich wegen dieses willkürlichen Merkmals voneinander zu trennen – und bereit zu sein, dafür zu töten. Sobald sich diese

Denkweise gefestigt hat, werden die Gruppen beginnen, die jeweils andere als weniger menschlich anzusehen, was alle Arten von Gewalt rechtfertigen wird. Dieser ganze Kreis ist so sinnlos, dass ich manchmal einfach aufgeben möchte.« Sie seufzt. »Aber das werde ich nicht. Stattdessen zitiere ich einen weisen Mann: ›Ich versuche, die Veränderung zu sein, die ich gerne in der Welt sehen möchte.‹«

»Ich frage mich, was Gandhi wohl zu alldem gesagt hätte«, meine ich, nachdem ich einen Schluck von meinem Getränk genommen habe. »Und, falls es dir hilft, ich bin kein Rassist, Sexist oder anderer ›-ist‹. Dadurch, dass ich nicht mit den Geschichten über die Schnüffler aufgewachsen bin, habe ich auch nicht vor, sie zu hassen. Genau wie du bin ich sehr neugierig, was sie betrifft, also denke ich überhaupt nicht, dass du komisch bist.«

»Danke«, sagt sie und belohnt mich mit einem strahlenden Lächeln, bei dem sie ihre weißen Zähne zeigt. »Weißt du, auch wenn wir uns gerade erst begegnet sind, habe ich trotzdem das Gefühl, dich schon zu kennen. So, als ob ich dir vertrauen könnte. Aber ich weiß nicht, warum. Ist das eigenartig?«

»Nein, ich weiß, was du meinst«, erwidere ich und fühle es auch so. Eigentlich ist es eigenartig. Ich fühle mich zu diesem Mädchen hingezogen, aber nicht auf die Art und Weise, wie es sonst bei hübschen Mädchen ist. Es ist eher so, als würde ich sie einfach nur sehr gerne mögen.

Sie grinst mich an. »Gut. Ich freue mich, dass wir

auf der gleichen Seite stehen. Und was deine Probleme betrifft ... Falls du Hilfe brauchst, um mit demjenigen, der hinter dir her ist, fertigzuwerden, helfe ich dir gerne.«

Ich unterdrücke ein Grinsen, als ich mir vorstelle, wie sie ihre kleinen Fäuste während eines Kampfes schwingt. »Danke, Hillary. Ich freue mich über dein Angebot.«

»Aber du kannst dir nicht vorstellen, dass ich eine Hilfe sein könnte«, erkennt sie scharfsinnig. »Warum nicht? Wegen meiner Größe?«

»Nein«, lüge ich. »Weil du so einen friedlichen Eindruck machst. Ich hätte schwören können, dass du ein Pazifist bist.« Ich habe schon vor langer Zeit gelernt, dass man schnell antworten muss, wenn eine Frau eine Frage ihre Maße betreffend stellt – und ihr das sagen muss, was sie hören möchte. Die einzige Ausnahme dieser Regel ist die gefürchtete »Sehe ich darin fett aus?«-Frage. Darauf ist die Antwort grundsätzlich ein »NEIN«.

»Du hast recht«, sagt Hillary. »Ich bin keine gewalttätige Person, aber meine Reichweite ist wahrscheinlich die längste in unserer Gruppe.« Sie errötet ein wenig, als sie den letzten Teil ausspricht, und ich erinnere mich daran, dass Liz mir erklärt hat, es sei unhöflich, über die Macht eines Gedankenführers zu sprechen. Ich nehme an, Hillary hat mir gerade etwas erzählt, was sich auf der gleichen Ebene wie BH-Größen befindet.

»Deine Reichweite?«, möchte ich wissen und

schaue sie an. Liz hat mir dieses Konzept zwar kurz erklärt, aber ich würde es gerne besser verstehen.

Hillary, deren Wangen immer noch rot sind, nickt. »Ja. Unsere Reichweite bestimmt, wie stark, wie tief und wie lange wir eine Person führen können. Meine ist so mächtig, weil alle meine Vorfahren, einschließlich meiner Eltern und Großeltern, sich an die barbarische Tradition der Fortpflanzung für diese Eigenschaft gehalten haben. Wenn ich ein braves Mädchen wäre und mich mit demjenigen paaren würde, den man mir zuteilt, könnten meine Kinder sogar einmal zu den Ältesten gehören.«

»Das verstehe ich nicht ganz«, sage ich. »Wie kann man jemanden ›tiefer‹ führen? Und wer sind die Ältesten?«

»Die schnelle Version über die Reichweite ist: Angenommen, du führst jemanden, und dann komme ich und möchte ihn von dem, was du ihm gesagt hast, abbringen. In dem Fall wird mein Erfolg von unserer unterschiedlichen Reichweite abhängen.«

»Also auch, wenn ich jemanden programmiert habe, könntest du ihn überschreiben, wenn du mächtiger bist als ich?«

»Wir würden solche technischen Begriffe niemals verwenden, aber du hast es auf den Punkt gebracht, ja«, erwidert sie. »Und die Ältesten sind solche Gedankenführer, die ganze Leben in der Gedankendimension verbringen können. Ich weiß nicht viel über sie. Die Gerüchte sagen, dass sie zusammen in der Gedankendimension leben. Jeder von ihnen sitzt mal am Steuer und zieht die anderen in eine eigenwillige Gemeinschaft hinein, die praktisch außerhalb der Zeit existiert.«

Ich starre sie fasziniert an. »Das ist unglaublich.«

»Ja, das ist es – auch wenn ich es ein wenig beängstigend finde. Es fällt mir schon schwer, mir vorzustellen, mit einem der Ältesten zu reden. Denk einfach mal darüber nach. Während du einmal zwinkerst, können sie sich in die Gedankendimension splitten, zu ihren Freunden gesellen und die Erfahrungen eines ganzen Lebens zusammensammeln. Das verwirrt mich, und ich bevorzuge es, wenn mein Kopf ruhig ist.«

Sie hat recht. Das, was sie beschreibt, ist schwer zu verstehen. Auf den Punkt gebracht, ist es die Verlängerung des Lebens – und ich finde das mehr als cool. Ich würde gerne versuchen, so lange wie möglich mit ein paar Freunden in der Stille zu leben, oder vielleicht sogar mit einer Freundin.

»Wie dem auch sei, zurück zur Reichweite«, meint Hillary und unterbricht meine aufregenden Vorstellungen. »Meine ist ziemlich stark, was bedeutet, dass ich die Anweisungen, die dieser Gedankenführer den Zivilisten, die dich umbringen sollen, gibt, überschreiben könnte – vorausgesetzt, ich bin rechtzeitig da.«

»Das wäre großartig«, sage ich beeindruckt. »Ich weiß das wirklich zu schätzen, Hillary. Gibst du mir deine Telefonnummer?« Ich reiche ihr mein Handy. Eines der Genies im Apple Store hat alle meine

Kontakte auf das neue Telefon überspielt, und deshalb fühlt es sich an, als hätte ich das Handy schon seit Jahren.

Sie speichert ihre Nummer ein und gibt es mir zurück. »Ich habe meinen Namen ausgeschrieben, aber du kannst einen Spitznamen hinzufügen, wie du es bei allen andern zu tun scheinst.«

Ich nehme das Handy, und es ist mir ein wenig peinlich, dass ihr das mit den Spitznamen aufgefallen ist. Es ist genau das, was ich mache. Ich erfinde für alle lächerliche Spitznamen und habe dann jede Menge Spaß bei der Sprachwahl. Ihr Name wird Tinker Bell sein. Ich amüsiere mich bei der Vorstellung, die Worte »Rufe Tinker Bells Handy an«, in einem vollen Bus auszusprechen.

Ich schaue auf das Display und sehe die Worte *Hillary Taylor*, zusammen mit einer Telefonnummer. Ich beschließe, ihren Spitznamen später hinzuzufügen. Jetzt rufe ich sie erst einmal an, damit sie auch meine Nummer bekommt. Als das Telefon die Verbindung aufbaut, wird es mir auf einmal klar.

Taylor.

Sara hat mir erzählt, der Mädchenname meiner Mutter sei Margret *Taylor* gewesen.

Nein.

Das kann nicht sein.

Oder doch?

Es ist eine kleine Gemeinschaft. Wie oft kann es den gleichen Namen geben?

»Hillary, bist du ein Einzelkind?«, frage ich sie,

ohne über die Reichweite der Konsequenzen dieser Frage nachzudenken.

Meine Frage scheint sie zu überraschen. »Ja. Nein. Irgendwie. Ich hatte vor langer Zeit eine ältere Schwester, aber sie ist tot. Warum fragst du? Und warum siehst du so entsetzt aus?«

Ihre Schwester.

Älter … viel älter, wenn man bedenkt, dass Hillary aussieht, als sei sie gerade erst Mitte zwanzig.

Eine ältere Schwester, die tot ist.

Es muss stimmen.

Ich kann es nicht glauben – aber es besteht eine Ähnlichkeit.

Rückblickend ist es genau das, was mich an ihrem Gesicht fasziniert hat. Wir haben genau die gleichen blauen Augen. Das gleiche Kinn, ähnliche Wangenknochen, und ihre Nase ist eine kleinere, weibliche Version meiner eigenen. Abgesehen von dem riesigen Größenunterschied sehen wir aus, als könnten wir verwandt sein – und jetzt weiß ich auch, warum.

Weil wir es sind.

»Hillary, ich glaube, du bist meine Tante«, platze ich heraus, da ich meine Aufregung nicht länger unterdrücken kann.

22

Hillarys Gesichtsausdruck wäre komisch, wenn ich mich nicht genauso fühlen würde, wie sie aussieht.

»Ich habe heute herausgefunden, dass der Vorname meiner biologischen Mutter Margret war und ihr Mädchenname Taylor, so wie deiner«, erkläre ich ihr mit vor Aufregung klopfendem Herzen.

Sie betrachtet mich eingehend, und ich sehe, wie ihr langsam einige Dinge klar werden. Auch ihr muss unsere Ähnlichkeit aufgefallen sein.

»Aber ...«, beginnt sie, bevor sie schluckt und mich wieder anstarrt. »Das kommt wirklich unerwartet. Entschuldige bitte.«

»Ja, ich versuche es auch gerade erst zu verarbeiten.«

»Margie hatte ein Kind?«

»Das muss sie«, erwidere ich. »Falls ich recht habe.«

»Aber das kann nicht sein. Margie ist vor über

zwanzig Jahren gestorben. Das muss ein Missverständnis sein.«

Ich sitze einfach nur da und lasse sie darüber nachdenken.

»Du siehst aus wie sie«, sagt sie nach einer Pause. »Und wie unser Vater ... dein Großvater also. Aber wie ist das möglich?«

»Ich bin mir nicht sicher«, sage ich und komme zu einem Entschluss. »Bevor ich dir mehr erzähle, musst du mir versprechen, dass das, was ich dir sagen möchte, unter uns bleiben wird. Nur unter uns. Einverstanden?«

Ich weiß, dass es gefährlich ist, jemandem die ganze Wahrheit zu sagen, aber mein Instinkt sagt mir, dass ich Hillary vertrauen kann. Sie hatte nichts gegen die Schnüffler, bevor sie wusste, dass wir blutsverwandt sind. Also sollte sie generell kein Problem mit meinen Lesefähigkeiten haben, unabhängig von unserem Verwandtschaftsverhältnis. Ich hatte mir vorher schon überlegt, es ihr zu erzählen, sobald wir uns besser kennen. Die neue Situation beschleunigt die ganze Sache. Ich könnte die Pros und Kontras, ihr zu vertrauen, jetzt die ganze Nacht lang abwägen, aber eigentlich hängt alles nur davon ab, Menschen einzuschätzen – und ich schätze sie als vertrauenswürdig ein.

»Das ist alles sehr eigenartig, aber ich werde vor Neugier sterben, wenn du mir das, was du weißt, nicht erzählst. Also ja, ich schwöre beim Grab meiner

Schwester, dass ich dein Geheimnis für mich behalten werde«, flüstert sie eilig. »Erzähl mir alles.«

Ich erzähle ihr die ganze Geschichte. Ich beginne in Atlantic City, wo ich Mira zum ersten Mal getroffen habe. Ich erkläre ihr, wie ich zuerst Lesen und danach Führen gelernt habe und wie ich die Wahrheit über Liz herausgefunden habe. Während ich rede, hört mir Hillary mit gespannter Aufmerksamkeit zu und scheint vor Faszination ihren Atem anzuhalten.

»Das passt alles zusammen«, sagt sie, als ich fertig geredet habe, und ich sehe, wie sich ihre Augen mit Trauer füllen. »Das kannst du nicht wissen, aber deine Geschichte passt genau zu dem, was ich über meine ältere Schwester weiß.«

»Kannst du mir mehr über meine Mutter erzählen?«, frage ich sie. »Ich meine, deine Schwester? Ich habe gerade erst von ihrer Existenz erfahren.«

Hillary nickt. »Damals war ich noch sehr klein, erst fünf oder sechs Jahre alt«, beginnt sie, »aber ich weiß, dass sie ein rebellischer Teenager war.«

Ich höre ihr zu und muss lächeln. Das muss in der Familie liegen. Ich war definitiv rebellisch, und meine Mütter würden das bis zu einem bestimmten Grad wohl auch heute noch von mir behaupten.

»Sie war nicht so schlimm wie ich, als ich größer wurde«, fährt Hillary fort, »zumindest meinen Eltern zufolge. Trotzdem soll sie ziemlich schlimm gewesen sein. Sie war auch sehr mächtig, und nach dem, was du mir gerade erzählt hast, könnte sie sogar noch mehr Reichweite gehabt haben als ich.«

»Wie kommst du darauf?«, frage ich überrascht.

»Kannst du es nicht sehen? Deine Adoptivmütter haben dir doch erzählt, dass sie jahrelang nicht über deine Herkunft sprechen konnten. Dass das Thema quasi ein Tabu war?«

»Ja ...«

»Das hört sich an, als seien sie von Margie dahin geführt worden, nicht darüber zu reden«, sagt sie.

»Aber dabei handelt es sich um *Jahre*.« Da ich jetzt das Konzept der Reichweite besser verstehe, begreife ich, wie außergewöhnlich groß die Macht meiner leiblichen Mutter gewesen sein muss – und ich finde es nicht mehr so schlimm, dass Sara und Lucy dieses wichtige Geheimnis vor mir hatten.

»Ja, erstaunlich, ich weiß. Diese Reichweite ist auch genau der Grund dafür, dass meine Eltern massiven Druck auf sie ausgeübt haben, zu heiraten. Und noch viel wichtiger: sich mit einer von ihnen – bzw. den Ältesten – ausgewählten Person fortzupflanzen.« Hillarys Kinn spannt sich an, und ihr Gesichtsausdruck wird vor Wut ganz düster. »Margie hat sich nicht nur geweigert, sie ist sogar mit ihrem Liebhaber, der kein Gedankenführer war, weggelaufen. Ich wusste nicht, dass er ein Schnüffler war, und ich glaube auch nicht, dass es meinen Eltern da anders ergeht.«

»Und was ist danach passiert?«, frage ich, und meine Brust wird eng.

»Sie haben sie verstoßen«, sagt Hillary durch zusammengebissene Zähne. »Sie haben versucht, mir einzureden, dass ich keine Schwester mehr hätte.«

»Das ist furchtbar.« Ich spüre die Wut in mir hochsteigen. Was für Eltern würden so etwas tun?

»Genau«, sagt Hillary zornig. »Aber ich wusste natürlich, dass ich eine Schwester hatte und dass sie die Person war, die ich am liebsten von allen hatte. Das werde ich meinen Eltern nie verzeihen. Niemals.«

Ihre blauen Augen füllen sich mit Tränen und ich habe keine Ahnung was ich machen soll. Ich möchte sie trösten, aber ich weiß nicht, wie. Also lege ich meine Hände auf ihre und drücke sie beruhigend.

»Es tut mir leid«, sagt sie und blinzelt schnell, um ihre Tränen zurückzuhalten. »Wie du siehst, ist das Ganze immer noch sehr schmerzhaft für mich. Aber ich sollte nicht weinen. Das hier ist ein glücklicher Moment. Dich zu treffen. Ihren Sohn. Meinen Neffen.«

»Und fast hätten wir noch miteinander geflirtet«, sage ich in dem Versuch, sie aufzuheitern.

»Fast? Darren, Schatz, ich habe den ganzen Abend mit dir geflirtet«, sagt sie mit dem Ansatz eines Lächelns auf ihrem Gesicht. »Aber ich habe schnell feststellen müssen, dass du nicht auf diese Art und Weise an mir interessiert bist, und habe mich deshalb dazu entschlossen, einen tollen neuen Freund kennenzulernen.«

Die Idee, dass meine neu gefundene Tante an mir interessiert gewesen war, wäre auf eine Jerry-Springer-Art lustig, wenn ich mich nicht auch zu ihr hingezogen gefühlt hätte. Aber sie hat recht – die Anziehung war nicht die gleiche, die ich bei Mira spüre. Trotzdem bin ich froh, die Situation geklärt zu haben.

»Kann ich dich jetzt Tantchen nennen?«, versuche ich sie erneut aufzuheitern.

Es scheint zu funktionieren. Sie lächelt, und ihr ansteckendes Grinsen ist wieder zurück. Ich erkenne dieses Lachen. Ich habe es schon einige Male in der Stille auf meinem eingefrorenen Gesicht gesehen. Würde Liz sagen, dass unsere anfängliche Anziehung, falls es das war, eine Form von Narzissmus war? Oder würde sie es mit irgendeinem Freud'schen Mist erklären? Ich bin mir nicht sicher und ich weiß auch nicht, wieso ich mich so oft frage, was Liz wohl dazu sagen würde.

»Auf gar keinen Fall«, entgegnet Hillary auf meine Frage. »Bitte nicht Tantchen.«

»Dann Tante Hillary«, erwidere ich und versuche, mich unschuldig anzuhören.

Sie rollt mit den Augen. »Bitte. Ich bin siebenundzwanzig – viel zu jung, um die Tante von jemandem deines Alters zu sein.«

»Na gut, also einfach nur Hillary«, gebe ich nach. Wir lächeln uns an, und dann frage ich: »Also habe ich eine Großmutter und einen Großvater? Würden sie mich hassen?«

»Ich befürchte, das würden sie wohl«, meint sie. »Falls du recht damit hast, einen Schnüffler – oder *Leser* – als Vater zu haben. Ich sollte ab jetzt wohl eher den politisch korrekten Ausdruck benutzen, nehme ich an. Es tut mir leid, Darren, aber sobald ich alt genug war, habe ich Florida verlassen – hauptsächlich, um von deinen Großeltern wegzukommen.«

»Ich verstehe«, sage ich, und es macht mir nicht besonders viel aus. Vor einigen Minuten hatte ich keine Tante, und jetzt habe ich eine. Dass meine biologischen Großeltern Arschlöcher sind, damit kann ich leben. Vielleicht sind ja die Eltern meines Vaters besser? Im Gegensatz zu Hillary habe ich bereits zwei sehr nette Großelternpaare durch meine Adoptivmütter.

»Wie viel weißt du darüber, was mit meiner Mutter passiert ist?«, möchte ich wissen, weil ich mich frage, ob Hillary etwas Licht in die Morde an meinen Eltern bringen kann.

»Nicht viel«, antwortet sie. »Ich habe versucht, herauszufinden, was in New York mit Margret passiert ist. Alles, was ich erfahren habe, sind öffentliche Informationen. Sie hat geheiratet und wurde kurze Zeit später zusammen mit ihrem Mann aus einem unbekannten Grund umgebracht.« Hillary sieht einen Moment lang nachdenklich aus. »Weißt du, mir ist gerade aufgefallen, dass sie umgebracht worden sein könnten, weil dein Vater wirklich ein Leser war.«

Ich nicke. »Richtig. Ich fange an, das Gleiche zu vermuten.«

»Wenn das so sein sollte, müssten die Traditionalisten dahinterstecken«, sagt sie, und ihr verärgertes Gesicht wird rot. »Nicht diejenigen, mit denen meine Eltern verbunden sind, sondern wahrscheinlich eine andere Gruppe. So verrückt meine Eltern auch sind, sie hätten nicht ihre eigene Tochter umgebracht. Das hoffe ich zumindest.«

»Das ist mit Sicherheit eine positive Eigenschaft«, sage ich trocken.

Wir sitzen schweigend da. Sie ist tief in Gedanken versunken.

»Es müssen die Traditionalisten sein«, wiederholt sie, so als habe sie gerade eine Eingebung gehabt. »Deine Existenz geht gegen alles, wofür diese Arschlöcher stehen.«

»Du meinst das Verbot, das Blut zu vermischen?«, frage ich und bin überrascht, wie neutral ich diese ganze Sache empfinde. Es ist so, als würde ich über jemand anderen reden, nicht über mich.

»Ja. Eigentlich kann ich kaum glauben, dass es dich gibt. Dass ein Kind, das zum Teil Führer und zum Teil Leser ist, überhaupt existieren kann«, sagt sie verwundert.

»Warum nicht?« Leser scheinen sich eine solche Sache vorstellen zu können, auch wenn sie sie als hochgradig unerwünscht ansehen.

»Es gibt den modernen Mythos, dass die Natur die Existenz einer solchen Abscheulichkeit nicht zulassen würde«, sagt sie. Als sie das Wort Abscheulichkeit ausspricht, hebt sie ihre Hände, um Anführungszeichen in der Luft zu machen, und schaut mich entschuldigend an. »Hauptsächlich ist das auf die Legenden darüber zurückzuführen, dass die Schnüffler die Frauen der Gemeinschaft der Gedankenführer vergewaltigt haben sollen. Diesen Mythen nach sind aus solchen Verbindungen niemals Kinder entstanden«

Ich ziehe die Augenbrauen in die Höhe. »Ihr denkt, die beiden Gruppen seien sexuell inkompatibel?«

»Ja, aber ich nehme diese Geschichten nicht ganz so wörtlich. Ich glaube, dass viele Schnüffler die gleiche Einstellung wie unsere Traditionalisten haben – besonders die älteren. Das bedeutet, dass sie unter gar keinen Umständen Sex mit ihrem Feind hätten, nicht einmal, um zu vergewaltigen.«

»Nach dem, was ich von meinem Leserfreund Eugene gehört habe, könntest du damit recht haben. Er konnte nicht glauben, dass ein Leser jemals Sperma spenden würde, eben genau wegen des Risikos dieses ›furchtbaren‹ Ergebnisses«, sage ich, und die Bitterkeit in meiner Stimme überrascht mich. Es ist ein beschissenes Gefühl, zu wissen, dass man nicht existieren darf.

»Genau. Die alten Schnüffler hätten die gefangenen Frauen einfach umgebracht. Dessen bin ich mir sicher«, bestätigt sie mir. »Das alles macht deine Existenz umso revolutionärer.«

»Was ist so revolutionär daran?«

»Ach, komm schon. Denk doch mal darüber nach. Was wäre denn der beste Weg, um die jahrhundertelange Fehde zu beenden?«

»Ich weiß, dass die Antwort, die du hören möchtest, ›Hochzeiten zwischen beiden Gruppen‹ lautet, aber ich bin mir nicht sicher, ob es so einfach ist ...«

»Das ist es«, sagt sie zuversichtlich. »Das war der Grund dafür, dass die Könige von verfeindeten Völkern manchmal in das jeweils andere einheirateten. Deshalb haben die Amerikaner – Produkte des Schmelztiegels – viele, wenn auch nicht alle Vorurteile ihrer europäischen Vorfahren vergessen, die sich gegenseitig hassten.«

Meine Skepsis muss offensichtlich sein, denn sie fährt fort: »Ich habe viel darüber nachgedacht, Darren. Überall gibt es Beispiele dafür – und schließlich bin ich eine Anthropologin. Wenn du zwei Gruppen hast, die sich hassen, musst du die Gruppenidentität zerbrechen, die der Grund für die ›Wir gegen sie‹-Einstellung ist, über die wir vorhin gesprochen haben. Und was wäre ein besserer Weg, um eine solche Identität zu brechen, als Kinder zu haben, die beide Gruppen repräsentieren. Besonders dann, wenn sie so charmant sind wie du.« Sie zwinkert mich spielerisch an.

»So sehr es mir auch schmeichelt, die Zukunft und das alles zu sein, lass mich bitte einen Augenblick lang den Anwalt des Teufels spielen und diese Idee zu seinem logischen Extrem führen. Es müssten dann ja nicht nur die Leser und die Gedankenführer untereinander heiraten. Meinst du also, dass die menschliche Rasse das auch tun sollte?«

»Genau«, sagt sie.

»Aber denkst du nicht, dass etwas verloren gehen würde, wenn alle zu einer riesigen menschlichen Rasse verschmelzen würden? All diese niedlichen kleinen kulturellen Unterschiede würden zum Beispiel verschwinden. Wie ethnisches Essen, verschiedene Sprachen, selbst volkstümliche Musik oder

Mythologie.« Ich bin nicht grundsätzlich davon überzeugt, dass sie Unrecht hat, aber ich möchte ihre Gegenargumente hören.

»Ich bin mir nicht sicher, dass du damit hundert Prozent recht hast.« Sie trinkt ihr Glas Kokosnusswasser in einem großen Schluck aus. »Einige Dinge würden bestehen bleiben. Denk doch nur an Feiertage wie Ostern, die von den alten heidnischen Feiertagen abstammen. Es gibt sie immer noch – mit gefärbten Eiern und den Hasen und allem. Aber selbst wenn wir einen Teil dieses kulturellen Erbes verlieren würden, wäre es das für eine Welt in Frieden wert.«

»Aber warum bei jemandem wie mir aufhören?«, frage ich. »Die Argumentation kann benutzt werden, um zu sagen, dass die Leser und die Führer normale Menschen heiraten sollten.«

»Das stimmt«, sagt sie.

»Aber das würde langfristig unsere Fähigkeiten verschwinden lassen. Wir hätten damit eine ähnliche Art von Völkermord wie damals, als die Leser die Gedankenführer auslöschen wollten – nur, dass er in diesem Fall freiwillig wäre.«

»Das stimmt so nicht. Wir hätten weniger Konflikte zwischen den einzelnen Gruppen. Und wer hat gesagt, dass unsere Fähigkeiten verschwinden würden? Sie könnten sich auch ausbreiten. Auf jeden Fall denke ich, dass eine neue Redebereitschaft zwischen den Gruppen entstehen würde, wenn die Leser und Führer dich als das akzeptieren, was du bist.«

»Oder ich würde getötet werden, um den Status quo aufrechtzuerhalten.« Ich diskutiere nicht mehr der Argumente wegen, sondern wegen meines wachsenden Gefühls, mich in Gefahr zu befinden.

»Das werde ich nicht zulassen«, sagt meine Tante ernst, und trotz ihrer Größe ist sie plötzlich erstaunlich beeindruckend.

23

Nachdem Hillary und ich die halbe Nacht lang geredet haben, wache ich am nächsten Tag erst spät auf – zum Glück nicht zu spät fürs Mittagessen. Ich schreibe Mira, um unsere Verabredung zu bestätigen, und sie gibt mir die Adresse, von der ich sie abholen soll.

Diesmal bekomme ich von der Autovermietung ein viel netteres Auto. Und diesmal schließe ich bedenkenlos eine Versicherung ab, falls ich wieder in eine Hochgeschwindigkeitsjagd mit der russischen Mafia verwickelt werde.

Nach einer hektischen Fahrt, um auf keinen Fall zu spät zu kommen, parke ich meinen glänzenden schwarzen Lexus in der Nähe von Miras und Eugenes Hotel.

Nachdem ich Mira Bescheid gesagt habe, dass ich da bin, nehme ich mir endlich einen Moment Zeit, um die E-Mails auf meinem Handy abzurufen. Und da ist sie, die E-Mail von Bert, auf die ich gewartet habe:

HALLO,
ich habe einen guten Ort gefunden, an dem du dir Arkady Bogomolov anschauen kannst. Das war eine Meisterleistung von mir, muss ich zugeben. Ich erzähle dir alles darüber, wenn ich dich das nächste Mal sehe. Falls ich dich jemals wiedersehen werde. Dieser Typ ist wirklich übel, und du solltest dich auf jeden Fall von ihm fernhalten. Das Beste, was du machen kannst, ist, diese E-Mail jetzt zu löschen und dich mit Mira zu treffen.

Aber du bist ja schon immer stur gewesen, also nehme ich an, dass du immer noch liest. Der Kerl wird in eine russische Banya namens Mermaid gehen. Sie ist in Brooklyn, und die Adresse ist 3703 Mermaid Avenue. Deshalb der Name, nehme ich an. In ihrem System hat er eine Massage für heute, 16.00 Uhr gebucht. Bei einem Typen namens Lyova.

Die Mordakte deiner Mutter habe ich angehängt.
Du bist mir was schuldig.
Bert.

ICH ANTWORTE IHM SCHNELL:
Danke, ich bin dir viel schuldig.

BERT HAT SICH DIESES MAL SELBST ÜBERTROFFEN. ICH sollte mir die Zeit nehmen, einen Weg zu finden, ihm wie gewünscht mit seinen Mädchenproblemen zu helfen. Sollte sich das Thema ergeben, werde ich Mira fragen, ob sie Freundinnen hat. Ich vermute, dass das eher nicht der Fall ist. Sie hat etwas von einem Einzelgänger an sich. Außerdem müsste die Person für Bert auch ziemlich zierlich sein, außer, das betreffende Mädchen hätte kein Problem mit einem kleineren Mann.

Mir ist klar, dass ich nur wenig Zeit habe, und suche schnell den Ort heraus, den mir Bert in der E-Mail genannt hat. Wie ich beim Lesen des anderen Gangsters erfahren habe, ist eine *Banya* eine Art Spa. Ich überprüfe und vertiefe dieses Wissen durch Nachforschungen im Internet. Offensichtlich ist es kein Ort, an dem Mädchen ihre Maniküre und Pediküre bekommen. Stattdessen gehen die Russen dorthin, um in extrem heißen Saunas zu sitzen und – kein Scherz – sich mit Stöcken aus Birkenzweigen auspeitschen zu lassen. Ja. Grob gesagt ist es ein öffentliches Badehaus mit einem schrägen SM-Einschlag. Ich will das auch. Nicht.

Dieses spezielle Badehaus befindet sich nicht weit entfernt vom Coney-Island-Park, wie mein Handy meint.

Ich denke, ich sollte Mira über diese Entwicklungen berichten. Allerdings besser, nachdem wir etwas gegessen haben – ich sterbe nämlich vor Hunger. Und während ich schon einmal dabei bin, sollte ich mit ihr auch über das Treffen mit der Strippenziehergemeinschaft reden. Das ist schon etwas schwieriger. Andererseits wird sie ihre Pistole nicht dabeihaben, also könnte das die perfekte Gelegenheit sein. Ja, sie könnte ausrasten – wahrscheinlich wird sie ausrasten –, und es könnte die Verabredung ruinieren, falls es eine Verabredung ist, aber es ihr nicht zu sagen, könnte das Ganze schlimmer machen.

Und dann sehe ich sie.

Sie kommt aus der Hotellobby und trägt enge Caprihosen, Sandalen und ein Tanktop mit Spaghettiträgern. Ihr Haar ist zu einem einfachen, festen Pferdeschwanz gebunden. Dieser Look ist im Vergleich zu ihrem üblichen Stil mit High Heels, Kriegsbemalung und knappem Cocktailkleid sehr leger. Ich bin mir nicht sicher, was diese schlichtere Aufmachung zu bedeuten hat, aber ich nehme es als ein gutes Zeichen. Ihr Killeroutfit trägt sie ja schließlich, um Rache zu nehmen.

Ich steige aus dem Auto und winke. Sie lächelt und kommt auf mich zu. Aus einem eigenartigen Impuls heraus gehe ich auf die andere Seite und halte in feinster Kavaliersart die Tür für sie auf. Sie küsst mich auf die Wange – eine Überraschung. Entweder wegen meiner Reaktion auf ihren Kuss oder weil ich die Tür für sie geöffnet habe, werde ich mit einem noch strahlenderen Lächeln belohnt.

»Wohin?«, frage ich, als ich einsteige.

»Ich habe Lust auf russisches Essen. Hast du jemals russisch gegessen?«

»Ich habe schon einmal in einer dieser Samovarbars

Blinis mit Kaviar probiert, aber das ist auch schon alles«, sage ich.

»Das ist ein Appetithäppchen und nichts, was man jeden Tag isst. Zumindest nicht, wenn man nicht gerade ein Öl-Oligarch ist«, erklärt sie mir. »Aber es ist ein akzeptabler Probehappen.«

»Dann ist es entschieden. Kannst du mich zu einem guten Restaurant führen?«, möchte ich von ihr wissen.

»Ja. Biege dort drüben zweimal links ab. Wir gehen zu einem Restaurant namens Wintergarten«, meint sie, und ich fahre los.

Einige Abzweigungen später bekomme ich ein ungutes Gefühl. »In welchem Teil Brooklyns befindet sich das Restaurant? Es ist doch in Brooklyn, richtig?«

»Ja. Es befindet sich dort, wo man das meiste russische Essen finden kann. Brighton Beach«, erwidert sie. »Warst du schon einmal dort?«

»Nein. Aber, Mira, ist das nicht genau dort, wo die russische Mafia rumhängt?« Ich versuche, mich unbesorgt anzuhören.

»Eine Menge Menschen hängen dort herum«, sagt sie beschwichtigend.

»Schon, aber wir befinden uns auf ihrer Abschussliste«, entgegne ich. »Andere Leute nicht.«

»Du machst dir immer zu viele Gedanken.« Ihre Stimme klingt leicht belustigt. »Brighton Beach ist riesig, und es ist Samstag, mitten am Tag und voller Menschen. Aber wenn du Angst hast, können wir auch Sushi essen gehen.«

»Nein, lass uns zu diesem Wintergarten gehen«,

sage ich und versuche, mich zuversichtlich anzuhören. Ich versuche, sie nicht darauf hinzuweisen, dass diese Leute das letzte Mal gestern Morgen auf uns geschossen haben und dass die Kugeln einen sehr gut besuchten Spielplatz durchquert haben. Ich nehme an, dass unsere Chancen gut stehen – aber selbst wenn nicht, möchte ich nicht den Eindruck erwecken, dass ich jemand bin, der sich dauernd Sorgen macht.

»Hervorragend, an dieser Ampel biege bitte auf die Coney Island Avenue. Ja, hier.« Als ich abbiege, sagt sie grinsend: »Ich wollte dich schon länger fragen, ob du immer so langsam fährst.«

»Warum sollte ich schneller fahren, wenn die Ampel gerade rot wird?«, frage ich, und mir fällt auf, dass sie beginnt, so zu reden und handeln wie die Mira, die ich kenne. Es ist eigenartigerweise beruhigend und macht sogar auf gewisse Weise Spaß.

»Du hättest es noch locker bei Grün schaffen können«, sagt sie. »Das nächste Mal solltest du mich fahren lassen.«

Ich kann mir gut vorstellen, dass sie wie Caleb oder sogar schlimmer fährt, und schwöre mir, sie nie ans Steuer zu lassen, außer es handelt sich um einen Notfall. Ich antworte ihr gar nicht erst.

Ihr Grinsen wird breiter. »Wie geht's deinem Kopf?«, fragt sie unbeirrt, als ich weiterhin schweige.

»Viel besser, danke.« Bei allem, was gerade passiert ist, hatte ich meine Wunde schon fast vergessen. »Er juckt nur ein wenig.«

»Das bedeutet, dass die Wunde heilt.«

»Cool. Ich hoffe, das stimmt. Was hast du gestern gemacht? Wie geht's deinem Bruder? Hat er Julia noch einmal besucht? Erholt sie sich gut?«

Auf dem Rest des Weges zum Hotel erzählt sie mir, wie sehr sie sich im Hotel langweilt. Dass es unmöglich ist, Eugene um sich zu haben, wenn er nicht seinen »wissenschaftlichen Kram« bei sich hat. Er möchte mit ihr neue Ideen testen, Eingebungen mit ihr teilen und Unterhaltungen führen. Miras einzige Rettung waren seine Besuche bei Julia, die aber heute aus dem Krankenhaus entlassen wurde. Jetzt wohnt sie offensichtlich im gleichen Hotel wie Mira und Eugene, bis sie wieder vollständig hergestellt ist – sie möchte nicht, dass ihre Familie etwas von ihren Abenteuern mitbekommt.

»Also bist du Eugene endlich los«, sage ich, als wir auf den Parkplatz fahren. »Ab jetzt wird er wohl mit Julia beschäftigt sein.«

»Ich nehme es an«, sagt sie und verzieht ihr Gesicht, bevor sie aus dem Auto steigt.

»Was ist dein Problem?«, frage ich, während ich Geld in die Parkuhr schmeiße.

»Ich bin kein Freund dieser Beziehung«, erklärt sie, während sie auf einen Pfad zugeht, der zu einer hölzernen Strandpromenade führt. »Das letzte Mal hat sich Julias Vater in die Beziehung eingemischt, und Zhenya wurde sehr wehgetan.«

»Ist Zhenya Eugenes Spitzname?«

»Ja, ich nenne ihn manchmal so.«

»Was ist mit dir, hast du einen Spitznamen? Ich hätte da einige Ideen, wie Mi ...«

»Nein«, unterbricht sie mich. »Bitte nicht. Mein Name ist schon sehr kurz.«

Sie geht einen Augenblick, ohne etwas zu sagen, und ich frage mich, ob ich ein empfindliches Thema angesprochen habe. Vielleicht wurde sie von ihren Eltern mit einem Spitznamen gerufen, und jetzt wurde sie daran erinnert?

»Wir sind da«, sagt sie und reißt mich damit aus meinen Gedanken.

Wir stehen neben einem Restaurant mit dem Schild »Wintergarten«. Falls uns niemand während des Essens umbringen möchte, muss ich sagen, dass Mira eine hervorragende Wahl getroffen hat. Die Tische stehen auf der Promenade, hinter der sich der Strand und der Ozean befinden. Das Wetter ist wunderschön, und die Meeresbrise trägt die Geräusche der Brandung und den Geruch zu uns, den ich mit Ferien verbinde.

Als wir uns hingesetzt haben, schaue ich mir die Speisekarte an.

»Das ist alles auf Russisch«, beschwere ich mich.

»Nimm es als ein Kompliment«, sagt sie. »Sie scheinen zu denken, dass du ein Russe bist, auch wenn ich persönlich das nicht nachvollziehen kann.«

»Das ist in Ordnung. Ich möchte nicht für einen Russen gehalten werden. Nach den vergangenen zwei Tagen habe ich keine besonders gute Meinung über sie. Das trifft selbstverständlich nicht auf meine derzeitige Begleitung zu.« Ich lächele sie an.

»Natürlich nicht«, erwidert sie sarkastisch.

»Ich muss mich auf jeden Fall wie ein Tourist benehmen und nach der englischen Speisekarte fragen.«

»Oder du kannst ein Risiko eingehen und mich bestellen lassen.« Sie zwinkert mich schelmisch an.

Habe ich schon erwähnt, wie heiß Mira aussieht, wenn sie schelmisch sein möchte?

»Zuerst suchst du das Restaurant aus«, sage ich und strecke meinen linken Zeigefinger nach oben. »Jetzt möchtest du für mich bestellen.« Ich strecke den Ringfinger ebenfalls nach oben. »Wer führt hier eigentlich wen aus?«

»Du hast vergessen, dass ich auch fahren wollte.« Sie lacht und beginnt, ihren Mittelfinger in die Höhe zu strecken, so als wolle sie auch zählen. Aber es sieht eher so aus, als würde sie mir schlicht und ergreifend den Mittelfinger zeigen. Ich nehme an, dass sie das mit voller Absicht macht.

Meine witzige Antwort fällt aus, weil der Kellner kommt und in unglaublich schnellem Russisch mit uns spricht.

Mira schaut zu mir herüber und ich nicke resigniert.

Mira und der Kellner haben einen langen, unverständlichen Wortwechsel auf Russisch, während ich von einem Geruch abgelenkt werde. Es ist ein übelkeitserregender Gestank, und ich benötige einige Momente, um zu verstehen, dass irgendein Idiot Zigarre raucht.

Das letzte Mal, dass ich Leute in einem Restaurant rauchen gesehen habe, war 2003. Hat dieser Typ das Gesetz zum Rauchverbot nicht mitbekommen? Ich nehme an, er denkt, dass die Tatsache, dass wir draußen sitzen, ein Schlupfloch ist. Was mich betrifft, denke ich, dass es unglaublich schlechtes Benehmen ist, und ich bin versucht, das diesem Kerl mitzuteilen.

Ich schaue mir diesen Typen ohne Manieren genauer an und ändere meine Meinung. Ich werde ihm wohl nicht den Vortrag halten, den er verdient hätte. Er macht nicht den Eindruck, als hätte er Verständnis dafür. Den Eindruck, den er macht, ist der, ein Berg zu sein. Nur, dass Berge friedlich und entspannend sind, während dieses Arschloch extrem fies aussieht.

Ich ziehe in Erwägung, die Sache zu vergessen, aber ich kann es einfach nicht. Der Rauch wird mir mein Essen verderben. Also überlege ich mir eine andere Vorgehensweise und gleite in die Stille.

Die Gäste des Restaurants sind eingefroren, und die Geräusche der Menschen und der Brandung verschwunden.

Ich genieße die Stille. Gleichzeitig fällt mir auf, dass ich schon eine ganze Zeit lang meine Fähigkeiten nicht benutzt habe. Heute noch gar nicht.

Ich nähere mich dem Kerl mit der Zigarre.

So an seinem Platz eingefroren, sieht er gleich viel weniger angsteinflößend aus. Ich strecke meinen Arm aus und ziehe an seinem Ohr, so wie man das damals mit ungehörigen Kindern getan hat – zumindest nach dem, was mir Kyle erzählt hat.

Als die körperliche Verbindung hergestellt ist, möchte ich auch die mentale aufbauen. An dieser Stelle zeigt sich, dass ich ein wenig aus der Übung bin. Ich muss mich bewusst entspannen, um in seinen Kopf eindringen zu können, aber sobald ich meinen Atemrhythmus gefunden habe, funktioniert es.

Wir rauchen unsere kubanische Zigarre und fragen uns, wann Svete kommen wird.

Ich trenne mich schnell von ihm, da ich dieses ekelhafte Ding nicht einmal im Kopf eines anderen rauchen möchte. Wenn man mental husten könnte, würde ich genau das jetzt gerade tun.

Ich überlege mir schnell eine Taktik und fühle mich durch das, was ich vorhabe, sofort unglaublich gut. Ich werde diesem Kerl einen großen Dienst erweisen – und allen anderen, die in seiner Nähe sitzen.

Ich bereite mich darauf vor, zu führen, was ein besseres Wort als strippenziehen für mein Vorhaben ist.

»Rauchen ist schädlich.

Wenn du nicht damit aufhörst, wirst du Krebs bekommen.

Fühle das starke Bedürfnis, diese Zigarre auszumachen. Fühle Ekel und starke Übelkeit.

Sieht die Zigarre nicht wie Hundekacke aus?

Willst du wirklich Exkremente in deinen Mund nehmen?

Du wirst niemals wieder Zigarren oder Zigaretten rauchen. Du hast die Willensstärke, damit aufzuhören – für den Rest deines Lebens.«

Um diese Anweisungen zu untermauern, versuche ich, meine Erinnerungen an die negativen Gefühle, die ich beim Schauen der Anti-Raucher-Kampagnen verspürt habe, in ihn einzupflanzen. Einige dieser Anzeigen sind so ekelerregend, dass ich gar nicht glauben kann, dass jemand sie sich anschauen und trotzdem weiter rauchen kann.

Ich bin davon überzeugt, dass der Kerl jetzt länger nicht rauchen wird.

Die interessante Frage dabei ist: Für wie lange? Nach dem, was ich von Hillary erfahren habe, hat es meine Mutter geschafft, dass meine Adoptiveltern jahrelang nicht über die Adoption gesprochen haben. Ich vermute, dass meine Reichweite ähnlich beeindruckend ist. Wenn ich das richtig verstanden habe, funktioniert das mit der Reichweite des Führens etwa genauso wie mit der Tiefe des Lesens. Beide hängen von einer anderen Variablen ab: Der Zeit, die man in der Stille verbringen kann. Ich kenne die Begrenzung meiner Zeit dort nicht, aber ich weiß, dass meine Tiefe Julia und andere erstaunt hat, obwohl sie nicht wissen, wie lange ich mich wirklich in der Stille aufhalten kann. Es wäre also logisch, anzunehmen, dass meine Reichweite genauso lang ist.

Wenn man das alles bedenkt, könnte ich den Raucher vielleicht für immer von seinem tödlichen Laster befreit haben.

Als ich mich darauf vorbereite, seinen Kopf zu verlassen, frage ich mich, wie normale Gedankenführer führen. Für sie muss es anders sein, da ihnen die Erfahrung fehlt, sich wie ich in den Gedanken einer anderen Person zu befinden. Das ist eine exklusive Eigenschaft der Leser. Für die Führer dagegen, muss es eher wie blindes Tasten und Hoffen sein. Ich muss Hillary danach fragen, vielleicht hat sie ein paar Tipps für mich, wie mein Führen effektiver sein kann.

Als mir auffällt, dass ich immer noch in dem Kopf des neuen Nichtrauchers bin, konzentriere ich mich und verlasse ihn.

MEINE GUTE TAT FÜR DEN HEUTIGEN TAG IST vollbracht. Da ich mich sowieso schon in der Stille befinde, gehe ich auch gleich zu dem Kellner und lese ihn. Er denkt genau wie ich, dass Mira heiß ist, aber daraus kann ich ihm keinen Vorwurf machen. Die gute Neuigkeit ist, dass nichts von dem, was Mira bis jetzt für uns bestellt hat, sich lebensgefährlich anhört.

Zufrieden kehre ich in die Gegenwart zurück.

»Ee dva compota«, höre ich Mira bestimmt zu dem Kellner sagen.

Als der Mann unseren Tisch verlässt, sehe ich, wie mein neuer Nichtraucherfreund mit einem eigenartigen Gesichtsausdruck zu husten beginnt. Danach blickt er auf seine Zigarre, als sei sie eine

Kobra, und wirft das störende Objekt in sein Wasserglas.

Erfolg. Ich klopfe mir in Gedanken selbst auf die Schultern, aber sage nichts zu Mira. Ich will sie gerade auf gar keinen Fall daran erinnern, dass ich Strippen ziehen kann.

»Danke fürs Bestellen«, meine ich stattdessen zu ihr.

»Warte erst einmal, ob du das Essen überhaupt magst, bevor du dich bei mir bedankst.« Sie lächelt. »Außerdem zahlst du, also sollte ich mich bei dir bedanken.«

»Na, wenigstens darf ich bezahlen. Jetzt habe ich endlich doch noch das Gefühl, dass ich dich ausführe«, sage ich augenzwinkernd.

»Natürlich. Ich muss ja auch auf deinen männlichen Stolz achten. Du hattest ja schon fast keine Finger mehr übrig, um deine ganzen Beschwerden aufzählen zu können«, erwidert sie. »Und selbstverständlich hat es nichts damit zu tun, dass ich kein Geld habe.«

Ich denke einen Moment lang darüber nach. »Hast du nicht die ganzen Gewinne deiner Spiele?«

»Ja, aber ich behalte nicht viel davon.«

»Was machst du damit? Schuhe kaufen?«, frage ich scherzhaft.

»Na ja, um ehrlich zu sein, sind Schuhe wirklich teuer, aber nein. Der Großteil des Geldes fließt in die Forschungen meines Bruders«, antwortet sie und spitzt ihre Lippen missmutig.

»Oh, ich hätte nicht gedacht, dass du seine

Forschungen so stark unterstützt.« Eigentlich hatte ich eher den Eindruck, dass sie nicht gerade begeistert davon war. »Was genau untersucht er überhaupt? Ich weiß nur, dass es etwas damit zu tun hat, wie unsere Fähigkeit funktioniert.«

»Ich unterstütze seine Forschungen hauptsächlich aus Boshaftigkeit. Weil ich weiß, dass es diese Arschlöcher ärgern würde, die meine Mutter und meinen Vater getötet haben.« Sie blickt finster. »Und weil ich meinen verrückten Bruder liebe. Was seine Untersuchungen betrifft, würde ich dir gerne Genaueres dazu erzählen, aber ich verstehe sie nicht wirklich. Wenn er beginnt, darüber zu sprechen, scheint sich jedes Mal ein Teil meines Gehirnes abzuschalten.«

Ich lache, weil ich mich daran erinnere, dass sie immer alles Mögliche tut, um nichts über Eugenes Arbeit zu hören.

Ein Kellner kommt mit unseren Getränken zurück und sagt etwas auf Russisch zu Mira.

»Probiere es«, sagt Mia. »Ich glaube, du wirst es mögen.«

Ich nehme einen Schluck von der Flüssigkeit aus meinem Glas. Es scheint sich um eine Art süßen Früchtepunsch zu handeln. »Lecker.«

»Ja«, sagt sie überzeugt. »Das ist russische Bowle aus getrockneten Früchten. Meine Großmutter hat sie immer gemacht.«

»Das ist ein wirklich guter Auftakt«, erwidere ich.

»Gut, die Vorspeisen kommen auch schon.«

Sie hat recht, der Kellner kommt mit einem Tablett zurück.

»Das sind Julienne, Weinbergschnecken und Blinis, die hast du ja schon einmal gegessen«, erklärt sie mir und zeigt auf das Tablett. »Nimm dir von allem etwas.«

Ich folge ihrer Aufforderung und lege mir von allem etwas auf meinen Teller.

»Weißt du was?«, sage ich, als ich nicht mehr kaue. »Das schmeckt fast wie französisches Essen.«

»Das überrascht mich nicht«, antwortet sie. »Der zaristische Adel hatte französische Köche, und seitdem ist die französische Küche Teil der russischen Kultur. Trotzdem schmecken diese Gerichte ein wenig anders.«

Die Schnecken mit Butter und Knoblauch sind mehr als ausgezeichnet. Dieses Julienne-Ding besteht aus Pilzen und Käse und erinnert mich an eine Pizza mit Pilzen, nur ohne Teig – was bedeutet, dass man damit nichts falsch machen kann. Die Blinis sind wie Crêpes und ähneln denjenigen, die ich schon einmal gegessen habe, nur, dass sie mit rotem und nicht mit schwarzem Kaviar serviert werden.

»Bis jetzt ist alles fantastisch«, sage ich zu ihr und versuche, mir nicht die Zunge mit dem heißen Käse des Julienne-Gerichts zu verbrennen – welches bis jetzt mein Favorit ist.

»Das freut mich.« Sie hört sich so stolz an, dass man denken könnte, sie habe selbst gekocht.

»Ich habe mich etwas gefragt«, sage ich, während

ich auf mein Essen puste. »Was wirst du tun, wenn du deine Rache genommen hast?«

Sie schaut mich leicht überrascht an, so als sei sie das noch nie gefragt worden. »Ich habe vor, meinen Highschool-Abschluss nachzuholen, schließlich habe ich die Schule nie beendet. Sobald ich ihn habe, werde ich mich am Kingsborough College einschreiben.«

»Kingsborough? Ich habe davon gehört, aber weiß kaum was darüber. Ist die Uni gut? Was möchtest du dort studieren?«

»Kingsborough ist eine Universität der Gemeinde. Wir Anwohner nennen sie ›das Harvard an der Bucht‹. Wahrscheinlich entspricht es nicht deinen hohen Standards, aber ich kann nach dem Associate-Abschluss meine Zulassung zur Krankenschwester machen und danach einen Job bekommen.«

»Du möchtest Krankenschwester werden?«, möchte ich überrascht wissen. Ich frage mich, ob sie das mit Harvard gesagt hat, weil sie weiß, dass ich dort studiert habe. Hat sie mich bei Google gesucht? Mir gefällt der Gedanken, dass ich ihr so wichtig bin, dass sie sich Informationen über mich besorgt hat.

»Ich wäre eine gute Krankenschwester«, erwidert sie. »Ich bin nicht empfindlich, und im Gegensatz zu anderen Menschen falle ich bei dem Anblick meines eigenen Blutes nicht in Ohnmacht.« Sie schaut mich scharf an.

»Ich bin nicht ohnmächtig geworden«, protestiere ich. »Ich habe das Bewusstsein verloren, weil ich angeschossen worden war. Das ist etwas völlig anderes.

Falls du dich daran erinnerst, habe ich neulich literweise mein eigenes Blut gesehen, und von Umkippen keine Spur.«

»Ich kann mich des Eindrucks nicht erwehren, dass der Herr zu stark protestiert ...« Sie lächelt mich herausfordernd an. »Ich bin mir ziemlich sicher, dass du gestern das Blut an deiner Hand gesehen hast und deshalb ohnmächtig geworden bist. Aber davon ganz abgesehen denke ich, dass ich eine großartige Krankenschwester wäre. Ich würde gerne auf der Neugeborenenstation arbeiten und mich um die Babys kümmern.« Ihr Gesicht wird bei ihrem letzten Satz weich.

»Wirklich?« Ich kann sie mir mit Babys nicht vorstellen. Als ausgezeichnete professionelle Spionin – vielleicht. Aber als Säuglingskrankenschwester? Das ist zu viel verlangt.

Sie nickt. »Ja, ich mag es, Menschen zu helfen. Und ich möchte an einem solchen Ort arbeiten, an dem die Menschen die schönste Neuigkeit ihres Lebens erhalten.«

Also mag sie es, Menschen zu helfen. Das ist mir neu. Und etwas daran bereitet mir Sorgen. Könnte dieser Drang erklären, weshalb sie so nett zu mir war, als ich verletzt wurde? Ist sie immer so zu Personen, die unter Schmerzen leiden?

»Ich kann mir vorstellen, dass auf der Neugeborenenstation nicht immer alles rosig ist. Werden Babys nicht auch manchmal krank?«, möchte ich wissen und stelle mir das ganze Geschrei und die besorgten Eltern vor, die dem Pflegepersonal im Nacken sitzen. Ich weiß nicht, wie das bei den anderen Typen in meinem Alter ist, aber bei mir stehen schreiende Babys auf einer Stufe mit Skorpionen und Schlangen.

»Natürlich tun sie das. Aber ich kann sie lesen und herausfinden, was ihnen fehlt.« Sie lächelt erneut. »Und dann können die Ärzte ihnen helfen.«

»Man kann ein Baby lesen?« Ich weiß nicht, warum ich vorher nicht auf diesen Gedanken gekommen bin. Wenn das der Fall ist, hört sich die Arbeit mit Babys wie eine einzigartig hilfreiche Art an, das Lesen zu nutzen. Es ist das Gleiche, was Liz mit ihrem Führen von Patienten mit Zwangsneurosen tut, vielleicht sogar noch cooler.

»Natürlich. Man kann viele Kreaturen lesen«, erwidert Mira. »Ich habe das immer mit meinem Kater, Murzik, getan, als er noch lebte.«

»Du konntest deinen Kater lesen?« Jetzt bin ich sprachlos. »Wie war das? Haben sie Gedanken wie wir?«

»Keine Gedanken, zumindest nicht mein alter, fauler Kater. Aber ich bin in seine Erlebnisse eingetaucht, die etwas wie Gedanken besaßen, nur flüchtiger. Bei Babys ist das ähnlich. Sie fühlen mehr, als sie denken, und wenn du sie liest, kannst du herausfinden, ob ihnen etwas wehtut oder warum sie gerade unglücklich sind.«

»Wow. Ich muss versuchen, ein Tier zu lesen. Und ich muss zugeben, dein Plan hört sich hervorragend an.

Ich hoffe, dass du bald Rache nehmen kannst, weil das viel besser ist als das, was du bis jetzt tust.« Als ich den letzten Teil ausspreche, bemerke ich, dass ich sie ungewollt kritisiert haben könnte.

»Was du nicht sagst.« Ihre Stimme trieft vor Sarkasmus. »Menschen zu helfen ist besser als mit Monstern im Untergrund zu spielen?«

»Vergiss, was ich gesagt habe«, meine ich, und es tut mir leid, dass mir zu viel herausgerutscht ist. »Natürlich wirst du glücklicher sein, sobald du diesen Plan umsetzen kannst. Außerdem nehme ich an, dass deine Tage in Spielhöllen dann vorüber sind?«

»Das nimmst du an?«, fragt sie und isst ihren letzten Crêpe auf. »Das ist eine interessante Annahme. Aber ich denke, wir haben genügend Zeit damit verbracht, über mich zu reden. Quid pro quo, Darren. Was hast du vor, wenn du aus diesem Schlamassel raus sein wirst?«

»Ich werde in den Urlaub fahren«, antworte ich, ohne zu zögern. »Irgendwohin, wo es warm ist, oder vielleicht reise ich zu einem interessanten Ort wie Europa. Danach habe ich nichts Bestimmtes vor. Ich arbeite für einen Hedgefonds, aber das ist keine Arbeit, wie du sie beschrieben hast. Sie ist nicht meine Leidenschaft oder etwas in dieser Art, sondern schlicht und ergreifend meine Einkommensquelle.«

»Wie furchtbar«, meint sie mit spöttischem Entsetzen. »Geld ist die Wurzel allen Übels, wusstest du das nicht?«

»Hey, ich beschwere mich ja gar nicht. Es ist einfach

nur, dass du wirklich Menschen helfen möchtest und über einen Beruf nachgedacht hast, der dich glücklich machen würde. Ich habe das noch nie getan. Ich habe mal mit dem Gedanken gespielt, ein Kriminalbeamter zu werden, aber der ganze Papierkram und die Gefahr schrecken mich ab. Und natürlich der Gedanke daran, wieder zurück zur Schule zu gehen ...«

»Du könntest doch als Privatdetektiv arbeiten«, unterbricht sie mich. »Dann kannst du das mit dem Papierkram halten wie du möchtest – es wäre ja schließlich dein Unternehmen. Und du könntest nur die Jobs annehmen, die dir nicht zu gefährlich erscheinen. Ehefrauen, die sich fragen, ob ihre Männer fremdgehen und solche Sachen.« Bei dem Wort *gefährlich* kann ich leichten Spott in ihrer Stimme hören, ansonsten scheint sie es ernst zu meinen.

Ich blicke sie an, während ich über ihren Vorschlag nachdenke. »Das könnte sogar funktionieren. Ich könnte das Lesen zum Lösen meiner Fälle benutzen. Ich könnte einer dieser Detektive mit übernatürlichen Fähigkeiten sein, die man immer im Fernsehen sieht. Allerdings befürchte ich, dass, wenn ich nur langweile Fälle annehme, ich keinen Spaß mehr bei der Arbeit hätte, was ja der eigentliche Grund für einen Berufswechsel wäre.«

Sie will gerade antworten, als der Kellner wieder zu unserem Tisch kommt, diesmal mit einem größeren Tablett. Er räumt die Reste der Vorspeisen ab und stellt uns den Hauptgang hin.

»Das ist *Chalahach*«, erklärt sie mir.

»Wirklich? Für mich sieht es nach Lammkoteletts aus.« Ich schaue auf meinen Teller. »Ein Lammkotelett mit Kartoffelbrei und grünen Bohnen. Wie unexotisch.«

»Unexotisch? Das ist ein traditionelles Gericht aus Usbekistan oder einer anderen ehemaligen sowjetischen Republik. Exotischer wird's nicht. Und in diesem Restaurant kochen sie es hervorragend«. Sie schneidet sich ein Stück ab, schiebt es sich in den Mund und schließt genüsslich die Augen, als sie zu kauen beginnt.

Ich probiere und muss zugeben, dass sie recht hat. »Es ist auf eine andere Art gebraten worden als die normalen Lammkoteletts«, bemerke ich.

»Genau. Und nimm auch etwas von der Sauce.« Sie zeigt auf eine Art Ketchup, das sich in einem Näpfchen auf meinem Teller befindet.

Ich tue, was sie sagt, und gebe zu: »Mit der Sauce ist es sogar noch besser.«

»Das habe ich dir ja gesagt«, erwidert sie und schlingt ihr Fleisch hinunter. »Die Sauce ist auch usbekisch. Oder tadschikisch. Ich bin mir nicht sicher.«

Den Rest der Mahlzeit reden wir darüber, weshalb russisches Essen voller Einflüsse anderer Kulturen ist, und ich fordere sie heraus, indem ich sie bitte, mir ein original russisches Gericht zu nennen. Ich versuche außerdem erfolglos, einen Weg zu finden, ihr zu erzählen, dass ich weiß, wo Arkady sich aufhält, ohne unser Essen zu ruinieren.

»Kein Nachtisch?«, frage ich, als der Kellner uns die Rechnung bringt.

»Ich wollte, dass du noch Platz hast, um etwas anderes zu probieren«, antwortet sie, als ich dem Kellner das Geld reiche.

»Etwas anderes?«, frage ich neugierig und stehe auf.

Sie erhebt sich ebenfalls. »Ich wollte dir einen Pirozhok holen, eine dieser fleischgefüllten Teigtaschen. Das ist ganz eindeutig und definitiv russisches Essen. Sie werden an jedem Straßenrand verkauft.«

»Genial, noch mehr Essen, und zur Krönung des Ganzen sogar die Straßenvariante. Ich kann es kaum erwarten«, sage ich, um sie zu ärgern.

Ohne etwas zu erwidern, geht sie in den Innenbereich unseres Restaurants und kommt eine Minute später mit einem eigenartig aussehenden Gebäckstück zurück.

»Das hier ist kein Essen von der Straße. Ich kann dir versichern, dass es ungefährlich ist«, meint sie. »Probiere es.«

Die Pastete schmeckt wie gebacken, nicht frittiert und scheint mit etwas wie Apfelkompott gefüllt zu sein.

»Lecker«, sage ich. »Sollte es nicht eigentlich mit Fleisch gefüllt sein?«

»Du wolltest einen Nachtisch, also habe ich dir die Apfelvariante machen lassen. Ein Pirozhok kann alle möglichen Füllungen haben«, erklärt sie mir und rattert eine lange Liste verschiedener Zutaten herunter, die unter anderem Eier, Kohl, Kirschen und – was ich am liebsten mag – Kartoffelbrei umfasst. Ja, offensichtlich essen Russen Gerichte mit viel Speisestärke, die sie mit einem weiteren stärkehaltigen Lebensmittel füllen.

»Vielen Dank, Mira«, sage ich, als ich meinen Pirozhok aufgegessen habe. »Das war fantastisch.«

»Keine Ursache. Lass uns einen Verdauungsspaziergang nach Coney Island machen«, schlägt sie vor. »Ich habe Lust, mich ein wenig zu bewegen.«

»Gerne. Aber da wir jetzt unser Essen beendet haben, würde ich dir gerne etwas erzählen.« Ich mache eine Pause, und als ich ihren erwartungsvollen Blick sehe, meine ich vorsichtig: »Ich glaube, du wirst deine Rache eher nehmen können, als du dachtest.«

24

»Das hättest du mir schon früher sagen sollen«, erwidert sie, als ich ihr die ganze Geschichte darüber erzählt habe, wie ich Arkadys Namen aus dem Kopf des Gangsters erfahren habe und wie mein Freund Bert seinen Aufenthaltsort herausgefunden hat.

»Es tut mir leid. Ich hatte wirklich keine Gelegenheit. Nicht bei den Waffen, die du immer auf mich gehalten hast, meinem Streifschuss und dem ganzen anderen, was passiert ist.«

»Gut«, sagt sie kurz. »Wir müssen zu der Banya gehen. Jetzt.«

»Aber was ist mit deinem Spaziergang? Außerdem heißt es in der Nachricht, dass er einen Termin um 16.00 Uhr hat, und jetzt ist es erst 14.30 Uhr«, entgegne ich und bereue schon, ihr davon erzählt zu haben.

»Darren, unseren Spaziergang werden wir auf einen anderen Tag verschieben müssen«, erwidert sie.

»Danke für das Essen und dafür, dass du mir das jetzt gesagt hast, aber ich kann mich nicht entspannen und Spaß haben, wenn ich eine solche Spur habe. Außerdem ist der Kerl schon dort, das kann ich dir versichern. Ich weiß, wie eine Banya funktioniert.«

Wir gehen zum Auto hinüber. Ich erfahre auf dem Weg dorthin, dass ein Banyabesuch normalerweise eine ganztägige Aktivität ist und dass unsere Zielperson wahrscheinlich einige *Parki* – Schläge mit Birkenzweigen – vor seiner Massage bekommen möchte.

Ich fahre los, während sie mir alles erklärt, was sie über russische Badehauskultur weiß. Ich bekomme langsam den Eindruck, dass Russland ein Ort ist, an den ich nicht so schnell reisen muss. Ich denke, ich habe bei dieser Verabredung mit Mira – falls es sich um eine Verabredung handelt – schon alles gelernt und gesehen, was ein Tourist erleben würde.

»Halte hier an«, sagt sie, als wir meinem GPS nach noch einige Straßen von der Adresse entfernt sind.

Ich schaue mich um. Die Umgebung sieht ein wenig heruntergekommen und schäbig aus.

»Wir gehen in die Gedankendimension«, erklärt sie mir, als sie das Zögern auf meinem Gesicht sieht. »Also werden wir das Auto nicht wirklich verlassen. Bitte splitte und hole mich zu dir.«

Ich tue, worum sie mich bittet, und gleite in die Stille.

Im nächsten Augenblick befinde ich mich auf der Rückbank und schaue auf Miras und meinen eigenen

Hinterkopf. In dem Moment, in dem ich ihre freiliegende Schulter berühre, sitzt eine lebendigere Version von ihr neben mir.

»Gehen wir«, meint sie, und wir gehen zu Fuß zur Banya.

Wir treten ein, und ich starre mit offenem Mund auf den Anblick, der sich mir bietet.

Stellt euch russische Mafiosi vor. Und jetzt stellt euch vor, wie sie zusammen mit normalen russischen Männern und einigen wenigen Frauen mittleren Alters – alle in Badebekleidung – in einem Raum sitzen, der eine Mischung aus Cafeteria und Duschkabine ist. So sieht es in dieser Banya aus.

»Okay, welcher von ihnen ist es?« Mira beginnt damit, zwischen ihnen umherzugehen. »Sie sehen alle normal aus.«

»Ich denke, wir sollten diese Menschen einen nach dem anderen lesen, bis wir ihn finden oder sicherstellen, dass er noch nicht hier ist. Wir können auch den Masseur suchen«, antworte ich, »Er heißt Lyova.«

»In Ordnung. Du schaust dich in den Dampfbädern um, und ich mich hier. Wahrscheinlich kommt der Masseur erst kurz vor dem Termin.«

»Du hörst dich an, als seist du schon einmal hier gewesen«, sage ich auf meinem Weg in die Richtung, in der ich die Dampfbäder vermute.

»Natürlich«, erwidert sie über ihre Schulter. »Es ist die beste Banya in Brooklyn.«

Ich gehe zu der Holztür, die zum Dampfbad führt,

und öffne sie. Die Menschen hier sind noch spärlicher bekleidet als diejenigen im Essensbereich. Dafür tragen sie spitze Hüte, die den Kopf vor Überhitzung schützen sollen. Wenn ich nicht schon vorher darüber gelesen hätte, wäre ich wegen dieses lächerlichen Anblicks in Lachen ausgebrochen. Dieses bizarre Bild wird durch die beiden Personen vervollständigt, die auf hölzernen Bänken liegen und eine Birkenrutenbehandlung erhalten.

Ich hatte noch nie eingefrorenen Dampf gesehen. Er ist eigenartig. Wenn mein Körper ihn berührt, kondensiert er auf meiner Haut zu kleinen Wassertropfen. In der Stille ist der Raum nicht übermäßig warm, aber ich bin mir sicher, dass dieser Ort in der echten Welt sengend heiß sein muss, da alle Menschen hier von Schweißperlen bedeckt sind.

Ich beginne, einen nach dem anderen zu lesen. Zwei Männer sind Programmierer, ein anderer Elektroingenieur, und die Mehrheit von ihnen sind Rentner. Keine Kriminellen, kein Arkady, kein Glück.

Ich verlasse den Raum und wende mich einem anderen zu, an dem das Zeichen für ein türkisches Spa hängt. Die gläserne Eingangstür ist durch den dicken Dampf im Innenraum ganz nebelig. Wenn ich dort hineingehe, werde ich danach klatschnass sein.

»Darren, hier!« Ich höre, dass mich Mira von den Tischen aus zu sich ruft, und bin überglücklich, den Raum, vor dem ich stehe, nicht betreten zu müssen.

Auf dem Weg zu ihr sehe ich die Typen schon. Sie stechen aus verschiedenen Gründen aus der breiten

Masse hervor. Zum einen sind sie muskulöser und sehen gefährlicher aus als der Rest der Gäste. Der Hauptgrund dafür, dass ich weiß, sie gefunden zu haben, ist allerdings, dass ich den Kerl sehe, der gestern versucht hat, mich zu erschießen. Er muss es geschafft haben, sein Auto unter Kontrolle zu behalten, obwohl ich ihn geführt habe, schnell zu verschwinden und weiterzufahren. Ich nehme an, ich sollte nicht allzu überrascht darüber sein, schließlich habe ich ihm ja nicht befohlen, etwas Selbstmörderisches zu tun.

Er sitzt da und führt gerade ein Glas mit Wodka zu seinem Mund. Wodka in einem Dampfbad? Wirklich? Das muss jemand mit einem starken Herz-Kreislauf-System oder einem Todeswunsch sein.

»Das ist das Arschloch, das versucht hat, mich zu erschießen«, erkläre ich Mira und zeige auf den Typ.

»Und das ist der Mann, den wir lesen wollen.« Sie deutet auf einen besonders großen Kerl, der Sterne auf seine Schultern tätowiert hat und eine Kette mit einem großen silbernen Kreuz trägt. Sein eingefrorenes Gesicht ist düster – wahrscheinlich sein üblicher Gesichtsausdruck.

Ich gehe zu ihm und berühre einen seiner fleischigen Bizepse. Der Muskel ist so dick, dass er wie ein eigenartiger Tumor aussieht.

Ich konzentriere mich einen Moment lang, und schon bin ich drin.

Wir springen in das kalte Wasser eines speziellen Beckens neben dem Dampfbad. Zufrieden sehen wir, dass in dem Pool Eiswürfel schwimmen. Anstatt eines Kälteschocks wegen der niedrigen Wassertemperatur spüren wir nur ein leichtes Prickeln auf unserer Haut und finden es extrem erfrischend, unterzutauchen. Dieses nadelstichartige Gefühl in Kombination mit dem Rausch vom Wodka lässt uns fast die ärgerliche Tatsache vergessen, dass wir in einer halben Stunde die Banya noch vor der Massage verlassen müssen – alles wegen eines beschissenen Anrufs.

Ich, Darren, nehme Abstand.

Seine Gedanken fühlen sich eigenartig an. Ich spüre etwas, auf was ich bis jetzt noch nie gestoßen bin, aber ich kann nicht genau sagen, was es ist.

Ich konzentriere mich auf die Erinnerungen, die Arkady an das Telefonat hat. Ich bekomme vage Bilder von jemand Wichtigem, der allerdings kein Mitglied dieser russischen Organisation ist.

Das sieht stark nach unserem mysteriösen Strippenzieher aus, finde ich.

Da ich entschlossen bin, herauszufinden, um was es sich handelt, fühle ich mich fast instinktiv leichter und beginne damit, Arkadys Erinnerungen an diesem Punkt zu entwirren.

»Auf der Brooklyn Bridge?«, fragen wir erstaunt. »Warum zum Teufel sollten wir uns dort treffen?«

»Weil ich Ihnen nicht traue, Herr Bogomolov.«

»Soll das ein Witz sein? Sie trauen mir nicht? Von uns beiden bin ich derjenige, der mehr Gründe hat, dem anderen nicht zu trauen, Herr Esau«, erwidern wir. »Ich bin immer noch nicht davon überzeugt, dass Sie nicht gerade irgendeine Falle für mich und meine Männer stellen.«

»Und genau damit bestätigen Sie meine Meinung. Das ist ein weiterer Grund für ein Treffen in aller Öffentlichkeit, an einem Ort mit vielen Menschen«, meint Esau. Seine Stimme hört sich unnatürlich tief an. Wir sind uns ziemlich sicher, dass er einen Stimmenverzerrer benutzt.

»Wie werde ich Sie finden?«, wollen wir wissen. »Wie sehen Sie aus?«

»Ich werde Sie finden, machen Sie sich keine Sorgen darüber«, erwidert Esau.

»Ich mache mir keine Sorgen«, antworten wir. »Aber sollten Sie mir mein Geld und die Liste nicht bringen, sollten Sie sich Sorgen machen. Große Sorgen.«

Bilder, wie wir Esau in diesem Fall foltern würden, steigen vor unseren Augen auf.

»Sie werden das Geld und die Liste bekommen«, sagt Esau. Können wir durch den Stimmenverzerrer Angst erkennen? »Sie werden sogar zwei Listen erhalten. Eine wird weitere Aufträge für Sie enthalten.«

Esau hatte uns eine Zeit lang ab und an mit Morden beauftragt, aber diesmal hat er zum ersten Mal eine ganze verdammte Liste von Personen zusammengestellt.

»Wir geben keinen Mengenrabatt«, meinen wir

sarkastisch. »Das hier ist nicht Costco.«

»Ich habe nicht um einen Rabatt gebeten. Die Liste soll einfach nur sicherstellen, unsere netten Unterhaltungen auf ein Minimum zu reduzieren. Ich werde den üblichen Preis zahlen.«

»Gut«, sagen wir zufrieden. »Und wenn wir schon dieses Misstrauensspiel spielen, bringen Sie besser eine Anzahlung für jeden neuen Namen auf der Liste mit.«

»Selbstverständlich, die Hälfte des normalen Preises für jede Zielperson«, erklärt Esau. »Aber, als Vorsichtsmaßnahme, weil wir so viel Geld bei uns haben, ist die Speicherkarte, die die Liste enthält, verschlüsselt. Wir werden sie Ihnen heute geben, aber Sie das Passwort erst dann wissen lassen, wenn wir sicher und unversehrt von dem Treffen zurückgekehrt sind.«

Wir sind gleichzeitig beeindruckt und verärgert. Diese letzte Maßnahme hat dem Mann wahrscheinlich das Leben gerettet. Vielleicht. Es kommt darauf an, wie beschützt er sein wird. Wir können das Passwort aus ihm herausbekommen, wenn die Befragung gut genug durchgeführt wird. Bis jetzt hat ausnahmslos jeder bei uns geredet.

Als könne er unsere Gedanken lesen, sagt Esau: »Außerdem sollten Sie wissen, dass ich Vorbereitungen für den Fall getroffen habe, dass mir etwas zustößt. Die Menschen auf der Liste, an die Sie herankommen wollen, diejenigen in Zeugenschutzprogrammen, werden eine Warnung erhalten, und das möchten Sie ja nicht.«

»Das hört sich an, als hätten wir eine Abmachung«, erwidern wir und fragen uns, ob Esau bei diesen Schutzmaßnahmen nur blufft. Doch auch wenn das der Fall sein sollte, können wir kein Risiko eingehen. Esau wird das heutige Treffen überleben – und wir haben kein Problem damit. Auf diese Weise werden wir zu einem späteren Zeitpunkt noch mehr Geld erhalten und können ihn dann immer noch umbringen. »Bis nachher.«

»Pünktlich um halb fünf«, meint Esau und beendet das Gespräch.

Wir fragen uns, ob das Ganze eine Falle des FBIs oder eines anderen Geheimdienstes sein könnte. Dann verwerfen wir den Gedanken. Diese Menschen würden keine Morde in Auftrag geben. Sie könnten vielleicht Drogen bestellen, aber sie würden nicht so weit gehen, Mörder anzuheuern. Besonders dann nicht, wenn es sich dabei um Morde derart unwichtiger Personen handelt, wie sie dieser Esau in Auftrag gegeben hat – zum Beispiel dieses amerikanische Kind von gestern, dessen Tötung Slava versaut hat.

Das amerikanische Kind? Ich, Darren, trete in Gedanken einen Schritt zurück, da mich diese Wortwahl irritiert. Eugene ist Russe, und mit seinen fast dreißig Jahren auch nicht mehr wirklich ein Kind. Wenn Arkady an ihn gedacht hätte, sollte er ihn dann nicht einen russischen Typ oder etwas in dieser Art genannt haben? Außer ...

Außer die Schüsse von heute Morgen waren gar nicht für Eugene bestimmt gewesen.

Und auf einmal verstehe ich es. Natürlich. Es war der Strippenzieher. Er hat versucht, mich umzubringen, nicht einmal, sondern zweimal – zuerst mit dem Schützen und später noch einmal im Krankenhaus.

Ich bin das nicht getötete, amerikanische Kind, um das es geht.

Scheiße. Wer auch immer dieser Strippenzieher sein mag, er hat wirklich vor, mich umzubringen. Ist es möglich, dass er etwas mit dem Tod meiner Eltern zu tun hat? Oder dem Tod von Miras Eltern? Hat er diese Marionette – Arkady – dazu benutzt? Ich muss mich tiefer in Arkadys Kopf graben, um das herauszufinden.

Ich konzentriere mich darauf, eine lange Zeit zurückzugehen.

Wir spucken einen Zahn aus, aber werden nicht langsamer. Stattdessen führen wir unseren Plan aus, den Kommandanten anzugreifen. Einen Schlag in die Leber, einen weiteren auf den Adamsapfel. Der Kommandant hat uns in den letzten Wochen Systema beigebracht. Wir haben uns diesem Training hauptsächlich angeschlossen, um die geheime Kampftechnik dieser Einheit zu lernen. Darum, und aus Neugier. Wir fragen uns, ob das endlich gegen die Langeweile helfen wird.

Mir, Darren, fällt auf, zu tief in Arkadys Vergangenheit eingedrungen zu sein.

Die tschetschenische Frau wird in den Nacken geschossen. Sie fällt blutend um, zuckt und versucht zu schreien. Wir fühlen nichts, auch wenn wir wissen, dass die meisten anderen Menschen Mitleid empfinden würden. Wir haben eine ungefähre Vorstellung dieses Konzepts. Wir fragen uns, ob es das Mitleid ist, das uns zwingt, darüber nachzudenken, wie schön diese Frau war, und dass es schade ist, dass wir keine Gelegenheit hatten, sie zu ficken. Nein, das ist eher Bedauern als Mitleid. Mitleid ist eines der Gefühle, die wir nicht genau einordnen können.

Ich bin immer noch zu tief drin. Aber dafür habe ich endlich verstanden, was das Eigenartige an seinem Kopf ist. Dieser Kerl ist ein echter zertifizierbarer Psychopath. Er kann die normale Bandbreite und Intensität der Gefühle, die andere Menschen haben, nicht spüren.

Ich beschließe, vorsichtiger bei dem Durchwühlen seiner Gedanken zu sein. Im Vergleich zu seinen Erfahrungen wirken Calebs beunruhigende Erinnerungen geradezu wie ein Urlaub im Ferienlager. Arkadys Gräueltaten in Tschetschenien sind da, im Hintergrund unseres momentan gemeinsamen Kopfes, aber ich möchte so etwas nicht erleben. Nicht einmal die intensivste Therapie mit Liz könnte den Schaden, den ich nehmen würde, beheben.

Also gehe ich mental auf Zehenspitzen, während ich versuche, mir solche Erinnerungen anzuschauen, die Licht in die Vergangenheit dieses Mörders werfen könnten. Bei meinen Versuchen, mich auf Dinge zu konzentrieren, die etwas mit dem Mord an meinen Eltern zu tun haben, ziehe ich allerdings nur Nieten. Er scheint nichts darüber zu wissen.

Ich finde aber viele Spuren, die der Strippenzieher hinterlassen hat. Und auch die Erklärung dafür, warum Arkady denkt, Esau erst kürzlich getroffen zu haben. Der Strippenzieher lässt Arkady regelmäßig Dinge vergessen – wie Aufträge von diesem Esau. Genau genommen lässt er ihn sogar häufig vergessen, Esau überhaupt zu kennen. Für mich bedeutet das nur eines.

Esau und der Strippenzieher sind ein und dieselbe Person.

Ich will vor Aufregung schreien.

Leider scheint es, als habe der Strippenzieher übertriebene Vorsichtsmaßnahmen ergriffen, um niemals von Arkady gesehen zu werden. Selbst als er die Fäden zog, ist er wahrscheinlich in der Stille zu ihm gegangen und nicht körperlich im Raum anwesend gewesen. Diese Esau-Identität muss seine Art sein, seinen kleinen Mafiaschläger auf konventionellere Arten, wie per Telefon, zu kontrollieren.

Ich schaue tiefer in Arkadys Erinnerungen.

Wir beenden das Anbringen des Sprengkörpers und gehen ins Auto zurück. Während wir dort sitzen, fragen wir uns, warum dieser Tsiolkovskiy auf so eine extravagante Weise getötet werden muss. Eine Kugel in den Kopf wäre viel billiger und risikoärmer gewesen. Jeder Mörder weiß, dass Sprengstoff denjenigen verletzen kann, der mit ihm arbeitet. Wir haben schon häufiger davon gehört. Wir könnten es bei einer wichtigen Person verstehen, aber um einen russischen Wissenschaftler zu töten? Das ergibt keinen Sinn. Da der Kunde gesagt hat, er würde dafür das Doppelte zahlen, weil er befürchtete, Tsiolkovskiy könne den Anschlag ansonsten vorhersehen, nehmen wir Sprengstoff.

Kälte durchfährt mich bei dieser Entdeckung. Ich kann mir kaum vorstellen, was Mira tun wird, wenn ich ihr davon erzähle.

Mit einem Schaudern verlasse ich Arkadys Kopf.

»Scheiße«, sage ich einfallslos, als ich zurück bin und Miras Blick erwidere.

»Ich nehme an, du hast das Telefongespräch gehört«, erwidert Mira. »Wir müssen uns beeilen.« Sie dreht sich herum und beginnt, wegzueilen.

»Mira, warte.« Ich hole sie ein und lege meine Hand auf ihre Schulter.

»Was?« Sie sieht mich genervt an. »Hast du nicht das Gleiche gelesen wie ich?«

»Ja, das Treffen auf der Brooklyn Bridge«, bestätige ich. »Aber ich habe noch etwas erfahren. Etwas, was du wegen deiner Tiefe wahrscheinlich nicht sehen kannst ...«

Sie erblasst. »Nun sag es schon.«

Ich hole tief Luft. »Er erinnert sich daran, eine Bombe unter dem Auto eines russischen Wissenschaftlers angebracht zu haben, dessen Nachname Tsiolkovskiy war. Das müsste dein Vater gewesen sein ...«

Ihre Reaktion ist so gewalttätig und kommt so

plötzlich, dass ich keine Zeit habe, noch etwas hinzuzufügen. Sie schnappt sich einen Stuhl und prügelt damit immer wieder auf Arkadys eingefrorenen Körper ein.

Danach stellt sie den Stuhl wieder hin, setzt sich darauf, stützt ihre Ellenbogen auf ihren Knien ab und bedeckt sich die Augen mit den Handflächen.

»Mira«, sage ich sanft und gehe zu ihr. »Wenn du möchtest, kann ich ihn dazu zwingen, sich selbst in dem kalten Schwimmbecken dort drüben zu ertränken.«

Ich weiß nicht, ob ich das wirklich tun kann, aus einem praktischen und ethischen Grund. Aber es zu versuchen ist definitiv sinnvoller als einen Mann in der Stille zu verprügeln, da diese Handlung keine Auswirkungen in der realen Welt hat.

»Nein, tu das nicht.« Sie nimmt ihre Hände hinunter und schaut mit glitzernden Augen auf. »Er ist der Schlüssel zu dem Arschloch, das die Fäden zieht.«

Ich atme erleichtert auf, dass sie mein voreiliges Angebot nicht angenommen hat. Es hätte sein können, dass ich etwas so Kaltblütiges nicht über mich gebracht hätte.

»Also möchtest du zu dem Treffen auf der Brooklyn Bridge gehen?«, frage ich sie, als sie aufsteht.

»Ja. Sobald er uns zu dem Strippenzieher bringt, werde ich sie beide töten.« Ihre Stimme ist kalt und scharf. »Wenn wir ihn jetzt töten, könnte das den Strippenzieher verschrecken.«

»In Ordnung, aber ...«

»Lass uns zum Auto zurückgehen. Wir reden später über die Einzelheiten«, sagt sie, als sie zur Tür läuft.

Ich folge ihr zögernd. So gerne ich diesen Strippenzieher auch fangen möchte, ich habe trotzdem keine Lust darauf, auf Arkady und seine Kollegen zu treffen.

»Das von eben tut mir leid«, sagt sie über ihre Schulter. »Ich musste einfach Luft ablassen.«

»Natürlich, mache dir keine Gedanken darüber«, erwidere ich, bevor wir die nächsten Minuten schweigend zum Auto gehen.

Als wir dort ankommen, berühre ich meinen Hals durch die offene Tür des Lexus, und die Welt wird wieder lebendig.

25

»Bitte lass mich fahren«, bittet mich Mira, sobald wir aus der Stille zurückkehren.

Wegen ihres Zustandes beschließe ich, sie zu lassen. Sich mit einer wütenden Mira zu streiten ist keine gute Idee, denke ich mir. Das Mädchen explodiert definitiv schnell. Außerdem muss ich einige Telefonate erledigen, bevor wir an unserem Ziel ankommen.

Sobald sie hinter dem Steuer Platz genommen hat, tritt Mira das Gaspedal durch, und der Lexus fährt mit quietschenden Reifen los.

Ich nehme mein Telefon hervor und bin glücklich darüber, mich auf etwas anderes konzentrieren zu können als auf die Straßen Brooklyns, die viel zu schnell an unseren Autofenstern vorbeifliegen.

»Ich rufe Caleb an«, erkläre ich Mira, während ich seine Nummer in meinem Telefon suche.

»Das ist eine gute Idee«, stimmt sie mir zu. »Ich

hatte vor, Julia im Hotel darum zu bitten, aber so ist es besser. Ihr zwei versteht euch gut.«

»Wenn Caleb und ich uns gut verstehen, erschaudere ich bei dem Gedanken daran, wie er Menschen behandelt, die er nicht mag«, erwidere ich und wähle die Nummer, die auf meinem Display erscheint.

Das Telefon klingelt einige Zeit. Ich warte.

Dann wird abgenommen, aber es bleibt alles ruhig am anderen Ende der Leitung.

»Hallo?«, sage ich vorsichtig.

»Wer? Ach, Darren.« Caleb hört sich überrascht an. »Vermisst du mich schon?«

»Ich könnte deine Hilfe gebrauchen, Caleb«, erkläre ich ihm und ignoriere seine Bemerkung. »Wir könnten deine Hilfe gebrauchen.«

»Oh, du kommst sofort zum Punkt? Das mag ich.« Caleb hört sich schon weniger sarkastisch an. »Was braucht ihr denn?«

»Deine einzigartige Hilfe, und zwar heute Nacht«, antworte ich. »Es gibt …«

»Darren, du kannst aufhören«, unterbricht mich Caleb. »Ich bin nicht in der Stadt. Um genau zu sein, bin ich nicht einmal im Land.«

»Scheiße«, rutscht es mir heraus.

»Was ist los, Darren? Ist es etwas Ernstes?«

»Ja, sehr ernst, aber ich möchte jetzt keine Einzelheiten erzählen«, sage ich. »Nicht am Telefon. Ich werde mir wohl etwas anderes einfallen lassen müssen.«

»Befindet ihr euch in Schwierigkeiten? Ihr könntet euch an Sam oder andere meiner Männer wenden.«

»Sam, das Arschloch? Das soll wohl ein Scherz sein?«

»Sam hat während meiner Abwesenheit die Verantwortung, also ist er die logische Wahl.«

»Nein, danke. Wir werden eine andere Lösung finden.«

»Wie du möchtest – es gibt allerdings nichts, was Sam nicht genauso gut kann wie ich. Der Mann ist eine Maschine. Hätte ich nicht mehr Charisma, wäre er der Verantwortliche«, meint Caleb, und ich kann nicht einschätzen, ob er einen Witz macht oder nicht.

»Danke«, erwidere ich. »Vielleicht komme ich darauf zurück, aber ich glaube, ich würde lieber mit jemandem arbeiten, den ich kenne.«

Mira parkt das Auto auf dem Parkplatz des Hotels, und ich erkläre Caleb, dass ich auflegen muss.

»Natürlich«, antwortet er. »Sag mir einfach Bescheid, falls du deine Meinung über Sam änderst, oder falls du etwas anderes von mir brauchst.«

»Na ja«, sage ich, als Mira aussteigt, »Ich hätte eine kurze Frage ...«

»Was denn, Kind?«

»Kennst du einen Mann namens Mark Robinson?«

Einen Moment lang herrscht Schweigen. Dann: »Warum fragst du? Wo hast du den Namen aufgeschnappt?«

»Jacob hat ihn erwähnt«, sage ich unverbindlich.

»Hmm, das ist eigenartig. Das ist eine alte

Geschichte. Er war einer von uns, der umgebracht wurde. Eine unschöne Angelegenheit. Weißt du, warum Jacob ihn dir gegenüber erwähnt hat?«

»Nein«, sage ich. Dann bemerke ich, dass Mira zurückkommt, um mich aus dem Auto zu zerren, und ich füge schnell hinzu: »Danke, Caleb. Ich rufe dich nochmal an, falls wir Sam doch brauchen sollten.«

»In Ordnung.« Er beendet das Gespräch und wundert sich wahrscheinlich immer noch über meine komische Frage. Ich nehme an, dass er keine Ahnung davon hat, dass Mark einen Sohn hat.

Ich gleite in die Stille hinüber und nehme mir einen Moment Zeit, das zu verdauen, was ich gerade erfahren habe.

Mein Vater war ein Leser. Daran besteht jetzt kein Zweifel mehr. Und meine Mutter war eine Gedankenführerin. Das, was ich seit der Entdeckung meiner Fähigkeit zu führen vermutet habe, ist jetzt bestätigt worden. Und die Theorie, dass meine Eltern wegen ihrer verbotenen Vereinigung umgebracht worden sind, hört sich immer plausibler an.

Ich komme aus der Stille zurück und begebe mich nach draußen zu Mira.

»Also, von dem, was ich mitbekommen habe, gehe ich davon aus, dass Caleb nicht zur Verfügung steht?«, fragt Mira, während sie zu ihrem Zimmer eilt. Sie schreibt auf ihrem Handy, während sie geht, und ich nehme an, dass sie mit Eugene spricht.

»Ja. Caleb hat Sams Hilfe angeboten, aber ich war mir nicht sicher, ob das eine gute Idee ist.«

»Damit hattest du recht. Sam und ich, wir haben kein gutes Verhältnis«, sagt sie mit zusammengebissenen Zähnen.

»Warum nicht?«, möchte ich wissen und hoffe, er ist kein Ex-Freund oder etwas Ähnliches.

»Er hat meinen Bruder einmal zusammengeschlagen«, erklärt sie mir wütend. »Jacob hatte es zwar befohlen, aber wir können trotzdem auf keinen Fall mit ihm zusammenarbeiten.«

»Scheiße. Das hört sich ganz danach an, als würden wir ihn sicher nicht bei der Sache dabeihaben wollen. Ich habe diesen Kerl jetzt zweimal getroffen und ich weiß, er ist ein Arschloch. Mir war nur nicht klar, was für ein großes.«

Wir gehen zu Miras Zimmer, und Eugene steht schon neben ihrer Tür. Sie schließt auf, und wir alle setzen uns im Raum verteilt hin. Mira nimmt das Zweiersofa, ich den Bürostuhl und Eugene das Bett.

»Ich denke, wir sollten mit Julia reden«, sagt Eugene, als wir ihn auf den neuesten Stand gebracht haben. »Wenn wir Sam ausschließen, weiß sie vielleicht jemand anderen, der uns helfen kann.«

»Wenn du Julia davon erzählst, wird sie höchstwahrscheinlich mitkommen wollen«, entgegnet Mira. »Und ich habe die Vermutung, dass du das nicht möchtest.«

»Das würde sie nicht, sie ist ja gerade erst aus dem Krankenhaus entlassen worden«, antwortet Eugene, aber seine Stimme hört sich unsicher an.

»Aber auch wenn sie vernünftigerweise darauf

verzichten würde, mit uns mitzukommen, gäbe es immer noch ein anderes Problem mit ihr«, wirft Mira ein. »Sie könnte ihren Vater, Jacob, mit in diese Sache hineinziehen, und das würde ich nicht wollen.«

»Warum nicht?«, frage ich neugierig.

»Wegen seiner Angst, die Menschen könnten etwas über unsere Fähigkeiten erfahren«, erklärt Mira. »Dieses Treffen wird an einem sehr öffentlichen Ort stattfinden – was bedeutet, dass in die Auseinandersetzung mit dem Strippenzieher eine Menge Zivilisten hineingezogen werden könnten.«

»Es ist nicht gerade so, dass Jacob ein großer Menschenfreund wäre«, merkt Eugene an. »Aber wie du bei eurem Treffen gemerkt hast, ist er besessen davon, die Existenz der Leser geheim zu halten. Er ist ein Purist.«

»Genau«, bestätigt Mira. »Wir möchten auf gar keinen Fall, dass er uns davon abhält, etwas zu unternehmen.«

»Aber wir drei alleine haben keine Chance«, sagt Eugene mit hängenden Schultern. »Vielleicht sollten wir doch das Risiko eingehen, mit Julia zu reden.«

»Wir zwei«, korrigiert ihn Mira. »Es gibt keinen Grund für Darren, dabei zu sein. Es ist nicht sein Kampf. Und auch nicht Julias – also keine Julia.«

»Ich werde euch helfen«, höre ich mich sagen und bin selbst ganz überrascht. »Ihr vergesst, dass dieser Strippenzieher versucht hat, mich töten zu lassen.«

Er könnte auch meine Eltern getötet haben, aber

das erwähne ich nicht. Dieses Thema hebe ich mir lieber für später auf.

»In Ordnung, aber wir sind immer noch nur zu dritt«, wirft Eugene ein, wobei er mich dankbar anblickt.

Der Blick, den Mira mir zuwirft, ist schwerer zu deuten. Sie scheint mich neu zu bewerten. Ich tue das Gleiche mit mir. Mira hat mir gerade einen Ausweg angeboten, und anstatt ihn anzunehmen, habe ich mich ihnen freiwillig angeschlossen. Und mit dem Strippenzieher abzurechnen, der versucht hat, mich umzubringen, ist meine kleinste Motivation dafür. Der bedeutendere Grund blickt mich erwartungsvoll mit diesen wunderschönen blauen Augen an.

»Vielleicht müssen es nicht nur wir drei sein«, entgegne ich und fühle mich immer unwohler unter Miras intensivem Blick. »Aber bevor ich euch das erkläre, möchte ich etwas wissen: was ist ein Purist? Ihr habt gesagt, Jacob sei einer. Was bedeutet das?«

»Puristen sind Leser, die sich an die archaischen Traditionen halten, solche wie zugewiesene Partner«, antwortet mir Eugene bitter. »Ihre größten Ängste sind Dinge wie Bloßstellung vor der Welt außerhalb der Gemeinde und die Verdünnung des Blutes der Leser.«

»Das einzig Gute an ihnen ist, dass sie die Strippenzieher ausrotten möchten«, merkt Mira an.

Das hat wehgetan. Und es verbessert nicht gerade die Aussichten für das, was ich ihnen erzählen möchte, sobald ich endlich den Mut dafür finde. Es schmerzt ganz besonders, weil ich mich selbst nicht mehr länger als diese Art von Strippenzieher sehe. Die Strippenzieher, die sie hasst, würden sie andersherum genauso hassen, wenn sie Traditionalisten wären. Es ist ironisch, wie sehr die Beschreibung der Puristen der der Traditionalisten gleicht, von denen mir Thomas und Hillary erzählt haben. Ich bedauere es fast, dass wir Jacob nicht dazuholen können. Es wäre geradezu eine poetische Gerechtigkeit, wenn diese beiden Orthodoxen den Kampf austragen müssten. Sie hören sich an, als hätten sie ihn sich verdient.

»Mira«, sagt Eugene unangenehm berührt, »das meinst du nicht wirklich. Darren ist das beste Beispiel dafür, warum es falsch ist, so zu denken.«

»Das ist schon in Ordnung, Eugene«, erwidere ich großzügig. »Ich kann Miras Hass auf die Strippenzieher auf gewisse Weise verstehen. Ich meine, ich hasse den Kerl, der versucht hat, mich im Krankenhaus töten zu lassen. Es ist aber auch eine Tatsache, dass nicht alle Strippenzieher gleich sind. Ich denke sogar, nur eine winzige Minderheit ist so wie dieses Arschloch.«

»Ich habe nicht dich gemeint, Darren.« Mira senkt ihren Blick, so als sei ihr das unangenehm. »Du bist etwas völlig anderes.«

»Und wenn ich genauso ein Strippenzieher wäre, wie ihr Leser, würdest du dann wieder versuchen, mich umzubringen?«, frage ich und beschließe, die Karten auf den Tisch zu legen.

»Du weißt, dass ich das nicht tun würde.« Sie

schaut mich wieder an. »Aber du hast ja selbst gesagt, dass du auch nicht weißt, wer oder was du bist.«

Die gute Neuigkeit ist, dass sie nicht dabei ist, ihre Waffe hervorzuziehen. Noch nicht.

»Das stimmt, das wusste ich auch nicht«, erwidere ich vorsichtig. »Allerdings habe ich gestern mehr über mich herausgefunden – und vor einigen Minuten noch etwas erfahren. Das Wichtigste, was ich verstanden habe, ist, dass nicht alle Strippenzieher – oder Gedankenführer, wie sie sich selber nennen – die bösartigen Monster sind, für die ihr sie haltet. Eigentlich sind die meisten ganz normale Menschen, so wie ich und ihr.«

Während der tödlichen Stille, die auf meine Einführung folgt, erzähle ich Mira und Eugene eine Kurzversion dessen, was gestern passiert ist. Über meine Psychiaterin, über meine Tante, über Thomas.

»Also sind die Traditionalisten der Strippenzieher genauso wie unsere Puristen?«, fragt Eugene und blickt mich an.

»Ja, und sie hören sich auch nach genauso viel Spaß an«, erwidere ich.

»Also muss es einer von *ihnen* gewesen sein, der unseren Vater wegen seiner Forschungen getötet hat«, flüstert Eugene.

»Ich denke nicht, dass du eine ganze Gruppe von Menschen dafür verantwortlich machen solltest, weder die Strippenzieher noch die Traditionalisten unter ihnen«, werfe ich vorsichtig ein. »Es könnte sich um einen verrückten Strippenzieher handeln, der beschlossen hat, den russischen Mafiosi anzuheuern, den wir gelesen haben …«

»Also bist du wirklich ein Strippenzieher?«, fragt Mira, die offensichtlich ein Problem damit hat, meine Geschichte zu verarbeiten.

»Ich ziehe Gedankenführer vor, aber ja, durch meine Mutter bin ich es zur Hälfte. Über meinen Vater weiß ich noch nicht viel, aber ich habe die Bestätigung erhalten, dass er ein Leser war.«

»Aber das ist verboten«, sagt Eugene mit weit aufgerissenen Augen.

»Gerade du solltest das nicht verurteilen«, sage ich zu meiner Verteidigung. »Denken eure Leute nicht auch, dass Halbblute verboten sind?«

»Das ist etwas anderes«, erwidert er unsicher.

»Ist es das? Warum konntest du dann nicht mit Julia zusammen sein?«, frage ich.

Eugene antwortet nicht, und Mira scheint mich mit ihrem Blick durchbohren zu wollen.

»Also hast du mich angelogen, als du mir gestern gesagt hast, dir ginge es nicht gut?«, meint sie schließlich. Zu meiner Überraschung scheint sie das mehr zu beschäftigen als die Tatsache, dass ich ein Leser-Strippenzieher-Hybrid bin. »In Wirklichkeit bist du zu einer *Party* gegangen?«

»Es tut mir wirklich leid, dass ich dich angelogen habe«, erkläre ich ihr ehrlich. »Ich dachte mir einfach, dass du die Wahrheit nicht mögen würdest. ›Entschuldige bitte, Mira – kann keine Zeit mit dir verbringen, gehe auf eine Strippenzieher-Party.‹«

Eugene lacht nervös auf und fängt sich dafür einen wütenden Blick seiner Schwester ein.

»Und woher wissen wir, dass du jetzt gerade nicht lügst oder dass du uns nicht die ganze Zeit über angelogen hast?«, möchte Mira wissen und dreht sich zu mir, um mich böse anzustarren. »Du lügst hervorragend, wenn es dir gerade passt. Woher wissen wir, dass das nicht irgendein Strippenzieher-Trick ist?«

»Ein Trick, um was genau zu tun?« Ich bin es langsam leid, immer beschuldigt zu werden. »Den Strippenzieher auszuliefern, der eure Eltern umgebracht hat?«

»Er hat recht, Mira«, meint Eugene mit beruhigender Stimme. »Ich kann keinen hinterhältigen Strippenzieher-Zweck erkennen, dem das dienlich sein könnte.«

»Gut. Angenommen, ich würde dir glauben.« Miras Ausdruck wird nicht weicher. »Was würde es ändern? Warum sollte es mich interessieren, ob einige Strippenzieher denken, dass sie gut sind, und sich selbst Gedankenführer nennen? Es ändert nichts an der Tatsache, dass einer von ihnen heute sterben muss. Es ändert nichts an unserem fehlenden Plan. Und egal, was du über die wenigen Menschen sagst, die du getroffen hast, es ändert nichts daran, dass sie die Köpfe der Menschen manipulieren – und das ist falsch.«

»Es ändert Dinge, weil ich einen Plan in meinem Kopf habe«, gebe ich zurück. »Und man kann ebenso sagen, dass wir beim Lesen die Köpfe der Menschen manipulieren. Ich denke, viele Menschen würden es vorziehen, zu einer Handlung gezwungen zu werden, als zuzulassen, dass ihre tiefsten Geheimnisse gestohlen werden.«

»Typisch Strippenzieher, immer die Wahrheit verdrehen«, erwidert Mira wütend. »Gedankenmanipulation ist offensichtlich …«

»Mira, bitte hör auf«, unterbricht Eugene sie streng. Er benutzt seinen seltenen Der-große-Bruder-weiß-es-am-besten-Ton. »Lass Darren zu Wort kommen, damit er uns sagen kann, wie wir das aktuelle Problem lösen. Dieses xenophobe Geschwätz können wir uns für später aufheben.«

»Gut«, sagt sie und verschränkt ihre Arme vor der Brust. »Erleuchte uns, Darren.«

»In Ordnung«, willige ich ein. »Thomas, der Gedankenführer vom Geheimdienst, von dem ich euch eben erzählt habe, hat mir seine Hilfe angeboten. Wir sprachen darüber, was ich tun sollte, wenn ich die Identität der Person herausbekommen würde, die versucht hat, mich im Krankenhaus umbringen zu lassen. Ich bin mir sicher, dass er auch jetzt eine große Hilfe wäre.«

»Und du denkst, dass du ihm vertrauen kannst?«, fragt Eugene zweifelnd. »Du hast ihn erst gestern kennengelernt.«

»Und er ist ein Strippenzieher«, murmelt Mira vor sich hin.

»Ja, ich denke, dass ich ihm trauen kann. Und wenn

ich es nicht täte, hätte es andere Gründe als den, dass er ein *Gedankenführer* ist«, entgegne ich und betone die politisch korrekte Bezeichnung. »Die Person, der ich *wirklich* vertraue, ist meine Tante, aber ich möchte sie nicht in diese Geschichte hineinziehen.«

Mira sieht einen Moment lang hochkonzentriert aus, bevor sie sagt: »Gut. Ich habe gerade mit Eugene geredet, und er hat mich davon überzeugt, dieser kranken Idee eine Chance zu geben.«

»Du hast mit Eugene ...« beginne ich, aber dann verstehe ich. Sie ist in die Stille geglitten und hat dann ihren Bruder zu sich geholt, um sich allein mit ihm zu unterhalten.

»Es tut mir leid, Darren«, bestätigt Eugene meine Vermutung. »Wir mussten erst über einen so ungewöhnlichen Vorschlag nachdenken. Ich habe für dich gestimmt, weil ich dich als einen Freund ansehe. Ich hoffe, dass ich es nicht bereuen werde.«

»Also wolltest du mir nicht vertrauen«, sage ich und schaue dabei Mira an. Das passt zu ihr.

»Wollte sie es nicht, täte sie es auch nicht«, entgegnet Eugene. »Mira ...«

»Halt den Mund, Zhenya«, unterbricht Mira ihn mit eisigem Blick. »Verstehst du das Konzept einer privaten Unterhaltung nicht?«

»Lasst mich erst einmal herausfinden, ob Thomas uns überhaupt helfen möchte«, sage ich. »Wenn nicht, ist die ganze Diskussion sinnlos.«

Da niemand Einwände erhebt, nehme ich mein Telefon und rufe Thomas an.

»Thomas, hier ist Darren«, sage ich, sobald er abnimmt. »Du hast gesagt, ich solle dich anrufen, wenn ich Hilfe mit dem Gedankenführer bräuchte, der versucht, mich zu töten.«

»Das habe ich. Was ist los?« Thomas hört sich sofort alarmiert an. »Hast du schon herausgefunden, wer er ist?«

»Noch nicht genau«, sage ich und versuche, meine Gedanken zu ordnen. »Aber ich weiß, wo er sich nachher aufhalten wird, und möchte ihm entgegentreten. Ich habe Freunde von mir dabei, aber wir sind nur zu dritt.«

»In Ordnung, ganz ruhig«, erwidert Thomas. »Und jetzt noch einmal ganz von vorne.«

»Was ich dir gestern nicht erzählt habe, ist, dass ich eine Spur hatte, der ich nachgehen wollte. Eine Spur, die die Verbindung dieses Gedankenlesers mit der russischen Mafia betrifft. Eine Freundin und ich haben herausgefunden, dass er sich heute mit den Personen, die er kontrolliert, auf der Brooklyn Bridge treffen wird«, erkläre ich ihm.

»Ich verstehe.« Thomas klingt ruhig, so als würden ihn andauernd Menschen mit solchen verworrenen Geschichten anrufen. »Wer sind deine Freunde?«

»Das ist der komplizierte Teil«, erwidere ich und verfluche mich dafür, ihm gestern nichts von meiner Verbindung zu den Lesern erzählt zu haben. »Sie sind Menschen, die du als Schnüffler bezeichnen würdest.«

»Was?« Sein Ton wird schärfer. »Wieso kennst du

Schnüffler? Was machst du in ihrer Gesellschaft? Geht es dir gut?«

»Es ist schon fünfzehn Uhr zwanzig«, wirft Mira von dem Sofa aus ein. »Wir müssen anfangen, unsere Vorbereitungen zu treffen.«

»Thomas«, sage ich, als ich merke, dass sie recht hat. »Das Treffen ist um sechzehn Uhr dreißig, also haben wir bald keine Zeit mehr. Mir geht es gut. Du kannst meinen Freunden vertrauen. Ich habe für alles eine sehr gute Erklärung, aber wir müssen uns wirklich in Bewegung setzen. Können wir uns persönlich treffen und in der Gedankendimension reden? Auf diese Weise verlieren wir keine Zeit in der realen Welt.«

Er schweigt einen langen Moment. »Darren ... wir haben uns gerade erst getroffen, und das ist eine Menge Information, aber nur wenig Zeit, um eine Entscheidung zu treffen.«

»Ich weiß, und ich wäre an deiner Stelle genauso vorsichtig.« Ich bin mir der Tatsache bewusst, dass ich mir an seiner Stelle schon längst zu mir gesagt hätte, mich zu verpissen. »Es gibt noch eine Sache, die du wissen solltest, etwas, was dir vielleicht dabei helfen wird, mir vertrauen zu können. Ich habe auf der Party erfahren, dass Hillary meine Tante ist. Du kannst sie fragen. Sie kennt die ganze Geschichte.«

Wieder Stille.

»Weißt du was?«, erwidert er schließlich. »Ich kann es sogar erkennen. Ihr seid euch ziemlich ähnlich. Ich habe es nur nicht erkannt, bis du es mir gesagt hast. Das ist unglaublich.«

»Ja, ich weiß«, meine ich. »Hilft das? Wir haben keine Zeit mehr, Thomas.«

»Falls ich zustimme, euch zu helfen, dann ja. Aber es gibt ein großes Problem, das ich dir erklären wollte, bevor du mir von den Schnüfflern erzählt hast.«

»Was für ein Problem?«

»Du hast gesagt, es handele sich um eine Gruppe russischer Krimineller und zumindest einen Gedankenführer. Was die Sache verschlimmert, ist, dass das Ganze in aller Öffentlichkeit stattfindet. Verstehst du, worauf das hinausläuft?«

»Nein, ich bin mir nicht sicher, es zu verstehen«, sage ich verwirrt. »Ärger?«

»Das kannst du laut sagen. Es bedeutet, dass dieser Führer eine Menge Menschen zur Verfügung hat, die er theoretisch gegen uns aufbringen kann. Es kann sein, dass wir dieses Treffen nicht überleben, und selbst wenn wir es tun sollten, könnte es eine Menge ziviler Opfer geben.«

»Scheiße«, sage ich und schaue verzweifelt zu Eugene und Mira. Daran hatte ich nicht gedacht.

»Es gibt allerdings eine Lösung dafür«, erklärt Thomas. »Ich muss jemanden anrufen. Wo treffen wir uns?«

»Lass uns am South Street Seaport treffen. Hinter dem Einkaufszentrum. Dem Teil, der den drei Brücken zugewandt ist«, schlage ich vor. »Dort haben wir alles im Blick und sind nahe am Treffpunkt.«

»In Ordnung. Ich werde Verstärkung mitbringen«, sagt Thomas. »Könnt ihr in einer Stunde da sein? Dann hätten wir genug Zeit, pünktlich auf der Brücke zu sein, selbst wenn wir zu Fuß gehen würden.«

»Ja«, sage ich, schaue zu Mira und erschaudere innerlich bei dem Gedanken an die Fahrt, die vor uns liegt. »Vielleicht schaffen wir es sogar eher.«

»Okay. Bis gleich«, antwortet Thomas und beendet das Gespräch.

Als ich mich umdrehe, sehe ich, dass Mira und Eugene mich erwartungsvoll anschauen. »Ich denke, dass er uns helfen wird«, erkläre ich ihnen und versuche, mich zuversichtlicher anzuhören, als ich mich fühle.

»Wir müssen sowieso zur Brücke gelangen«, stellt Mira fest. »Also ist es kein großer Umstand, den Kerl zu treffen. Solange es keine Falle der Strippenzieher ist.«

»Sollte es das sein, hätte ich nichts damit zu tun«, erwidere ich.

»Ich weiß«, sagt Mira. »Es ist ja nicht so, dass ich dir nicht vertraue.«

Fast rutscht mir ein »Seit wann das denn?« heraus, aber ich kann mir noch rechtzeitig auf die Zunge beißen. »Mira, ich kann Menschen recht gut einschätzen. Es ist Teil meiner Arbeit«, erkläre ich ihr, da ich denke, die Wahrheit ein wenig zu beschönigen könnte ihr dabei helfen, sich weniger Sorgen zu machen. »Ich denke, Thomas wird uns helfen. Das glaube ich wirklich.«

»Wir haben auch keine große Wahl, Mira«, fügt Eugene hinzu. »Wir drei alleine können es nicht mit ihnen aufnehmen. Wenigstens arbeitet dieser Typ für den Geheimdienst.«

»Ich habe gesagt, dass ein Treffen mit ihm uns nicht aufhalten wird«, entgegnet Mira, steht auf und geht zu einem der Nachttische. »Also hört auf damit, mir das Auto schönzureden, das ich bereits gekauft habe.«

Sie nimmt eine Waffe aus der Schublade ihres Nachttisches. »Zhenya, hast du deine?«, fragt sie, während sie sich ihre eigene hinten in den Hosenbund steckt.

»Ja, in meinem Zimmer.« Ihr Bruder steht ebenfalls auf.

»Okay, geh sie holen, und wir treffen uns unten«, weist sie Eugene im Kommandoton an.

Ich bekomme den Eindruck, dass das nicht zum ersten Mal geschieht, denn er eilt, ohne zu zögern oder zu protestieren, aus dem Raum.

»Wie sieht es mit dir aus, Darren?«, fragt sie mit etwas sanfterer Stimme.

»Ich habe eine Waffe im Handschuhfach meines Leihwagens«, erwidere ich. »Aber ich hoffe, dass ich sie nicht benutzen muss.«

»Wir müssen auf alles vorbereitet sein«, entgegnet Mira und geht aus dem Zimmer.

26

»Du wirst uns umbringen, Mira.« Eugene wird gegen die Beifahrertür gedrückt, als wir die zweite rote Ampel überfahren. Wir sind erst vor einigen Momenten aus dem Battery Tunnel gekommen und haben trotzdem schon weitere fünf Straßen hinter uns gelassen. »Ehrlich, so einen Zeitdruck haben wir nun auch wieder nicht.«

»Wir hätten niemals diesen verdammten Tunnel nehmen dürfen«, sagt sie und weicht plötzlich aus. Ich denke, ihr ist es gerade gelungen, einen Taxifahrer zu verängstigen – und diese Typen haben wirklich schon alles gesehen. Ich dachte immer, sie seien die Einzigen, die wie Henker fahren, aber Mira schlägt sie um Längen. Nicht einmal Caleb ist so schlimm. Aber sie ist erst achtzehn und denkt, sie sei unsterblich. Ich habe das übrigens niemals gedacht. Ich bin mir völlig im Klaren darüber, wie sterblich ich bin.

»Die Straße zu den Brücken war viel voller«,

murmelt Eugene, der immer noch die Entscheidung verteidigt, den Tunnel genommen zu haben.

Die ständigen Streitereien zwischen Eugene und Mira machen Miras Fahrstil zu einem noch schlimmeren Erlebnis. Sie diskutieren darüber, wie schnell sie fahren sollte, welchen Autos sie besser nicht den Weg abschneidet – und die beste Strecke. Bis jetzt hatte ich immer gedacht, meine Mütter seien die schlimmsten Menschen, mit denen man im gleichen Auto fahren könnte, aber offensichtlich hatte ich Unrecht. Verhalten sich alle Geschwister so, oder habe ich einfach das Glück, mich mit zwei besonders schlimmen Exemplaren im Auto zu befinden?

Der Rest der Fahrt dauert drei tiefe Atemzüge, bevor Mira mit quietschenden Reifen in eine Garage einbiegt. Ich schätze, dass sie mit etwa fünfzig km/h hineinfährt, aber ich könnte die Geschwindigkeit auch unterschätzen.

Als ich die Autotür öffne, kann ich definitiv den Gestank von versengten Reifen riechen.

Der Gesichtsausdruck des Parkhausmitarbeiters, dem sie den Schlüssel gibt, ist unbezahlbar. Ich reiche ihm einen Hundert-Dollar-Schein, um ihn aus seiner Benommenheit zu reißen, und weise ihn an, mindestens zwanzig Minuten lang zu warten, bevor er das Auto parkt. Es könnte sein, dass wir nach unserer Unterhaltung mit Thomas sofort zurückkommen, und wir beschließen, zur Brooklyn Bridge zu fahren.

Wir rennen von dem Parkhaus zu unserem Treffpunkt. Trotz der angespannten Stimmung fällt mir die atemberaubende Aussicht auf. Es ist beruhigend, die alten Schiffe zu sehen, die im Hafen ankern, und ich frage mich, wie es wohl war, als der Hafen noch betrieben wurde. Nahtoderfahrungen scheinen das bei mir auszulösen, sie bringen meine sentimentale Seite zum Vorschein.

Es ist ein schöner Samstagnachmittag, und vor uns befindet sich eine große Menschenmenge. Es handelt sich dabei hauptsächlich um Touristen, unter die sich einige wenige Einheimische gemischt haben. Mira bahnt uns den Weg durch die Menschen, indem sie sie mit ihren Ellenbogen grob zur Seite schiebt.

Wir sind gerade an der Ecke neben unserem Treffpunkt angekommen, in der Nähe der Bänke, die dem Wasser zugewandt sind, als die Welt plötzlich verstummt. Die Menschenmenge um uns gefriert, genauso wie Mira und Eugene.

»Hallo, Neffe«, sagt eine vertraute, hohe Stimme. »Du solltest mich zurückrufen.«

Hillary steht neben meinem eingefrorenen Ich, und ihre Hand liegt auf meiner bewegungslosen Wange. Thomas steht neben ihr.

»Du hast mich angerufen?«, frage ich und bin überrascht, sie hier zu sehen.

»Ja, ungefähr zwanzigmal.«

»Entschuldige bitte, ich habe mein Telefon nicht gehört. Ich war zu beschäftigt damit, mein Essen im Magen zu behalten. Mira fährt wie eine Irre.« Endlich lässt dieses eigenartige Schockgefühl nach, das ich immer verspüre, wenn ich ungewollt in die Stille gezogen werde. Es war schon immer etwas gruselig, sich an solchen vollen und lauten Plätzen in der Stille zu befinden. Mein Gehirn erwartet, dass die Menschen sich bewegen und sprechen, aber das tun sie nicht. Ohne Vorwarnung in die Stille geholt zu werden, verschlimmert diese Desorientierung.

»Welche ist Mira?« Hillary betrachtet einige hübsche Mädchen.

»Wer ist Mira überhaupt?« Thomas schaut in die Menge. »Ist das eine von den Schnüfflern, die du erwähnt hast?«

»Ich habe ihm noch nichts gesagt«, meint Hillary. »Vielleicht möchtest du ihm die ganze Geschichte erzählen.«

Ohne das Geheimnis von Hillarys Anwesenheit lösen zu können, füge ich mich ihrem Vorschlag und erkläre Thomas alles. Ich bin beeindruckt von ihm. Er rastet nicht aus, weil er mit Lesern zusammenarbeiten muss, ganz im Gegensatz zu meinen russischen Freunden, als ich vorgeschlagen habe, mit Gedankenführern zu arbeiten. Er wird auch spielend damit fertig, dass ich ein ungewöhnlicher Hybrid beider Gruppen bin. Ich nehme an, dass seine Kindheit – die er nicht von Anfang an in der Gemeinschaft der Gedankenführer verbracht hat – das erklären kann. Da man sich aber sehr leicht an Engstirnigkeit gewöhnen und sie annehmen kann, verstärkt die Tatsache, dass er in dieser Sache sehr offen zu sein scheint, meinen guten Eindruck von ihm.

»Also, welche von ihnen ist sie?«, will Hillary wissen. »Ich sterbe vor Neugier.«

»Diese dort«, sage ich und zeige auf Mira. »Diejenige, die sich ihren Weg durch die Menge wie ein unfreundliches Messer durch Butter bahnt.«

»Sehr hübsch.« Hillary lächelt zustimmend. »Aber das hatte ich auch angenommen.«

»Ja.« Ich zucke mit den Schultern. »Kann ich sie zu uns holen? Der Typ mit der Brille ist Eugene, ihr Bruder.«

»Warte«, meint Thomas. »Wir sollten zuerst alleine sprechen.«

»In Ordnung«, stimme ich zu. »Und jetzt, nachdem ich meinen Teil erklärt habe, würde ich gerne von euch beiden wissen, wieso Hillary hier ist.«

»Hättest du meine Anrufe angenommen, wüsstest du den Grund dafür.« Sie blickt mich fest an. »Ich schließe mich dieser Mission an.«

»Was? Nein, das wirst du nicht.« Ich drehe mich zu Thomas um. »Sag ihr, dass das nicht passieren wird.«

»Ihr braucht mich«, entgegnet Hillary, und Thomas nickt.

Sie wirft mir einen selbstgefälligen Blick zu. »Siehst du? Und du befindest dich nicht in einer Position, in der du mir sagen könntest, was ich zu tun habe.«

»Nein, natürlich nicht«, sage ich schnell, weil ich sie nicht vor den Kopf stoßen möchte. »Das hatte ich auch nicht vor. Ich möchte einfach nicht, dass du verletzt wirst, das ist alles.«

»Das wäre süß, wenn es nicht beleidigend wäre.

Warum sollte ich eher verletzt werden als deine Freundin zum Beispiel?«

»Ich möchte auch nicht, dass sie dabei ist. Ich kann Mira aber nicht davon abbringen. Sie ist ein wenig härter als du …« Ich versaue es komplett, einen eleganten Ausweg aus meiner verbalen Katastrophe zu finden.

»Oh, oh, Darren. Meinst du, Hillary sei nicht so hart wegen ihrer Größe? Du bist neu in der Gemeinschaft, sonst wüsstest du schon, dass sie es nicht mag, ihrer Größe wegen kritisiert zu werden.« Thomas Ton ist ernst, aber seine Augenwinkel weisen amüsierte Fältchen auf.

»Meine Größe hat keinen Einfluss auf gar nichts«, erwidert Hillary und sticht Thomas einen ihrer Ellenbogen in die Rippen. »In dieser Situation hier bin ich eine Person, die ihr alle braucht.«

Thomas nickt erneut. »Das stimmt. Erinnerst du dich an das Problem, von dem ich dir erzählt habe?«, fragt er mich. »Dass ein Führer jeden, der sich auf der Brücke befindet, gegen uns verwenden kann?«

Ich blicke zu Hillary und erinnere mich daran, was sie mir über ihre Reichweite erzählt hat. »Du denkst, du könntest die Kontrolle über jeden übernehmen, den er führt?«

»Die Person, die wir suchen, könnte auch eine Sie sein, aber ja«, meint Hillary. »Ich habe bessere Chancen als jeder andere, den ich kenne.«

»Das stimmt«, bestätigt Thomas. »Du musst mir vertrauen, Darren. Hillary hat einen sehr guten Grund dafür, hier zu sein. Sonst hätte ich sie nicht mitgebracht.«

»Und ich wäre nicht gekommen, hätte er nicht deinen Namen fallen lassen, Darren«, sagt sie. »Ich habe immer noch meine Bedenken, aber ich glaube, dass meine Gegenwart wirklich dabei helfen kann, unnötige Gewalt zu verhindern.«

»Da wir jetzt geklärt haben, wer hier sein sollte, wäre es vielleicht ein guter Moment, aufzuzählen, wer es nicht sollte«, sagt Thomas und blickt demonstrativ zu Mira und Eugene.

»Wir können sie nicht ausschließen. Es ist Miras Rache«, sage ich, und meine Augen bleiben auf Miras Gesicht hängen. »Sie hat nur für den Traum gelebt, diese Person zu erwischen.«

»Damit unterstützt du nur, dass wir sie nicht mitnehmen sollten. Sie hört sich an, als könnte sie zu einem Problem werden«, sagt Thomas. »Wahrscheinlich wird sie etwas Unbedachtes tun und uns damit alle in Gefahr bringen.«

»Ich denke nicht, dass wir eine Wahl haben«, entgegne ich. »Sie wird auf jeden Fall hier sein, egal was wir tun. Wenn wir gewalttätige Ausschreitungen verhindern möchten, sollten wir sie besser mitnehmen.«

»Außerdem könnten die beiden für meinen Plan sehr nützlich sein«, wirft Hillary ein. »Es ist sehr voll hier, und sie könnten Darren mit dem Lesen helfen.«

»Einverstanden«, sagt Thomas vorsichtig. »Aber ich mag es nicht.«

»Ordnungsgemäß zur Kenntnis genommen«, meint Hillary und zwinkert mich an. »Wir werden es in den Bericht aufnehmen, Herr Geheimagent.«

»Hol sie zu uns«, bittet mich Thomas, und ich handele sofort.

Im nächsten Moment schaut Eugene mich mit hängender Kinnlade und großen Augen an. Im Gegensatz zu ihm scheint Mira ruhig zu sein und betrachtet die neuen Personen gründlich.

Ich stelle sie einander schnell vor.

»Hillary hat einen Plan«, sage ich danach. »Würdest du uns erklären, worum es sich handelt, Tantchen?«

»Ich dachte, ich hätte dir verboten, mich so zu nennen«, beginnt sie zu sagen, unterbricht sich dann allerdings selbst. »Egal. Du bist in dem Punkt wie deine Mutter. Wenn mich etwas gestört hat, hat sie es nur noch häufiger getan.« Sie lacht kurz, bevor sie sich zu Eugene und Mira umdreht. »Ich habe einen Plan«, sagt sie. »Warum gehen wir nicht zu den Bänken, bevor ich ihn erkläre? Es könnte ein wenig Zeit in Anspruch nehmen.«

»Gerne«, erwidert Mira und macht uns den Weg frei, indem sie die eingefrorenen Menschen einfach rücksichtslos zur Seite schiebt. Ich nehme an, dass es ihre Art ist, ihre Gefühle über die Zusammenarbeit mit Strippenziehern auszudrücken.

»Sie hat Temperament«, flüstert Hillary mir zu, als wir durch den Tunnel aus Körpern gehen, die Mira zurückgelassen hat.

»Wem sagst du das«, flüstere ich mit so leiser Stimme wie möglich zurück.

»Ein überwältigender Anblick«, meint Hillary, als wir an unserem Ziel ankommen. Sie hat recht, dieser Ort ist berühmt für seinen fantastischen Ausblick auf die Brooklyn Bridge.

»Wir sind nicht zum Sightseeing hier«, meint Mira gereizt. »Erkläre uns deinen Plan, Strippenzieher.«

»Als Erstes, junge Dame, wirst du mich nie wieder mit dieser abwertenden Bezeichnung anreden.« Hillary schaut sie streng an. »Ich ziehe Gedankenführer vor, wenn du meine Fähigkeiten unbedingt erwähnen musst.«

»Sie hat es ...«, fängt Eugene an.

»Ich kann für mich selber sprechen«, unterbricht ihn Mira. »Es tut mir leid. Ich werde dich so nennen, wie du möchtest, wenn du dich nur beeilst.«

»Sicher«, erwidert Hillary. »Das hier habe ich mir überlegt ...«

In der Stille, die folgt, erklärt sie uns ihren Plan.

»Das hätte ich nicht besser machen können«, sagt Thomas.

»Wenn du das sagst, nehme ich das als ein großes Kompliment.« Hillary strahlt ihn an.

»Ich bin dabei«, meint Mira. »Das sollte funktionieren.«

»Ich auch«, stimmt Eugene zu.

»Ich denke, ich bin auch einverstanden«, erkläre ich. »Das hört sich recht sicher an.«

»Das ist genau der Punkt«, erwidert Hillary. »Das Wichtigste sollte sein, dass niemand verletzt wird.«

Ich bemerke, dass Miras Augen jedes Mal gefährlich aufleuchten, wenn Hillary etwas in dieser Richtung sagt, aber ich bleibe stumm.

Wir alle folgen Hillary zu ihrem Körper. Sie ist diejenige, in deren Version der Stille wir uns alle befinden.

»Wie kommen wir dorthin?«, frage ich Hillary, als sie uns gerade in die Realität zurückbringen will.

»Wir könnten zu Fuß gehen«, erwidert Thomas. »Aber ich würde lieber mit dem Auto fahren. Falls der Plan schiefgeht, könnten wir vielleicht ein Fahrzeug in der Nähe gebrauchen.«

Alle stimmen zu, und Thomas überzeugt uns davon, sein Auto zu nehmen.

Sobald wir die Stille verlassen haben, begeben wir uns zu seinem Auto – einem schwarzen Minivan eine halbe Straße weiter.

»Wieso ist dein Wagen hier nicht abgeschleppt worden?«, fragt Eugene beeindruckt. »Du hast ja nicht mal einen Strafzettel bekommen.«

»Ich habe spezielle Nummernschilder«, erklärt Thomas und öffnet die Seitentür. »Ich kann parken, wo immer ich möchte.«

Im Auto, hinter der zweiten Sitzbank, befindet sich ein ganzes Waffenarsenal. Kein Wunder, dass Thomas dieses Fahrzeug nehmen wollte.

»Ich werde keine Waffe anfassen«, protestiert

Hillary, sobald sie Thomas' Vorrat erblickt. »Versucht nicht einmal, meine Meinung zu ändern.«

»Du bleibst sowieso im Auto, also sollte dir nichts passieren.« Thomas grinst. »Außerdem denke ich, dass du im Notfall, wenn du wirklich eine Waffe brauchst, deine pazifistischen Prinzipien einfach vergessen würdest. Genauso wie du Speck essen würdest, bevor du verhungerst. Was ist mit euch? Kann ich euch für eine Waffe interessieren?«

»Ich habe meine eigene«, antworte ich und klopfe auf die Rückseite meiner Hose, in der sich die Waffe befindet, die Caleb mir gegeben hat.

»Ich auch.« Mira klopft ebenfalls hinten auf ihren Hosenbund.

»Das Gleiche gilt für mich«, schließt sich Eugene an.

»In Ordnung«, sagt Thomas. »Dann fehle nur noch ich.« Er legt sich einen Holster um und steckt eine Waffe hinein. Außerdem bringt er ein großes Jagdmesser in seiner Gürtelscheide unter.

»Das ist wirklich überflüssig«, wirft Hillary ein. »Mein Plan benötigt keine Waffen.«

»Das ist lediglich eine Vorsichtsmaßnahme, falls etwas Unerwartetes passiert«, beruhigt Thomas sie. »Und jetzt bitte alle einsteigen. Wir müssen losfahren.«

»Ich sitze vorne«, sage ich schnell und setze mich auf den Beifahrersitz.

Mira, Eugene und Hillary steigen hinten ein.

»Anschnallen«, weist Thomas uns an und fährt los.

Nach nur zwei oder drei Minuten erreichen wir

den Punkt, an dem der Verkehr auf die Brooklyn Bridge abbiegt.

»Hier«, sagt Thomas. »Darren, da du darauf bestanden hast, splitte jetzt.«

Ich finde, dass diese Angst vor dem Plan mir bei dem Hinübergleiten hilft.

Das ist der erste Teil des Plans.

Jetzt muss ich die anderen zu mir in die Stille holen.

Ursprünglich wollte Hillary das machen, weil sie meinte, mit ihrer extremen Reichweite die logischste Wahl zu sein. Doch ich habe darauf bestanden, dass ich das machen muss. Ich habe ihr erklärt, dass ich schon Stunden in der Stille verbracht habe, und eine so kurze Zeit, die für den Plan nötig ist, für mich ein Kinderspiel sein sollte.

Aber ich bin mir nicht sicher, warum ich das getan habe. Wahrscheinlich, um Mira zu beeindrucken. Aber es gibt auch einen praktischeren Grund dafür. Hillary muss sich um größere, wichtigere Aspekte des Plans kümmern.

Ich begebe mich in die Stille und finde mich außerhalb des Autos wieder. Das ist interessant. Normalerweise erscheine ich immer auf dem Rücksitz. Aber dadurch, dass er schon von meinen Freunden besetzt ist, scheint mein Körper sich dazu entschlossen zu haben, draußen aufzutauchen. Ich frage mich, wie das funktioniert. Der Strippenzieher in Calebs Erinnerung konnte diesen Prozess kontrollieren. Vielleicht kann ich einen Weg finden, das Gleiche zu tun? Dann erinnere ich mich daran, dass es vielleicht doch nicht so gut ist, zum jetzigen Zeitpunkt wie dieser Strippenzieher sein zu wollen. Schließlich hat Caleb ihn ja getötet.

Die Autos um uns herum stehen still. Ich höre weder Hupen noch andere Geräusche. Die Stille scheint plötzlich ein Omen zu sein.

Ich muss diese Angst beiseiteschieben. Der Plan ist einfach und leicht. Keine Gefahr.

Um den Rest der Mannschaft zu mir zu holen, berühre ich sie alle nacheinander durch das Autofenster.

»Von hier aus gehen wir zu Fuß weiter«, erklärt Thomas, sobald er bei uns ist.

Wir überqueren die Straße vor den eingefrorenen Autos und lassen sie hinter uns. Genau auf der anderen Seite ist der Fußgängerabschnitt der Brooklyn Bridge.

Wie wir erwartet hatten, ist dieser Ort an einem Samstagnachmittag extrem überlaufen, aber der Plan hat diese Möglichkeit einkalkuliert.

»Wie abgesprochen werde ich vorgehen«, sagt Thomas. »Es ist meine Aufgabe, den Gedankenführer zu erkennen. Ansonsten besteht das Risiko, dass du ihn zu uns in die Gedankendimension holst, und das wäre nicht clever.«

»Ich bin mir bei diesem Teil immer noch nicht ganz sicher. Er ist einer der Schwachpunkte des Plans«, sagt Eugene.

»Wieso?«, möchte Hillary wissen und schaut ihn an.

»Woher weißt du, dass du ihn erkennen wirst?«, fragt Eugene Thomas.

»Na ja«, erklärt ihm Thomas, »von dem, was ihr mir erzählt habt, gehe ich davon aus, dass dieser Gedankenführer in New York lebt. Ich meine, es ist unmöglich, dass jemand von außerhalb so viele Menschen in der Stadt führen kann, und das über einen so langen Zeitraum. Wenn er wirklich von hier ist, werde ich ihn erkennen.«

»Ich denke, das könnte funktionieren«, stimmt ihm Eugene zu, »falls du ein gutes Gedächtnis hast.«

»Es gibt nicht viele von uns«, wirft Hillary ein. »Selbst ich könnte das tun, und ich bin eher ein Außenseiter. Thomas ist neu, also ist er erst kürzlich allen von seiner Freundin, unserem offiziellen gesellschaftlichen Schmetterling, vorgestellt worden.«

»Wer ist diese Freundin?«, möchte ich wissen, auch wenn ich die Antwort bereits vermute.

»Natürlich Liz.« Hillary lächelt. »Hast du das nicht gewusst?«

»Nein, nicht wirklich. Die Tatsache, dass er ihr Patient ist, hat mich ein wenig verwirrt«, erwidere ich und hoffe, Thomas damit nicht vor den Kopf zu stoßen. Wenn ich jetzt darüber nachdenke, fällt mir auf, dass die Abwesenheit von Bildern wichtiger Personen in ihrem Büro durch die halb-verbotene Natur ihrer Beziehung zu Thomas erklärt wird. Offensichtlich wollte sie an ihrem Arbeitsplatz nicht zeigen, dass er ihr Freund ist.

»Konzentriert euch«, unterbricht uns Thomas. »Ihr müsst mit dem Kopf bei der Sache sein. Ihr könnt später tratschen, wenn das alles überstanden ist.«

»Zu Befehl. Entschuldigen Sie, Herr Oberst.« Hillary salutiert.

Mira betrachtet diesen ganzen Austausch mit einem eigenartigen Gesichtsausdruck. Ich frage mich, ob ihre Welt gerade noch komplizierter geworden ist. Bevor sie diese beiden getroffen hat, dachte sie, alle Strippenzieher seien teuflisch, also war alles einfach und klar umrissen. Aber jetzt hat sie ihre sogenannten Feinde getroffen, und die – besonders meine Tante – passen wahrscheinlich nicht in Miras Stereotyp eines teuflischen Bösewichts.

Thomas geht weiter und ignoriert Hillarys Versuche, ihn aufzuziehen. Sobald er sich einige Schritte von uns entfernt hat, ist er in der Menge kaum noch zu erkennen. Dieser Ort ist viel zu überfüllt für meinen Geschmack.

»Wir haben eine Menge Arbeit vor uns«, bemerke ich, während ich meinen Blick über die Menschenmassen schweifen lasse.

»Dann sollten wir damit anfangen, anstatt zu reden«, erwidert Mira und geht zu einem muskulösen Typen rechts neben uns.

»Sie hat diese vier Menschen übergangen«, sagt Hillary und zeigt auf zwei ältere Pärchen gleich neben uns.

»Und das, wo sie bestimmt russische Mafia sind«, sage ich und kann mir einen ironischen Tonfall nicht verkneifen. »Ich weiß, du hast gesagt, wir müssen die Gangster in der Menge identifizieren, besonders, wenn sie versuchen, nicht aufzufallen, aber ich bin mir sicher, dass sie alle um einiges jünger sein werden als diese vier.«

Das ist der Teil von Hillarys Plan, bei dem Mira und Eugene zum Einsatz kommen. Sie sollen dabei helfen, die Mitglieder der russischen Mafia in der Menge mit Hilfe des Lesens zu identifizieren. Ich habe meine Zweifel daran, dass das nötig sein wird, da ich annehme, diese Gangster versuchen gar nicht, sich zu verstecken. Ich wette, sie befinden sich alle zusammen an ein und demselben Ort. Ich habe allerdings meinen Mund gehalten, da diese Aufgabe bedeutete, dass Mira und Eugene mitkommen würden.

Sollten auf diese Weise doch russische Kriminelle gefunden werden, würde Hillary ihnen spezielle Anweisungen geben. Davon abgesehen werden meine Tante, Thomas und ich alle anderen anweisen, die Brücke so schnell wie möglich, aber trotzdem geordnet, zu verlassen. Auf diese Weise werden sich an diesem Ort keine unschuldigen Außenstehenden mehr befinden.

»Das ist Altersdiskriminierung«, bemerkt Hillary stur und unterbricht damit meine Gedanken. »Du gehst davon aus, dass Menschen eines bestimmten Alters nicht zu dem fähig sind, was eine jüngere Person tun kann. Und wo würdest du diese Altersgrenze ziehen? Bei fünfzig? Sechzig?«

»Hillary, wenn wir jeden einzelnen Anwesenden überprüfen müssten, würden wir einen ganzen Tag in der Gedankendimension verbringen«, versuche ich sie zu beschwichtigen. »Und sollten wir durch diese Art der Überprüfung fälschlicherweise einem oder zwei Gangstern sagen, sie sollen die Brücke verlassen, wird das nicht das Ende der Welt sein.«

»Gut«, erwidert sie und geht zu den älteren Paaren.

Da Hillary das Ganze mit einer einzigen Berührung tun kann, überlassen Mira, Eugene und ich ihr alle unwahrscheinlichen Kandidaten.

Ich kümmere mich um meine Aufgabe, die eine Kombination aus dem Führen der Menschen, die die Brücke verlassen sollen, und dem, was Mira und Eugene tun, ist – da ich genau wie sie lesen kann.

Ich gehe zu meinem ersten Kandidaten, einem muskulösen Kerl mit einer Narbe auf der Wange. Theoretisch könnte er einer von Arkadys Männern sein.

Ich berühre seinen Oberarm und konzentriere mich.

Wir machen uns Gedanken um die kleinen Unwahrheiten, die wir in unser Dating-Profil geschrieben haben. Ganz besonders um die Dinge, die wir einfach verschwiegen haben.

Wird sie sich mit einem Kriegsveteranen treffen wollen? Und selbst wenn, was ist, wenn es sich dabei um einen Veteranen handelt, der wahrscheinlich eine posttraumatische Belastungsstörung aufweist? Oder haben wir einfach Panikattacken? Würde das für sie einen Unterschied machen?

Ich komme zu dem Entschluss, dass dieser Mann nichts mit der russischen Mafia zu tun hat.

Jetzt beginnt der zweite Teil.

»Das Treffen wird im Battery Park stattfinden, und nicht hier. Dort kann man länger spazieren gehen, und es werden wahrscheinlich weniger Menschen dort sein. Schreib eine Nachricht und ändere den Treffpunkt. Gehe geordnet von der Brücke. Achte darauf, niemanden umzurennen. Wenn das nächste Mal ein Anfall posttraumatischer Belastungsstörung oder eine Panikattacke beginnt, wirst du dich entspannt fühlen, die Angst wird deinen Körper verlassen und du wirst vor allem anfangen zu vergessen, wodurch dieses Problem überhaupt hervorgerufen wurde.«

Als ich davon überzeugt bin, dass der Kerl die Brücke verlassen und sich seine posttraumatische Störung bessern wird, verlasse ich seinen Kopf.

DER ERSTE IST FERTIG, UND HUNDERTE WEITERE warten. Ich nehme einen Marker, den ich mir aus einer Packung in Thomas' Handschuhfach genommen habe, und markiere den Kopf dieses Mannes mit einem großen X. Auf diese Weise kann Hillary sehen, mit wem ich schon fertig bin. Eugene malt einen Kreis auf die Stirn seiner Zielpersonen, um anzuzeigen, dass sie sauber sind und zum Evakuieren geführt werden sollten. Mira benutzt für ihre Kreise Lippenstift. Falls es nicht deutlich geworden ist: Die Idee, die Stirn zu markieren, stammt von mir.

Ich blicke mich um und sehe einen Typ mit einem rasierten Kopf. Er sieht eher wie ein Athlet aus, aber er könnte möglicherweise ein Gangster sein. Er wird mein nächstes Opfer.

Ich erfahre schnell, dass er ein Klempner und Hobby-Bodybuilder ist. Wichtiger als das ist jedoch, dass er überhaupt kein Krimineller ist.

Ich verlasse seinen Kopf und will gerade mein X zeichnen, als Thomas zu mir kommt.

»Ich habe ein Viertel der Brücke überprüft und niemanden gesehen, den ich kenne«, meint er. »Wie läuft es hier?«

»Schau dir doch einfach die Stirn der Menschen an. Diese beiden großen Kerle hier sind sauber«, erwidere ich.

»Diese vier da drüben auch«, sagt Eugene, der unsere Unterhaltung mitgehört hat.

»Dieser Kerl auch«, ruft Mira aus einiger Entfernung. »Und diese Frau.«

Warum sie überhaupt eine Frau überprüft hat, verstehe ich nicht, aber ich sage nichts dazu, da mir Hillary ansonsten Sexismus vorwerfen würde.

»Ich habe mich gerade um diese älteren Menschen und zwei Kinder gekümmert«, sagt Hillary. »Selbst wenn wir die unwahrscheinlichen Personen überspringen, wie Darren es vorgeschlagen hat, wird das Ganze ewig dauern. Ich hatte nicht damit gerechnet, dass so viele Menschen hier sein würden.«

»Aber es ist ja auch nicht so, dass wir älter werden oder Termine verpassen, solange die Zeit angehalten ist«, entgegnet Eugene.

»Das stimmt, aber es könnte sehr ermüdend werden«, sage ich. »Wir sollten vielleicht unsere Auswahl noch weiter einschränken. Anstatt uns generell um jüngere, muskulöse Männer zu kümmern, könnten wir uns auf diejenigen konzentrieren, die zusätzlich noch ein kriminelles Aussehen haben.«

»Das wäre ja noch ungenauer«, entgegnet Hillary unglücklich. »Und es kann dazu führen, dass uns noch mehr Mitglieder der Mafia entwischen. Ich habe kein gutes Gefühl dabei.«

»Ich habe eine Idee, wie wir zumindest das letzte Problem aus der Welt schaffen können«, sagt Thomas. »Wir können bei allen, die auch nur ansatzweise verdächtig aussehen, den Zwang hinzufügen, ihre Waffe dem nächsten Polizisten auszuhändigen, den sie sehen werden.«

»Das ist clever«, sagt Hillary und sieht erleichtert aus. »Menschen ohne Waffen werden es einfach ignorieren. Sie werden keinen Grund haben, dem Befehl zu folgen. Es wird nur die Schuldigen treffen.«

»Natürlich könnte es auch sein, dass nicht alle Mitglieder der Mafia eine Waffe besitzen«, werfe ich ein. »Und einige unschuldige Menschen könnten eine Erlaubnis dafür haben, verdeckte Waffen bei sich zu tragen.«

»Was für Kriminelle wären sie denn, wenn sie keine Waffe bei sich hätten? Aber sollte es solche geben, wäre heute ihr Glückstag – sie kämen ungeschoren davon«, sagt Eugene. »Und diejenigen, die legal versteckte Waffen bei sich tragen, werden bei der Polizei ihre Erlaubnis vorzeigen, sich wahrscheinlich wegen ihres eigenartigen Verhaltens einem Alkoholtest unterziehen müssen, und können danach wieder gehen. Sie haben ja schließlich nichts Rechtswidriges getan.«

»Das stimmt«, sagt Mira. »Wenn uns einige Russen entwischen, wird das nicht so schlimm sein.«

»Wir benötigen immerhin eine nicht zu kleine Anzahl an Gangstern, um mit dem Gedankenführer fertigzuwerden. Es könnte sein, dass er nicht alleine kommt«, erinnert Thomas uns.

Der Plan ist, eine Gruppe von russischen Mafiamitgliedern dazu zu benutzen, den Führer daran zu hindern, die Brücke zu verlassen. Da die Gruppe von Hillary geführt wird, wird der Gedankenführer, auf den wir es abgesehen haben, zumindest theoretisch, wegen ihrer großen Reichweite nicht in der Lage sein, ihre Befehle aufzuheben. Das ist der Grund dafür, weshalb sie bei diesem Plan so unentbehrlich ist – und warum ich ihr jeden Kriminellen aushändigen soll, den ich finden kann.

»Ich würde mir darüber keine großen Sorgen machen«, wirft Mira ein. »Wahrscheinlich kommen die ganzen Männer, die wir in der Banya gesehen haben, als eine große Gruppe hierher, und es werden reichlich Personen für diesen Teil des Plans zur Verfügung stehen.«

»In Ordnung, dann hätten wir das geklärt«, sagt

Thomas. »Jetzt, da wir eine bessere Lösung gefunden haben, werde ich mich auch an der Evakuierung beteiligen.«

»Markiere aber bitte diejenigen, mit denen du fertig bist, genauso, wie es der Rest getan hat, damit wir keine doppelte Arbeit haben«, bittet ihn Hillary.

»Hat jemand etwas zum Schreiben?«, fragt Thomas.

»Hier, du kannst meinen Eyeliner benutzen«, erwidert Mira und reicht ihm ein eigenartig aussehendes Schreibinstrument.

Sie benutzt definitiv zu viel Make-up, fällt mir auf. Besonders seit ich weiß, wie gut sie ohne aussieht. Als ich sie dieses eine Mal ganz früh am Morgen gesehen habe, sah sie umwerfend aus. Außer natürlich, sie schläft mit Make-up. Kann man das überhaupt?

»Markiere alle, die du zum Evakuieren geführt hast, mit einem X auf der Stirn«, erinnere ich Thomas, nachdem er Miras Stift genommen hat.

Er geht weg, ohne etwas darüber zu sagen, wie demütigend er diese Markierungen findet. Er hatte ein Problem mit diesem Teil, als wir Hillarys Plan durchsprachen. Eigentlich hatte er ein noch größeres Problem mit meiner ursprünglichen Idee dafür – den Menschen die Hosen auszuziehen oder sie einfach wie Kegel zu Boden fallen zu lassen. Das derzeitige System ist also eine Kompromisslösung.

Ich wähle zwei neue mögliche Kriminelle aus. Beide stellen sich als Zivilisten heraus und bekommen Anweisungen, die Brücke zu verlassen und ihre versteckten Waffen dem nächsten Polizeibeamten zu übergeben, auf den sie treffen. Beide werden markiert.

Ich frage mich kurz, wie viele nicht-kriminelle Menschen, die illegal versteckte Waffen besitzen, heute unseretwegen Ärger bekommen werden. Aber eigentlich ist es deren Problem, wenn sie Waffen ohne eine Erlaubnis bei sich führen.

Als ich zu meiner nächsten Zielperson gehe, fühle ich auf einmal eine zarte Hand auf meiner Schulter. »Darren, ich möchte mit dir reden«, sagt Mira leise, als ich mich zu ihr umdrehe.

»Was ist los?«, frage ich in der gleichen Lautstärke.

»Wenn wir den Strippenzieher finden, der für den Tod meiner Eltern verantwortlich ist, werde ich dem Plan nicht mehr folgen«, erklärt sie mir und steht dabei auf Zehenspitzen, um ihren Mund möglichst nahe an meinem Ohr zu haben.

»Mira, bitte, das ist ein guter Plan. Tu nichts Überstürztes«, sage ich mit schneller schlagendem Herzen – und das nicht nur, weil ihre weichen Lippen sanft mein Ohr berühren.

»Ich bin doch kein Idiot«, flüstert sie. »Ich werde natürlich warten, bis er in der Falle sitzt. Aber wenn er das erst einmal tut, werde ich ihn töten, anstatt ihn den anderen Strippenziehern zu übergeben, wie Hillary es möchte.«

»Ich denke nicht, dass das eine gute Idee ist«, erwidere ich und bin etwas irritiert darüber, dass sie mir das überhaupt erzählt. Ich hatte mich schon gefragt, warum Mira diesen Teil des Plans so ruhig akzeptiert hatte, obwohl sie unbedingt ihre Rache nehmen wollte. Jetzt weiß ich es. Sie hatte niemals vor, sich an ihn zu halten. Sie wollte Hillary und Thomas hintergehen.

»Ich werde deine Hilfe brauchen«, sagt sie. »Du musst das Auto verriegeln, nachdem ich hinausgesprungen bin, und sie so lange wie möglich aufhalten.«

»Nein, Mira, ich denke nicht, dass ich das tun kann«, antworte ich ihr. »Aber wie wäre es denn damit: Sobald wir wieder in der echten Welt sind, werde ich splitten und dich hineinziehen. Dann reden wir darüber. Okay? Versprich mir bitte, dass du nichts tun wirst, bis wir geredet haben.«

»Gut, wir werden reden«, flüstert sie. »Aber mit oder ohne deine Hilfe werden Arkady und der Strippenzieher diese Brücke nicht lebend verlassen.«

Bevor ich die Gelegenheit habe, etwas zu antworten, geht sie weg.

Thomas hatte recht, wir hätten ohne sie kommen sollen. Jetzt ist es allerdings zu spät dafür. Vielleicht kann ich etwas tun, um sie aufzuhalten, so, wie das Auto schon zu verriegeln, bevor sie hinausspringen kann. Ich kann auch hinübergleiten und Thomas und Hillary warnen. Aber Mira hat mir vertraut, und ich kann mir nicht vorstellen, ihr Vertrauen auf diese Weise zu missbrauchen. Außerdem gibt ein kleiner Teil von mir ihr recht. Meine Tante ist viel zu friedfertig. Arkadys Männer haben wiederholt versucht, mich und meine Freunde umzubringen, und es war der

Strippenzieher, der sie geführt hat. Würden diese zwei sterben, würde ich ihnen keine Träne hinterherweinen.

Ich gehe weiter, überspringe einige Menschen, die Thomas bereits markiert hat, und gehe auf eine kleine Lücke in der Menge zu. Dank dieser menschenleeren Stelle kann ich Thomas in einiger Entfernung sehen.

Im gleichen Moment wird mir bewusst, was sich vor mir befindet.

Es war genauso, wie Mira vermutet hatte.

Die ganzen russischen Schläger der Banya stehen in der Mitte der Brooklyn Bridge. Nur, dass sie jetzt angezogen und höchstwahrscheinlich bewaffnet sind.

Um sie herum ist ein wenig Platz, und ich vermute, dass die anderen Menschen instinktiv einen großen Bogen um diese Gruppe gemacht haben. Ich mache diesen umsichtigen Fußgängern keinen Vorwurf daraus. Ich selbst hätte diese Russen auch gemieden.

Ich gehe zu ihnen und male auf ihre Stirn einige Kreise mit einem X darunter. Eine Art Totenschädel-Markierung, die ich mir für die Kennzeichnung der Mafia einfallen lassen habe. Keiner von ihnen hatte eine andere Markierung, was bedeutet, dass Thomas bei seiner Einschätzung nicht blind ist. Er hat völlig richtig erkannt, dass es sich bei ihnen nicht um unschuldige Anwesende handelt.

Jetzt brauchen wir Hillary.

»Hillary«, rufe ich und schaue nach hinten. »Schau dir das hier bitte einmal an. Ich denke, diesen Teil des Plans haben wir so gut wie erledigt.«

Ich sehe eine kleine Hand, die über die Menge

hinwegwinkt. Musste meine Tante dafür in die Luft springen? Oder hat Eugene sie angehoben?

Ich beschließe, Thomas zu folgen und ihm die Neuigkeiten zu erzählen, da ich den Eindruck habe, dass er meinen Ruf nicht gehört hat.

Als ich in seine Richtung gehe, erblicke ich ihn auch fast sofort.

Er berührt jemanden.

Jemanden, den ich kenne.

»Thomas, nein! Halt!«, brülle ich und hoffe, dass es nicht schon zu spät ist.

Aber das ist es.

In einem Augenblick werden wir Zuwachs in der Stille bekommen – von jemandem, der auf keinen Fall hier sein sollte.

27

Ich schiebe rücksichtslos die Menschen zur Seite, die mir im Weg stehen, damit ich schnell zu Thomas komme. Als ob es etwas ändern würde, wenn ich mich näher bei ihm befände.

Thomas' Hand liegt auf Jacobs Schulter, und seine Finger berühren fast den Nacken dieses Mannes.

Ja, Jacob – der Anführer der Lesergemeinschaft. Der Mann, der mir neulich erst den Vortrag über die Verschwiegenheitserklärung gehalten und den Namen meines Vaters fallengelassen hat.

Die letzte Person, von der ich erwartet hätte, sie auf der Brücke zu sehen.

Ich schaue genauer hin, und werde erneut überrascht. Neben Jacob steht Sam, der Kerl, den Caleb uns als Hilfe angeboten hatte. Ein Mann, den Sam eine Maschine genannt hat. Dass Jacob Sam dabeihat, ergibt Sinn. Sam ist Sicherheitspersonal, genau wie Caleb.

Aber die Tatsache, dass sie beide hier sind, ergibt keinen Sinn.

Die Welt scheint sich zu verlangsamen, sogar in der Stille – oder meine Gedanken rasen einfach.

Hat Caleb Sam angerufen, obwohl ich dagegen war? Nein, das würde nichts erklären. Ich habe Caleb nie etwas Genaues über dieses Treffen erzählt. Es muss etwas anderes sein.

Hat Eugene trotz allem mit Julia gesprochen, und sie hat alles ihrem Vater erzählt? Ich habe Eugene nie aus den Augen verloren, aber vielleicht hat er es in der Stille getan? Wäre Eugene so dumm? Das kann ich mir bei ihm nicht vorstellen. Es muss eine andere Erklärung geben.

Dann frage ich mich, ob die Leser aus eigenen Gründen hinter dem gleichen Strippenzieher wie wir her sein könnten, und sie ebenfalls versuchen, ihn hier zu erwischen. Das ist schon plausibler, aber der Zufall wäre einfach zu groß. Und warum nur Jacob und Sam? Warum würden sie nicht Calebs ganze Mannschaft und Caleb selbst mitbringen?

Und dann sehe ich, dass Jacob einen Aktenkoffer in seiner Hand hält.

Einen Aktenkoffer. Der Mann am Telefon sollte Geld für Arkady bringen, und ein Aktenkoffer ist ein guter Weg, um Geldbündel zu transportieren.

Kann das sein?

Ist es möglich, dass anstatt eines mächtigen Strippenziehers Jacob – ein Leser – am Telefon gewesen ist?

Das würde auch erklären, warum der mysteriöse Marionettenspieler überhaupt das Telefon benutzt hat. Es stimmt natürlich, dass es einfacher ist, jemanden anzurufen, als zu ihm zu gehen und ihn in der Stille zu berühren. Aber Telefonate sind leichter nachzuverfolgen, und der Drahtzieher hinter allem schien immer mehr als paranoid zu sein. Und warum sollte man Geld für eine verworrene Liste von Todesopfern ausgeben, wenn man Arkady sowieso dazu bringen könnte, jeden, den man möchte, gratis umzubringen?

Falls Jacob der Mann am Telefon ist, ändert das alles.

Thomas ist nur einen Zentimeter davon entfernt, Jacob zu berühren. Ich nehme meine Waffe zur Hand, während in meinem Kopf immer noch die verwirrenden Gedanken kreisen.

Könnte es Jacob gewesen sein, der angeordnet hat, ich solle erschossen werden? Vielleicht hat er meine Ähnlichkeit zu meinem Vater erkannt? Er hat beim Skypen erwähnt, ich sähe vertraut aus. Falls er wusste, mit wem mein Vater verheiratet war, war es kein großer Schritt, anzunehmen, dass ich ein Hybrid bin. Und was könnte es für einen Puristen Schlimmeres geben als einen Hybriden? Nicht viel, kann ich mir vorstellen. Ist es möglich, dass Jacob mich von Caleb zu sich bringen ließ, um meine Reaktion auf den Namen *Mark Robinson* zu sehen? Rückblickend ergibt das durchaus Sinn. Es gab keinen Grund dafür, dass Jacob mich persönlich davor gewarnt hat, meine Macht zu enthüllen. Das hätte auch Caleb oder jeder andere Leser tun können.

Während ich diese ganzen Dinge in meinem Kopf durchspiele, überkommt mich so eine intensive Angst, dass ich fast erwarte in die Stille zu gleiten – aber da befinde ich mich ja schon. Also splitte ich nicht, ich fühle mich einfach eigenartig, und dieses Gefühl verstärkt sich. Das Hinübergleiten muss mir in solchen Momenten wie diesem Erleichterung verschaffen, weil ich nie derart zu Tode erschreckt war wie jetzt.

Und auf einmal sehe ich einen zweiten, nicht eingefrorenen Jacob hinter Thomas auftauchen. Dieser Jacob schaut sich irritiert um, aber nur einen Augenblick lang. Sobald er sieht, dass Thomas gerade seinen eingefrorenen Körper berührt, scheint er zu verstehen, was passiert. Ich weiß ganz genau, was er denkt: Jemand hat ihn in die Stille gezogen.

Jemand, den er nicht kennt.

Falls Jacob aus dem Grund hier ist, den ich annehme, wird er jetzt Angst bekommen. Er wird sich in die Ecke gedrängt fühlen.

Ich dagegen fühle mich einfach wie betäubt und bewegungsunfähig. Ich sehe wie in einer Art Trance dabei zu, wie Jacob zurückspringt. Er wirft die Aktentasche, die er in der Hand gehalten hat, zur Seite und beginnt, mit der freien Hand hinten in seinen Hosenbund zu greifen.

Als der Aktenkoffer den Boden berührt, öffnet er sich. Bündel mit Hundertdollarscheinen verteilen sich auf dem Pflaster.

Es gibt keine Zweifel mehr.

Jacob ist der Mann vom Telefon – der Hintermann, für den wir die Falle gelegt haben.

Was gleichzeitig bedeutet, dass sich Thomas in Gefahr befindet, wird mir auf einmal klar. Wir alle tun das.

Metall blitzt auf, als Jacob seine Hand von der Rückseite seiner Hose entfernt. In ihr befindet sich jetzt eine Waffe.

Warum hat sich Thomas nicht schon lange herumgedreht?, denke ich mit stummem Entsetzen. Hat er nicht gehört, wie der Aktenkoffer aufgeschlagen und aufgegangen ist? Oder ist er so mit dem Führen beschäftigt, dass er nichts von seiner Umgebung mitbekommt?

Ich erhebe meine Waffe und gebe einen Schuss in die Luft ab.

Wahrscheinlich wäre es besser gewesen, wenn ich auf Jacob gezielt hätte, aber ich traue meiner Treffsicherheit nicht. Nicht, wenn sich Thomas so nahe bei ihm befindet. Außerdem würde ich Jacob lieber verwunden, als ihn zu töten. Eine Verletzung würde im Gegensatz zum Tod bei der Rückkehr aus der Stille verschwinden, und wir hätten die Möglichkeit, Jacob einige brennende Fragen zu stellen.

Der Lärm meiner Waffe ist ohrenbetäubend. Er ist wie ein Donnerschlag, der dadurch verstärkt wird, dass sich meine Ohren an die absolute Ruhe in der Stille gewöhnt hatten.

Thomas dreht sich sofort um – was auch meine

Absicht gewesen war. Er konnte diesen furchtbaren Lärm unmöglich überhören.

Auf einmal passiert alles mit erschreckender Geschwindigkeit.

Thomas dreht sich herum und erblickt den Mann, den er gerade führen wollte, hinter sich – mit einer Waffe in der Hand. Ich hätte erwartet, dass es Thomas verwirren würde, aber stattdessen reagiert er mit Lichtgeschwindigkeit.

Mit einer schnellen Bewegung tritt Thomas die Waffe aus Jacobs Hand. Ich frage mich, ob mein Schuss Jacob aus dem Konzept gebracht hat und er deshalb ein leichtes Opfer für diesen Tritt war. Ein von Caleb und Haim geformter Teil meines Gehirns nimmt ein weiteres Detail von Thomas' Manöver wahr.

Es war eine Bewegung aus dem Kickboxen.

Fast gleichzeitig schlägt Thomas dem jetzt entwaffneten Jacob mit der Faust ins Gesicht.

Das ist ein traditioneller Aufwärtshaken vom Boxen, informiert mich der gleiche kampfgeschulte Teil meines Hirns.

Jacob stolpert nach hinten. Seine Bewegungen scheinen sich zu verlangsamen. Dieser Schlag scheint alles in seinem Kopf zum Drehen gebracht zu haben.

Thomas schließt den Abstand zwischen ihnen mit einem langen Schritt und schlägt erneut zu. Wieder Boxen, aber diesmal gemischt mit etwas, was ich überhaupt nicht zuordnen kann.

Jacob stolpert wieder nach hinten und fällt. Er sieht betrunken aus, wie die Boxer nach einem finalen K.-o.-

Schlag. Nur, dass er nicht am Boden liegen bleibt. Stattdessen beginnt er, auf die linke Seite von Thomas zu kriechen.

Ich sehe, dass Thomas ihn dabei beobachtet. Es ist schwer zu sagen, ob sich auf Thomas' Gesicht Ekel oder Mitleid widerspiegelt, aber es ist eindeutig, dass er in diesem Moment nicht vorhat, Jacob weiter zu verletzen. Vielleicht möchte er ihn genau wie ich am Leben lassen, um ihn befragen zu können. Ansonsten wäre es kein Problem für ihn, den Kampf mit einem Schuss oder einigen gut platzierten Tritten zu beenden.

Aber dann verstehe ich auf einmal, was Jacob versucht.

»Tritt ihn!«, versuche ich zu schreien, aber meine Stimme ist rau. Als ich merke, dass Thomas mich nicht hört, oder nicht versteht, was ich sage, erhebe ich meine Waffe und richte sie auf Jacob. Im letzten Moment zögere ich. Ich traue meiner Zielsicherheit immer noch nicht, und sie befinden sich weiterhin viel zu nahe beieinander. Anstatt zu schießen, räuspere ich mich und bereite mich darauf vor, so laut zu schreien, wie noch nie in meinem ganzen Leben. Gleichzeitig nimmt Jacobs Kriechen an Geschwindigkeit zu, und seine Hand erreicht Sams Hosenbein.

Jacob ist gerade dabei, Sam in die Stille zu holen.

»Erschieße ihn, verdammt nochmal, Thomas!«, schreie ich, diesmal laut. »Jetzt!«

Statt zu reagieren, schaut Thomas mich an. Ich zeige mit einer verzweifelten Geste auf Jacob und fahre mit meiner Handkante über meinen Hals – das universale Töte-ihn-Zeichen. Mit einem Nicken dreht sich Thomas zu Jacob um und hebt seine Waffe.

Aber es ist bereits zu spät. Jacob schiebt Sams Jeans hoch und berührt den Knöchel dieses großen Mannes.

»Pass auf!«, rufe ich Thomas zu. Ich nehme meine eigene Waffe zur Hand und bereite mich darauf vor, zu schießen. Ich bin entschlossen, das Risiko eines Schusses einzugehen, falls ich muss. Wenn man Caleb Glauben schenken kann, ist Sam ein viel gefährlicherer Gegner als Jacob. Er ist genauso gut wie Caleb – und ich habe gesehen, was Caleb kann. Es ist schon ironisch, dass genau der Mann, den wir fast um Hilfe gebeten hätten, jetzt derjenige ist, gegen den wir Hilfe bräuchten.

Ich versuche, mich zu konzentrieren. Ich darf den Moment nicht verpassen, in dem Sam sich in der Stille materialisiert. Sobald er das tut, werde ich versuchen müssen, auf ihn zu schießen. Ich habe keine andere Wahl.

Währenddessen schießt Thomas nach einem kurzen Zögern Jacob in die Brust. Ich erschrecke mich wegen des Geräusches und bin gleichzeitig schockiert über den Verlauf des Geschehens, auch wenn ich derjenige war, der es vorgeschlagen hat. Ich hoffe, Thomas weiß, was Jacob gerade getan hat, dass er Verstärkung hineingezogen hat. Hat er vielleicht deshalb geschossen? Hat er diese Entscheidung getroffen, um die Anzahl seiner Freunde unter Kontrolle zu behalten?

Ich schaue mich immer noch nach Sam um, genau wie Thomas.

Dann bringt ein weiterer Schuss mein Trommelfell fast zum Zerplatzen. Ich drehe mich um und sehe entsetzt, dass Thomas sich seine Brust hält. Um seine Hand breitet sich ein roter Fleck aus.

Nein. Das darf nicht passieren. Das ist mein einziger Gedanke, als Thomas ein wimmerndes Geräusch von sich gibt und in die Knie geht.

»Nein!« Ich höre eine hohe Stimme, die meine eigenen Gedanken nur einen Meter von mir entfernt ausspricht. Das müssen Hillary und die anderen sein, die zu uns kommen. Ich habe allerdings keine Zeit, das zu überprüfen.

Jetzt, da Thomas zu Boden sinkt, kann ich sehen, wo Sam sich in der Stille materialisiert hat. Genau hinter Thomas, von meinem Standpunkt aus. Deshalb habe ich zwar den Schuss gehört, aber den Schützen nicht entdeckt.

Den Schützen, der jetzt grob in meine Richtung schaut und seine Waffe ausrichtet.

Ich schieße. Die gute Nachricht ist, dass ich zumindest nicht Thomas erwischt habe. Er hält sich immer noch seine Brust, aber die Tatsache, dass er nicht umgefallen ist, sondern immer noch kniet, erfüllt mich mit einer schwachen Hoffnung. Vielleicht ist Sams Kugel durch ihn hindurchgegangen, ohne lebenswichtige Organe zu treffen? Vielleicht ist es nur eine Fleischwunde?

Die schlechte Nachricht ist, dass ich Sam ganz

eindeutig nicht getroffen habe, und das weiß ich, weil er immer noch völlig unverletzt dasteht.

Er steht unverletzt da und schießt erneut mit seiner Waffe – die auf mich gerichtet ist.

Sams Schuss ist das beängstigendste Geräusch, das ich jemals gehört habe. Es scheint zu vibrieren und mein ganzes Ich mit Todesangst zu erfüllen. Aber als das Gefühl, dass meine Ohren gleich bluten, nachlässt, bemerke ich, dass ich unversehrt bin.

Und dann sehe ich, warum.

Sam hat nicht auf mich geschossen. Er hat auf Thomas gezielt. Ich fühle mich wie betäubt, als ich ungläubig dabei zusehe, wie Thomas zu Boden fällt und sich eine Blutlache um seinen Kopf bildet.

Die Schwere dieses Verlusts wird durch das Wissen verstärkt, dass Thomas der Einzige war, der eine Chance gegen Sam gehabt hätte. Und jetzt ist Thomas tot.

Und wir sitzen in der Scheiße.

Während ich wie benebelt dastehe, sehe ich, wie hinter mir eine Waffe auftaucht. Ich erkenne die schlanken Hände mit den langen Fingern, die die Waffe halten.

Es sind Miras Hände.

Als ich diese Tatsache wahrnehme, drückt sie auch schon ab.

Gleichzeitig führt Sam ein militärisches Manöver durch, indem er auf dem Boden entlangrollt. Ich habe das schon in Filmen gesehen, aber noch nie im echten Leben. Miras Schuss muss ihn verfehlt haben, denn ich sehe, wie Sam bis zu Thomas Leiche rollt und sie herumdreht, um den toten Körper unseres Freundes als Schutzschild zu benutzen.

Obwohl mir vor Angst ganz schlecht ist, ziele ich und drücke erneut ab. Gleichzeitig werden zwei weitere Schüsse abgefeuert. Das müssen Eugene und Mira sein, die gleichzeitig schießen.

»Darren, lauf!«, schreit Hillary, und ich höre, wie sie selbst das Gleiche tut.

»Wir sollten ihr folgen.« Es ist Eugene, und er hört sich verzweifelt an.

Ich höre seine sich entfernenden Schritte, als Mira ruft: »Wir sollten ihnen Deckung geben!«, bevor sie erneut auf Sam schießt.

Ich schaue hinter mich und sehe, dass Mira sich zurückzieht. Ich folge ihrem Beispiel und feuere in Sams Richtung, während ich damit beginne, mich zurückzuziehen.

Sam schaut kurz hinter seinem Versteck hervor und gibt einen weiteren Schuss ab. Ich bereite mich auf die Schmerzen vor, aber stattdessen höre ich einen schmerzerfüllten Aufschrei hinter mir.

Aus der Richtung, wo sich Eugene und Hillary befinden.

Ich vergesse das Deckungsfeuer und eile zu meinen Freunden. Mira tut das Gleiche.

Wir sehen, dass Eugene sich über Hillary beugt, die auf dem Boden liegt.

»Sie lebt«, sagt Eugene schnell. »Es ist ihr Bein. Er hat ihr Knie erwischt.«

Er muss unter Schock stehen, weil es ganz offensichtlich ist, dass meine Tante lebt. Sie schreit wie eine Furie und umklammert ihr Knie.

Ich befinde mich ebenfalls in einem Schockzustand, weshalb mir erst jetzt auffällt, dass ich Sam viel zu lange aus den Augen verloren habe. Ich drehe mich um und sehe, dass er jetzt viel näher an uns herangekommen ist. Er hat seinen menschlichen Schild verlassen und eine halb kniende Position eingenommen, um mit seinem Knie die Waffe zu stabilisieren, mit der er auf uns zielt.

Mira und ich richten beide gleichzeitig unsere Waffen auf ihn und feuern ab. Sams Schuss hört sich wie ein Echo unserer an.

Ich bereite mich erneut auf die Schmerzen vor, aber auch diesmal spüre ich nichts. Stattdessen höre ich einen Aufschlag ganz in meiner Nähe. Ich fühle mich erneut so, als würde ich gleich in die Stille hinübergleiten, nur dass diesmal die Frustration darüber, dass es nicht passiert, noch stärker ist. Entsetzt schaue ich mich um und sehe eine riesige Blutlache auf dem Pflaster hinter mir.

Ich kann erkennen, woher sie kommt.

Von Eugene. Er liegt zuckend auf dem Boden, und Blut und Gehirnmasse laufen aus dem, was von seinem Kopf noch übrig geblieben ist.

Mir ist schlecht, aber ich kann mich nicht übergeben. Mein Gehirn fühlt sich an, als sei es aus Wolle, und meine Gedanken sind vor Ungläubigkeit wie gelähmt. Das muss ein Alptraum sein, aus dem ich schreiend aufwachen werde. Eugene kann nicht tot sein. Das kann er einfach nicht. Erst jetzt wird mir klar, wie sehr ich ihn mochte. Wie er ein Freund für mich geworden war. Er kann nicht weg sein.

Aber ich wache nicht schreiend in meinem Bett auf. Stattdessen drehe ich mich um und schieße erneut, immer wieder, und versuche dabei den Hass, den ich für Sam fühle, in jede meiner Kugeln zu legen.

Dieses Arschloch scheint trotzdem unverletzt zu sein. Durch die ganzen dämlichen Manöver, die er durchführt, ist er unmöglich zu treffen. Ich schieße erneut, aber er rollt sich nach vorne und macht eine Art Salto.

Als er auf dem Boden aufkommt, drücke ich ab, aber ich höre nur ein leeres Klicken.

»Lauf, Darren!«, schreit Mira und macht einen Schritt nach vorne. »Du musst hier raus. Bevor er dich auch noch erwischt.«

Sie zielt sorgfältig und schießt. Ich höre ein Stöhnen und sehe, wie Sam seine Hand umklammert. Mira hat es geschafft, seine Schusshand zu treffen. Ich fühle eine Welle der Erleichterung.

Durch ihren Erfolg bestärkt, schießt Mira erneut, aber diesmal verfehlt sie ihn. Sam macht eine weitere seiner verfluchten Rollen.

»Lauf, habe ich gesagt!«, ruft Mira, aber ich schaffe es einfach nicht, mich zu bewegen. Erwartet sie wirklich, dass ich sie im Kampf mit Sam allein lasse? Auf gar keinen Fall.

Und dann verstehe ich es. Vielleicht sollte ich tun,

was Mira sagt. Wenn ich rechtzeitig herauskomme, zu meinem eingefrorenen Ich im Auto zurückkehren kann und uns alle aus der Stille hole, kann ich wenigstens Hillary retten. Egal welchen Schaden Hillary in der Stille erlitten hat, sobald sie sich wieder in der realen Welt befindet, wird sie unversehrt sein. Aber was ist mit Mira? Wenn ich sie zurücklasse, könnte sie sterben, bevor ich uns alle hier herausholen kann.

»Du läufst!«, rufe ich Mira zu. »Ich folge dir.«

Ich warte nicht, um zu sehen, ob sie meinem Befehl folgt, sondern schaue mich hektisch nach Sam um. Jetzt hält er ein Messer in der Hand.

Ich weiß, was ich zu tun habe. Ich muss ihn angreifen, ihn aufhalten. Während ich darüber nachdenke, überkommt mich erneut dieses Gefühl, als ob ich in die Stille gleiten würde. Diesmal hat es allerdings Auswirkungen.

Die Zeit scheint sich für mich zu verlangsamen.

In diesem Zeitraffer beginne ich, auf ihn zuzurennen. Während ich laufe, sehe ich, dass Sam mit seiner linken Hand die Klinge des Messers ergreift. Sein Arm schwingt nach hinten, und dann lässt er sein tödliches Geschoss fliegen. Im gleichen Zeitraffer betrachte ich, wie sich das Messer in der Luft dreht, während es auf uns zufliegt. Ich mache mich auf den Schmerz gefasst – aber dann sehe ich, dass das Messer nicht zu mir kommt.

Es fliegt zu Mira.

Verzweiflung breitet sich in mir aus, als ich sehe,

wie das Messer eine letzte tödliche Drehung vollführt, während es in Miras Brust eindringt. Es steckt fast bis zum Griff in ihr, und ich höre den gequälten Schrei, der aus Miras Mund ertönt.

Ein irrationaler Teil von mir fragt sich, ob ich rennen und uns aus der Stille herausholen kann, bevor das Messer seine tödliche Arbeit beendet, aber dann erinnere ich mich an die Entfernung bis zum Auto und lasse diese Option fallen. Es ist zu weit bis dorthin.

Miras Hand umfasst den Griff des Messers, und ihr Gesichtsausdruck wird panisch. Zum ersten Mal sehe ich sie als die junge und zerbrechliche Frau, die sie ist. Unsere Augen treffen sich, als sie beginnt, Blut zu husten. Langsam, fast anmutig, fällt sie zu Boden. Als sie dort aufkommt, sind ihre tiefblauen Augen, die mich bis jetzt angeschaut haben, ausdruckslos.

Sie ist tot.

Nein, das kann ich nicht akzeptieren – denn wenn ich das täte, würde ich vor Schmerz und Trauer umfallen. Aber ich kann nicht umfallen. Nicht jetzt. Nicht nach allem, was passiert ist.

Ich spüre, wie sich meine Trauer und mein Entsetzen in etwas anderes verwandeln. In eine gewaltige und unkontrollierbare Wut.

Ich werde zum personifizierten Zorn.

Ein Teil von mir bekommt mit, dass Sam sich nähert, aber anstelle von Angst fühle ich eine Euphorie über das, was ich jetzt tun werde. Meine Welt konzentriert sich auf eine einzige Sache. Ein einziges Ziel.

Eine Person. Nein, keine Person – ein Ding, ein Stück Fleisch, das ich zerstören muss. Ein Krebsgeschwür, das ich herausschneiden muss.

Ich brülle wie ein verwundetes Tier.

Ich renne zu Sam.

Er rennt zu mir.

Mit einer Mischung aus Haims und Calebs Bewegungen schlage ich in seinen Magen und sein Gesicht, noch bevor er merkt, was ich vorhabe. Danach trete ich gegen sein Schienbein, und Sam blockiert mich, aber er verpasst den Tritt, der auf seinen Unterleib zielt. Als mein Fuß auftrifft, schnappt er nach Luft und erblasst, aber er hört nicht auf, mich abzuwehren, weshalb es ihm gelingt, meinen Schlag auf seinen Solarplexus abzufangen.

Sam erholt sich von meinem Überraschungsangriff und versucht, jetzt selbst anzugreifen. Ich wehre seinen Schlag mit meinem linken Unterarm ab und ramme meine Faust mit meiner ganzen Kraft in seinen Kiefer.

Unerträgliche Schmerzen explodieren in meinem Unterarm und meiner rechten Hand, aber das interessiert mich nicht. Alles, an was ich denken kann, ist das befriedigende knackende Geräusch, das ich gerade von seinem Kiefer gehört habe. Es ist Musik in meinen Ohren. Ich möchte es noch einmal hören, selbst wenn ich mir dabei meine eigenen Finger brechen sollte.

Ich täusche mit meiner rechten Faust an, und als Sam darauf reagiert, versuche ich, seine Nase mit meinem linken Ellenbogen zu erwischen.

Der Schmerz in meinem Arm ist unerträglich, aber ich ignoriere ihn, da mich erneut eine Euphorie überkommt, als ich ein knackendes Geräusch vernehme. Seine Nase, die wahrscheinlich gebrochen ist, blutet.

Er hält aber nicht inne, und auf meinen Moment des Triumphes folgt ein quälender Schmerz in meiner Seite. Die Luft wird aus meinen Lungen gedrückt, und ich versuche verzweifelt, mein Gleichgewicht wiederzuerlangen. Sams Knie trifft meine Rippen, und ich habe nicht die Möglichkeit, mich zu stabilisieren. Schon gar nicht, als Sam als Nächstes mein Knie trifft und ich zu fallen beginne. Während ich zu Boden gehe, schafft er es, meinen Körper weitere Male zu treten. Ich kann nur wenige dieser Schläge abwehren, bevor ich bewegungslos liegen bleibe.

Mein Körper fühlt sich gebrochen an, und ich habe den metallischen Geschmack von Blut im Mund. Ich versuche, es auszuspucken, aber ich kann es nicht. Mein Körper reagiert nicht, während weitere Tritte auf mich einhageln. Ich kann sie nicht mehr zählen, da der Schmerz zu anhaltend und zu stark ist.

Ich weiß nicht einmal, wieso ich überhaupt noch bei Bewusstsein bin, aber plötzlich bemerke ich, dass er aufgehört hat, mich anzugreifen. Bevor ich allerdings die Möglichkeit bekomme, mich darüber zu wundern, spüre ich, dass er meinen Kopf umfasst und ihn mit einem schraubstockartigen Griff festhält.

Nein, schreie ich in Gedanken, als sich mein Kopf mit einem unmöglich lauten Knacken zur Seite dreht.

Schmerz explodiert in meinem Nacken, und auf ihn folgt ein schreckliches Taubheitsgefühl.

Ein Taubheitsgefühl, das meinen ganzen Körper durchzieht.

In dieser erschreckenden Abwesenheit von Schmerzen bemerke ich, dass ich Sam aus einem eigenartigen, unmöglichen Blickwinkel anschaue. Ich dürfte ihn überhaupt nicht sehen, da ich auf dem Bauch liege. Und dann beginne ich zu verstehen.

Ich verstehe das Taubheitsgefühl und das knackende Geräusch.

Ich verstehe, warum ich mich jetzt fühle, als würde ich ersticken.

Mein Genick ist gebrochen. Meine Wirbelsäule ist ausgerenkt und mein Kopf ist nach hinten gedreht. Deshalb wurde die Guillotine als ein gnädiger Tod angesehen. Wenn der Kopf vom Körper abgetrennt ist, spürt man keine Schmerzen. Man stirbt einfach. In Sekundenschnelle.

Als ich beginne, mein Bewusstsein zu verlieren, blicke ich in den Himmel und weiß, dass er das Letzte sein wird, was ich in meinem Leben sehen werde.

28

Etwas knallt mir ins Gesicht. Der Schmerz ist eine willkommene Überraschung. Dass ich überhaupt etwas fühlen kann, kommt mir wie ein Wunder vor.

Ich habe niemals an ein Leben nach dem Tod geglaubt, aber offensichtlich hatte ich Unrecht. Irgendetwas existiert nach dem Tod, zumindest scheint es so.

Ich öffne die Augen und bin noch verwirrter.

Würde ich in meinem Leben nach dem Tod einen Airbag in meinem Gesicht haben?

Plötzlich bin ich in Alarmbereitschaft.

Aus irgendeinem Grund bin ich wieder zurück in Thomas' Auto. Neben mir sehe ich Thomas höchstpersönlich. Er sitzt hinter dem Steuer. Er hat ebenfalls einen Airbag im Gesicht, aber er bewegt sich.

Er lebt.

»Autsch«, höre ich eine hohe Stimme von hinten.

Hillarys Stimme.

»Du hättest mich fahren lassen sollen, verdammt nochmal.« Das ist jetzt Miras Stimme. Scharf und verärgert, aber eindeutig lebendig. Die Freude, die mich überkommt, ist unbeschreiblich.

»Mira«, schreie ich geradezu. »Du lebst!«

»Warum denn auch nicht?«, fragt Eugenes Stimme von hinten. »Was zum Teufel ist denn passiert, nachdem ich in der Gedankendimension erschossen wurde?«

»Ja, genau, was ist passiert?«, stimmt Thomas ein.

»Du bist auch am Leben, Eugene! Ihr seid *alle* am Leben. Ich kann es gar nicht glauben!« Ich hoffe, das ist keine Halluzination oder ein Scherz meines sterbenden Gehirns. »Ich habe euch alle drei sterben sehen. *Ich bin gestorben.*«

»Nur wir vier?«, fragt Thomas. »Du also nicht, Hillary?«

»Nein«, antwortet sie. »Ich war verletzt und habe geblutet, aber als dieses Monster Darren getötet hat, war ich immer noch am Leben.«

»Dann haben wir noch eine Chance«, sagt Thomas.

»Ja. Eigentlich hat sich der Plan kaum verändert«, meint Hillary. »Wer waren diese Männer?«

»Ein Anführer der Gedankenleser und sein Sicherheitsmann«, antworte ich automatisch und versuche dabei, die Tatsache zu verarbeiten, dass wir irgendwie alle noch am Leben sind.

»Was? Wie konnte einer von uns letztendlich einer von ihnen gewesen sein?« Hillary hört sich fast so verwirrt an, wie ich mich fühle. »Weißt du was, dafür ist jetzt keine Zeit. Ich habe die Mitglieder der Mafia mit den Markierungen von Darren auf ihrer Stirn gesehen. Ich kann sie kontrollieren und den Rest der Menschen evakuieren.«

Ich schaffe es, den Airbag zur Seite zu schieben und hinter mich zu schauen.

Hillary hat einen sehr konzentrierten Gesichtsausdruck.

»Okay, ich habe gerade versucht, mich darum zu kümmern«, sagt sie, und nach einem Moment entspannt sich ihr Gesicht wieder. »Ich hoffe, dass alles glatt läuft.«

»Was meinst du?«, fragen Mira und ich gleichzeitig.

»Und warum sind wir überhaupt am Leben?«, füge ich hinzu, während ich versuche, die turbulente Mischung der Gefühle in mir in den Griff zu bekommen. »Ich dachte, wir seien gestorben ...«

»Darren, wenn du in der Gedankendimension getötet wirst, stirbst du in der echten Welt nicht«, meint Hillary und schaut mich dabei an. »Wir alle spüren, dass etwas Schlimmes passieren wird, wenn wir dort sterben, und das tut es auch – aber es ist nicht der Tod. Es ist eher eine sehr große Unannehmlichkeit.«

»Was? Nein, warte«, sage ich verwirrt. »Doch, das tut man. Man stirbt, ich bin mir sicher. Ich ...«

»Nein, das tust du nicht, wir sind ja offensichtlich alle nicht gestorben«, erwidert Mira. »Aber wir verlieren etwas.«

»Versuche zu splitten, Darren«, fordert Eugene

mich auf und schaut mich dabei an. »Dann wirst du es verstehen.«

Ich tue, was er sagt. Jetzt in die Stille zu tauchen sollte die leichteste Sache der Welt sein. Ich habe diese ganze Restangst und das Adrenalin noch in mir.

Aber es passiert nichts. Dieses frustrierende Gefühl ist mir vertraut. Es ist das gleiche, das ich in diesen beängstigenden Momenten in der Stille gespürt habe. Es fühlt sich an, als ob man bei dem Versuch, hinüberzugleiten, auf eine mentale Mauer treffen würde.

»Wir vier sind jetzt inert«, erklärt mir Thomas, während er die Airbags unter Kontrolle bekommt. »Wir können nicht mehr in die Gedankendimension splitten.«

Es muss an dieser zu großen Fülle von Gefühlen liegen, dass sich dieser Verlust so intensiv anfühlt. »Wir haben unsere Macht verloren?«, frage ich ungläubig.

»Ja. Für eine Weile. Nicht für immer.«

»Also wird es nicht so bleiben?« Die Welle der Erleichterung ist ebenso stark wie mein Verlustgefühl vor einer Sekunde.

»Nein, das wird es nicht. Wenn du in der Gedankendimension stirbst, ist das fast so, als würdest du deine Zeit aufbrauchen, nur dass es viel länger anhält«, erklärt Eugene.

»Ich habe meine Zeit in der Stille noch nie aufgebraucht«, sage ich und kann mein ungutes Gefühl in meiner Stimme hören. Logischerweise weiß ich, dass der temporäre Verlust meiner Kräfte überhaupt nicht mit dem Sterben vergleichbar ist, aber es macht mir trotzdem Angst. Die Stille war immer meine Rettung gewesen, ein Sicherheitsnetz, das ich seit meiner Kindheit benutzt habe, und ihr Verlust trifft mich hart.

»Ich verstehe dich, Darren.« Hillary schaut mich mitleidig an. »Genau wie du bin ich nie an die Grenzen meiner Zeit gestoßen, und ich kann mir auch nicht vorstellen, wie das für mich wäre. Es tut mir unglaublich leid, dass dir das passiert ist.«

»Ihm wird es gut gehen. Es wird ja wiederkommen«, meint Thomas. Er scheint nicht sonderlich besorgt über seinen eigenen Machtverlust zu sein, aber immerhin ist seine Zeit auch viel begrenzter als meine oder Hillarys.

Während er spricht, fällt mir etwas ein. »Deswegen hast du gestern so leichtfertig die Waffe auf mich gerichtet?«, frage ich und blicke Mira an. Das hatte bis jetzt keinen Sinn ergeben. Nicht, nachdem ich ihr am Tag davor das Leben gerettet hatte. »Du hast mir gar nicht damit gedroht, mich umzubringen. Du hast mir damit gedroht, mir meine Macht zu nehmen?«

»Ja, genau«, antwortet sie. »Um ehrlich zu sein, habe ich nur geblufft. Ich hatte nicht wirklich vor, dich inert zu machen. Nicht nach dem, was ich über deine verrückte Tiefe weiß. Dieser ganze Vorfall tut mir leid. Ich hätte es auch nicht getan, wenn ich gewusst hätte, dass du ernsthaft Angst um dein Leben hattest.« Sie macht eine kurze Pause und fügt hinzu: »Höchstwahrscheinlich nicht«.

Die Teile des Puzzles fügen sich zusammen. »Deswegen hat Eugene auch dieses wirre Zeug darüber gesagt, mich nicht zu erschießen, weil ich Monate in der Gedankendimension verbringen kann?«

»Ja.« Eugene nickt. »Es wäre ein Sakrileg gewesen, jemandem so viel Macht wegzunehmen. Das konnte ich nicht zulassen. Sie kann sehr reizbar sein, wenn sie aufwacht, also habe ich selbst nicht bemerkt, dass sie nur geblufft hat.«

Ich atme erleichtert aus. Also hatte Eugene nicht vorgehabt, mich zu benutzen, wie ich ursprünglich gedacht hatte. Er war sich des wirklichen Preises des Todes in der Stille die ganze Zeit über bewusst gewesen und hatte einfach versucht, mich zu beschützen.

Alles fängt auf einmal an, Sinn zu ergeben. Als Caleb während unserer Vereinigung gesagt hatte, dass der Tod in der Stille einen langanhaltenden Effekt hat, hat er nicht den Tod gemeint; er hatte gemeint, dass der Strippenzieher inert sein würde. Das erklärt auch Calebs leicht komischen Gedanken, dass es Zeit sei, mit der Tötung des Strippenziehers zu beginnen. Er muss gemeint haben, dass der erste Schritt sei, den Mann inert zu machen. Ohne unsere Macht muss es viel einfacher sein, einen von uns außerhalb der Stille zu beseitigen. Und deshalb hatte Caleb auch versucht, sich möglichst nahe bei ihm in die Stille zu begeben. Sobald der Strippenzieher in der Stille tot und deshalb in der echten Welt inert war, konnte Caleb, der seine

Macht immer noch besaß, kurzen Prozess mit ihm machen.

Ich verstehe immer noch nicht alle Einzelheiten, aber die Dinge beginnen, sich zu klären.

»Wie lange werde ich brauchen, um mich zu erholen?«, frage ich.

»Das ist bei jedem unterschiedlich«, antwortet Eugene.

»Wartet mal«, unterbricht Thomas und dreht sich zu mir um. »Einen kleinen Moment bitte. Ist eure ›Tiefe‹ das Gleiche, was wir ›Reichweite‹ nennen? Und falls das so ist, hast du gesagt, dass es sich dabei in deinem Fall um Monate handelt? Das hast du niemals erwähnt, Darren.«

Ich zucke mit den Schultern, da ich immer noch darüber nachdenke, dass ich inert bin, aber Hillary lächelt stolz. »Er ist ja schließlich mein Neffe.«

»Bist du deshalb nicht weggerannt, als ich dich darum gebeten habe?« Mira blickt mich mit glänzenden Augen an. »Du hast gedacht, wir befänden uns in Lebensgefahr?«

»Ja, schon«, gebe ich peinlich berührt zu. »Ich konnte dich nicht einfach alleinlassen. Sam war dir auf den Fersen. Ich habe nicht verstanden, dass du versucht hast, meine Macht zu retten.«

»Eigentlich habe ich versucht, ihre Leiden zu beenden«, erklärt mir Mira und blickt kurz zu Hillary hinüber.

»Danke«, sagt meine Tante.

Es herrscht einen Moment lang Stille, als jeder

diese schrecklichen Momente noch einmal durchlebt.

»Also, was ist denn nun mit diesem Unfall hier?«, frage ich schließlich. »Wie passt der zu allem?«

»Das war mein Fehler«, sagt Thomas. »Der Schock, zu sterben, und mich dann hinter dem Steuer wiederzufinden, war zu viel, also bin ich in das Auto vor mir gefahren.«

»Ich habe mich um den Fahrer gekümmert«, erklärt Hillary. »Er wird denken, er sei gegen einen Hydranten gestoßen.«

»Du sagst dauernd, dass du dich um Dinge gekümmert hast«, meint Mira. »Aber du erklärst nicht, was du getan hast oder wie du es getan hast. Was passiert gerade auf der Brücke?«

»Ach, das. Ich habe die Mitglieder der Mafia dazu geführt, eure Mitschnüffler – ich meine Jacob und Sam – festzuhalten. Diese Kriminellen greifen sie wahrscheinlich gerade an, während wir hier miteinander reden«, erklärt Hillary.

»Ich kann das immer noch nicht glauben«, sagt Eugene durch zusammengebissene Zähne. »Die ganze Zeit war es Jacob.« In einem für ihn unüblichen Gefühlsausbruch schlägt er frustriert auf meinen Sitz. Es tut mir nicht weh, also sage ich auch nichts. Ich verstehe ganz genau, wie er sich fühlt.

»Wartet mal, mir ist gerade etwas aufgefallen. Der Name Jacob«, sagt Hillary. »Hattest du nicht gesagt, dass der Name der Person am Telefon Esau war?«

»Ja«, sage ich. »Und?«

»Jacob und Esau waren Brüder in der heiligen

Schrift. Der Typ hat dir praktisch einen Hinweis darauf gegeben, wer er ist«, sagt Hillary.

»Also hat Jacob die Explosion angeordnet«, sagt Mira langsam, und mir fällt auf, dass ihr das jetzt erst dämmert. »Es war ein Leser, der unsere Leben zerstört hat, kein Strippenzieher.«

»Ja, es war Jacob alias Esau«, bestätige ich ihr sanft. »Er hat Arkady befohlen, den Sprengstoff zu benutzen.« Miras ganze Welt muss Kopf stehen. Die Strippenzieher sind nicht ihre Feinde, die Gedankenleser, ihre eigene Gemeinschaft, scheinen es dagegen zu sein.

»Ich verstehe das nicht.« Eugene hört sich verwirrt an. »Es war mit Sicherheit ein Strippenzieher in die Sache verwickelt. Er taucht in vielen Erinnerungen der Gangster auf.«

»Es muss mehr dahinterstecken«, meint Hillary. »Nachdem die Polizei jeden Einzelnen verhört hat, können wir uns Zugang zu ihren Akten verschaffen. Vielleicht kommt dabei etwas zum Vorschein.«

»Welche Polizei?« Miras Stimme wird sanft. Gefährlich sanft. »Wovon redest du?«

»Ich bin gerade dabei, sie anzurufen«, erklärt Hillary. »Das ist der Teil des Plans, der sich jetzt geändert hat und sogar leichter geworden ist. Die Gangster sollten in der Lage sein, die zwei Schnüffler festzuhalten, und anstatt unsere Freunde von den Gedankenführern anzurufen, werde ich das einfach die Polizei erledigen lassen. Führer sind nicht dafür geeignet, mit Schnüfflern umzugehen. Sie würden sie töten, und das möchte ich nicht. Mach dir aber trotzdem keine Sorgen. Im Gegensatz zu Führern können die Schnüffler Gefängnisse nicht verlassen. Stimmt's?«, sagt sie und übersieht offensichtlich das harte Funkeln in Miras Augen.

»Auf gar keinen Fall ...«

Miras harsche Worte werden durch das Geräusch von Schüssen in einiger Entfernung unterbrochen. Auf einen vereinzelten Schuss folgen mehrere schnell aufeinander.

Hillary erblasst.

Miras Kopf schnellt Richtung Brücke, und ich sehe, dass sie schnell eine Entscheidung trifft. Bevor ich etwas sagen kann, handelt sie auch schon. Sie öffnet die Tür, drückt den Türverriegelungsknopf und schlägt die Tür hinter sich zu, bevor sie zur Brücke rennt.

»Scheiße!« Thomas fummelt an der Verriegelung. »Ich habe dir doch gesagt, sie würde ein Risiko sein.«

Ich öffne hektisch meinen Gurt, um hinter ihr herzurennen.

»Halte sie auf«, fährt Thomas Hillary an, als er die Tür endlich entriegelt hat. »Du bist die Einzige, die das kann.«

»Das kann ich nicht«, widerspricht Hillary. »Sie hat eine Waffe. Sie könnte einen Zivilisten erschießen, wenn ich versuche, diesen zu benutzen.«

»Das hier ist nicht der richtige Zeitpunkt für Pazifismus.« Ich kann den Gesichtsausdruck meiner Tante nicht sehen, aber ich höre Thomas fluchen, bevor er sagt: »Gut. Improvisiere etwas. Du da, gib mir dieses Gewehr ...«

Ohne Eugenes Antwort abzuwarten, öffne ich die Tür und beginne, Mira hinterherzulaufen. Ich werde sofort an die Tatsache erinnert, dass ich nicht länger in der Stille bin. Die Autos um uns herum bewegen sich mit ungebremster Geschwindigkeit, und ich werde beinahe zweimal überfahren, bevor ich den Bürgersteig erreiche. Jedes Mal, wenn ich quietschende Bremsen höre, versuche ich zu splitten, aber vergebens. Ich kann nicht in die Stille hinübergleiten.

Ich bin jetzt weniger als fünf Minuten inert, und ich hasse es schon.

»Ich war kaum in der Lage, das letzte Auto zu kontrollieren«, sagt ein Taxifahrer kryptisch aus seinem Fenster, als ich vorbeilaufe. Er trägt einen Turban und spricht mit einem leichten indischen Akzent. Ich bin mir ziemlich sicher, ihn niemals zuvor getroffen zu haben. »Du bist mein Blutsverwandter, und ich möchte unbedingt, dass du am Leben bleibst. Bitte sei vorsichtig.«

Meine Aufmerksamkeit wendet sich von dem eigenartigen Taxifahrer weg, hin zu der Straße, die ich gerade überquert habe, als ich ein lautes Hupen höre, dem ein dumpfer Aufschlag folgt. Ich blicke kurz zurück und sehe Eugene auf dem Boden vor einem Auto liegen. Mein Herz setzt einen Schlag aus, aber ich halte nicht an.

Ich muss zu Mira gelangen.

Als ich mich der Brücke nähere, sehe ich eine

Menschenmenge auf mich zueilen. Das muss Hillarys improvisierte Evakuierung sein. Hier und dort sehe ich bekannte Gesichter – Menschen, die ich selbst gelesen und geführt habe.

Sobald ich bei ihr bin, teilt sich die Gruppe, um mir einen breiten Weg freizumachen. Das ist eigenartig, aber da es mir hilft, hinterfrage ich es nicht.

»Darren, beeil dich, sie ist schon fast da«, meint eine alte Dame zu mir, als ich auf den promenadenartigen Teil der Brücke zulaufe.

»Ich bin es übrigens, Hillary«, sagt ein kleines Kind zu mir, als es an mir vorbeirennt. »Warum siehst du so schockiert aus?«

Jetzt verstehe ich es. Der Taxifahrer, die alte Dame, die Menschen, die mir Platz machen, und jetzt das Kind. Hillary führt alle diese Personen, um mir zu helfen, und sie lässt mir durch sie Nachrichten überbringen. Ich wäre jetzt sehr beeindruckt, wenn ich nicht so eine Panik hätte.

Auf einmal höre ich wieder quietschende Reifen hinter mir.

»Thomas wäre beinahe von einem Auto überfahren worden. Er ist aber in Ordnung. Er folgt dir immer noch. Eugene geht es auch gut; er hat sich lediglich das Bein verletzt. Es könnte sein, dass er nicht rechtzeitig ankommt«, sagt der muskulöse Typ mit der posttraumatischen Belastungsstörung zu mir, als ich an ihm vorbeilaufe.

Bevor ich die Möglichkeit habe, mich zu beruhigen, höre ich ein eigenartiges Wehgeschrei. Mindestens einhundert Menschen auf der ganzen Brücke schreien in einem höllischen Unisono: »Nein, Mira, tue es nicht!«

Und dann fallen die Personen vor mir auf den Boden. Was diese Bewegung besonders gruselig macht, ist, dass sie es alle gleichzeitig tun, so als würde bei ihnen allen ein tödliches Gift im gleichen Moment wirken.

Ich bekomme dadurch einen freien Blick auf das, was gerade passiert – einen Blick, der erklärt, warum Hillary sie das machen ließ. Sie hätte nicht so vielen Zivilisten Kratzer zugefügt, wenn sie keinen guten Grund dafür gehabt hätte.

Auf dem anderen Ende der Brücke kämpfen zwei große Männer gegeneinander. So wie es aussieht, sind sie entschlossen, bis zum Tod zu kämpfen.

Einen von ihnen erkenne ich sofort. Es ist Arkady, der Psychopath aus der Banya. Er muss unter Hillarys Führung stehen. Der andere ist Sam.

Die Wut, die ich vorhin verspürt habe, ist in dem Moment zurück, als ich sehe, dass Sam das Messer in der Hand hält, das er in der Stille nach Mira geworfen hat.

Und dann erkenne ich, was Mira tut.

Das ist es, was Hillary mich so verzweifelt sehen lassen wollte.

Mira zielt mit ihrer Waffe auf die beiden kämpfenden Männer.

In diesem Augenblick nehme ich auch den Rest der Szene wahr. Auf dem Boden neben Sam und Arkady halten zwei von Arkadys Männern Jacob fest. Der Rest der Gangster, einschließlich demjenigen, der damals versucht hat, mich zu erschießen, liegt blutend auf dem Boden. Das müssen die Schüsse gewesen sein, die wir gehört haben. Diese Männer wurden wahrscheinlich erschossen, als sie versucht haben, Sam und Jacob die Waffen abzunehmen – aber sie scheinen letztendlich erfolgreich gewesen zu sein.

»Mira, du musst niemanden töten!«, schreit Arkady, während er mit Sam kämpft. Hillary muss auch durch ihn sprechen.

Sam stöhnt und brüllt als Antwort: »Mira, stoppe ihn, und du und dein Bruder werdet mit offenen Armen in unserer Gemeinschaft aufgenommen! Dieser Mann wird von einem mächtigen Strippenzieher kontrolliert. Ich brauche deine Hilfe. Jacob braucht deine Hilfe. Erschieße ihn! Jetzt!«

»Zuerst werde ich dich umbringen, nicht ihn«, faucht Mira, ohne ihr Ziel zu verändern. »Und Jacob – aber ihn werde ich leiden lassen.« Mit diesen Worten drückt sie ab.

Bei dem ohrenbetäubenden Geräusch des Schusses dreht Sam sich schnell weg, und der Kopf, der explodiert, ist Arkadys, nicht Sams.

Ich beobachte das alles, während ich, ohne eine Pause zu machen, weiterlaufe.

Mira schießt, unbeeindruckt von ihrer Verfehlung, erneut auf Sam. Zu meinem Entsetzen macht Sam wieder dieses Herumrollen, das er schon in der Stille getan hat. Nur, dass er jetzt noch schneller ist und

Miras Kugel mit einer unheimlichen Präzision ausweicht. Er scheint angefangen zu haben, sich zu bewegen, noch bevor Mira überhaupt abgedrückt hat. Und dann verstehe ich es: Er kann in die Stille gleiten. Er muss diese Fähigkeit dazu nutzen, Miras Bewegungen vorauszusehen.

Mira beginnt, sich in meine Richtung zurückzuziehen, während sie weiterhin in Sams Richtung schießt. Sam rollt wieder und sticht mit seinem Messer in einen der Russen, die Jacob festhalten. Sein Opfer schreit laut auf, als das Messer auf seine Schulter trifft.

»Hör auf damit, du kranker Schnüffler! Hör auf, oder du wirst getötet werden«, schreit der verletzte Mann, während er Jacob loslässt, um seine verletzte Schulter zu umklammern. Sam ignoriert seine Worte und sticht erneut zu, diesmal ins Herz.

»In Ordnung«, krächzt der Typ, und Blutblasen bilden sich auf seinen Lippen, als er zu Boden fällt. »Du lässt uns keine andere Wahl.«

Ich muss mich selbst daran erinnern, dass Hillary das gerade sagt.

»Darren, bewege dich nach rechts!«, schreit ein Chor aus Zivilisten, die um mich herum auf dem Boden liegen. Wieder meine Tante. »Jetzt!«

Ohne nachzudenken, springe ich nach rechts, und sofort ertönt ein Schuss. Ich blicke mich um und sehe Thomas, der zehn Meter von mir entfernt steht und ein Gewehr in seinen Händen hält. Als ich mich wieder der Szene vor mir zuwende, fällt Sam gerade zu Boden, und seine oberste Kopfhälfte fliegt dabei durch die Luft.

»Jetzt bleibst du verdammt noch mal liegen, Schnüffler«, sagt der andere Russe, der Jacob festgehalten hat. Ich kann gar nicht glauben, dass das wieder Hillary ist. Sie hört sich so unglaublich kalt an. Ich nehme an, dass wenn es irgendjemanden gab, der meine friedfertige Tante blutrünstig werden lassen konnte, dann Sam.

Auf einmal verstehe ich, dass sie sich nicht die Zeit genommen hat, sich darüber zu freuen, Sam erschossen zu haben. Sie redet bereits mit Jacob. Er hat es geschafft, sich aus dem Griff des Russen zu befreien, und streckt sich nach Sams Messer aus, das dieser fallen gelassen hat, als er starb.

»Mira, du stehst Thomas im Weg«, sagt der Russe. »Geh weg, damit er schießen kann.«

Ich erhebe meine eigene Waffe, aber diesmal zögere ich, abzudrücken. Wenn es Sam wäre, würde ich, ohne ein zweites Mal darüber nachzudenken, schießen. Aber es ist Jacob. Er kannte meinen Vater. Er kann mir Antworten zu meiner Familie geben.

Anstatt auf Hillarys Kommando zu hören, hebt Mira ebenfalls ihre Waffe an. Offensichtlich ist sie entschlossen, Jacob selbst zu töten.

Sie zielt und drückt ab.

Anstelle eines Knalls kommt allerdings nur ein leises Klicken. Jacob steht immer noch unverletzt auf seinen Beinen.

Ihre Waffe hat keine Munition mehr.

Jacob blinzelt. Er sieht fast so aus, als sei er überrascht, noch am Leben zu sein. Danach schaut er auf das Messer in seiner Hand, ergreift es an der Klinge und hebt es über seine Schulter.

Ich habe ein schreckliches Déjà-vu. Er hebt das Messer an, um es auf Mira zu werfen – genau so, wie es Sam in der Stille getan hat.

Das kann nicht noch einmal geschehen.

Das werde ich nicht zulassen.

Ohne auch nur eine Sekunde länger darüber nachzudenken, schieße ich. Das Messer befindet sich immer noch in Jacobs Hand, also drücke ich immer wieder ab. Ohne nachzudenken. Rasend.

Ich höre nicht auf, abzufeuern, bis meine Kugeln aufgebraucht sind.

Als sich der Nebel der Wut in meinem Kopf lichtet, sehe ich, dass sich das Messer nicht länger in Jacobs Hand befindet. Es liegt auf dem Boden, genauso wie der Mann selbst, dessen Brust blutüberströmt ist.

Wie betäubt stehe ich da und blicke den Mann an, den ich getötet habe. Dabei kann ich nur an eine Sache denken.

Mira geht es gut. Das ist alles, was zählt.

»Gehen wir, Darren«, singen die Menschen, die um mich herumliegen, in einem von Hillary geführten Singsang. »Es ist Zeit, zu verschwinden.«

Ich schüttle meine Benommenheit ab und beginne zurückzulaufen, als ich bemerke, dass Mira nicht bei mir ist. Anstatt mir zu folgen, geht sie zu Jacobs Leiche. Sie beugt sich nach unten und beginnt, seine Taschen zu durchsuchen. Danach hebt sie eine andere Waffe vom Boden auf und schießt Jacob in den Kopf.

Ich frage mich, ob das bedeutet, dass meine Schüsse ihn nicht getötet haben – und ich frage mich sofort, warum es mich überhaupt interessiert. Er wollte Mira töten. Wie hätte ich nicht schießen können?

Nachdem sie ihr grausiges Unterfangen beendet hat, hebt Mira Jacobs Aktenkoffer auf und kommt auf mich zu.

»Lass uns von hier verschwinden«, sagt sie mit einem blassen, aber entschlossenen Gesicht.

Ich sehe sie verständnislos an.

»Es ist vorbei«, sagt sie sanft. »Wir gehen jetzt.« Sie hängt sich bei mir ein und beginnt, mich wegzuziehen.

Während wir die Brücke verlassen, dämmert mir das Ausmaß dessen, was gerade passiert ist. Arkady, Sam, Jacob, die anderen Mitglieder der russischen Mafia – sie sind alle tot, und wir wären auch fast gestorben. Zu sagen, dass ich an meine Grenzen stoße, wenn ich versuche, damit klarzukommen, dass ich Mira fast sterben sehen habe, wäre eine riesige Untertreibung.

Gedankenverloren lasse ich mich von ihr zu Thomas führen, der auf uns wartet. Eugene kommt zu uns gehumpelt und sieht extrem erleichtert aus, als er erkennt, dass Mira und alle anderen unversehrt sind.

»Gute Arbeit«, sagt Thomas zu mir, als wir uns ihm nähern. »Es tut mir leid, dass ich nicht schießen konnte. Sie hat mir im Weg gestanden.«

»Danke«, murmele ich und fühle mich extrem erschöpft.

»Du«, sagt Thomas, während er Mira anschaut und mit dem Kopf schüttelt. »Du bist die unbesonnenste Frau, die ich jemals getroffen habe.«

Sie antwortet nicht. Zum ersten Mal, seit ich sie getroffen habe, sieht sie kleinlaut aus. Und gleichzeitig fast fröhlich.

Thomas' schwarzer Van, der jetzt eine kaputte Stoßstange hat, wartet schon am Bordstein auf uns. Ein Typ, den ich noch nie gesehen habe, sitzt am Steuer.

»Ich fahre nicht gerne Autos mit Automatikgetriebe«, erklärt Hillary von der Rückbank. »Also habe ich ihn das Fahrzeug hierherbringen lassen.«

»Danke«, sagt Thomas. »Er kann jetzt gehen.«

»Danke, Robert«, meint Hillary zu dem Fahrer. »Dein Auto steht an der Stelle, an der du es verlassen hast. Du kannst gehen.«

Der Mann steigt aus und beginnt, mit einem ausdruckslosen Gesicht wegzugehen

»Jetzt steht da nicht einfach so rum.« Hillary gibt uns ein Zeichen, einzusteigen. »Es ist vorbei. Wir sollten von hier verschwinden.«

Auf ihre Worte hin beginnen wir, uns zu bewegen. Thomas setzt sich hinters Steuer, und wir steigen ebenfalls ein.

Als wir wegfahren, schaue ich zurück und sehe, dass die Menschen immer noch die Brooklyn Bridge verlassen.

29

Als wir in die Stadt fahren, bemerke ich, dass ich mich zusammenreißen muss. Mein Gefühl der Leere ist überwältigend.

»Ich habe wieder jemanden getötet«, sage ich schließlich. »Das wollte ich wirklich nicht.«

»Fühl dich deshalb nicht so schlecht«, sagt Mira. »Dieses Arschloch hat unsere Eltern getötet. Und deine vielleicht auch. Außerdem hast du ihn nur angeschossen. Ich bin diejenige, die ihn getötet hat.«

Also war Jacob nicht tot, als Mira zu ihm kam.

»Ich weiß nicht, ob das hilft«, erwidere ich. »Ich kannte ihn, weißt du. Das macht irgendwie einen Unterschied.«

»Du solltest mit Liz reden, sobald sich alles beruhigt hat«, meint Thomas. »Sie kann dir helfen.«

Ja, mit meiner Therapeutin reden. Das wäre ein guter Anfang. Jetzt gerade brauche ich aber etwas anderes. Ganz dringend.

Ich brauche Informationen und Zeit, über Dinge nachzudenken.

»Kann mir bitte jemand sagen, wer zum Teufel diese Männer waren?«, fragt Thomas. »Diese Menschen, die gerade gestorben sind. Worum ging es bei dem Ganzen? Einige von eurer Gemeinschaft waren offensichtlich dabei ... einige Schnüffler.«

»Sie waren Leser«, sage ich und unterstreiche die angemessene Bezeichnung. Ich mag keine Doppelmoral, und wenn Hillary und Thomas lieber Gedankenführer als Strippenzieher genannt werden möchten, sollten sie sich revanchieren. »Der große Bodyguard, den du erschossen hast, war einer ihrer ranghöchsten Sicherheitsangestellten, und der ältere, weniger furchteinflößend aussehende Mann, den ich getötet habe – oder Mira – war Jacob, der Anführer der Gemeinschaft.«

»In Ordnung. Aber wir sind hierhergekommen, um einen von uns – einen bösartigen Gedankenführer – zu schnappen«, wiederholt Thomas geduldig. »Was ist passiert? Wie konntet ihr euch nur so sehr täuschen?«

»Darren, möchtest du Detektiv spielen?«, schlägt Mira vor. »Dein Tipp wird genauso gut sein wie meiner.«

»Na ja«, sage ich langsam und versuche, durch den Nebel in meinem Kopf hindurch zu denken, »es hört sich an, als hätte Jacob eure Familie wegen der Forschungen eures Vaters umgebracht. Weil Jacob ein Purist war, könnte die Arbeit eures Vaters für ihn inakzeptabel gewesen sein.« Das ist zumindest das Einzige, was für mich einen Sinn ergibt.

»Was ist ein Purist und was sind das für Forschungen?«, fragt Thomas.

»Puristen scheinen die Traditionalisten unter den Lesern zu sein«, erkläre ich und finde es faszinierend, endlich einmal derjenige zu sein, der die Antworten kennt.

»Und die Forschungen meines Bruders gehen die Strippenzieher nichts an«, wirft Mira ein, bevor ihr Bruder etwas dazu sagen kann.

»Was ist aus dem Führer geworden, den wir eigentlich finden wollten?«, will Hillary verwirrt wissen. »Meint ihr, dass es diesen Gedankenführer nie gegeben hat?«

»Nein«, sage ich. »Das ist der eigenartige Teil. Mira hat Spuren eines Führers gefunden, als sie den Mord an ihren Eltern untersucht hat. Und sie war nicht die Einzige. Ich habe ebenfalls Spuren eines Gedankenführers gesehen, als wir Mira gerettet haben, und auch, als diese Krankenschwester versucht hat, mich umzubringen. Das bedeutet, dass zweifellos einer in die ganze Sache verwickelt ist. Vielleicht hat er mit Jacob zusammengearbeitet?«

»Zusammenarbeit?«, fragt Hillary. »Ich bezweifle, dass unsere Traditionalisten jemals mit einem Leser reden würden, ganz zu schweigen davon, mit ihm zu arbeiten.«

»Das Gleiche gilt für die Puristen«, meint Eugene.

»Das mag so sein, aber die Beweise sagen etwas

anderes«, erwidere ich. »In Arkadys Kopf sah ich, wie der Strippenzieher Arkadys Erinnerung daran ausgelöscht hat, dass er von Jacob mit Morden beauftragt wurde. Das würde nur einen Sinn ergeben, wenn sie als ein Team gearbeitet hätten.«

»Sollten sie sich zusammengetan haben, wäre das eine Doppelmoral von unglaublichem Ausmaß«, sagt Hillary. »Traditionalisten sind genau diejenigen, die die Leser am meisten hassen, und ich denke, das Gleiche trifft auf die Puristen, ihr Gegenstück bei den Lesern, zu.«

»Puristen hassen euch mit einem fast religiösen Fanatismus«, bestätigt Eugene. »Mit einem Strippenzieher zu arbeiten wäre für sie, wie einen Pakt mit dem Teufel einzugehen.«

»Vielleicht haben sich die beiden Mächte zusammengetan, um ein noch größeres Übel zu bekämpfen«, spekuliere ich. »Vielleicht eine vorübergehende Allianz? Ich meine, heute haben wir gesehen, wie mächtig ein Team aus Lesern und Führern sein kann. Vielleicht haben sie sich wegen eines gemeinsamen Interesses zusammengeschlossen … wie mich zu töten – den Frevel.«

»Das weiß ich nicht. Immerhin existierst du ja erst seit kürzester Zeit für sie«, wirft Eugene ein. »Außer natürlich, ihre Verbindung geht bis zu der Zeit deiner Eltern zurück – was ich für möglich halte. Aber die Forschungen meines Vaters, – und jetzt meine eigenen – auslöschen zu wollen, ist eine wahrscheinlichere Motivation.«

»Also meinst du, ich bin noch nicht fertig.« Mira hört sich eher müde als verärgert an. »Du denkst, dass es eine andere Person gibt, einen Gedankenführer, der etwas mit dem Tod unserer Eltern zu tun hatte?«

»Ich denke, ich spreche für alle, wenn ich dir erlaube, diese Person einen Strippenzieher zu nennen, Mira«, erwidere ich. »Aber meine Intuition sagt mir, dass Jacob für den Tod deiner Eltern verantwortlich ist. Er hat schließlich ihren Mord in Auftrag gegeben.«

»Du bist definitiv fertig, Miroschka«, schließt sich mir Eugene an. »Du hast die Personen getötet, die direkt für ihren Tod verantwortlich waren. Es ist an der Zeit, die Sache hinter dir zu lassen. Beginne ein neues Leben.«

»Er hat recht«, sage ich. »Überlass den Führern das Problem mit dem traditionalistischen Strippenzieher. Lass es mein Problem sein. Vielleicht ist die Lösung so einfach, wie diesen Strippenzieher an seine Traditionalistenfreunde zu verraten. Es könnte sein, dass sie seine Wahl von Verbündeten nicht unterstützen. Was denkst du, Hillary?«

»Das könnte funktionieren. Lass mich darüber nachdenken«, sagt Hillary und überlegt.

Mira sitzt einfach schweigend da und hat einen unleserlichen Gesichtsausdruck. Ich denke, sie hat eine Menge, über was sie nachgrübeln muss. Ich hoffe auf jeden Fall, dass sie beschließt, ihren Rachefeldzug offiziell zu beenden. Das wünsche ich ihr. Ich möchte, dass sie zur Uni geht und eine

Säuglingskrankenschwester wird, egal, wie uncharakteristisch dieser Plan für sie zu sein scheint.

Was ich nicht sage, ist, dass mein eigener Rachefeldzug definitiv nicht beendet ist. Jacob und der Strippenzieher wussten aus irgendeinem Grund über mich Bescheid. Sie wussten schon etwas, bevor ich überhaupt geboren wurde. Daran besteht kein Zweifel. Es muss einen Grund dafür gegeben haben, dass meine Eltern sich versteckten – einen Grund dafür, dass sie mich zu Sara und Lucy gegeben haben.

Es kann kein Zufall sein, dass ich, genau nachdem ich Jacob getroffen habe, von einem seiner kleinen Gangster angeschossen wurde. Und es ist auch kein Zufall, dass der Strippenzieher mich nur eine halbe Stunde später im Krankenhaus ausfindig gemacht hat, um mich zu töten. Einer muss dem anderen von mir erzählt haben. Jacob muss erkannt haben, wie ähnlich ich meinem Vater sehe, und es dem Strippenzieher gesagt haben. Das könnte auch erklären, dass die Aufzeichnungen über die Schwangerschaft meiner Mutter verschwunden sind, wie ich von Bert weiß. Vielleicht war es das erste Mal, dass die Mörder meiner Eltern verstanden haben, dass meine Eltern ein Kind gezeugt haben. Die Aufzeichnungen über die Schwangerschaft könnten ihnen dabei geholfen haben, das zu bestätigen.

»Darren, wir sollten mehr darüber reden«, sagt Thomas und reißt mich damit aus meinen Überlegungen. »Sobald sich die Wogen ein wenig geglättet haben.«

»Sicher«, antworte ich.

»Es gibt da noch eine Sache«, sagt Mira und greift in ihre Hosentasche. »Etwas, was dir helfen könnte, Darren. Ich habe das hier gefunden.«

Auf ihrer ausgestreckten Hand liegt ein kleines schwarzes Objekt.

»Das ist der USB-Stick, den Jacob bei sich hatte«, meine ich und verstehe auf einmal, warum sie die Taschen des toten Mannes durchsucht hat, bevor sie ihn erschoss.

»Ja. Aber er ist verschlüsselt falls du dich erinnerst«, entgegnet Mira.

»Was soll sich auf ihm befinden?«, will Thomas wissen.

»Ich denke, eine Liste aller Zielpersonen, die die Mafia für Jacob umbringen sollte, und eine Liste mit Zeugen, die Arkady eliminieren wollte«, sage ich. »Wisst ihr was? Rückblickend gesehen verstehe ich, dass es ein Leser leichter haben könnte, eine solche Zeugenliste zu bekommen, als ein Führer.«

»Das stimmt. Rückblickend werden einem immer eine Menge Dinge klar«, sagt Hillary. »Der Trick ist, sie vorherzusehen.«

»Gib mir den Stick, und ich kann ihn von einigen Leuten vom Geheimdienst knacken lassen«, bietet Thomas an.

»Ich werde ihn Darren geben«, erwidert Mira. »Er soll entscheiden, was er damit tun möchte.«

»Ich werde dir eine Kopie schicken«, sage ich zu

Thomas. »Aber ich habe einen Freund, der das Ding wahrscheinlich schneller hackt als deine Experten.«

Das Problem wird eher sein, Bert zu erklären, warum er den Stick knacken muss. Das könnte schwierig werden, aber ich bin mir sicher, dass ich es hinbekomme.

»Okay, und jetzt lasst uns über das sprechen, was passiert ist«, meint Thomas und schaut durch den Rückspiegel Hillary an. »Sind wir jetzt auf der Flucht? Wie schlimm war es da unten auf der Brücke?«

»Nicht sehr schlimm«, antwortet meine Tante und hört sich müde an. »Niemand wird sich daran erinnern, dass wir dort waren.«

»Das ist gut«, meint Thomas anerkennend. »Was ist mit Beweisen? Haben wir DNA-Spuren hinterlassen?«

»Ich habe mir lediglich den Knöchel verstaucht«, meint Eugene. »Also kein Blut.«

»Irgendjemand anderes?«, möchte Thomas wissen.

»Mir geht es gut«, sage ich. »Nicht ein Kratzer.«

»Hier auch nicht«, schließt sich Mira an.

»Und ich habe das Auto in der echten Welt nie verlassen«, meint Hillary. »Nur in der Gedankendimension.«

»Gut. Dann sind wir dem Gefängnis trotz allem wohl noch einmal entkommen.« Thomas sieht erleichtert aus. »Jetzt gebt mir eure Waffen. Ich werde sie ordnungsgemäß entsorgen.«

Wir legen alle unsere Waffen neben Thomas' Waffenarsenal.

»Ich werde außerdem ein Auge auf die

Untersuchungen der Polizei behalten«, sagt Thomas, als wir fertig sind. »Es kann sein, dass ich warten muss, bis ich meine Fähigkeiten wiedererlangt habe, aber sollte es nötig sein, werde ich reinigend eingreifen. Das führt mich zum nächsten Punkt auf der Liste. Wir müssen alle für eine Zeit lang verschwinden. Besonders diejenigen von uns, die inert sind.«

»Verschwinden?«, wiederholt Eugene nervös.

»Ja, die Stadt verlassen«, erklärt ihm Thomas.

Das ist es, wird mir klar. Das ist genau das, was ich brauche. Einen Urlaub. Ein wenig Ruhe. Ein wenig Zeit, in der nicht auf mich geschossen wird.

»Was haltet ihr von Miami?«, schlage ich vor, und meine Stimmung hebt sich augenblicklich. »Ich könnte mit Sicherheit ein wenig Sonne und Cocktails mit Schirmchen gut gebrauchen.«

»Ich kann in den nächsten Tagen nicht weg von hier«, meint Hillary, »und Florida gehört definitiv nicht zu meinen Lieblingsorten, aber ich könnte vielleicht bald nachkommen.«

»Ich passe. Liz und ich werden alleine in einen Kurzurlaub fahren«, sagt Thomas. »Aber für euch ist Miami perfekt. Auf diese Weise könnt ihr euren Freunden und der Familie die Wahrheit sagen – dass ihr in den Urlaub fahrt. Darren, falls du Hilfe brauchst, deinen Chef zu überzeugen, können Hillary und ich mit ihm reden.«

»Nein, das wird kein Problem sein. Bill weiß, dass so unglaubliche Mitarbeiter wie ich manchmal eigenartige Dinge tun. Er wird nichts dagegen haben«, winke ich ab. Danach drehe ich mich zu Mira um und frage sie: »Was denkst du? Kommt ihr mit? Ich zahle auch.«

»Du hast da was vergessen.« Ein leichtes Lächeln erscheint auf Miras düsterem Gesicht. »Ich bin nicht mehr pleite. Eigentlich werde ich sogar dich mit in meinen Urlaub nehmen, und nicht andersherum.«

»Wovon redest du?« Eugene schaut seine Schwester verwirrt an. »Wir sind pleite.«

»Dieser Aktenkoffer«, sagt sie und zeigt auf den Boden zu ihren Füßen. »Er ist voller Bargeld.«

»Seid vorsichtig damit.« Thomas runzelt die Stirn und schaut Mira durch den Rückspiegel an. »Das Geld kann zu euch zurückverfolgt werden, falls jemand weiß, was er tut.«

»Dann haben wir eine Herausforderung anzunehmen. Wir müssen das ganze Geld in Miami ausgeben«, antwortet Mira. »Und das so schnell wie möglich.«

»Ich bin mir sicher, dass wir das hinbekommen«, erwidere ich trocken. »Wir werden einfach jede Menge Champagner trinken und den ganzen Tag lang Anwendungen im Spa haben.«

»Was für eine Horrorvorstellung«, meint Mira und lächelt breit. »Ich sehe für meine Zukunft jede Menge teure Schuhe. Die ganze Zeit, die ich mit Einkaufen verschwenden werden muss. So eine Last.«

»Falls es hart auf hart kommt, könnt ihr beiden euch ja dem Glücksspiel widmen«, fügt Eugene hinzu und steuert damit seinen Teil zum Spaß bei. »Das Geld, das ihr gewinnt, wird sogar sauber sein.«

»Es ist eine gute Art der Geldwäsche«, sagt Thomas lachend, »ein Bargeldgeschäft auf diese Weise zu benutzen.«

»Das passt auch genau«, meint Hillary und schaut mich und Mira dabei an. »Wenn man bedenkt, wie sich die beiden das erste Mal begegnet sind.«

Ich nehme mein Telefon heraus und suche ein wenig im Internet.

»Wie sieht es mit einem Flug gleich morgen aus?«, frage ich. »Ist das zu früh?«

Mira zuckt mit den Schultern. »Passt mir gut.«

»Kein Problem«, sagt Eugene. »Aber können wir vorher an unserem alten Apartment vorbeifahren?«

»Nein«, sagen Mira und ich gleichzeitig.

»Wir wissen nicht, ob Arkady den Platz überwachen lässt und jemand auf dich wartet«, erkläre ich.

»In Ordnung«, sagt Eugene traurig. »Vielleicht können wir ja einen Teil des Bargeldes in einer neuen Laborausstattung anlegen?«

»Vielleicht«, antwortet Mira. »Gibt es Geschäfte, die diese Dinge gegen Bargeld verkaufen?«

»Ich weiß es nicht.« Eugenes Stimmung hebt sich ein wenig. »Da werde ich nachsehen müssen.«

»Dann buche ich jetzt die Tickets«, sage ich und beginne, auf der Website der Fluglinie zu navigieren.

»In Ordnung, großartig«, stimmt Thomas zu.

»Dann wäre das auch gelöst. Jetzt muss ich nur noch wissen, wo ihr alle hingefahren werden möchtet.«

»Ich sehe, du bist schon zu mir unterwegs«, sagt Hillary.

»Ja, ich habe angenommen ...«

»Gut gemacht«, unterbricht ihn Hillary. »Das hast du richtig angenommen. Ich möchte nach Hause.«

»Ich würde gerne zum Hotel zurückkehren. Ein paar Dinge einpacken und mit Julia ...«, beginnt Eugene zu sagen, bis er plötzlich abrupt innehält.

»Es tut mir leid Zhenya«, meint Mira leise. »Du kannst nicht mit ihr sprechen.«

Ich schaue mich um und sehe, wie Eugene erblasst.

Er hat es verstanden.

Auch ohne lesen zu können, weiß ich ganz genau, was er gerade denkt. Er war Teil einer Operation, deren Ergebnis der Tod Jacobs war – Julias Vater. Was auch immer sie für Eugene war, jetzt ist sie es nicht mehr. Er kann sie in der nächsten Zeit auf keinen Fall sehen. Ich muss zugeben, dass er mir wirklich leidtut. Und Julia auch. Sie schien sich nicht besonders gut mit ihrem Vater zu verstehen, aber ich bin mir sicher, dass es sie verletzen wird, wenn sie erfährt, was passiert ist.

»Wenn ich euch einen Ratschlag geben darf«, mischt sich Thomas ein. »Ihr drei solltet euch für heute Nacht ein neues Hotel suchen.«

Wir nehmen seinen Vorschlag an und nutzen die Zeit bis zu Hillarys Wohnung, um uns für eine neue Unterkunft zu entscheiden. Wir wählen etwas Unauffälliges in der Nähe des JFK-Flughafens. Die

Überlegung dahinter ist, dass es angenehmer ist, heute eine längere Fahrt in Kauf zu nehmen und dafür morgen schneller am Flughafen zu sein, um unseren Flieger zu nehmen.

»Mach´s gut, Darren«, sagt Hillary, als das Auto anhält. »Melde dich bei mir, wenn du es ernst gemeint hast, als du mich nach Miami eingeladen hast.«

»Natürlich habe ich es ernst gemeint«, antworte ich ihr. »Komm nach, sobald du kannst.«

Hillary wirft mir eine Kusshand zu, als sie aus dem Auto steigt.

Thomas wartet, bis sie in dem Wolkenkratzer, in dem sie wohnt, verschwindet, und fährt weiter.

Die Atmosphäre im Auto ist die völliger Erschöpfung. Es scheint, dass wir alle so viel erlebt haben, dass wir die Dinge schweigend verdauen müssen. Ich fühle mich so ausgelaugt, dass ich nicht einmal nachdenken kann. Stattdessen versuche ich, einen freien Kopf zu bekommen, und wende die Meditationsatmung an, die Sara mir beigebracht hat.

Eine Meditation, die sie, wie mir gerade klar wird, von meinem Vater gelernt haben muss, ihrem Kollegen Mark Robinson.

Als meine Atmung langsamer wird, spüre ich, wie meine Augenlider schwer werden, und ich schließe sie für einen Augenblick.

»DARREN, WACH AUF, WIR SIND DA.« EUGENES STIMME

dringt durch meine Benommenheit, und mir fällt auf, dass ich eingeschlafen sein muss.

»Ich denke, wir werden eine Zeit lang nichts voneinander hören«, sagt Thomas und räuspert sich, als ich meinen Gurt abschnalle. »Aber wenn sich alles wieder beruhigt hat, würde ich liebend gern ein wenig Zeit mit dir verbringen.«

»Das hört sich nach einem guten Plan an, Thomas«, erwidere ich und öffne die Tür. »Danke für alles, was du heute für uns getan hast. Ich bin dir was schuldig.«

»Ich möchte mich auch bei dir bedanken«, sagt Mira. »Ohne dich wäre ich jetzt tot.«

Thomas sieht so überrascht aus, wie ich mich fühle. Mira hört sich wirklich dankbar an. »Gern geschehen, Mira«, sagt er ein wenig unangenehm berührt.

Wir steigen aus dem Auto, und Thomas fährt nach einem letzten Gruß weg.

Als wir gehen, wache ich langsam auf. An der Rezeption des Hotels nehme ich ein Zimmer für jeden von uns.

Im Fahrstuhl sagt niemand ein Wort.

»Dein Zimmer ist 505«, sage ich zu Eugene, als wir bei seiner Tür ankommen. »Und deines ist 504«, meine ich zu Mira. »Ich bin in 503, gleich gegenüber.«

»Danke, Darren«, sagt Eugene.

»Kein Problem, Zhenya«, antworte ich ihm und zwinkere ihm zu, als ich Miras Kosenamen für ihn benutze.

Mira sagt nichts, aber als sie ihren Schlüssel von mir entgegennimmt, verweilen ihre Finger einen

Augenblick und streichen an meinen entlang. Ihre Berührung ist weich, sinnlich. Bevor ich etwas sagen kann, ist sie allerdings schon auf ihrem Zimmer verschwunden.

Ich folge ihrem Beispiel und gehe in mein Zimmer.

Als Erstes esse ich alle Riegel und die Erdnüsse, die sich in der Minibar befinden. Mir war bis jetzt gar nicht aufgefallen, wie hungrig ich eigentlich war.

Als Nächstes dusche ich so lange wie niemals zuvor. Als das Wasser auf mich hinunterströmt, beginnt sich die Anspannung in meinen Schultern zu lösen. Es wird alles gut werden, rede ich mir ein und fühle mich durch das heiße Wasser wie ein neuer Mensch.

Als ich mich abtrockne, steigt langsam die Vorfreude auf die bevorstehende Reise in mir hoch. Ich liebe Miami – und Miami mit Mira? Das muss noch einmal etwas ganz anderes sein.

Meine Überlegungen werden durch ein Klopfen an der Tür unterbrochen.

»Wer ist da?«, frage ich und wickle mir das Handtuch um meine Hüfte.

»Ich bin es«, höre ich Miras Stimme auf der anderen Seite der Tür. »Ich hoffe, ich störe dich nicht.«

»Nein«, antworte ich, öffne die Tür und gehe einen Schritt zurück, um sie hereinzulassen. »Ich habe gerade geduscht.«

Sie betritt das Zimmer. Ihre Haare sind nass, und sie trägt einen Bademantel des Hotels. Sie muss auch gerade geduscht haben. Ihr Gesicht ist sauber und völlig frei von Make-up, was mich an das eine Mal erinnert, als ich sie in der Stille in ihrem Apartment aufgeweckt habe.

Als sie mich von oben bis unten betrachtet, fällt mir auf, dass ich nur ein Handtuch trage. Ich habe allerdings kein Problem damit, dass sie mich anschaut. Die ganze Zeit, die ich mit Workouts im Fitnessstudio zugebracht habe, zahlt sich in solchen Momenten aus.

»Ich bin gekommen, um mich bei dir dafür zu bedanken, dass du mir mein Leben gerettet hast«, sagt sie und hebt ihren Blick, um mir in die Augen zu schauen. »Na ja, und für alles andere.«

»Gern geschehen.« Ich grinse sie an. »Ich hoffe, das bedeutet, dass du jetzt keine Waffen mehr auf mich richten wirst.«

»Ja, das tut es.« Sie grinst zurück. »Natürlich nur, wenn du brav bist.«

»Oh.« Ich hebe meine Augenbrauen an. »Und was passiert, wenn ich böse bin?«

Sie tritt näher an mich heran und blickt zu mir hoch. »Wenn du böse bist, werde ich einen Weg finden, um mit dir fertigzuwerden«, flüstert sie und stellt sich auf ihre Zehenspitzen, um spielerisch an meinem Ohrläppchen zu knabbern.

Ich reagiere sofort. Diese kleine Geste führt dazu, dass das Handtuch um meine Hüften die Form eines Zeltes annimmt.

Meine Müdigkeit ist vergessen, ich schlinge meine Arme um Miras Rücken und beuge meinen Kopf nach unten, um sie zu küssen. Der Kuss ist hungrig und intensiv. Er scheint gar nicht mehr aufzuhören – die ganze Todesangst des heutigen Tages liegt in diesem Moment.

Als sie ihren Kopf zurückzieht, um wieder zu Atem zu kommen, keuchen wir beide, und ihre Hände krallen sich an meinen Schultern fest.

»Ich bin hierhergekommen, um mich bei dir zu bedanken«, murmelt sie und schaut zu mir hoch, »und natürlich auch, um dir deine Belohnung zu geben.«

Sie tritt zurück, löst ihren Gürtel und lässt den Bademantel zu Boden fallen.

Die Nacht, die daraufhin folgt, ist die beste Belohnung meines Lebens.

DAS ENDE

LESEPROBEN

Vielen Dank, dass Sie dieses Buch gelesen haben! Ich würde mich sehr darüber freuen, wenn Sie eine Rezension hinterlassen würden.

Darrens Geschichte geht in Die Erleuchteten - The Enlightened weiter, dem dritten Teil der Gedankendimensionen.

Andere Serien von mir sind unter anderem:

- *Die letzten Menschen* – futuristische Science-Fiction-Serie/dystopische Romanreihe mit Ähnlichkeit zu *Die Hungerspiele*, *Divergent – Die Bestimmung* und *Hüter der Erinnerung – The Giver.*
- *Mindmachines* – Techno-Thriller
- *Der Zaubercode* – High Fantasy

Ich arbeite ebenfalls an Science-Fiction-Romanen zusammen mit meiner Frau. Wenn Sie also kein Problem mit Erotik haben, dann werfen Sie doch einfach einen Blick in:

- *Mia & Korum* – Ein dunkler Science-Fiction-Liebesroman
- *Die Gefangene des Krinar* – Ein abgeschlossener dunkler Science-Fiction-Liebesroman

Um sich für meinen Newsletter über Neuerscheinungen anzumelden und mehr über mich und meine Arbeit zu erfahren, besuchen Sie bitte meine Website www.dimazales.com/book-series/deutsch/.

Falls Sie Hörbücher mögen, finden Sie unsere erschienenen Bücher auf Audible.de.

Und jetzt blättern Sie bitte um und haben Sie Spaß mit Leseproben aus *Mindmachines* und *Der Zaubercode*.

AUSZUG AUS MINDMACHINES

Mit Milliarden auf meinem Konto und meiner eigenen Risikokapitalgesellschaft bin ich der lebende amerikanische Traum. Mein einziges Problem? Nach einem Autounfall leidet meine Mutter an Gedächtnisproblemen.

Brainozyten, eine neue Technologie, die unser Gehirn verändern kann, könnten die Antwort auf alle meine Probleme sein – aber ich bin nicht der Einzige, der ihr Potenzial sieht.

Als ich in eine kriminelle Unterwelt gerate, die düsterer ist als alles, was ich mir jemals vorgestellt hätte, droht meine lebensrettende Technologie, mein Tod zu werden.

Mein Name ist Mike Cohen, und das ist die Geschichte, wie ich mehr als menschlich wurde.

Auszug aus Mindmachines

Die riesige Spritze nähert sich dem Hals meiner Mutter. Großvater drückt die Hand seiner Tochter und versucht, nicht auf die degengroße Nadel zu schauen, als diese in ihre Haut eindringt.

»Misha«, sagt meine Mutter auf Russisch zu mir. »Das tut weh.«

Ich trete einen Schritt nach vorn, und meine Hände sind zu Fäusten geballt, während ich den Chirurgen mit der weißen Maske wütend anstarre.

»Warum bekommt sie das in den Hals?«, will ich wissen.

Ich kann in den reflektierenden Augen des Arztes nicht das kleinste bisschen Mitgefühl entdecken und ziehe ernsthaft in Erwägung, ihm ins Gesicht zu schlagen. Da es allerdings die Lage meiner Mutter verschlechtern könnte, wenn ich ihn ablenke, füge ich mich und versuche, beruhigend durchzuatmen, auch wenn das, was ich einatme, sterile und desinfektionsmittelschwere Luft ist.

Der OP ist hell erleuchtet, und überall liegt sadistischerweise Operationsbesteck herum, das aussieht, als käme es aus einer Folterkammer.

»Warum gibt es hier diese ganzen angsteinflößenden Werkzeuge, wenn es sich nur um eine einfache Spritze handelt?« Ich stottere, da mir das alles zum ersten Mal auffällt.

Die Fingerknöchel des Arztes werden weiß, als er die Spritze zusammendrückt. Eine widerliche graue

Flüssigkeit schießt aus der Spritze in den Hals meiner Mutter.

»Warum müssen ihr die Nanozyten auf eine derart schreckliche Art und Weise zugeführt werden?«, frage ich, hauptsächlich, um zu verhindern, dass ich in Ohnmacht falle.

»Das sollten sie nicht«, sagt Großvater auf Englisch.

Das runde Gesicht meiner Mutter ist zu einer derartigen Maske aus Entsetzen und Verzweiflung verzogen, wie ich sie nur ein einziges Mal gesehen habe, als eine ausgemergelte Maus in unserem ersten Apartment in Brooklyn in unser Wohnzimmer huschte. Genau wie an jenem Tag entweicht der Kehle meiner Mutter ein ohrenbetäubender Schrei.

Ich trete einen weiteren Schritt nach vorn. Vielleicht werde ich einfach den Arzt von ihrer Seite drängen.

Die kahle Stelle auf Großvaters Kopf ist knallrot, und ich frage mich, ob er den Arzt gleich mit seinem Schuh töten, ihn genauso gewalttätig zerquetschen wird wie die störende Maus.

Der Arzt geht von uns weg.

Mutters Schreien wird zu einem Gurgeln, bevor es ganz verstummt.

Graue Flüssigkeit beginnt aus ihrem Mund zu laufen.

Ich fühle mich wie gelähmt.

Die gleiche Flüssigkeit strömt aus ihren Augen, ihrer Nase und ihren Ohren.

»Das sind die Nanozyten«, schreie ich entsetzt, als

meine Stimmbänder endlich wieder funktionieren. »Aber sie können sich doch nicht replizieren!«

Der Kopf meiner Mutter verschwindet, und an seiner Stelle befindet sich dort jetzt eine unförmige Masse aus flüssiger, grauer Schmiere. Innerhalb eines Herzschlags verwandelt sich der restliche Körper meiner Mutter in die gleiche flüssige, graue Masse.

Mit zwei gurgelnden Schreien schmelzen Großvater und der Arzt ebenfalls zu Pfützen aus sich windendem, farblosem Protoplasma.

Ich kann die Schwere dieser Verluste nicht ganz aufnehmen, bevor die Substanz bereits über meinen eigenen Fuß kriecht.

Ein wilder, brennender Schmerz breitet sich in meinem Körper aus, und ich weiß, dass das die Nanos sind, die mein Fleisch in Moleküle aufspalten.

Das kann nicht real sein, ist mein letzter Gedanke. *Das muss ein Traum sein.*

AUSZUG AUS DER ZAUBERCODE

Blaise, einst ein respektiertes Mitglied des Rates der Zauberer und jetzt ein Außenseiter, hat das letzte Jahr damit verbracht an einem ganz besonderen magischen Objekt zu arbeiten. Sein Ziel ist es, die Magie jedermann zugänglich zu machen, nicht nur den ausgewählten Zauberern. Das Resultat seiner Arbeit ist allerdings völlig anders, als er sich das jemals vorgestellt hätte — denn anstelle eines Objekts erschafft er sie.

Sie ist Gala und alles andere als seelenlos. Sie wurde in der Welt der Magie geboren, ist wunderschön und hochintelligent — und niemand weiß, wozu sie alles fähig ist.

Augusta, eine mächtige Zauberin, sieht Blaises Werk genau als das, was es ist: die vermessenste aller Anmaßungen. Sie hat immer noch Gefühle für Blaise und möchte ihn retten, bevor er den höchsten aller Preise zahlen muss ... für die Abscheulichkeit, die er erschaffen hat.

Da befand sich eine nackte Frau auf dem Fußboden in Blaises Arbeitszimmer.

Eine wunderschöne, nackte Frau.

Fassungslos starrte Blaise diese hinreißende Kreatur an, die gerade eben aus dem Nichts erschienen war. Sie schaute mit einem befremdlichen Gesichtsausdruck an sich hinunter. Offensichtlich war sie genauso überrascht darüber, hier zu sein, wie er es war, sie hier zu sehen. Ihr welliges, blondes Haar fiel ihren Rücken hinunter und verdeckte dadurch teilweise ihren Körper, der die Perfektion selbst zu sein schien. Blaise versuchte nicht an diesen Körper zu denken, sondern sich stattdessen auf die Situation zu konzentrieren.

Eine Frau. Sie und kein Es. Blaise konnte das kaum glauben. War das möglich? Konnte dieses Mädchen das Objekt sein?

Sie saß mit ihren Beinen unter sich eingeschlagen da und stützte sich auf einem schlanken Arm ab. Diese Pose sah etwas unbeholfen aus, so als wüsste sie nicht so recht, was sie mit ihren eigenen Gliedmaßen anstellen sollte. Trotz ihrer Kurven, die sie als eine ausgewachsene Frau kennzeichneten, strahlte die völlig unbefangene Art und Weise, wie sie dort saß — die erkennen ließ, dass sie sich ihrer eigenen Reize nicht bewusst war — eine kindliche Unschuld aus.

Blaise räusperte sich und dachte darüber nach, was er sagen könnte. In seinen wildesten Träumen hätte er sich niemals vorstellen können, dass so etwas das Ergebnis dieses Projekts sein würde, welches in den letzten Monaten sein ganzes Leben bestimmt hatte.

Als sie das Geräusch hörte, drehte sie ihren Kopf, um ihn anzusehen, und Blaise bemerkte, dass sie ungewöhnlich hellblaue Augen hatte.

Sie blinzelte, legte ihren Kopf leicht zur Seite und nahm ihn mit sichtbarer Neugier in Augenschein. Blaise fragte sich, was sie wohl gerade sah. Er hatte seit zwei Wochen kein Tageslicht mehr gesehen und es würde ihn nicht wundern, wenn er im Moment wie ein verrückter Zauberer aussah. Sein Gesicht war von etwa einer Woche alten Bartstoppeln übersät und er wusste, dass sein dunkles Haar ungekämmt war und in alle Richtungen abstand. Hätte er gewusst, heute einer so wunderschönen Frau gegenüber zu stehen, hätte er am Morgen einen Pflegezauber gewirkt.

»Wer bin ich?«, fragte sie und verunsicherte Blaise damit. Ihre Stimme war weich und feminin, genauso anziehend wie der Rest von ihr. »Wo bin ich? Was ist das hier für ein Ort?«

»Das weißt du nicht?« Blaise war froh, endlich einen halb zusammenhängenden Satz herausbekommen zu haben. »Du weißt weder, wer du bist noch wo du bist?«

Sie schüttelte ihren Kopf. »Nein.«

Blaise schluckte. »Ich verstehe.«

»Was bin ich?«, fragte sie erneut und blickte ihn mit diesen unglaublichen Augen an.

»Also«, sagte Blaise langsam, »wenn du kein grausamer Scherzbold oder ein Produkt meiner Einbildung bist, dann ist das jetzt etwas schwierig zu erklären ...«

Sie beobachtete seinen Mund, während er sprach und als er aufhörte, sah sie wieder auf und ihre Blicke trafen sich. »Das ist eigenartig«, sagte sie, »solche Worte in der Realität zu hören. Das waren gerade die ersten wirklichen Worte, die ich jemals gehört habe.«

Blaise fühlte, wie ihm ein Schauer über den Rücken lief. Er stand von seinem Stuhl auf und begann hin und her zu gehen, sorgsam darauf bedacht, seinen Blick von ihrem nackten Körper abzuwenden. Er hatte damit gerechnet, dass etwas erschien. Ein magisches Objekt, eine Sache. Er hatte nur nicht gewusst, welche Form es annehmen würde. Ein Spiegel vielleicht, oder eine Lampe. Vielleicht sogar so etwas Ungewöhnliches wie die Lebensspeicher Sphäre, die wie ein großer runder Diamant auf seinem Arbeitstisch stand.

Aber eine Person? Und dann auch noch weiblich?

Zugegeben, er hatte versucht, dem Objekt Intelligenz zu geben und die Fähigkeit, menschliche Sprache zu verstehen, um diese in den Code umzuwandeln. Vielleicht sollte er gar nicht so überrascht sein, dass die Intelligenz die er herbeigerufen hatte eine menschliche Form angenommen hatte.

Auszug aus Der Zaubercode

Eine wunderschöne, weibliche, sinnliche Hülle.
Konzentriere dich Blaise, konzentriere dich!
»Wieso läufst du so herum?« Sie stand langsam auf und ihre Bewegungen waren dabei unsicher und eigenartig tollpatschig. »Sollte ich auch umhergehen? Unterhalten sich Menschen so miteinander?«

Blaise hielt vor ihr an und bemühte sich, seine Augen oberhalb ihres Halses zu behalten. »Es tut mir leid. Ich bin es nicht gewohnt, nackte Frauen in meinem Arbeitszimmer zu haben.«

Sie fuhr sich mit ihren Händen an ihrem Körper hinunter, so als würde sie ihn zum allerersten Mal fühlen. Was auch immer sie vorhatte, Blaise fand diese Bewegung höchst erotisch.

»Stimmt etwas mit meinem Aussehen nicht?«, wollte sie von ihm wissen. Das war so eine typisch weibliche Sorge, dass Blaise ein Lächeln unterdrücken musste.

»Ganz im Gegenteil«, versicherte er ihr. »Du siehst unvorstellbar gut aus.« So gut sogar, dass er Schwierigkeiten hatte, sich auf etwas anderes als auf ihre Rundungen zu konzentrieren. Sie war mittelgroß und so perfekt proportioniert, sie hätte als Vorlage für einen Bildhauer dienen können.

»Warum sehe ich so aus?« Ein leichtes Runzeln erschien auf ihrer glatten Stirn. »Was bin ich?« Der letzte Teil schien sie am meisten zu beschäftigen.

Blaise holte tief Luft und versuchte, seinen rasenden Puls zu beruhigen. »Ich denke, ich könnte da eine Vermutung wagen, aber bevor ich das mache, möchte ich dir erst einmal etwas zum Anziehen geben. Bitte warte hier — ich bin sofort wieder zurück.«

Ohne eine Antwort abzuwarten, eilte er zur Tür.

Er verließ sein Arbeitszimmer und ging rasch zum anderen Ende des Hauses, zu ihrem Zimmer, wie er den halbleeren Raum in Gedanken immer noch nannte. Dort hatte Augusta immer ihre Sachen aufbewahrt, als sie noch zusammen gewesen waren — eine Zeit, die jetzt Ewigkeiten her zu sein schien. Trotzdem war es für ihn genauso schmerzhaft den verstaubten Raum zu betreten, wie es vor zwei Jahren gewesen war. Sich von der Frau zu trennen, mit der er acht Jahre zusammen gewesen war — der Frau, die er eigentlich gerade heiraten wollte — war nicht leicht gewesen.

Blaise versuchte, sich auf sein eigentliches Anliegen zu konzentrieren, ging zum Kleiderschrank und warf einen Blick auf dessen Inhalt. Wie er gehofft hatte, befanden sich noch einige Dutzend Kleider in ihm. Wunderschöne, lange Kleider aus Samt und Seide, Augustas Lieblingsstoffen. Nur Zauberer — die in der Gesellschaft die obersten Ränge bekleideten — konnten sich so einen Luxus leisten. Die normale Bevölkerung war viel zu arm, um etwas anderes als grobe, schlichte Bekleidung tragen zu können. Blaise fühlte sich ganz schlecht wenn er darüber nachdachte, über diese furchtbare

Ungleichheit, die immer noch jeden Aspekt des Lebens in Koldun betraf.

Er erinnerte sich daran, wie er und Augusta sich immer darüber gestritten hatten. Sie hatte seine Sorgen um die Normalbevölkerung nie geteilt; stattdessen genoss sie die Stellung und die Privilegien, die einem respektierten Zauberer derzeit zugestanden wurden. Wenn Blaise sich richtig erinnerte, hatte sie jeden Tag ihres Lebens ein anderes Kleid getragen, ohne Scham ihren Reichtum zur Schau gestellt.

Wenigstens würden ihm die Kleider, die sie in seinem Haus zurückgelassen hatte, jetzt mehr als gelegen kommen. Blaise nahm sich eines von ihnen — eine blaue Seidenkreation, die zweifellos ein Vermögen gekostet hatte — und ein Paar hochwertige, schwarze Samtschuhe, bevor er den Raum wieder verließ, während die Staubschichten und die bitteren Erinnerungen zurück blieben.

Auf seinem Rückweg rannte er in das nackte Lebewesen. Sie stand neben dem Eingang zu seinem Arbeitszimmer und schaute sich das Gemälde an, welches sein Bruder Louie geschaffen hatte. Es stellte eine sehr idyllische Szene in einem Dorf in Blaises Herrschaftsbereich dar — das Fest nach der großen Ernte. Lachende, rotwangige Bauern tanzten miteinander, während ein Harfenspieler auf Wanderschaft im Hintergrund spielte. Blaise schaute sich dieses Gemälde sehr gerne an. Es erinnerte ihn daran, dass seine Untertanen auch gute Zeiten erlebten, ihre Leben nicht nur aus Arbeit bestanden.

Das Mädchen schien es auch gerne zu betrachten — und anzufassen. Ihre Finger strichen über den Rahmen, als würden sie versuchen, die Struktur zu begreifen. Ihr nackter Körper sah von hinten genauso großartig aus wie von vorne, und Blaise bemerkte, wie seine Gedanken schon wieder in eine unangemessene Richtung abschweiften.

»Hier«, sagte er schroff, trat in sein Arbeitszimmer ein und legte das Kleid und die Schuhe auf dem staubigen Sofa ab. »Bitte zieh das hier an.« Zum ersten Mal seit Louies Tod nahm er den Zustand seines Hauses wahr — und schämte sich dafür. Augustas Raum war nicht der einzige, der von Staub bedeckt war. Selbst hier, wo er den Großteil seiner Zeit verbrachte, war die Luft muffig und abgestanden.

Esther und Maya hatten ihm wiederholt angeboten, vorbeizukommen und sauberzumachen, aber das hatte er abgelehnt, da er niemanden sehen wollte. Nicht einmal die beiden Bäuerinnen, die für ihn wie seine Mütter gewesen waren. Nach dem Debakel mit Louie wollte er einfach nur alleine sein und sich vor dem Rest der Welt verstecken. Was die anderen Zauberer betraf, wurde er geächtet, war ein Außenseiter, und das störte ihn auch überhaupt nicht. Er hasste sie ja auch alle. Manchmal dachte er, die Bitterkeit würde ihn auffressen — und wahrscheinlich hätte sie das auch, wenn es nicht seine Arbeit gäbe.

In diesem Moment hob das Ergebnis dieser Arbeit, immer noch nackt wie ein Neugeborenes, das Kleid hoch und betrachtete es neugierig. »Wie ziehe ich das an?«, wollte es wissen und schaute zu ihm auf.

Blaise blinzelte. Er hatte Erfahrung darin, Frauen auszuziehen, aber ihnen in die Kleider zu helfen? Trotzdem wusste er wahrscheinlich immer noch mehr darüber, als das geheimnisvolle Wesen, das vor ihm stand. Er nahm ihr das Kleid aus den Händen, schnürte den Rücken auf und hielt es ihr hin. »Hier. Steig hinein und zieh es hoch, die Arme müssen dabei in die Ärmel gesteckt werden.« Dann drehte er sich weg und versuchte angestrengt, seine Reaktion auf ihre Schönheit zu kontrollieren.

Er hörte, wie sie irgendetwas mit dem Kleid machte.

»Ich könnte ein wenig Hilfe gebrauchen«, sagte sie.

Blaise drehte sich zu ihr herum und war erleichtert festzustellen, dass sie nur noch Hilfe dabei brauchte, die Schnüre auf dem Rücken festzuziehen. Sie hatte auch schon selber herausgefunden, wie man sich Schuhe anzog. Das Kleid passte ihr erstaunlich gut; sie und Augusta mussten ungefähr die gleiche Größe haben, obwohl das Mädchen irgendwie zierlicher zu sein schien. »Heb dein Haar an«, forderte er sie auf und sie hielt ihre blonden Locken mit einer unbewussten Anmut in die Höhe. Er schnürte ihr schnell das Kleid zu und trat dann sofort einen Schritt zurück, um ein wenig Abstand zwischen sie zu bringen.

Sie drehte ihm ihr Gesicht zu und ihre Blicke trafen sich. Blaise kam nicht umhin, die kühle Intelligenz in ihrem Blick zu bemerken. Sie mochte jetzt vielleicht noch nichts wissen, aber sie lernte schnell — und funktionierte unglaublich gut, wenn das, was er über ihren Ursprung vermutete, stimmte.

Einige Sekunden lang sahen sie einander nur an, teilten ein angenehmes Schweigen. Sie schien es mit dem reden nicht eilig zu haben. Stattdessen betrachtete sie ihn, ihre Augen fuhren über sein Gesicht und seinen Körper. Sie schien ihn genauso faszinierend zu finden, wie er sie. Und das war ja auch kein Wunder — er war wahrscheinlich der erste Mensch, den sie traf.

Schließlich unterbrach sie die Stille. »Können wir jetzt reden?«

»Ja.« Blaise lächelte. »Wir können, und wir sollten.« Er ging zur Sofaecke, setzte sich in einen der Loungesessel neben den kleinen, runden Tisch. Die Frau folgte seinem Beispiel und setzte sich in den Sessel ihm gegenüber.

»Ich befürchte, wir werden viele Antworten auf deine Frage zusammen erarbeiten müssen«, erklärte ihr Blaise und sie nickte.

»Ich möchte es verstehen können«, antwortete sie ihm. »Was bin ich?«

Blaise atmete tief ein. »Lass mich von Anfang an beginnen«, entgegnete er ihr und zermarterte sich sein Hirn, wie er in dieser Angelegenheit am besten vorgehen sollte. »Weißt du, ich habe eine lange Zeit nach einem Weg gesucht, Magie den normalen Menschen einfacher zugänglich zu machen—«

»Steht sie im Moment nicht zur Verfügung?«, fragte sie und sah ihn eindringlich an. Er konnte sehen, dass sie sehr neugierig auf alles war und ihre Umgebung und jedes Wort, das er sagte, aufsaugte wie ein Schwamm.

»Nein, ist sie nicht. Im Moment können nur ein paar Auserwählte Magie anwenden — diejenigen, die die richtigen Voraussetzungen erfüllen, was die analytischen und mathematischen Neigungen ihres Gehirns anbelangt. Selbst die wenigen Glücklichen, die das besitzen, müssen sehr hart dafür studieren, komplexere Zauber zu wirken.«

Sie nickte, als würde das für sie Sinn ergeben. »Okay. Und was hat das alles mit mir zu tun?«

»Alles«, antwortete Blaise. »Es hat alles mit Lenard dem Großen begonnen. Er war der erste, der herausgefunden hatte, die Zauberdimension anzuzapfen.«

»Die Zauberdimension?«

»Ja, so nennen wir den Ort, an dem der Zauber entsteht — der Ort, der es uns ermöglicht Magie anzuwenden. Wir wissen nicht viel über sie, weil wir in der physischen Dimension leben — die wir als die reale Welt ansehen.« Blaise machte eine Pause, um zu sehen, ob sie bis jetzt Fragen dazu hatte. Er stellte sich vor, wie überwältigend das alles für sie sein musste.

Sie legte ihren Kopf auf die Seite. »Okay. Bitte mach weiter.«

»Vor etwa zweihundertundsiebzig Jahren hat Lenard der Große die ersten verbalen Zaubersprüche entwickelt — eine Möglichkeit für uns, mit der Zauberdimension zu interagieren und die Wirklichkeit der physischen Dimension zu ändern. Es war extrem schwierig, diese Zaubersprüche richtig zu formulieren, da man dafür eine spezielle Geheimsprache benötigte. Sie mussten ganz exakt ausgesprochen und vorbereitet werden, um das gewünschte Ergebnis zu erzielen. Erst vor kurzer Zeit wurde eine einfachere magische Sprache und ein leichterer Weg, Zaubersprüche anzuwenden, erfunden.

»Wer hat das erfunden?«, fragte die Frau fasziniert.

»Augusta und ich«, gab Blais zu. »Sie ist meine frühere Verlobte. Wir sind das, was man Zauberer nennt — diejenigen, die eine Begabung für das Studium der Magie aufweisen. Augusta hat ein magisches Objekt erschaffen, welches Deutungsstein heißt, und ich habe eine einfachere magische Sprache gefunden, die dazu passt. Jetzt kann ein Zauberer seine Zaubersprüche in einer leichteren Sprache auf Karten schreiben und sie in den Steine einführen — anstatt einen schwierigen verbalen Spruch aufzusagen.«

Sie blinzelte. »Ich verstehe.«

»Unsere Arbeit sollte die Gesellschaft zum Besseren hin verändern«, fuhr Blaise fort und versuchte dabei, die Bitterkeit aus seiner Stimme zu halten. »Oder das war zumindest das, was ich gehofft hatte. Ich dachte, ein leichterer Weg um Magie anzuwenden, würde es mehr Menschen ermöglichen, Zugang zu ihr zu bekommen, aber so hat es sich nicht entwickelt. Die mächtige Klasse der Zauberer ist noch mächtiger geworden — und noch abgeneigter, ihr Wissen mit der einfachen Bevölkerung zu teilen.«

Auszug aus Der Zaubercode

»Ist das schlimm?«, fragte sie und schaute ihn mit ihren hellblauen Augen an.

»Das kommt darauf an, wen du fragst«, antwortete ihr Blaise und dachte dabei an Augustas gelegentliche Geringschätzung der Landarbeiter. »Ich denke, das ist schrecklich, aber ich gehöre einer Minderheit an. Den meisten Zauberern gefällt es so, wie es ist. Sie sind reich und mächtig und es stört sie nicht, Untertanen zu haben, die in Elend und Armut leben.«

»Aber dich stört es«, sagte sie aufmerksam.

»Das tut es«, bestätigte Blaise. »Und als ich vor einem Jahr den Rat der Zauberer verlassen habe, beschloss ich, etwas dagegen zu unternehmen. Ich wollte ein magisches Objekt erschaffen, welches unsere normale Sprache versteht — ein Objekt, das von jedem benutzt werden kann, verstehst du? Auf diese Art und Weise könnte auch eine normale Person zaubern. Sie würde einfach sagen, was sie bräuchte und das Objekt würde es umsetzen.«

Ihre Augen weiteten sich und Blaise konnte sehen, wie sie anfing, das Ganze zu verstehen. »Willst du mir gerade sagen —?«

»Ja«, antwortete er ihr und blickte sie an. »Ich glaube ich habe dieses Objekt erfolgreich erschaffen. Ich denke, du bist das Ergebnis meiner Arbeit.«

Einige Augenblicke lang saßen sie einfach nur schweigend da.

»Ich muss das Wort Objekt falsch verstehen«, meinte sie schließlich.

»Das tust du wahrscheinlich nicht. Der Stuhl, auf

dem du sitzt, ist ein normales Objekt. Wenn du aus dem Fenster schaust, siehst du eine Chaise im Garten. Das ist ein magisches Objekt, es kann fliegen. Objekte leben nicht. Ich habe erwartet, du würdest so etwas wie ein sprechender Spiegel werden, aber du bist etwas völlig anderes!«

Ihre Stirn zog sich leicht in Falten. »Wenn du mich geschaffen hast, bist du dann mein Vater?«

»Nein«, wehrte Blaise sofort ab, da alles in ihm diese Vorstellung zurückwies. »Ich bin auf gar keinen Fall dein Vater.« Aus irgendeinem Grund war es für ihn wichtig sicherzustellen, dass sie nicht so von ihm dachte. Interessant, wohin meine Gedanken schon wieder abschweifen, dachte er selbstironisch.

Sie sah immer noch verwirrt aus, also versuchte Blaise es ihr näher zu erklären. »Ich denke es wäre vielleicht sinnvoller zu sagen, ich habe den Grundstein für eine Intelligenz gelegt — und habe sichergestellt, dass sie einiges an Wissen besitzt, um darauf aufzubauen — aber alles Weitere musst du selber geschaffen haben.«

Er konnte einen Funken Wiedererkennung auf ihrem Gesicht sehen. Irgendetwas an seiner Aussage hatte bei ihr etwas zum Läuten gebracht, also musste sie mehr wissen, als es auf den ersten Blick schien.

»Kannst du mir etwas von dir erzählen?«, fragte Blaise und betrachtete die wunderschöne Kreatur vor sich. »Als Erstes, wie nennst du dich?«

»Ich nenne mich gar nichts«, antwortete sie. »Wie nennst du dich?«

»Ich bin Blaise, Sohn von Dasbraw. Ich nenne mich Blaise.«

»Blaise«, wiederholte sie langsam, als würde sie sich seinen Namen auf der Zunge zergehen lassen. Ihre Stimme war weich und sinnlich, unschuldig betörend. Blaise wurde sich schmerzhaft der Tatsache bewusst, dass er schon seit zwei Jahren keiner Frau mehr so nahe gewesen war.

»Ja, das ist richtig«, gelang es ihm ruhig zu sagen. »Und wir sollte auch einen Namen für dich finden.«

»Hast du eine Idee?«, fragte sie neugierig.

»Also, meine Großmutter hieß Galina. Würdest du meiner Familie die Ehre erweisen und ihren Namen annehmen? Du könntest Galina, Tochter der Zauberdimension sein. Ich würde dich dann kurz 'Gala' nennen.« Die unbezwingbare alte Dame war alles andere als dieses Mädchen gewesen, welches vor ihm saß, aber trotzdem erinnerte etwas dieser leuchtenden Intelligenz auf dem Gesicht dieser Frau ihn an sie. Er lächelte zärtlich bei diesen Erinnerungen.

»Gala«, versuchte sie zu sagen. Er konnte sehen, sie mochte den Namen, weil sie auch lächelte und ihm dabei ihre ebenmäßig, weißen Zähne zeigte. Das Lächeln erleuchtete ihr ganzes Gesicht, ließ sie strahlen.

»Ja.« Blaise konnte seine Augen nicht von ihrer blendenden Schönheit abwenden. »Gala. Das passt zu dir.«

»Gala«, wiederholte sie sanft. »Gala. Du hast recht. Das passt zu mir. Aber du sagtest auch, ich sei die

Tochter der Zauberdimension. Ist das meine Mutter oder mein Vater?« Sie sah ihn voller Hoffnung an.

Blaise schüttelte seinen Kopf. »Nein, nicht im traditionellen Sinn. Die Zauberdimension ist der Ort, an dem du dich zu dem entwickelt hast, was du jetzt bist. Weißt du irgendetwas über diesen Platz?« Er machte eine Pause und schaute sich seine erstaunliche Kreation an. »Wie viel weißt du überhaupt von dem, was geschah, bevor du hier auf dem Boden meines Arbeitszimmers auftauchtest?«

ABOUT THE AUTHOR

Dima Zales ist ein *New York Times* und *USA Today* Bestsellerautor in den Genres Science-Fiction und Fantasy. Bevor er ein Schriftsteller wurde, hat er sowohl als Programmierer als auch als leitender Angestellter in der Softwareentwicklungsindustrie in New York gearbeitet. Von Hochfrequenzhandel-Software für große Banken bis hin zu Handy-Apps für bekannte Zeitschriften, Dima hat schon alles programmiert. 2013 verließ er dann die Software-Branche, um sich auf seine Karriere als Schriftsteller zu konzentrieren und nach Palm Coast, Florida zu ziehen, wo er derzeitig lebt.

Um mehr zu erfahren besuchen Sie bitte die Seite www.dimazales.com/book-series/deutsch/.

www.ingramcontent.com/pod-product-compliance
Lightning Source LLC
LaVergne TN
LVHW011755060526
838200LV00053B/3602